U0164881

【劉再復文集】⑧〔人文思想部〕

思想者十八題

劉再復 著

題贈知己摯友再復兄

古今中外，洞察人文。
睿智明澈，神思飛揚。

——高行健，著名作家，諾貝爾文學獎獲得者。

煌煌大著，燦若星辰。
光耀海南，特此祝賀。

——李澤厚，著名哲學家、思想家。

一枝巨筆，兩度人生。
三十大卷，四海長存。

——劉劍梅，劉再復長女，香港科技大學人文學部教授。

出版說明

劉再復

香港天地圖書有限公司即將出版我的文集，二零二二年出齊三十卷，這是何等見識、何等作為、何等氣魄呵！天地出「文集」，此乃是香港文化史上的盛舉，當然也是我個人的幸事、大事，我為此感到衷心的喜悅。

我要特別感謝天地圖書有限公司。「天地」對我一貫友善，我對天地圖書也一貫信賴，我曾為天地圖書的傳統題詞：「天地遼闊，所向單純，向真，向善，向美。圖書紛繁，索求簡明，求質，求精，求好。」天地圖書的前董事長陳松齡先生和執行董事劉文良先生都是我的好友。和我情同手足的文良好兄弟雖然英年早逝，但他的夫人林青茹女士承繼先生遺願，繼續大力支持我的事業。此文集啟動之初，她就聲明：由她主持的印刷廠將全力支持文集的出版。三四十年來，「天地」歷經多次風雲變幻，對我始終不離不棄，不僅出版我的《漂流手記》十卷和《潔白的燈芯草》、《尋找的悲歌》等，還印發了《放逐諸神》和八版的《告別革命》，影響深遠。現在又着手出版我的文集，實在是情深意篤。此次文集的策劃和啟動乃是北京三聯前總編李昕（現為商務顧問）和天地圖書的董事長曾協泰二兄，他們怎麼動起出版文集的念頭我不知道，但我知道他們都是性情中人，都是出版界老將，眼光如炬，深知文集的價值。協泰兄和李昕兄商定之後，請我到天地圖書和他們聚會，決定了此事。讓我特別高興的是協泰兄拍板之後，天地圖書的全部脊樑人物，全都支持此事。天地圖書總經理陳儉雯小姐（陳松齡的女兒）直接代表天地掌管此事，編輯主任陳幹持小姐擔任責任編輯。其他參與「文集」編製工作的「天地」同仁經驗豐富，有責任感且好學深思，具體負責收集書籍、資料和編輯、打字、印刷、出版等事宜，讓我特別放心。天地圖書全部精英投入此事，保證了「文集」成功問世，在此我要鄭重地對他們說一聲謝謝。

閱讀天地圖書初編的文集三十卷的目錄之後，我的摯友、榮獲諾貝爾文學獎的著名作家高行健特寫了「題贈知己摯友再復兄：古今中外，洞察人文。睿智明澈，神思飛揚。」十六字評價，一言九鼎，讓我高興得好久。爾後，著名哲學家李澤厚先生又致賀，他在「微信」上寫道：「煌煌大著，燦若星辰。光耀海南，特此祝賀。」我的長女劉劍梅（香港科技大學人文學部教授）也發來賀詞：「一枝巨筆，兩度人生。三十大卷，四海長存。」我則想到四五十年來，數十卷書籍，至今之所以不會過時，多年不衰，值得天地圖書出版，乃是因為三十卷文集都是純粹的學術探索與文學創作，而非政治與時務。政治以權力角逐和利益平衡為基本性質，即使民主政治也改變不了政治的這一基本性質。我的所有著述，所有作品都不涉足政治，也不涉足時務，所以站得住腳，贏得相對的長久性。

我個人雖然在三十年前選擇了漂流之路，但我一再說，我不是反抗性的政治流亡，而是自然性的美學流亡。所謂美學流亡，就是贏得時間，創造美的價值。今天我對自己感到滿意的就是這一選擇沒有錯。追求真理，追求價值理性，追求真善美，乃是我永遠的嚮往。我對此無愧無悔。我的文集分兩大部份，一部份是學術著述，一部份是散文創作。無論是人文學術還是文學創作，我都追求同一個目標，持守價值中立，崇尚中道智慧，既不媚左，也不媚右；既不媚上，也不媚下；既不媚俗，也不媚雅；既不媚東，也不媚西；既不媚古，也不媚今。所謂中道，其實是正道，是直道，是大道。

最後，我還想說明三點：一是本「文集」，原稱為「劉再復全集」，後來覺得此名不符合實際，因為收錄的文章不全。尤其是非專著類的文章與訪談錄。出國之前，特別是上世紀七十年代末與八十年代初的文字，因為查閱困難，幾乎沒有收錄集子之中。所以還是稱為「文集」較好，可留有餘地。待日後有條件時再作「全集」。二是因為「文集」篇幅浩瀚，所以成立了一個編委會，我們不請學術權威加入，只重實際貢獻。這編委會包括李昕、林崗、潘耀明、陳松齡、曾協泰、陳儉雯、梅子、陳幹持、林青茹、林榮城、劉賢賢、孫立川、李以建、葉鴻基、劉劍梅、劉蓮。「文集」啟動前後，編委們從各自的角度對「文集」提出許多很好的意見，所有的意見都非常珍貴。謝謝編委們！第三，本集子所有的封面書名，全由屠新時先生一人書寫完成。屠先生是《美中郵報》總編。他是很有才華的追求美感的書法家。他的作品曾獲國內書法比賽中的金獎。

「文集」出版之際，僅此說明。

於美國科羅拉多州波德
二零一九年十二月三日

目錄

序：從「必然王國」到「自由王國」

余英時

劉再復兄這部《思想者十八題》集結了他十七年「漂流」生活中的採訪錄和對談錄，用他自己的話說，各篇的「共同點是談話而不是文章」。「談話」的長處不僅在於流暢自然，而且能兼收雅俗共賞之效。十八題中的論旨在他的許多專書中差不多都已有更詳細、更嚴密的論證，但在這部談訪錄中則以清新活潑的面貌一一展現了出來。不但如此，談者「直抒胸臆」，讀者也感受到談者的生命躍動在字裏行間。再復一再強調，這十七年來他進入了「第二人生」。這句話的涵義只有通過本書才能獲得最清楚的理解。

在對談錄的部份，我特別要提醒讀者注意他和高行健、李歐梵、李澤厚三位朋友的對話。這是思想境界和價值取向都十分契合的「思想者」之間的精神交流。儘管所談的內容各有不同，但談鋒交觸之際都同樣迸發出思維的火花。在這三組對話中，二零零五年《與高行健的巴黎十日談》使我感受最深。他們不但是「漂流」生活中的「知己」，而且更是文學領域中的「知音」。他們之間互相證悟，互相支援，互相理解，也互相欣賞。這樣感人的關係是難得一見的，大可與思想史上的莊周和惠施或文學史上的白居易和元稹，先後輝映。再復十幾年來寫了不少文字討論高行健的文學成就。無論是專書《高行健論》或散篇關於《八月雪》劇本的闡釋，再復都以層層剝蕉的方式直透作者的「文心」，盡了文學批評家的能事。這是中國傳統文藝評論所說的「真賞」，絕非浮言虛譽之比，更沒有一絲一毫「半是交情半是私」

（楊萬里句）的嫌疑。在《巴黎十日談》中，高行健先生對再復兄說：

> 出國後你寫了那麼多書，太拚命了。光《漂流手記》就寫了九部，這是中國流亡文學的實績，還寫了那麼多學術著作。前幾年我就說，流亡海外的人那麼多，成果最豐碩的是你。你的散文集，我每部都讀，不僅有文采、有學識，而且有思想、有境界，我相信，就思想的力度和文章的格調說，當代中國散文家，無人可以和你相比。這都得益於我們有表述的自由。更關鍵的是你自己內心強大的力量，在流亡的逆境中，毫不怨天尤人，不屈不撓，也不自戀，而且不斷反思，認識不斷深化，這種自信和力量，真是異乎尋常。你的這些珍貴的文集呈現了一種獨立不移的精神，寧可孤獨，寧可丟失一切外在的榮耀，也要守持做人的尊嚴，守持生命本真，守持真人品、真性情。僅此一點，你這「逃亡」就可說是此生「不虛此行」，給中國現代文學增添了一份沒有過的光彩，而且給中國現代思想史留下了一筆不可磨滅的精神財富。

在這短短兩三百字中，高行健為再復的「第二人生」勾勒出一幅最傳神的精神繪像，不但畫了龍，而且點了睛。這也是建立在客觀事實之上的「真賞」，決不容許以「投桃報李」的世俗心理去誤讀誤解。

本書定名為《思想者十八題》，可見再復是以一般「思想者」而不是文學專家的身份，向我們訴說他這十幾年來的心曲。所以下面我也將論點轉移在「思想者」的範圍之內。我對於現代文學是十足的外行，論點的轉移反而使我可以在常識層面上說幾句與本書相關的話。

再復有一段論一九八零年代的話值得玩味：

從世俗社會的角色上說，八十年代我是時代的寵兒，是文學研究所的所長，是全國政協委員和青聯常委。而現在則甚麼都不是，沒有任何世俗的角色，只是一個漂流的學者，一個精神的流浪漢，一個過客，一個充當「客座教授」的過客。生活的基調不是「轟轟烈烈」，而是「安安靜靜」。

對於世俗角色的落差，往往會使人產生心理上的不平衡，以至產生心理危機，在危機中又產生痛苦與焦慮，這是難以避免的。在剛出國的頭一兩年，我也常有不平衡，常有孤獨的焦慮，人生的上下半場好像銜接不起來。但是，在讀書與思索中，我沉靜下來了，第一第二人生逐漸銜接起來了。這裏的關鍵是我終於真正意識到世俗角色並不重要，重要的是內心角色，是內心那顆真實而自由的靈魂。八十年代最寶貴的效應，是大時代激活了我的內在世界，從根本上打開了我心靈的門窗，而且喚醒了我的反思世界與反觀自身的熱情與能力。

這是一番很忠實也很透徹的自我解剖，再復作為「思想者」所經歷的無限艱辛都包括在其中。讓我試作一點分疏。

一九八九年年六月四日是再復的第一和第二人生之間的分界線，這是再清楚不過的事。他用「轟轟烈烈」和「安安靜靜」來分別概括這兩個人生階段。我們也可以說，他的第一人生是「驚天動地」，第二人生則是「寂天寞地」。一個人在一夜之間從「驚天動地」掉進「寂天寞地」，他在心理適應方面所必須克服的困難是不可想像的。以再復而言，我認為他至少經歷了三個層次的精神奮鬥，而且一層比一層更困難。

第一層困難便是他所說的從「世俗社會的角色」轉變為「內心角色」。「所長」、「政協委員」之類「角色」在「黨天下」體制下擁有與之相應的巨大權力，這在常態的現代社會中是難以想像的。再復自己便談到克服這一層困難的過程，他說：

到西方後才覺得，哎呀，這個「自由」多麼累，我們原先甚麼都靠組織，甚麼都是組織幫解決，出門它幫我找汽車，出國它幫我買機票，特別是我當時是研究所長，辦公室裏行政人員多，很方便。到美國來可不行了，甚麼都要靠自己。這才覺得西方這個大自由社會，沒有能力就沒有自由，我害怕，我要逃避自由。但是這就逼着我成長了，所以我說第二人生，自己能力成長了。

我必須強調：儘管孔子早就說過：「不義而富且貴，於我如浮雲。」詩人也能「紅顏棄軒冕，白首臥松雲」，但親歷其境，毅然在良知與人慾之間作出明確的抉擇畢竟不是很容易的事。再復在漂流一兩年之內便能「調停得心體無累」（王陽明語），這便充分印證了高行健的觀察：他確實具有「內心強大的力量」。

第二、《易經》說：「天地變化，草木蕃；天地閉，賢人隱。」八十年代是「黨天下」五十多年中僅有的一次短暫的「天地變化，草木蕃」時期。事實上，這只是曇花一現的幻境，因許多歷史因素的偶然湊泊而成——這裏不可能也毋須展開討論。但不可否認地，在此一剎那幻境中，中國大陸上確出現了一番「驚天動地」的景象，再復便是當時「驚天動地」之一人。最近《紐約客》上有一篇《北京來鴻》，因《告別革命》一書而回顧了八十年代再復和李澤厚兄的文化功績：他們兩位光芒四射，分別在文學界和思想界發揮了巨大的影響力。（見Jianying Zha, *Letter from Beijing: Enemy of the state*, The New Yorker, April 23, 2007, p.53）

在《關於文學的主體間性》中，對談者楊春時先生曾這樣概括他們兩位當時在思想上「驚天動地」的作用：

> 現在回想起來，在你（按：指劉再復）寫作《論文學的主體性》之前，學術界就已經對反映論和意識形態論進行了批判，但是還沒有找到一個堅實的理論體系……。所以當時李澤厚先生的「主體性實踐哲學」一提出來，就引起廣泛的重視。李先生的功績就在於提出了一個理論系統，給思想啟蒙提供了一個理論根據。記得一九八五年我們曾經談起李先生剛發表的那篇《康德哲學與主體性論綱》，感到很受啟發，並考慮用主體性來建構新的文學理論。而不久你就發表了《論文學的主體性》，並引起了轟動和全國範圍的大討論。但是我也注意到，你對主體性理論的發揮，有自己的創造。你講的文學主體性與李澤厚先生的實踐主體性有所區別，並不是簡單移用。

由此可知，再復和澤厚當時所說的，都是人人心中想說而又說不出來的話，因此文章一發表便「引起了轟動和全國範圍的大討論」。所以八十年代正是再復的生命力最旺盛也最發皇的階段，無論就學問或思想說，達到了「道必充於己，而後施以及人」（程伊川語）的境界。讀者或聽眾對他的文字或言論的熱烈回響也成為他的生命中不可分割的部份，因為他這時的生命已與「天地變化，草木蕃」融為一體。但一九八九年「六四」以後，中國大陸又重回「天地閉，賢人隱」的死寂狀態，再復也被迫而成為一個「漂流者」；在漂流中他雖然不斷地寫作，然而孤雁離群，再也引不起「轟動」或「全國範圍的大討論」了。克服這一層次的寂寞之感比拋棄「世俗社會的角色」也不知道要困難多少倍。試聽聽他在二零零六年答「故鄉」之問的話：

> 此時此刻，我的筆下就是我的故鄉，我心中原初那一片淨土就是故鄉……我的快樂不在於我的作品的發表，或是外部的評價，或是轟動效應。我的快樂，我的滿足，就在表述的此時此刻。（林幸謙《生命向宇宙敞開》）

這是大徹大悟以後的證詞，他終於超越了「發表」、超越了「外部的評價」，更超越了「轟動效應」。用孔子的話說，這是「人不知而不慍」；用莊子的話說，這是「舉世譽之而不加勸，舉世非之而不加沮」。但是再復最後能達到這一境界顯然是經過了長期的內心掙扎。這就直接通向他在第三層次的精神奮鬥：怎樣回到「心中原初那一片淨土」？

再復在第三層次的徹悟是他整個心路歷程中最長也最艱苦的一段。我推想其始點大概在「文革」時期。他回憶在「文革」中「看到批判『逍遙派』，心裏就發顫」（《知識分子的第三空間》），這似乎顯示，他那顆在「黨天下」意識形態中囚禁了幾十年的靈魂開始躍動了。八十年代《論文學的主體性》已是靈魂覺醒到相當明朗階段的正式表述，然而還沒有抵達終站。一直要等到漂流以後，在巴黎和高行健互相印證，歸宿於慧能的禪境，再復的心靈才真回到了「故鄉」。從此他口中筆底常見「悟」之一字，這絕不是偶然的。

用人人都能當下領會的話說，這個心靈的「故鄉」其實便是個人自由。再復宣揚「文學的主體性」時，他已正式肯定了個人自由是一切創作的源泉，不過「主體性」的概念借自康德，還沒有和中國文化傳統掛上鈎。等到他在禪悅中獲得「大自在」，他才走完了最後一程。

列寧說，「文學藝術是整個革命事業的齒輪和螺絲釘。」這是對個人自由的最徹底的否定，所以生活在這一原則支配下的文學家、藝術家，創作生命便完全終結了。在列寧、斯大林體制下如果仍有人能維持創作生命，那麼他或她必須以無比的勇氣去堅持個人的自由。前蘇聯的帕斯捷爾納克（Boris Pasternak）便是一個最典型的例子。一九四五年他正在撰寫《齊瓦哥醫生》，他對來訪的柏林（Isaiah Berlin）說，他對於個人自由的信仰是從康德的個人主義中得來的（見 Isaiah Berlin, "Conversations with Akhmatova and Pasternak", in *The Proper Study of Mankind*, New York, 1998, p. 529）。這和四十年後再復的經驗豈不是先後如出一轍？

但是我要特別指出，再復掙脫「黨天下」的精神枷鎖，找到個人自由，他所踏出的每一步都佈滿着荊棘，恐怕是俄國作家也難以想像的。這裏必須略略回顧一下俄國作家的處境。

一八四七年七月十五日貝林斯基（Vissarion Belinsky）在《給果戈里的公開信》（*Open Letter to Gogol*）說，帝俄專制下，整個社會是一片死寂，然而反專制、反東正教的文學卻一直生氣勃勃。所以作家的使命受到社會的尊敬，人們都把俄國作家看作是僅有的領袖、保衛者和救星。貝林斯基在俄國文學界的地位很像中國的魯迅，他的話是有份量的。這就是說，俄國早在十九世紀中葉便已形成了一個與政治權勢相抗的文學傳統。十月革命之後，絕大多數的文學家和藝術家都拒絕接受布爾什維克的專政，新政權召開作家會議，往往只有四五人或七八人到場，情況十分難堪。高爾基是列寧的朋友，因此曾和布爾什維克合作，但仍然時時對新政權發出嚴厲的批評。列寧因為重視他的支持，不得不予以容忍而已。黨對於作家的控制，自然日益加強，從列寧到斯大林無不如此。所以不少作家流亡國外，多數則飢寒交迫而死。高爾基早期曾保護了一部份作家，但也沒有能支持多久。令人詫異的是：在整個二十年代，俄國作家群在保衛文學自主性和作家自由方面，仍然毫不妥協，儘管其中不少人對新政權並不持敵意，有的甚至還抱着同情的態度。（可看 Richard Pipes, *Russia under the Bolshevik Regime*, New York: Afred A. Knopf, 1993, pp. 286-7; 298-303）我想這只有一個解釋，即俄國文學界的精神傳統十分強大，即使是列寧和斯大林也只能作到表面的控制，而不敢徹底摧毀其精神。

這一推想在前引柏林與俄國作家談話錄中更得到進一步的證實。一九四五年柏林和不少俄國作家——特別是帕斯捷爾納克和著名女詩人阿赫瑪托娃（Anna Andreevna Akhmatova）交談時，他們都能毫無忌憚地傾訴久被壓抑的情感和思想。柏林注意到，所有接談的作家都從不用「蘇聯」兩字，只稱「俄國」，可見他們並不認同於布爾什維克政權。帕斯捷爾納克還鄭重聲明，他雖然存活下來，卻並未向當局屈服。很顯然地，向當局妥協，在他看來是最大的恥辱。柏林和女詩人的長夜交談還造成了重大政治事件，因為引起了斯大林的憤怒。然而她事後也沒有受到嚴厲的懲罰。一九六四和一九六五年，蘇聯當局還允許她到意大利領取文學獎，到英國牛津大學接受榮譽學位。總之，俄國作家雖然被剝奪了發表的自由，他們的精神卻未被徹底摧破。如果沒有一個強大的傳統在後面支持着，這種情形是不可想像的。

在前蘇聯的對照之下，我們才能體會到再復找回他那顆「真實而自由的靈魂」，是多麼艱辛的一段旅程。《西遊記》裏的唐僧經過八十一難然後才「九九歸真」，再復的心路歷程正可作如是觀。中國現代文學的歷史短淺，並未形成一個與政治權勢相對抗的傳統。一九四九年以後，除了胡風曾奮戈一擊，爭取創作的自由之外，其餘的作家，無論情願還是不情願，都已淪為「革命事業的齒輪和螺絲釘」——這也是毛澤東《在延安文藝座談會上的講話》所強調的論點。胡風的上書則恰好給毛一個直接懲治作家的機會。毛與列寧、斯大林不同，對中國傳統中的「誅心之論」有極深的認識；他知道中國文人、士大夫往往「口是心非」，在征服者的面前常持一套「身降心不降」的對應之道。因此列、斯只要制服作家的身體及其行動便已滿足，毛則更進一步，要他們「交心」，非把他們的靈魂弄得支離破碎不肯罷手。再復從小便在「黨」的意識形態的全面包圍下成長起來，而且包圍得密不透風。因此他不但對「共和國」「充滿感激之情」，而且「熱愛紅旗下的生活」；他的紅領巾一直戴到十八歲，比別的孩子多三年（見《人生分野與三項自由》）。等到他的靈魂開始覺醒的時候，舉目四顧，則全是一片精神廢墟。他在這樣的條件下竟能一步一步地由「漸悟」走到「頓悟」，而且「悟」得如此徹底，實在不能不說是一個奇蹟。

再復《思想者十八題》即將問世，他要我寫幾句話在前面，作為介紹。我細閱全稿，決定把他從「必然王國」回到「自由王國」的一段經過發掘出來，聊為讀者之一助。最後讓我引百丈懷海禪師答弟子之問，以終此序：

> 問：「如何得自由分？」師曰：「如今得即得。」（《五燈會元》卷三）

如何參透禪機，是在善解者。

序於普林斯頓
二零零七年五月十四日

自序：思想者的尊嚴

劉再復

這部集子，主要由兩部份構成，一部份是報刊的採訪錄、答問錄，一部份是和一些朋友的對談錄，共同點是談話而不是文章。但為了給採訪錄作註，讓讀者深一些地了解訪談內容，也附上幾篇演講稿和文章。出國之後，儘管我竭力迴避媒體訪問，竭力抹掉「公眾知識分子」的形象，但還是面對報刊談論一些必要的話題，只是所有的語言都在權力之外、政治之外、宣傳之外，乃是我個人獨立不移的真實聲音，或多或少都帶着挑戰習俗的聲音。

一九九二年，歐梵兄在為《漂流手記》第一卷所作的序言中稱我的散文是「心靈傳記」，那麼，可以說，這些訪談錄則是我的部份「思想傳記」。儘管我的思想不僅在訪談中，但在訪談錄卻有一個真實的思想者自我。無論是散文還是訪談，我都沒有壓抑自己和扭曲自己，也沒有面具，該說的話就說，不情願說的話就不說，身心是完整的。人生這麼短，能敞開胸懷說說由衷之言，能不迎合潮流與風氣而保持一點生命的本真與鋒芒，就是幸福。雖有鋒芒，卻不是高調。十七年來，我有一點進步，就是從高調俱樂部走向低調俱樂部。閱盡人間困境，要緊的是敢於面對困境的真相說出真話，而不是唱革命高調。

朋友們都知道，我不喜歡煙酒聲色，只有形而上嗜好。換句話說，形而上思索是唯一的快樂。出國之後，雖然也常常陷入困境，但有這種快樂在，就足以對付一切。我所以喜歡和友人交談，也願意接受一些採訪，就因為這也是一種思想形式，也感到愉快。今天把這些對談、訪談編輯整理出一部集子，讓它獨自站立於書林與學林之中，便是覺得這裏頭還有些思索的腳印，說得重一些，便是還有些思想的價值。學問，思想，文采，三者我都喜歡，都默默追求，而讓我最醉心的還是思想。我知道自己的本質乃是一個思想者，一個靈魂主權意識很強的思想者，一個把思想的自由表述視為最高尊嚴的思想者，一個被許多當代猛人、伶俐人、套中人所不容的思想者。

說到這裏，我想起一篇對拙著《西尋故鄉》的書評。這是一九九七年春天發表在新加坡《聯合早報》上的文章，作者韓山元，一個素不相識的知音。恕我多引用其中的幾段話：

> 看完了這部書才知道，劉再復苦苦尋找的是「情感的故鄉」、「心靈的家園」。用劉再復的話來說，他所尋找的故鄉不是地圖上的一個固定點，而是「生命的永恆之海，一個可容納情思的偉大家園」。
>
> 每一個普普通通的人，都有一個具體的，說得出是甚麼樣子的故鄉，但未必人人都有個「心靈的家園」。再說，沒有那麼一個「心靈的家園」，他們也可以「飯照吃，舞照跳」，每天吃飽、排洩、睡覺，日子過得蠻好。但愛思考的人就不同，他們更重視精神生活的充實與提升。劉再復就是這樣一個人。
>
> 讀這部書時，我最感興趣的是：劉再復找到他精神的故鄉了嗎？答案可在《思想者種族》一文中找到。這篇散文寫得格外深沉，讀來令人心靈受到極大震撼。《思想者》是法國雕塑大師羅丹的傑作。劉再復五次到巴黎，四次走進羅丹博物館探望這位「思想者」，每次都心情激動。

以下一段話，不僅是這篇短文的「筆心」，也是全書的「文心」：

在廣闊的藍天下有一支奇特的種族，就叫作思想者種族。它散佈在世界的各個角落。這支種族沒有國家，沒有偏見，但有故鄉，鄉土就在書本中，就在稿紙上，就在所有會思索的人類心靈裏。這一種族，是精神上的吉普賽人，他們到處漂泊，穿越各種土地邊界，流浪四方。

劉再復、李澤厚、余秋雨都是中國當代才華橫溢、思想閃光的學者，三人的文章風格有顯著差異，李澤厚的文章理性色彩濃厚，余秋雨則是文采斑斕，劉再復似是介於兩者之間。因此，劉再復的這部書既有理論著作的嚴謹縝密，又有文藝著作的感性色彩。[1]

所以把從未謀面、從未聯繫的韓山元先生視為知音，不是因為他對我的熱情評價，而是他在赤子似的閱讀中準確地發現我的「文心」。不錯，沒有國界的流浪漢，精神上的吉普賽人，思想者種族中漂泊的一員，正是我的存在狀態。如果閱讀過韓山元先生這篇書評，大約就會了解我為甚麼把這部集子命名為《思想者十八題》。

十八題中，有的題目早已談得很詳盡，並有專書出版；有的題目雖然談得很多，但尚未整理出來，

1 摘自《聯合早報》一九九七年四月五日副刊。

如《返回古典》，此集子中選了兩篇即興談話，以示問題的正式提出。還有些論題，只是把思想點破而已，充份論證還得留待將來，有些對話，每一小題都可作一大篇文章。集中還有和歐梵兄的兩篇對話，其中關於輕與重的思索，是十三年前的記錄稿，此次編輯集子時，才把它挖掘出來。歲月流逝，時間並沒有老化我們的思想，這是最值得欣慰的。

二零零七年五月於美國科羅拉多州

第一題

放下政治話語

——與高行健的巴黎十日談

一、慧能的力度（二零零五年二月，巴黎行健寓所）

劉再復：（以下簡稱「劉」）這次到普羅旺斯大學參加你的國際學術討論會，開幕式前夜在馬賽歌劇院看到你導演的《八月雪》，真是高興。演出非常成功，看到法國觀眾一次又一次起立為慧能歡呼鼓掌，更是高興。

高行健（以下簡稱「高」）：這次主演的是台灣國立戲曲專科學校。加上馬賽歌劇院的樂團與合唱團，台上就有一百二十人，顯得很壯觀；而且從音樂到演出都不同於西方歌劇。

劉：我在此次會上聽説，杜特萊（Noel Dutrait）教授親自一次又一次地給合唱團演員糾正口音，非常認真。這是中西文化切實的合作與融合，不是政治宣傳。我還注意到了，這完全是一個新型的現代歌劇，既不同於京劇那樣的民族歌劇，又不同於西方的現代歌劇，但兼有兩者的長處。你導演這個戲時太投入了，差些要了你的命。

高：在台北排練《八月雪》已經住了一次醫院，之後，又在法國喜劇院導演《週末四重奏》，終於撐不住了，最後血壓高到二百多。兩次開刀才搶救過來，死神和我擦肩而過。

劉：莫里哀就是在戲台上倒下的。現在你這套房子離莫里哀喜劇院只有百米之遙，離莫里哀的住所也只有兩個胡同之隔，你可別像莫里哀那樣一倒下就起不來。我一直説，文學藝術固然美妙，但也很殘酷，它會把人的生命全部吸乾。看你這副皮包骨的樣子，就像快要被吸乾了。

高：去年情況真的不好，但經過治療休息，現在還不錯，血壓正常了，精神也恢復了，每天都在讀書作畫，只是寫作得暫時停下來。

劉：吃飯睡覺都好嗎？

高：倒是能吃能睡。原來醫生規定每個星期只允許吃幾片牛肉，我自己連幾片肉也不吃，已經習慣吃素菜素飯，身體明顯好轉了。我現在倒是擔心你。我在電話裏和你說過多次，今天趁你在這裏，再鄭重告訴你，你一定要注意飲食，不要再吃肥肉和動物內臟了，這些都是壞東西。我過去就喜歡吃這些，要吸取教訓，一定要控制血壓，改變飲食習慣，多吃水果和蔬菜。

劉：去年你兩次開刀，真把我嚇死了。以後我會強化一點健康意識，你放心。

高：出國後你寫了那麼多書，太拚命了。光《漂流手記》就寫了九部，這是中國流亡文學的實績，還寫了那麼多學術著作。前幾年我就說，流亡海外的人那麼多，成果最豐碩的是你。你的散文集，我每部都讀，不僅有文采，有學識，而且有思想，有境界。我相信，就思想的力度和文章的格調說，當代中國散文家，無人可以和你相比。這都得益於我們有表述的自由。更關鍵的是你自己內心強大的力量，在流亡的逆境中，毫不怨天尤人，不屈不撓，也不自戀，而且不斷反思，認識不斷深化，這種自信和力量，真是異乎尋常。你的這些珍貴的文集呈現了一種獨立不移的精神，寧可孤獨，寧可寂寞，寧可丟失一切外在榮耀，也要守持做人的尊嚴，守持生命本真，守持真人品、真性情。僅此一點，你這「逃亡」就可說是此生「不虛此行」，給中國現代文學增添一份沒有過的光彩，而且給中國現代思想史留下了一筆不可磨滅的精神財富。

劉：你總是鼓勵我，十六年前剛出國，你在巴黎給我說的話，現在還記得。你說，我們現在最重要的事是趕快抹掉政治陰影，立即投入精神創造。現在終於得到了自由表述的可能。對中國知識分子而言，沒有甚麼比這更寶貴的了。從巴黎回到美國芝加哥大學，我收到你的信，你又說不要去理會那些政治和人事糾紛，趕緊投入寫作。你的這些清醒的意識影響了我，得謝謝你。

高：不走出中國的那些陰影與噩夢，就無法完成《靈山》、《一個人的聖經》和我的那些劇本。你也寫不了這麼多卷的《漂流手記》，還有你的《告別革命》、《罪與文學》這些重要的思想學術論著。前不久我還特別告訴聯經出版社，希望他們能出《罪與文學》的台灣版。我說，這是現今最好的一部中國現當代文學史，史論結合，又是一部帶有歷史意義的宏觀文學論。海內外至今不曾見到一部這樣有見地、有思想深度的關於中國文學的巨著。對了，我還應當特別感謝你下這麼多功夫寫了《高行健論》，儘管我們是莫逆之交，我還是要感謝你，這樣支持我理解我。十五年前，我就說當時你在中國文學界，對中國當代文學就已經做了充份的理論表述，十五年後的今天，你的表述更加深入，更加精彩。

劉：和你相比，我還是望塵莫及。不過有一點是值得我們慶幸的。我們終於走出來了，靈魂站立起來了。我們的逃亡不是政治反叛，而是精神自救，有了逃亡，我們才能源源不絕地讓思想湧流出來。

高：我們所以流亡，為的是贏得精神創造的自由，避免被政治扼殺。一百年來，由於種種政治、社會、歷史的困境，中國知識分子很難獨立自主從事精神創造。今天我們有這樣的機會，無衣食的憂慮，能排除外界的干擾，能自由寫作，太難得了，應該珍惜這種機會，也許我們還可以工作一二十年吧。

劉：讓我們都保重。你現在要多休息，還是不要急於寫作，能讀點書作點畫就很好。你的畫能打進藝術之都巴黎和西方藝術世界，也是奇。

高：現在我畫得很投入。去年在法國國際當代博覽會展出的二十五幅畫，全被各國收藏家買走了，以後我得多留下一些不賣的作品。出國後，我在歐美和亞洲的個展參展已在五十次以上。

劉：你的水墨畫，我愈看愈有味道。你畫的不是物相，而是心相，或者說，畫的不是色，而是空，是空靈與空寂。我在你的畫裏發現文學，發現內心。這大約也得益於禪。

高：禪，其實，與其說是宗教，不如說它是一種立身的態度，一種審美。

劉：我在前三年的一篇談論你的文章中就說，禪實際上是審美，懸擱概念、懸擱現實功利的審美。有些詩人，例如陶淵明，他生在達摩進入中國之前，與禪宗沒有關係，但他的詩卻有很高的禪意。「結廬在人境，……心遠地自偏」，「此中有真意，欲辨已忘言」，「縱浪大化中，不喜亦不懼」。他講的全是心性本體，是心靈狀態，與禪完全相通。宋代我們福建有一位詩評家，叫作葛立方，他著了一部名為《韻語陽秋》的詩話，就發現陶淵明很有禪性，因此稱陶淵明為「第一達摩」，這真是一語中的高明的見解。這次你通過《八月雪》把慧能形象首先推向西方主流舞台，可能也會推動西方對禪的研究。

高：自從鈴木大拙在美國哥倫比亞大學和美英各大學講禪後，西方已有不少研究禪宗的著作，但都偏重於學問。而禪本身恰恰不是學問。西方的學者、作家儘管對禪有興趣，但很可能一輩子都掌握不了禪的精髓。禪把哲學變成一種生命體驗，一種審美方式，這一點很了不起。

劉：哲學本是「頭腦」的，思辨的，邏輯的，實證的，但禪卻把它變成生命的，感悟的，直觀的。它創造了另一種哲學方式。馮友蘭先生的哲學研究，正是把邏輯的方式與感悟的方式結合起來，他稱前者為正方法，後者為負方法。

高：過去，中國思想界只把慧能當作一位宗教的革新家，殊不知他正是一位思想家，甚至可以說是一位大思想家，一位不立文字、不使用概念的大思想家，大哲人。我們應當從「思想家」這個層面去理解慧能。只有這樣，我們才能看清他在人類思想史上獨特的地位和意義。

劉：你說的這一點非常重要。慧能不識字，可是他的思想卻深刻得無與倫比。他的不立文字、明心見性，排除一切僵化概念、範疇的遮蔽，擊中要害，直抵生命的本真。《六祖壇經》有一個重要發現：發現語言是人的一個終極地獄，也可以說，概念是人的終極地獄。慧能的思想是超越概念、穿透概念的思想。沒有概念、範疇也可以思想，這在西方是不可思議的，但在慧能那裏卻得到精彩的實現。這確實提供了一種不同於西方哲學的思維方式，也可以說，提供了一種新的思想資源。理性作為工具，是有用的，但它並非萬能。慧能不是通過理性，而是通過悟性抵達不可說之處，抵達事物的本體，抵達理性難以抵達的心靈深處。

高：慧能提示了一種生存的方式，他從表述到行為都在啟示如何解放身心得大自在。他是東方的基督，但他與《聖經》中的基督不同，他不宣告救世，不承擔救世主的角色，而是啟發人自救。

劉：慧能把禪徹底內心化了。他的自救原理非常徹底，他不去外部世界尋求救主，尋求力量，而是在自己的身心中喚醒覺悟。佛不在山林寺廟裏，而在自己的心性中。每個人都可能成佛，全看自己能否達到這種境界，明白這一點確實能激發我們的生命力量。

高：很有效。就像我們兩個人，個人都如此獨立不移，不依靠集團，不結幫派，沒有主義，但我們的精神很健康，就靠這種內在的力量。我在《聯合報》上讀了你闡釋《八月雪》的文章，寫得真好。慧能就是那樣一個獨立不移的人，他追求的是得大自在。他作為宗教領袖，卻拒絕偶像崇拜，也不鼓吹信仰，排除一切迷信，如此透徹。他聲名赫赫，但拒絕進入宮廷當甚麼王者師，寧可掉頭也不去，他知道一去就只能成為權力的點綴，當皇帝的玩偶，失去自由，很了不起。慧能哪來這麼大的力量？全來自他的大徹大悟。

劉：慧能知道，一旦進入宮廷，他就要被皇帝「供奉」起來，雖得到膜拜，但失去自由。慧能是一個思想者拒絕為權力服務的典範。他生活在唐中宗、武則天的時代，還屬盛唐時代，是很繁榮、很開放的時代，連皇帝都信佛，都接受外來的佛教文化，也只有這種社會條件才能容納慧能，容納各種宗教流派，然而，即使是在盛世，他也不為榮光耀眼的權力服務，只獨立思想。慧能如此拒絕進入權力框架，事實上開創了一種風氣，不做皇帝附庸與權力工具而獨立自在的風氣，實在了不起。

高：慧能確實開了新風氣，回到人的本真，率性而活，充份肯定個人的尊嚴。這種生活方式對權力當然是巨大的挑戰，也是對社會習俗和倫理的挑戰，但挑戰不是造反，也不搞革命，不破壞，也不故作挑釁的姿態，而以自己的思想與行為切切實實確認生命的價值和做人的尊嚴。

劉：人的脆弱常常表現在很容易被權力、財富、功名所誘惑，也很容易被自己的偶像、名號、桂冠、衣着所消滅。人的本真存在每時每刻都在受到威脅，慧能的意義正是他提供了生命本真的當下存在受到威脅時如何抗拒這種威脅，如何守住人的真價值。

高：當今社會，人也日益商品化、政治化，個人變得愈來愈脆弱。慧能的思想和他的一生提示我們還有另一種生存的可能，另一種生活態度。

劉：慧能的思想有時呈現在他的講道釋經中，但更重要的是呈現在他的行為語言中。他拒絕偶像崇拜，拒絕皇帝的詔令進入政治權力框架，特別是最後打破教門權力的象徵——衣鉢，這些行為意義重大。《八月雪》把打破衣鉢這一情節表現得非常動人。慧能這一行為包含着他對教門傳宗接代方式的懷疑，只要看看當今宗教的派別之爭，就可明白慧能的思想是何等深邃。

高：佛教講慈悲，還為傳宗衣鉢而追殺慧能，佛門中尚且如此，更何況佛門之外的政治領域和其他領域。衣鉢是權力的象徵，哪裏有權力，哪裏就有權力之爭，這是一條定律。慧能的大智慧就是看透了這一點，所以他不接受權力，更不進入權力框架。

劉：真是這樣，最講和平的佛教尚且如此爭鬥，更毋論其他了。小權力讓人產生小慾望，大權力讓人產生大慾望。我曾感慨，也已寫成文字，説宮廷之中因為有大權力，所以連被閹了的太監也充滿慾望，肉體上去勢，心思裏卻去不了權勢慾。可見人性惡是多麼根深蒂固。

高：禪宗衣鉢到了慧能便不再傳，這是歷史事實。慧能敢於打碎衣鉢，在宗教史上也是個創舉。

劉：慧能沒有任何妄念，他甚麼都放得下。唐中宗、武則天兩次徵召，他都抗拒，這需要多大的勇氣？歷代多少寺院，只要皇帝一賜匾額，一徵召入宮當「大師」，都感激不盡，連稱「皇恩浩蕩」，惟有慧能全不在乎，全都放下。他「止」於空門，絕不「止」於宮廷之門，這是對功名心的真正否定，何等的力量。

高：禪講平常心，但平常心並不容易。面對巨大的權力的壓力、財富的誘惑，還是以平常之心做該做的事，不生任何妄念。以平常之心處置非常的壓力與誘惑也是慧能的重要思想。而在他之後的打殺菩薩，咒罵佛祖，則是故作姿態。而故作姿態，也是妄念作怪。

劉：《八月雪》最後一幕所表現的妄禪、狂禪，正是對這種妄念的批判。慧能致力於縮小人性與佛性的距離，把清淨自性視為佛性，把平常自然之心視為菩薩之心，把出世的宗教改革成人文宗教，本是創舉。可是到了馬祖的弟子之輩，便把禪戲鬧化，走向佛的反面，公開宣稱「佛之一字，我不喜聞」，以至呵斥達摩是「老臊胡」，釋迦是「乾屎橛」，完全走火入魔了。《八月雪》最後一幕表現大鬧參堂最後參堂起火，一切都歸於灰燼，這不僅是禪的悲劇，也是世界人生的悲劇。慧能似乎早已洞見這一切，世事浮沉，人事變遷，周而復始，本想尋求大平靜，但終於擋不住嘈雜與喧鬧，這是世界的常態，今朝明朝都一樣，所以也不必過於煩惱，重要的是在當下充份思想，充份生活。慧能以他的驚世絕俗的行為告訴我們，存在的意義只有一條，那就是存在本身，那就是存在本身的尊嚴、自由與它對世界的意識。

高：一千年前的慧能，告訴我們如何把握生命，如何存在於當下，存在於此時此刻。這此刻當下，是個體的當下，活生生的當下，也是永恆的。永恆就寄寓在無窮的當下的瞬間中。對當下清醒的意識，對活生生的生命的感悟，便進入禪。所謂明心見性，也就是對此刻當下清醒的意識，對生命瞬間的直接把握。

劉：這就是說，存在的意義是對生命本身清醒的意識。更為簡單的表述，便是意義即意識。你在戲劇作品中一再表明這種思想，說世界難以改造，而人內心往往一片混沌，活在妄念之中而不自知。澤厚兄最近出版的《歷史本體論》，引證你在《夜遊神》中的一段話，他說他發現你的作品有那麼多的性愛描寫，真正突出的就是人活着的無目的性：人生無目的，世界無意義。你是不是同意他的這種解釋？

高：你在給《叩問死亡》所寫的跋中，引用劇中人的那句話：「世界本無知，而這傢伙卻充份自覺」，並做了很正確的闡釋。澤厚兄的《歷史本體論》我讀過了，他的提問很有深度。要知道世界本是無知的，意義何在？二十世紀那麼多改造世界的預言與烏托邦，都變成了一片謊言。從科技層面上說，世界確實進步了。但在人性層面上，人類卻不見有多大的長進。人類發明了那麼多的醫藥，但人性的弱點無藥可治。今天的人甚至比過去更脆弱。我不相信改造世界的神話，也不製造烏托邦。所謂有無意義，只在於是否自覺。我說「自覺」，就是用清明的眼睛清醒地認識自身與周圍的世界。

劉：清明的眼睛，清醒的意識，再加上充份的表述，確實是很大的幸福與意義。慧能的思想正是強調「自覺」。他的一個思想貢獻，是把佛學的外三寶——佛、法、僧，變為內三寶：覺、正、淨。這是一個關鍵。把外在的求佛、求法、求救，變成內在的自覺，變成清醒的意識。意義要從這種轉變中去開掘，去發現。少說一點改造世界的大話，多做一些改造自身的修煉，可能更好些。你如此強調當下，我的認識沒有你的徹底，我還是覺得人生必須有些未來之光，明天之光，也就是理想之光。我也不再相信有甚麼烏托邦式的理想社會，但還是覺得需要有社會理想與個人理想。人總得有點夢，明知夢不真實，還是要做夢。

高：從事創作，無論是文學寫作還是作畫，創作的此時此刻已得趣其中，自由書寫和盡性書寫的本身，就得到極大的滿足，無須指望明天有人認可才得到滿足。如果說作品明天得到他人的認可與欣賞，那也是此時作品創造的價值。如果作者把他的審美感受轉移到非作品中去了，作品反而成了身外之物。而作者和作品的關係則又當別論。

劉：你身體仍然很弱，我們今天先講到這裏。

二、「認同」的陷阱（二零零五年二月，巴黎行健寓所）

劉：昨天我們討論了慧能的思想方式與生命方式，這樣，我們就有了一個精神坐標和人格坐標。慧能的精神最核心的一點是獨立不移。換句話說，慧能這一存在，是獨立不移的思想存在。

高：慧能是一千多年前的人了，可是，中國近代卻喪失了這種精神。個人的尊嚴，個人的自由表述，發出的個人獨立不移的聲音，這該是思想者的最高的價值，如今在政治與市場的雙重壓力下，一個作家都很難發出這樣的聲音。

劉：你昨天講得很好，作為一個作家，既然是一個獨立不移的個體存在，那就不能為他人的認可而寫作，當然也不能為大眾的認可、市場的認可、權力的認可而寫作。外在的評語，包括評論家的評語、大眾的評語、權勢者的評語，都不是重要的。重要的是自身內在真實而自由的聲音，是獨立而有價值的思想。作家當然也不能被「看不懂」的幼稚評論所影響。從蘇格拉底、柏拉圖到康德，真讀得懂的只是少數，多數人是讀不懂的。至今能走入卡夫卡、喬伊斯、福克納的文學世界的，也不是多數。有些人一輩子也進入不了卡夫卡、喬伊斯的世界。

高：寫作不求外部力量的認可，這才有自由。另一方面，我們個人也不去認同外部力量。我覺得作家和思想者的基本品格不是「認同」，而是常常不認同。我一直把「認同」二字視為政治話語的範疇。我們作為思想者和作家，講的寫的是文學話語、思想話語，而不是政治話語。

劉：把政治話語和文學話語區別開來，非常重要。政治總是要求認同，也需要他人去認同。你必須認同我，否則就消滅你，這是強權的專制原則，與自由原則正好相反。這種「認同」的背後自然是政治利益，毫無真文學與真思想可言。

高：政治要求「認同」，如果無人跟隨便玩不轉。要求認同一種主義，一種時尚，一種話語，背後是權力和利益的操作。可憐的是不僅權勢要求「認同」，而大眾也要求作家去認同他們的趣味。弱者無力抗拒，只能跟隨潮流。群眾就這樣跟隨偶像，而成為盲流。如果作家也隨大流，也一味去認同，也就無思想、無文學可言。

劉：你的《彼岸》告訴讀者觀眾，既不能當大眾的尾巴，也不能當大眾的領袖。尾巴必須遷就、迎合，必須認同大眾的意見，而領袖也必須遷就迎合。大眾總是追求平均而達到多數。而思想者卻注定是少數，是異數，是單數，一旦成為領袖，就沒有突破平均數的自由，也就沒有獨立思想的可能。

高：拒絕當領袖，這一點特別要緊。《彼岸》的主人公這人就拒絕當領袖。大眾找領袖，要找個帶頭羊。這人拒絕當這樣的領袖。當領袖，就得進入權力之爭，那無窮無盡、無休無止的權力之爭和利益的平衡，會弄得人身心憔悴。政治權力運作機制注定要消滅異己，容不得獨立思考。我們交往二十多年，我早就發現你也是一個拒絕充當領袖的人，二十年前就被推選出來當文學研究所所長，而你從來沒有領袖心態、寨主心態，一上任就高舉學術自由的旗幟，一旦舉不了就毅然退出，選擇「逃亡」。

劉：要獨立思想，確實需要遠離權力中心，甘居邊緣地位。又想當領袖，又想當獨立思想者，企圖兼得魚與熊掌，這絕對是妄念。思想的自由，表述的自由，是最高的價值。它在一切價值之上，這對我們來說，是須臾不可忘卻的。有了這一基石，任何其他的東西，包括領袖的桂冠都可以放下。

高：一個人只要內心獨立不移，浪跡天涯，何處不可為生？何處不能寫作？說自己要說的話就是了，還認同甚麼？迎合甚麼？企求甚麼？

劉：當然，不迎合，不認同，就會陷入孤獨。出國這十幾年，我對孤獨算是有了刻骨銘心的體驗。從害怕孤獨到享受孤獨，這個過程讓我明白，孤獨正是自由的必要條件，孤獨中與自己對話，與上帝對話，與偉大的靈魂對話，何必他人的認可，何必去認同那變來變去的時尚和潮流？

高：這孤獨是命定的，也是人的常態，不是壞事。甚至應當說，孤獨是自由思想必要的前提。把孤獨視為常態，視為自由的必要條件，這正是個人意識的覺醒。

劉：你剛才說，老講「認同」實際上是政治話語而非文學話語。文學創作首先要走出平庸，追求原創，言前人所未言，當然不能老講「認同」，但是，一個作家認同自己的民族語言、民族宗教、民族文化，是不是也無可非議？

高：本來是無可非議的，法國人說法語，中國人說漢語，都有深厚的文化傳統，這是很自然的。但是，如果把這種認同，變成一種文化政策，變成意識形態，成為一種政治取向，就得警惕了。事實上，今天任何一個受過高等教育的人，所接受的文化，都不僅是一個民族的文化。當今文化和信息的交流如此方便，地球相對變得很小，可以說，已經沒有一個東方作家不受西方文化的影響，也找不到一個西方作家對東方文化一無所知。無論你出身哪個國家哪個民族，只要你受過高等教育，你就不可能是一個純粹民族文化的載體，只是承認不承認而已。在這種歷史條件下，強調民族文化的認同對文學創作有甚麼意義？恐怕只有政治意義。所以我說強調認同民族文化，只能導致政治上的民族主義。

劉：關於民族主義，幾年前我和李澤厚先生有個對談，我們也是持批評態度的。你剛才說現今的知識分子已不是純粹民族文化的載體，這是一個事實。所以我們在講文化傳統的時候，一方面當然要尊重創造這種文化傳統的民族主體；但是，另一方面，則應當承認，優秀文化一旦創造出來又成了全人類的共同精神財富，具有普世價值。二十世紀科學技術的突飛猛進，文化傳播手段的迅速發展，使不同民族創造出來的文化文學成果的交流更加容易，國界對文學而言也愈來愈失去意義。有位朋友說「美文不可譯」，但我始終認為文學具有可譯性。心靈也可溝通。人類的心靈歸根結蒂是可以相通的。記得你在談普世性寫作時說，必須確立一個前提，就是人類具有共同的深層文化意識。所謂普世性寫作，就是承認在地球上居住的所有的人，其人性底層都是相通的。文學如果老講民族認同，不能關注人類普遍困境，結果會愈來愈偏執，愈來愈貧乏。這裏還涉及一個個體精神價值創造的自由問題。

高：不錯，個體在現實關係中實際上是不自由的，但在精神領域卻有絕對自由，或者說，精神領域中的自由是無限的，就看你怎樣發展。在文學創作中，作家盡可以超越社會、政治的限制，也超越現實的時空。這種精神自由，並不是任意自我宣洩，自我膨脹，相反是從現實的困境和人自身的困惑中解脱出來。

劉：這樣，才不會在他人設計的棋局中當一枚棋子，也才不會在他人設計的機器中當一顆螺絲釘。強調個體的獨立價值，並不等於誇大個人的力量，你一再說，任何個體都是脆弱的個體，並非尼采所說的「超人」。在現實關係中個體的行為受到社會制約，並非無所不能。自以為可以代替上帝，只能像尼采一樣弄得發瘋。不可以把個人視為他人的救主而凌駕於他人之上，也不能因為自己的自由而損害他人的自由。尼采的「超人」在現實生活中最後不是成為暴君，就是成為瘋子。

高：我們在批評「認同」這種媚俗的原則與政治話語的時候，發出的是個人的聲音，並非超人的聲音，也不是持不同政見者的聲音。

劉：關於這點，我在《高行健論》中特別做了說明，說明你擺脱了三個框架：一是國家框架與民族框架；二是持不同政見的政治框架；三是本族語言框架。持不同政見，是在政治層面上不認同權力中心，但它又要求他人認同它的政見，上它的政治戰車，追隨它的另一套政治話語。

高：一個作家當然有自己的政治見解，在現實政治中，贊成甚麼反對甚麼乃至於公開發表政見，批評當權者或者集權政治。我就一再表明我的政治態度，而且從不妥協去順應潮流或謀取利益。但是，我的文學創作必須遠遠超越現實政治，不做政見的傳聲筒。把文學變成政治控訴或吶喊，只能降低了文學的品格。文學不屈從任何功利，也包括政治功利。

劉：《逃亡》和《一個人的聖經》的成功，正是擺脫了「持不同政見」的框架。把逃亡提升到哲學的高度，呈現人類生存的普遍的困境，而且觸及人性很深，完全可以當作一部希臘悲劇來讀，難怪這部戲從歐洲演到美洲乃至非洲。

高：《一個人的聖經》也不只是譴責、控訴「文化大革命」，這本書建構在東西方更為寬闊的背景上，面對二十世紀中國的文革和德國法西斯造成的人類的巨大的災難，個人的艱難處境和脆弱的內心的種種困境令人深思。每一個民族，在古代差不多都有一部聖經，現今的個人，恐怕也得有本這樣的書。而我從遠古神話《山海經》寫到慧能和他的《壇經》，到《野人》中民族史詩《黑暗傳》的消亡，再到《夜遊神》超人式的現代基督之不可能，以及《叩問死亡》對當代西方社會的尖銳批評，都是所謂「持不同政見」那種狹窄的眼光無法容納的。

劉：還有一點是我想討論的。你批評民族文化認同可能會變成政治話語，那麼，現在全球化的潮流鋪天蓋地，認同這一潮流，是不是也有問題？

高：「全球化」是無法抗拒的，這是現時代普遍的經濟規律，而且不可逆轉，只能不斷協商和調節，面對這全球化的市場經濟，別說個人無能為力，就連政府也無法用行政手段或立法來加以阻擋。這無邊無際的怪物就這樣出現了。可以超越是非判斷，但無法預言這將導致怎樣的後果。

劉：在社會生活方面，我對全球化潮流不持反對態度。因為二十世紀末以來的全球化潮流是技術所推動的，是人類社會發展的自然結果。這與從十六世紀至十九世紀的用槍炮所推動的殖民化性質不同。槍炮所推動的是侵略性的殖民主義化，而技術推動的全球化是經濟一體化。儘管在社會生活層面上，我能理解全球化，但在文化層面上，尤其是文學藝術層面，卻對此一大潮流充份警惕。一體化潮流，也可視為一律化潮流。文學藝術最怕的就是一律化，最怕的就是個性的消滅。全球化大潮流席捲下，民族性都沒有了，更何況個性。我們警惕各種「認同」的陷阱，歸根結底，是警惕落入「一律化」、「一統化」、「一般化」的陷阱。

高：文學不是商品，不能同化為商品。這是我們能說的。但是，全球化的潮流正在改變文學的性質，把文學也變成一種大眾文化消費品。作家如果不屈從這種潮流，不追蹤時尚的口味，製作各種各樣的暢銷書，就只有自甘寂寞。因此，問題轉而就變成了作家自己是否耐得住寂寞。可用句老話：「自古聖賢皆寂寞。」所以，退一步來說，從來如此，而文學並沒有死亡。

三、走出老題目、老角色（二零零五年二月，巴黎行健寓所）

劉：我們正處於新世紀之初，我最想和你談論一些新世紀的新題目，也就是說，應當告別二十世紀的一些老題目。你的「沒有主義」，我和澤厚兄的「告別革命」，都是在告別老題目。從事文學創作和人文科學，既要講真話，又要講新話。講新話不是刻意標新立異，宣告以前的理念都過時了，而是要面對現實，說出真實的聲音，說出新見解。

高：走出老題目，也不必充當老角色。作家也需要調整自己的位置，例如，「戰士」「鬥士」「烈士」「英雄」乃至「受難者」這一類的角色，我以為也得告別。

劉：我是一個多元論者，作家要扮演何種角色，有自己選擇的自由，有的作家就選擇擁抱社會，充當社會改革志士、鬥士、戰士的角色，例如魯迅。有的則遠離這種角色，當隱士、逸士、高士，築起籬笆和圍牆，在自己的園地裏談龍説虎飲茶讀書，這也沒有甚麼不可以。問題是在我們經歷的年代裏，作家的角色被規定死了，只能充當戰士型的革命作家的角色，這就失去自由。

高：魯迅就不允許別人當隱士，還批判傳統的隱逸文化。

劉：你的《靈山》就是隱逸文化、自然文化、禪宗文化、民間文化的匯流，小説中的角色是純粹的精神角色，即身遊者與神遊者的角色，而不是世俗的角色。我一直懷疑，作家是否一定要在世俗社會中充當一個世俗的角色。但是有些作家沒有找到世俗的角色就不自在，這大約是因為角色可以帶來許多世俗的利益。

高：二十世紀有一種時髦，就是作家都得扮演頂天立地的大角色，不是社會良心，就是正義化身。我對這種角色一直持懷疑的態度。一些作家，滿身救世情結，批判社會，甚至鼓吹暴力。舊世界是否一定要砸碎？新世界是否一定就好？他人都成了地獄，唯我獨尊，可不就成了上帝。自我膨脹到這個地步，也會成為地獄。

劉：連薩特也扮演這種大角色。認為他人是自我的地獄，一定會形成一種反社會的人格。一九六八年法國左翼知識分子那麼熱心支持中國的「紅衛兵運動」都是救世情結。二十年前，我也曾熱衷於充當正義的化身，社會良心，後來才明白這是一種幻想。幻想在嚴酷的現實的地上撞碎，才清醒過來，才覺得最為迫切的還是正視自身的脆弱、困境和黑暗面，首先自救。不自救，哪來的清醒。

高：早期共產黨人鼓吹烏托邦，現在看來，是一種幻影、幻想，一種救世的虛妄。中國知識分子，一百多年呼喚的理想社會，甚麼時候實現過？不必再重彈老調，再製造救世的幻想，這種空洞的高調該結束了。

劉：不過，有一個問題，我常常在想，作家因為有審美理想，因此總是對社會不滿意，事實上也不能離開社會，如果不充當社會批判者，不以批判社會為前提，那麼，作家與社會又是怎樣一種關係呢？

高：作家只是一個見證人，見證社會，見證歷史，也見證人性。盡可能真實地呈現這大千世界和人類的生存困境及人自身的種種困惑，既超越政治的局限，也超越是非倫理的判斷，我以為這才是作家要做的事。作家要把他見證到的東西加以呈現，因此，他又是呈現者。我覺得這才是作家的位置與角色。

劉：不做革命者、顛覆者、烏托邦鼓吹者，也不做社會審判者、批判者，而做見證人和呈現者，你正是選擇了這樣的位置和角色，所以你贏得了創作的冷靜，創造了「冷文學」。你在二零零零年獲獎的演說中充份闡釋了這種立場。你以前在和我交談中甚至肯定《金瓶梅》，恐怕也是從見證社會與呈現人性出發，這部小說不做道德價值判斷。

高：不錯。《金瓶梅》這部小說除了性行為過份渲染之外，其他部份寫得相當冷靜。它把家庭社會人際關係的殘酷呈現得那麼充份，對人性的惡一點也不迴避，對作家所處的時代提供了一幅幅非常真實的眾生相，可說是一部現實主義的傑作，並且比西方現實主義文學早了一百多年。

劉：《紅樓夢》更是如此，它見證社會，見證歷史，是任何社會學家、歷史學家所不可比擬的。因為有《紅樓夢》，我們對清代的社會歷史，才有了真切的認識。而《紅樓夢》除了寫出人情詩意的一面，也寫出人際關係殘酷的一面，像王熙鳳的鐵血手段就很殘酷，但曹雪芹並不做道德審判，也不做歷史審判，說它「反封建」，是後人在評論中強加給小說的理念。

高：曹雪芹也只是見證歷史、見證人性，並不是以社會批判為創作前提。二十世紀許多研究《紅樓夢》的文章，把《紅樓夢》說成是一部批判書，批判封建主義，把它意識形態化了，不僅不了解《紅樓夢》的藝術價值，也遠遠沒有讀懂這部恢宏博大的書。

劉：不以「社會批判」為創作前提，這顯然有利於作家進入人性的深度。作家如果僅僅思考社會的合理性問題，以改造社會為使命，自然就會削弱對人性的探究。從這個意義上，我很理解你的見解。但是，一個作家往往同時又是一個知識分子。作為知識分子，他從寫作狀態中游離出來關懷社會，就不能不如薩義德所說的，要「對權勢者說真話」，要對社會進行批判。我想，你指的是作家的專業角色。

高：我所講的當然是作家的身份和位置，知識分子的角色問題應另當別論。不過，作為知識分子，也未必能擔負「正義化身」、「社會良心」「救世主」的角色。作家從社會關係中抽離出來，自居於邊緣，並不是不關心社會。這種獨立不移，拒絕作為政治附庸，往往正是對權力和習俗的挑戰，但是，並非一味譴責、控訴社會，而是通過作品喚起一種更清醒的認識。

劉：作家對社會的關懷確實可以有多種層面，以為直接干預社會才是關懷，便把關懷狹窄化了。喚起清醒意識，當然也是關懷，我在多次關於你的演講中，也提到你的「冷觀」。我說從卡夫卡到高行健，都是冷觀者，不是審判者。無論是卡夫卡還是你，其創作的詩意的源泉，就在於冷觀。詩意不是來自社會批判的激情，而是來自省觀社會省觀人性的態度，這一點，恐怕正是理解你的作品的關鍵。

高：不能把卡夫卡僅僅理解成資本主義社會的批判者。卡夫卡首先揭示了現代社會人的真實處境，個人在現實社會關係中像蟲子一樣可憐，隨時受到莫名其妙的審判，而種種社會烏托邦不過是可望而不可即的城堡，卡夫卡是二十世紀現代文學真正的先驅。他結束了浪漫主義文學時代，卡夫卡出現之後，作家如果還只有浪漫激情，就顯得浮淺。

劉：卡夫卡確實是個扭轉文學乾坤的巨人，以他為樞紐，西方文學從以抒情、浪漫為基調轉向以荒誕為基調，他結束了歌德、拜倫的浪漫激情，開闢了現代文學的全新道路，有了他，才有之後的貝克特、卡繆、尤奈斯庫等，也才有你和品特。

高：卡夫卡沒有過時，卡夫卡筆下的時代並沒有結束。現時代人的困境愈來愈荒誕。人在強大的商品化潮流面前，顯得更加脆弱。十九世紀末出了兩位德語作家，一位尼采，一位卡夫卡。尼采的浪漫激情製造「超人」神話，後來的所謂「正義化身」「社會良心」「救世主」等，都是「超人」的變種。可卡夫卡遠離這種超人神話，他筆下的人，不僅不是超人，也不是大寫的人，而是非人的甲蟲，被社會異化。

劉：關於卡夫卡與尼采，明天再談談。現在我還要繼續和你探討作家角色與知識分子角色的衝突問題。也就是充當知識分子角色，會不會影響作家的創作。在我看來，這兩種角色有矛盾，但也相通，正如你剛才所說，作家也需要有社會關懷。無論是知識分子還是作家，都應當有大同情心，大慈悲心。像托爾斯泰，他就既是很好的作家，又是很好的知識分子，他的真摯的社會關懷、人間關懷，不僅沒有影響他的文學寫作，而且使他的文學寫作具有更深廣的精神內涵。但是，這兩種角色確實也會產生衝突。以魯迅來說吧，他一直兼有這兩種角色，而且兩者都很重。知識分子的角色使他當啟蒙者，使他特別關懷社會底層，也使他的作品具有更重的悲劇感，更有震撼人心的力量。但是，他的後期，知識分子的角色太重了，重到壓倒作家的角色。他主張作家要熱烈擁抱是非，自己也熱烈投入是非，所以只能不斷地寫雜文，不斷地進行社會批判。他的雜文，其社會批判的力度無人可比，也創造了許多社會相的類型形象，但是，從整體上說，他的文學創作成就還不如五四的《吶喊》《徬徨》時期和五四後的《野草》時期。

高：後期的魯迅，作為知識分子，毫無疑問，當然很傑出，思想犀利，敢於說真話，中國知識界裏無人能比。但在文學創作上，後期的魯迅就不如前期，非常可惜，戰士的角色壓倒了文學家魯迅的角色。這樣，他後期作品的文學價值就不如前期。

劉：魯迅和你是中國二十世紀文學中兩種完全不同的精神類型和創作類型，一是熱文學，一是冷文學；一是熱烈擁抱社會擁抱是非，一是抽離社會冷觀是非。兩者都有理由。我一直說我是多元論者，不願意對兩種不同類型做價值判斷，褒此抑彼。今天，只是在探討，作家在扮演知識分子角色時，是否應當掌握一定的度數，一旦進入太深太強烈，會給文學帶來甚麼問題。

高：我認為，作家最好別去充當諸如媒體主持人那類所謂「公共知識分子」，一旦充當這種角色，又要扮演「正義化身」「社會良心」，往往不得不製造一種假象。當今世界，無論是東方還是西方，媒體主持人這類「公共知識分子」，事實上都具有強烈的政治傾向，早已喪失了客觀立場。作家如果也扮演這種角色，就不能冷靜地見證歷史，評價現實，也難以面對事實，搞不好就成了作秀。這種知識分子的角色顯然與作家的身份有矛盾。

劉：這一點我非常贊成。媒體知識分子只有公共性，沒有個性。而作家之所以是作家，恰恰是他的個性。

四、現代基督的困境（二零零五年二月，巴黎行健寓所）

劉：這幾天和你交談，我更能理解你的《夜遊神》了。前三年，劉心武曾告訴我，行健的《夜遊神》非常完美，你要特別留心一下。那時我已讀過多遍，每次閱讀都如同進入噩夢，竟然沒有注意到藝術。

心武提醒後我又讀了，這才覺得可把《夜遊神》視為《八月雪》的姐妹篇，其思想藝術份量也不相上下。《八月雪》講的是拒絕進入權力結構的自救的故事，《夜遊神》講的則是一旦進入權力關係則如進入絞肉機，無以自拔。這個權力關係還不是上層的政治權力結構，只是社會底層的無所不在的權力關係。要讀懂《夜遊神》，首先需要掌握一把鑰匙，這就是卡夫卡。不知卡夫卡，就講不清《夜遊神》所呈現的現代人的荒誕處境。

高：卡夫卡沒有過時。今天人類的生存困境比卡夫卡在世時還要深。卡夫卡是現代意識的真正開端。一百年前，他的眼睛就那麼清明，就那麼清醒，真了不起。

劉：尼采生活在十九世紀下半葉，一九零零年去世；卡夫卡則跨入二十世紀。這兩位德語思想者都是天才，恰好呈現思想的兩極，一個那麼熱，一個那麼冷。你一再批評尼采而推崇卡夫卡。用德語作家的兩個坐標來閱讀你的全部作品，便可通暢無阻了。

高：中國現代文學受尼采影響很深。五四新文學運動，尼采和易卜生的名字都是旗幟。但很奇怪，卡夫卡一直不在中國現代作家的視野之內。

劉：的確如此。即使是魯迅、張愛玲、施蟄存這些有現代意識的作家，也只知弗洛伊德，不知卡夫卡。

高：卡夫卡對現代人類生存困境認識的深度無人可比，那麼清醒的作家在他同時代還找不到第二個人。把尼采作為現代文學的啟蒙是一個誤解，他其實是十九世紀浪漫主義文學的終結。現代文學其實發端於卡夫卡，他之後才有貝克特和卡繆。

劉：大約因為卡夫卡不在中國現代作家的視野之內，所以中國現代文學的現代意識並不強，像魯迅的《野草》這種超越啟蒙而叩問存在意義的作品極少。被稱為現代感覺派的施蟄存、劉吶鷗等，實際上是弗洛伊德「潛意識」的形象轉達，正如左翼作家的許多作品是馬克思主義意識形態的形象轉達。左翼作家揭露的是社會問題，並不觸及人性的深層困境。卡夫卡進入你的視野，大約和貝克特進入的時間差不多。《車站》上演後人們批評你太近似貝克特，但沒人想到你已進入卡夫卡。

高：這種批評也是一種遁詞，既要同官方保持一致，又別太明顯成為黨的喉舌。《車站》是一齣生活喜劇，離貝克特甚遠。貝克特同卡夫卡倒是一脈相承，而貝克特有種深厚的悲觀主義，卡夫卡卻訴諸黑色幽默，這方面他也是先驅，他不悲憤，不控訴，以黑的玩笑來回應人的荒誕處境，這便是他的深刻之處。

劉：我覺得《夜遊神》很像《審判》，甚至可以說是《審判》的當代版。經歷了「文化大革命」，才比較容易理解《審判》。主人公K，好端端的一個人，甚麼問題也沒有，可是突然被控告有罪，必須每個星期回去接受審判，於是，所有的人，包括他的父親、同學都覺得他有罪，都迴避他，用另一種眼睛看他，而最痛苦的是他壓根不知道自己犯了甚麼罪。一個好端端的人，甚麼壞事也沒做過，就這樣為天、地、人所不容，何等荒謬。而《夜遊神》的主角，也是一個好端端的人，一個甚麼問題也沒有的人，而且是個善心人，只是在夜間到街上走走，但是，這一走，這一進入街頭的人際關係，便無法擺脱，落入「那主」、流氓、妓女的關係網絡之中。這個主角可看作是普通的現代人，也可以視為現代知識人，甚至現代基督，他滿懷好心，卻落到自我毀滅的地步。

高：把主人公當作現代基督未嘗不可。哪怕是基督一旦進入現實世界，這現實的人際關係和權力結構就把他毀了。當救世主是否可能？他要去化解惡，卻不可避免陷入惡的關係網絡之中，這就是現時代基督的命運。

劉：主人公本來是想反抗惡的，結果是連他自己也訴諸於惡。本想反抗暴力，最後自己也訴諸暴力。所有關係中的其他角色，都義正詞嚴地要把他拖入權力角逐場，拖入絞肉機，你不想捲入也得捲入。就像一顆珠子落入大轉盤之中，只能跟着轉到底，想要跳出轉盤，毫無辦法，這大約正是現代人的困境。沒有選擇的自由，不能把握自己的命運，個個成了利益關係的人質，權力結構的奴隸。

高：《夜遊神》是一個現代寓言，一個黑色的幽默。

劉：《夜遊神》好像是末日的預告。彷彿這個世界已無可救藥，連基督也無能為力，你是不是太悲觀了？

高：對世界的這種認識，其實，既不悲觀，當然也不樂觀，只面對真實的世界，做一個觀察者，一個見證人，不企圖改造這個世界，也改造不了。世界如此這般，爭鬥不息，基督才被送上了十字架。只是復活後的基督，面對的是人類更深的困境。現時代的救世主不可能有更好的命運。

劉：不用説救世，只是想獨立、想與權力關係拉開距離就很難，這才是現代人的真處境。《夜遊神》呈現的這種處境，其實很真實：人無法乾乾淨淨活着，一旦沾上泥坑，便愈滾愈髒。如果你不能抽身逃亡，就只能在污泥中窒息。現代基督面臨的問題不只是疾病、饑荒、戰爭和自然災害，而是人性深層難以改變的自私和貪婪，是各種妄念構成的惡，是權力與利益互相交織而化解不開的生存場。還有無休止的自我膨脹，弄不好也變成了地獄。現代基督如同《夜遊神》的主角，一進入現實權力與利益交織的關係網絡，就如同掉進了泥坑，甚至如同掉進了鬥獸場。

高：基督受難是因為信仰，而現代基督受難卻往往莫名其妙。

劉：所謂莫名其妙，是莫名其妙地被捲入噩夢般的紛爭，然後莫名其妙地受罪，然後又背上各種莫名其妙的罪名，全與信仰無關。所以我說《夜遊神》是《審判》的當代版。只是《審判》中的那個K，到了你的筆下，內心也變得一片混沌，最後不是被他人所打殺，而是自我了結。你這部戲，找到一個意象，把自我關係投射到他人關係之中，把那麼多人變成自我的投射與外化，這個K的內心也充滿慾念妄念。你給K呈現了一幅內心景象，一幅現代人內心幽暗的景觀，我想稱之為內荒誕。你從卡夫卡出發，但沒有停留在卡夫卡那裏，你從外到內，從外荒誕走到內荒誕，表現的是人與世界的雙重荒誕。

高：說世界是一片混沌，但人自己的內心又何嘗不也是一片混沌。卡夫卡寫人與外部世界的疏離，陌生化，而現時代人自我膨脹，內心分裂。外部世界不可理喻，內心也沒有着落。外在的處境如泥坑，內心的世界如深淵，裏外都荒誕，較之卡夫卡的時代，人的這種危機更令人困惑。

劉：你和卡夫卡都有一雙冷觀的眼睛，一副傾聽的耳朵，作為創作主體，都自我淨化，自己與自己拉開距離，這是至關重要的。只有這樣，觀察客體時才沒有情緒，呈現時才不會狂熱。而這雙眼睛不僅冷觀世界，而且冷觀自我，換句話說，不僅觀外在世界，而且觀自在。所以呈現於作品中，卡夫卡是K（主人公）與W（World 世界）的陌生化，而你則是在K與W的疏離之外加上K與K的疏離。《夜遊神》的主角最後自我無法解脫，決定不再思想，自己砸碎自己的腦袋。說到這裏，我想問你，你是不是太殘酷了，你讓現代基督沒有救贖的可能，難道也沒有自救的可能？

高：自救的可能永遠存在。作為智者，自救的辦法就是逃亡，從中心逃到邊緣，從政治與市場中退出，從各種權力關係中退出。所以，十六年前，我就開玩笑對你說：我們的任務就是逃亡，自己救自己。其實，也只能自己救自己。

劉：二十世紀是一個抹殺人的時代，通過機器、通過戰爭、通過革命暴力、通過政治運動、通過市場操作一再抹殺人，抹殺人的尊嚴，掏空人的價值，幸存的人活得非常累，非常假，非常荒誕。我們在交談中和在寫作中，都充份意識到這種世紀性的抹殺，所以要反抹殺。而反抹殺，不是造反，不是顛覆，不是革命，不是以牙還牙，不是打倒、消滅、橫掃、大批判，這類方式一概不取，而是自救，抽離，冷觀，訴諸清醒的意識，去贏得自由而真實的呈現與表述。你的作品告訴讀者的，也正是這些思想，領悟了這些，才不至於被抹殺，才能留下最重要的那點東西，這就是人的尊嚴。

第二題

經典作家的特質

——答《南方週末》夏榆問

夏榆：（以下簡稱「夏」）在您看來，奧罕·帕穆克的獲獎是瑞典學院爆出的又一個冷門嗎？奧罕·帕穆克是一個您感覺陌生的作家嗎？

劉再復：（以下簡稱「劉」）奧罕·帕穆克對我來說是陌生的，因為至今我還沒有讀過他的任何一部作品。但是，這不等於他的獲獎是瑞典學院又爆出一個冷門。「冷門」是一個相對性、場合性很強的概念，在此處冷，在他處不一定冷。我們感到陌生的不熟悉的作家，不見得就是冷門。就帕穆克來說，儘管我不熟悉，但他因為揭露土耳其的歷史罪惡（屠殺阿爾明尼亞種族）而早已成為西方的新聞人物。而他的作品在新世紀的歐洲文壇上也已成為「熱門」。他的代表作《我的名字叫紅》和《雪》，就囊括了都柏林文學獎、法國文學獎和意大利格林扎納—卡佛文學獎這歐洲三大文學獎。去年我到巴黎時，就知道他的幾部小說都已翻譯成法文了。二零零零年高行健獲獎時，也有不少人以為是冷門，其實他早已獲得法國文學騎士獎，當時他的戲劇已在歐美和東方十幾個國家上演了。

夏：瑞典學院在頒獎公告中說，授予奧罕·帕穆克諾貝爾文學獎的理由是，「在尋找他故鄉憂鬱靈魂的途中，他發現了標誌衝突的新符號和文化間的交織」。您怎麼解讀這句話的意義？

劉：讀到公告上這一評語時，我內心有些激動，讀者很多，但有我這種不平靜的可能不多。因為我太理解這句話了，心靈完全與這句話相通。一九九六年，我出版《漂流手記》的第三卷《西尋故鄉》，僅從這一書名，你就可以知道，我是在他方（西方）尋找故鄉的漂泊的靈魂。奧罕·帕穆克的故國故鄉是土耳其，這是一個亞洲、歐洲、非洲的交接地，也是東西方文化的交匯處。希臘文化、希伯來文化、伊斯蘭文化都在這裏產生過巨大的影響。帕穆克雖然出生在邊緣地帶，可是他走出土耳其到美國讀書深造多年，法語、英語都好，顯然身心擁抱過當代西方文化。一方面身上流淌着土耳其的血液，一方面又有普世眼光，這就注定他的內心充滿矛盾。他批評故國，但不等於不愛故國；他身遊西方，但不可能全都認同西方。這就使他的靈魂注定是憂鬱的靈魂。這樣一顆傑出的、深邃的靈魂，他的焦慮內涵不會是簡單的。這一定是一種重新尋找精神家園、良知家園的焦慮。也就是在各種文化文明衝突中尋找何處是自己的靈魂支撐點的焦慮。我尚不知道奧罕·帕穆克發現了甚麼標誌衝突的新符號，但我敢肯定這種新符號的內涵一定是廣闊的，一定是超越土耳其的帶有普世性質的焦慮與希望。這位作家一定找到了大文化衝突與交織中的一點相通的靈犀。

夏：對國家境遇的關注，對民族命運的思考，對社會歷史的反省，對文明本身的追尋和探索，是經典作家的基本特質嗎？為甚麼在世界文壇具有實力的作家幾乎都具有此特質？

劉：其實，對國家境遇的關注，對民族命運的思考，對社會歷史的反省，對文明本身的追尋，並不難。較好的知識分子和作家都有這種品德。真正難的是，永遠站在獨立不移的文學立場，獨立地面對國家境遇，獨立地面對社會歷史，獨立地面對文明世界中的人類生存困境和人性困境，並執着地發出自己內心真實的聲音。這些聲音總是與世俗的、流行的聲音不同，總是具有思想深度，總是對人間黑暗構成挑戰，因此也往往被社會所不容。獨立不移，不是自負自戀自我膨脹，而是帶着大悲憫的精神獨自思索、獨自進行藝術創造。從屈原、蘇東坡到曹雪芹，從荷馬、但丁、莎士比亞到托爾斯泰、陀思妥耶夫斯基、卡夫卡，哪一個經典作家不是擁抱這種難點、突破這種難點，要說特質，這才是特質。

夏：獲諾貝爾文學獎可能不是檢驗一個偉大作家的唯一尺度，但是獲得諾貝爾文學獎的作家幾乎都顯示出精神的卓越性。作為職業文學批評家，您如何看作家的精神性？在一個世界性的消費時代，文學和作家還需要卓越的精神性，還能有卓越的精神性嗎？

劉：諾貝爾文學獎當然不是檢驗一個偉大作家的唯一尺度。瑞典學院的院士們儘管兢兢業業，埋頭讀書，但是並非三頭六臂的神仙，他們也有很大的局限性。在二十世紀的評選中，竟然遺漏了托爾斯泰、易卜生、斯特林堡、喬伊斯、普魯斯特、魯迅等許多偉大作家。但是，應當承認，瑞典學院的評選工作非常嚴肅，而且具有十分堅定的價值取向。這種價值取向，不是政治傾向。獲得諾貝爾文學獎的作家，政治立場政治態度很不相同，有左翼的，有右翼的，甚至有極左翼的（如薩拉馬戈、品特），中國讀者所熟悉的蕭洛霍夫，還是蘇聯共產黨的中央委員。這些政治態度的分野，瑞典學院並不在乎，它在乎的是作家的精神水準和藝術水準，是作家必須對人的精神價值創造要有一種執着的追求，是他們對人性與人類生存困境要有一種深刻的意識和精彩的呈現，是作家不取悅任何外部力量也不屈從任何外部力量而發出不同凡響的聲音。這恐怕就是你所說的「精神卓越性」。你使用這一概念相當準確，我想再說的是，這種精神卓越性，也可說是一種精神純粹性。所謂純粹，就是不考慮外在的功名、功利、財富、權力等，只對人類負責和對文學負責。奧罕·帕穆克正是具有這種精神純粹性，他在揭露土耳其的歷史罪惡之後幾乎成了「國民公敵」，差些被送上刑場。

在消費性的時代裏，一切都納入市場，文學也會變成商品與消費品。商品化的潮流勢如破竹，在此歷史場合中，作家很容易成為「潮流中人」「風氣中人」。但也正是在這種場合中，真正的作家更應當拒絕成為市場的附庸。精神的卓越性正是敢於反風氣，反潮流，敢於退出市場，堅守自己高貴的文學狀態。

夏：奧罕·帕穆克在接受記者的訪問時說到作家的知識分子屬性，我注意到優秀的作家，幾乎都具有知識分子意識——君特·格拉斯、大江健三郎、哈羅德·品特、納丁·戈迪默，這些名字我們可以舉出很多——就是他們獨立的精神立場，對國家公共事務的熱忱、關注和介入，他們的表達不只是文學的表達。

劉：奧罕．帕穆克本人顯然具有很強的知識分子屬性。甚麼是知識分子？我很欣賞薩義德在《知識分子論》中給知識分子所下的兩個定義：（1）知識分子是敢於對權勢者說真話的人；（2）知識分子是「業餘人」。所謂「業餘人」，就是從專業（如律師、工程師、醫生）中漂流出來關懷社會、關懷公共事務的人。帕穆克所說的作家的知識分子屬性，就是從文學專業中漂流出來去關懷社會的人。從廣義上說，作家多數確實都有這種屬性。但是，這裏我們還是要確認知識分子角色和作家角色（包括一切藝術家）是不同的角色。我是一個多元論者，覺得作家可以自由地選擇自己的角色，有些作家要選擇作家兼知識分子的角色，要熱烈擁抱社會，擁抱是非，如魯迅，如君特．格拉斯、大江健三郎、帕穆克等，這很好。但有些作家選擇遠離政治、遠離社會是非，只面對自己的心靈和人性的困境，只當作家，不當知識分子，也未嘗不可，而且也可以成為偉大的作家，喬伊斯、普魯斯特、川端康成等就是這樣的作家。我們不能要求川端康成變成大江健三郎，不能要求普魯斯特當左拉，更不能要求喬伊斯具備薩特的屬性。卡夫卡生前默默無聞，更談不上關心公共事務，但他是二十世紀創造荒誕傳統的文學巨人。這之後，沿着他的路走下來而獲得成功的貝克特、卡繆、高行健等，表面上看，他們缺少知識分子屬性，其實，他們是在另一種精神層面上關懷普世的人類命運，他們的清醒意識有很高的價值，他們的作品乃是歷史的一種詩意的、哲學的見證。

夏：二零零六年十月十三日的《華盛頓郵報》就稱奧罕．帕穆克是文學和社會良知的代表，比較起來，中文作家難以看到這方面的作為，中文作家更像一個手工作坊裏的手藝人，缺乏偉岸曠達之氣，您同意我的說法嗎？

劉：任何卓越的作家、偉大的作家，都是特殊的個案。他的產生不是歷史的必然，他的聲音是個人的聲音而不是社會代言人的聲音。帕穆克在見證土耳其的歷史污點時表現出高度的良知水平，但這是他個人的良知，是個人對人類共同責任的體認，是對「共同犯罪」的一種承擔，他並不代表土耳其社會。正如大江健三郎獨自到南京歷史博物館面對日本屠殺中國人的事件進行鞠躬道歉，對死難的中國人進行衷心哀悼，這完全是他個人良知的光輝，也不代表日本社會。個人良知一旦被上升為「社會良知」，就會把良知標準化、絕對化，形成一種道德權力。關於這點，我們過去有過教訓。例如，魯迅確實具有高度的個人的良知水平，然而，一旦把魯迅視為「正義化身」與社會良心的代表，就會把魯迅的言論變成一種絕對道德權力，而把被他批評過的人都視為「牛鬼蛇神」，梅蘭芳、顧頡剛、李四光、梁實秋等，就會永世不得翻身。退一步說，即使承認「代表」這一概念，文學代表和社會良心代表這兩種角色也不可混淆。以大江健三郎而言，作為社會批評者角色，他確實以偉岸之氣，毫不妥協地反戰和反對一切核試驗，但是作為文學角色（作家），他的代表作《個人的遭遇》等，卻看不到任何政治傾向，只有人性的困境與人性的掙扎。作家在現實的層面上可以有自己的政治態度，但不一定要把自己的政治態度帶入作品。作家的現實主體與藝術主體可以分開。

「中文作家」是個大概念、大系統，它既包括大陸作家、港台作家，也包括海外作家。在這個大系統中，不能說沒有「偉岸曠達之氣」。即使是大陸作家，也有創作氣魄非凡的作家。兩年前，我寫過一篇題為《中國出了一部奇小說》，發表在《明報月刊》和《世界日報》，激賞偶然讀到的閻連科的小說《受活》。這部小說的想像力、表現力和荒誕藝術技巧，都達到很高的水平。這不是小手藝，而是大手筆。

我對大陸新時期的文學一直給予很高的評價。當然，你說的小手藝現象也確實有，猥瑣、小聰明、不痛不癢的作品到處都是，真有內在大視野、大氣魄的作家還是很少。

夏：你長期旅居海外，您的視野所及可以超越國家和民族的邊界。站在世界性的開放背景下，您怎麼看當下的中文寫作？中文作家中的優秀者在精神高度和心靈深刻性而言，能夠和世界優秀的作家比肩而立嗎？差異在哪裏？

劉：我出國已整整十七年。走出來之後覺得世界真大，眼界也確實打開了。但是到處走走看看之後，對中文寫作倒是獲得了信心。在這個地球上，恐怕找不到另一個國家對文學擁有這麼大的興趣，有這麼多的作家在進行辛勤寫作。無論是大陸，還是台灣、香港、海外，都有一些在精神高度和心靈深刻度上具有世界水平的作家。我曾在自己的當代文學批評文章中，竭力推崇過十幾個作家、詩人，我認為他們的水平都很高。一九九四年，我到台北參加「四十年來的中國文學」討論會，台灣著名作家張大春正在主持一個電視節目，非得讓我說說不可，我就竭力推崇賈平凹的《廢都》。這部小說如此真實地面對人性的弱點，如此真實地面對生存的困境與人性的困境，心靈的深刻度極為少見，文字又極漂亮。一個敢於寫出世紀末精神廢墟的作家，神經一定不弱不廢。後來聽說有些人評價不高，不知為甚麼？我現在已「返回古典」，從《山海經》講（講課）到《紅樓夢》，對當代文學的足跡已跟蹤不上。有朋友叫我一定要讀他的新作《秦腔》，我尚未閱讀。

夏：據說，瑞典學院開始關注中國年輕作家的寫作狀況，據說他們已經完成中國年輕作家寫作狀況的報告；寫作《諾貝爾文學獎內幕》的院士謝爾．埃斯普馬克在接受我的採訪時說：瑞典學院更關注中國年輕的作家。您對國內年輕作家怎麼看？他們的寫作風貌和文學氣象令人安慰嗎？

劉：從一九九二年夏天到一九九三年夏天，我在瑞典斯德哥爾摩大學擔任客座教授。當時瑞典學院通過馬悅然教授讓我寫一篇三千字的中國作家寫作狀況的報告。瑞典學院的十八位院士（現在僅有十五位出席）面對地球上兩百個國家的寫作者，自然會發生力不從心的現象，因此常會約請文學批評家為他們書寫很精粹的創作概況報告，以幫助他們把握一個國家的文學脈搏，這是正常的。我當時答應寫而且寫了出來，沒有任何私心，只是為了讓如牛負軛的院士們更準確地了解我國當代文學的英雄好漢。我並不迷信諾貝爾文學獎，但是它既然已經成為像奧運會似的國際競賽空間，我就不妨為我們的方塊字盡一點力量，這除了愛文學之外，骨子裏還是有一種根深蒂固的故國情懷與戀母情結。你聽說瑞典學院已經完成中國年輕作家寫作狀況的報告，我對此毫無所知，但其所謂「報告」，也不過是一位文學研究者的看法而已，不必看得太重。對於年輕的作家，即余華、蘇童之後的年輕作家、詩人，我已陌生，恕我不能再說下去。謝謝你的採訪。

二零零六年十月十四日
於美國科羅拉多大學圖書館

第三題

文學二議

輕重位置與敘事藝術

——與李歐梵的文學對談之一

一

劉再復：（以下簡稱「劉」）出國一晃就是三年。在芝加哥大學的兩年，和你一起討論那麼多問題，日子真是沒有白過。看來出國還是對的。這一年，我在落基山下，和大自然靠得更近，人也輕鬆得多。博爾德（Boulder）真是個好地方，要是上帝委任我設計天堂，大約可把 Boulder 作為樣本，大學城，松石山，千秋雪，清澄空氣，透明陽光，古典氛圍，現代設施，組合得非常完美。

李歐梵：（以下簡稱「李」）我在美國這麼多年，還沒有到這裏玩玩，這次特地來看你，也可以進山玩玩。這裏是有名的好地方，你真是個福將，能在這個地方立足定居。

劉：你到這裏來，我們可以借此難得機會討論一些問題。我在國內時太沉重，工作、寫作都太重，好像沒有生活，出國後突然有種失重感，覺得太輕，難怪昆德拉離開捷克後會寫出《生命中不能承受之輕》。幸而你主持的研究項目和課程，讓我們進入文化反思，放入一點重的東西，心理才平衡一些。

李：明天我們到山裏去，今天正好可以飲茶說書，談龍說虎。你剛才說的這個輕與重的交織與選擇，就是個好題目，我們就從這裏說起。

劉：我在國內時真的感到太重。不僅是表層的重，不僅是工作、寫作的重負，而且深層也重，就是心也重。出國後想想，這「心重」是為甚麼？我想就是使命感、責任感太重，好像全中國全世界的苦惱都集在自己的身上。現實的負荷，歷史的負荷，學術的負荷，靈魂的負荷，種種負荷加起來真的是超負荷了。我非常羨慕你，羨慕你在音樂裏找到唯一的祖國，羨慕你把全部忠誠都獻給藝術。

李：我對中國也關心，也思考，但沒有你這種負荷感，更沒有使命感。這不光是我的思路近乎「世界主義」，不局限於中國，而且還有一點是我個人對一切重的問題，都想用輕一點的辦法去駕馭。除此之外，我還覺得必須把知識分子角色與作家角色分開，把知識分子概念與藝術家概念加以區別。責任感、使命感、為民請命、為歷史負責，全是知識分子概念，沒有一個是藝術家名詞。在西方，從十八世紀以來，知識分子與藝術家有時合一，有時分離。但兩種角色可以分清。中國比較複雜，古代知識分子稱為「士」和「士大夫」，但藝術家是甚麼？不清楚。勉強地說，從晚明開始，「士」與文人才分開。馮夢龍是文人而不是「士」，他的科舉之路走不出來，但在文學上創造出成就。他早期喜歡民歌，後來編「三言」。知識分子與文人有時又混在一起，如李卓吾，他是知識分子，是「士」，老是進行文化批判與社會批判，可是，他評點小說，寫散文，是個作家與文學批評家。「五四」運動知識分子掛帥，又是文學打先鋒，運動的主將既是作家又是知識分子。所以我想給藝術家作個小小的界定，覺得藝術家可以為藝術而藝術，不要談那麼多使命感、責任感，尊重他們自己的選擇，為藝術而藝術是天經地義的。當然，他們要用藝術影響批評社會，也是天經地義的，中國現當代作家的歷史感、使命感太強，太知識分子化，因此筆法也太重。

劉：我很贊成把兩種角色加以區分。作家、藝術家願意兼做知識分子，當然無可非議，但不能強求，更不能作為價值尺度；作家、藝術家完全有不理會政治甚至不擁抱社會的權利，完全有逍遙的權利。一百多年來，中國作家太知識分子化，有很多原因，其中國家危亡陰影的籠罩是根本原因。在危機面前，像梁啟超這樣有影響的思想家和啟蒙者，給文學的責任大幅度加碼，對小說下的定義過重，說沒有新小說就沒有新國民、新社會、新國家，顯然說得太重了，重到小說要擔負改造中國、改造社會，扭轉歷史乾坤的責任。小說哪有這麼大的能耐？文學哪有這麼大的力量？「五四」新文學運動，沿襲梁啟超的大思路，把文學視為啟蒙工具，改造中國的工具，救孩子、救中國的工具，也太重。到了一九四二年，毛澤東進而把文學藝術視為另一種形式的軍隊，不穿軍裝的打江山的軍隊，這就更重了。魯迅把雜文當作匕首與投槍，本來有它的具體語境，後來我們把它普遍化了，片面強調文學的戰鬥性和殺傷力量，也加劇了文學的片面「重」化。

李：魯迅本來就比較重．而大陸的魯迅研究又強調他的重，加劇他的重。其實，魯迅固然比較重，固然常常肩負「黑暗的閘門」，但也有輕的一面、尤其是他的小說藝術，可以說基本上是輕的寫法，他只寫短篇和若干中篇，沒有長篇，這一事實本身就比較輕。那年你在北京主持魯迅學術討論會，我故意和你搗亂一下，刻意多講講魯迅輕的一面。

劉：「文化大革命」時，幾乎要把魯迅描述為救世主，魯迅的負擔實在太重、太可憐了。你在那次學術討論會上，確實給我們帶去一股新風，也可以說帶去一股「輕風」。記得那是一九八六年，我們第一次見面，儘管那時我們已經逐步擺脫神化魯迅的框架，但多數研究者，包括我，還是只注意魯迅重的一面。對象已經很重，我們的態度更重，而你是個異數，你發出另一種聲音。你不講魯迅「革命」的、戰鬥的那一面，而講他喜歡頹廢藝術的那一面，非常輕的、非常低調的那一面。記得你當時特別提醒大家注意魯迅對被我們視為頹廢派的比亞茲萊（Aubrey Beardsley）的批評和欣賞，還提醒大家注意魯迅臥室裏掛的裸體畫《夏娃與蛇》。陳煙橋的回憶文章裏提到魯迅指着比亞茲萊的畫説「你看那畫面多麼純淨美麗」，這一細節，你捕捉到了，而我以前確實忽略了。那次聽你演講和私下聽你對魯迅的闡釋，對我真有啟發，可以説，從那之後，我開始注意魯迅輕的一面，特別注意魯迅在藝術上如何以輕取重、舉重若輕的敍述功夫。

李：不錯，我想給你召開的那個魯迅會唱點反調，講魯迅非革命、非左翼的一面，把「唯美」與「頹廢」這兩個名詞和魯迅連在一起。我對魯迅的態度也有點頑皮，不像國內的研究者那麼沉重，把魯迅太神化、聖化，也太實用、太功利化。

劉：這就是你的得天獨厚，能有孫行者的頑皮與輕鬆，孫行者哪怕對待佛祖，也有一番輕鬆，在至尊手掌上撒把尿，重中有輕，可謂神來之筆。在中國現代作家中，魯迅總的來説，確實比較重，鐵屋子，黑暗的閘門，吃人的筵席，「並非人間」的人間，哪樣不沉重，再加上他那「救救孩子」的使命感，熱烈擁抱是非的戰士情懷，就更重。但是，魯迅的寫作藝術，並非全是以重對重。《狂人日記》可以説精神內涵重，筆觸也重，但是《阿Q正傳》則是內涵重，但筆觸卻很輕。阿Q這個意象負載國民劣根性的全部病態，可説是很重，也可説是悲劇性極深，但魯迅用的是喜劇性的、叫你笑個沒完的筆調，連最後阿Q要被砍頭的悲慘細節，也有叫喊「二十年後還是一條好漢」的喜劇氛圍。這種以輕馭重、以喜劇筆觸駕馭悲劇內涵的本領，正是高明的小説敍事藝術。在俄國，最高明要算契訶夫，在中國現代，那就是魯迅了。

李：魯迅的小説敍事藝術意識很強，可説是中國現代文學史上有意識地發展敍事藝術的第一人。他的《孔乙己》也如你所說的「以輕馭重」，在沉重的主題與現實主義的基調下，放入不協調的怪異的喜劇性細節。孔乙己從名字到形體到行為，均可憐又可笑。一篇兩三千字的短篇，輕盈地揭露科舉制度下失敗者的悲慘與沉重，真不簡單。我在《鐵屋中的吶喊》裏曾說，孔乙己很像塞萬提斯的堂吉訶德先生或岡察洛夫的奧勃洛莫夫，是喜劇角色，又是悲劇角色。韓南曾說．魯迅的方法不同於安德烈夫的象徵主義，也不同於果戈理、顯克維支和夏目漱石的諷刺與反諷，有自己的獨創敍事技巧。我在《鐵屋中的吶喊》裏也作了一些解釋。

劉：魯迅喜歡果戈理，否則就不會花那麼大的力量翻譯《死魂靈》，他的時間那麼寶貴，花這麼多時間和精力翻譯這部小說，我總覺得可惜。魯迅的諷刺更近契訶夫，笑後讓你落淚，與果戈理的純諷刺不同。

李：契訶夫的《櫻桃園》沒有甚麼故事，只寫一點愛情，但它也涵蓋歷史，寫的就是俄國貴族的沒落史。契訶夫的戲劇、小說，藝術水平都很高，他的小說總是讓你一邊流淚，一邊笑，永遠是悲喜劇。不像四十年代的電影《一江春水向東流》，只有重，看了讓你眼淚直流。契訶夫小說裏有俄國的眾生相，其中有很重的相，但他的寫法是輕的寫法。

劉：前些年我在國內一直鼓吹創作方法的多元。但我並不是反對現實主義方法，只是說，不要把現實主義這種方法單一化和意識形態化。還有一點，就是作家寫作時要與現實拉開一點距離，也可說是審美距離吧。你剛才說契訶夫寫的是社會現實，但寫法是輕的。怎麼輕，這裏很重要的一點是作家雖寫現實，但又要從現實中抽離，超然一點，作家不應直接介入現實是非的裁判，不直接進入譴責與控訴。你在《鐵屋中的吶喊》裏，提到韓南的魯迅研究。韓南到北京時，我和他見了兩次面，覺得他非常注意魯迅的敍述藝術，他說魯迅的小說，常有作者第一人稱出現，但很少表現自我。的確如此，魯迅表現的是社會，不是自我。第一人稱只是冷靜的旁觀者，表面上是「以我觀物」，實際上是「以物觀物」，很冷靜，《孔乙己》、《阿Q正傳》皆如此，作者與筆下人物、事件有距離。這種距離，是避免和社會一起沉重的辦法，如果作者自我與筆下的事件、人物沒有距離，就太重。丁玲的《太陽照在桑乾河上》和張愛玲的《赤地之戀》從相反的政治立場寫「土改」，但在藝術上都缺少審美距離，都寫得太重。魯迅的小說技巧主要是借鑒外國小說，特別是俄羅斯的小說。中國小說的諷刺喜劇傳統不能算是很發達，但《儒林外史》倒是非常成功的一部長篇，它甚至可以視為中國諷刺喜劇傳統的真正奠基石。但就我們今天討論的主題來說，輕重並舉，以輕馭重的藝術達到極致的還是《紅樓夢》。如果從輕重視角來評論一下《紅樓夢》與其他中國長篇小說，倒是很有意思。

李：我覺得中國古代長篇小說有四部經典：《水滸傳》、《三國演義》、《西遊記》、《紅樓夢》。我最不喜歡的是《水滸傳》，最喜歡的是《紅樓夢》，《三國演義》也喜歡，這部演義是重頭戲，人物、事件都重，講的是帝王將相，描寫的是戰事，這本身就重，題材重。除此之外，它對歷史的重寫與反思，也重。如果用盧卡契的英雄史觀評述《三國演義》，最值得研究的人物是諸葛亮。這位大智者，不僅扮演歷史故事中的人物，而且又評論自身和其他歷史人物與歷史事件，也對正史進行反思。他尚未出山就知道未來的天下格局和自己會扮演怎樣的角色。劉備三兄弟三顧茅廬，他開始不動聲色，以後才指點江山，評說歷史動向。這個人物重得不得了，多方面的重，重到沒有任何兒女私情。將來如有時間，我想寫一篇專論諸葛亮的文章。與《三國演義》相比，《紅樓夢》是輕頭戲，輕中有重，重中有輕。它的內涵重心，不是歷史，而是文化。它把中國文化的精華、中國文化的各個方面都吸收進去，然後構築他的藝術殿堂。諸葛亮沒有兒女私情，賈寶玉卻全是兒女私情。

劉：我不喜歡《水滸傳》，也不喜歡《三國演義》，倒是喜歡《西遊記》，《紅樓夢》就更不用說了。我無法接受《水滸傳》中那種暴力和使用暴力的大理由，也無法接受《三國演義》中那些層出不窮的權力把戲。《西遊記》有天真，卻沒有權術．但從文學藝術上講，這四部小說都寫得好。《三國演義》的確寫得很重。這是歷史之重，亂世之重。而《紅樓夢》從內容上講，的確有你說的文化含量，但我覺得它也有很深厚的歷史含量，也有歷史之重。只是它把「真事隱去」，完全小說藝術化，所以顯得輕。《紅樓夢》寫的是個大悲劇，那麼美好的生命，一個一個毀滅，不善於寫小說的人，可能會把它寫得很沉重，寫成譴責小說或傷痕小說，但曹雪芹很了不起，他真的是舉重若輕，用那麼多美妙的情愛故事，用那麼美麗的大觀園和詩社、詩國來組合他的訴說和駕馭他的大傷感。尤其了不得的是，他用《好了歌》，用空空道人高出現實的眼睛來看人間的爭名奪利，更是賦予沉重的泥濁世界以荒誕色彩和喜劇氛圍，使全書顯得輕重錯落有致。小說中的薛蟠、賈環、賈瑞、夏金桂等，都是喜劇人物，而賈雨村等則是悲喜劇交錯。曹雪芹之前，馮夢龍編「三言」（《警世通言》、《喻世明言》、《醒世恆言》），僅從書名就知道有訓世的意思。這不僅是馮夢龍，中國的許多作家，都把自己的作品當做訓世的誡言甚至是聖人的聖言，都太沉重。「三言二拍」本來是輕的，但加上一些誡語，變成舉輕若重，這不是好辦法。曹雪芹正相反，這部大著作的方式不是聖人言、誡言的方式，而是石頭言、假語村（賈雨村）言、冷子興言的方式，款款道來，是很平常很輕的方式。

李：你說的「假語村言」，正是虛構。這是真小說。《紅樓夢》的主要事件發生在「大觀園」，這個設計很重要。藝術應當把小說中的世界與小說外的世界分開。大觀園的一草一木都是空中樓閣的倒影，如夢如幻但又是人間，又虛又實，真真假假，極真實又極虛假，為甚麼呢？因為它是一個中介體。曹雪芹真了不起，他在中國第一個真正把小說看成虛構的文學樣式，而且可以虛構得那麼真實。以前的小說家總是要說，我寫的是真的，是現實與歷史的真相，曹雪芹不這麼說。他很了不起，他的小說一開始就聲明我說的是假的，主人公賈寶玉姓「假」，而甄（真）寶玉是陪襯的。《紅樓夢》是中國古典小說中最偉大的一部，它創造出一個小說式的真實宇宙，或者說小說式的真實的人世大景觀。當代的昆德拉擅長寫小村鎮，《紅樓夢》所創造的是大觀園，為甚麼是大觀園而不是一個小村鎮？這是很有講究的。中國畫，本來畫的是自然的山水，到了宋、明以後，知識分子住在城裏，離開了大自然，但又懷念大自然，因而就用人工辦法造一個假的大自然。大觀園就是一個假的大自然，每個人都住在花園裏，而且有意無意地把西方的宗教情景也拉進來，創造了中國自己的亞當與夏娃，年輕、純真。大觀園的營造法，人物角色的配合法，愛情關係的交織法等等，都有詩意，有抒情詩式的，有敘事詩式的。女子的故事，開始是輕的，但結局很重，許多是死亡與失落的沉重。林黛玉的激情我說不出來，可以說她是一種特殊的性格，命運注定是悲傷的。《紅樓夢》象徵着陰性文化、女性文化，賈寶玉不也是半個女性化的人嗎？他注定要在胭脂堆裏廝混。中國的陽剛文化給儒家搞壞了，文學中也缺少陽剛氣。但陰性文化通過《紅樓夢》卻表現到極致，也極為精彩。

劉：你的這一「陰性文化」概念，我想用「柔性文化」來表述，中國的文化本就是尚柔的文化。老子的《道德經》中的「天下之至柔，馳騁天下之至堅」的思想，就是柔性文化最鮮明的表述。尚柔，也可以說尚水，老子說：「上善若水，水善利萬物而不爭，處眾人之所惡，故幾於道。」水柔和，水不爭，水總是處於低處，曹雪芹創造了以少女為象徵的淨水世界，這一詩化的淨水世界，便是曹雪芹的理想世界。《紅樓夢》寄託的夢，是淨水世界常在的夢，可惜這種夢最後總是歸於幻滅。女主人公林黛玉的水，是至柔的淚水，是詩化的淨水。她在「伊甸園」時期作為夏娃（前身絳珠仙草）被亞當（賈寶玉前身神瑛侍者）的甘露所澆灌，下凡之後要還淚，還以詩化的淚水，她的詩也是淚水的結晶品。林黛玉的情愛悲劇，本是很沉重的悲劇，但曹雪芹用至柔的意象來表述，舉重若輕，真是天才的大手筆。大陸前幾十年的《紅樓夢》評論太意識形態化，把《紅樓夢》說成是四大家族的歷史，說成是反封建的教科書，過於誇大其重的一面，完全未看到它的基調是柔性的基調，也完全不了解它的以輕馭重的敘事藝術。

李：你說得很好。《紅樓夢》的敘事藝術的確太高明了。我記得你寫過《紅樓夢》多層面的內外兼有的性格對照，這就涉及敘事藝術。林黛玉與薛寶釵是主要的一對，一個「Pair」。林黛玉會彈琴，寶釵會作畫，林黛玉的詩寫得好，寶釵的詩也不錯，一個任性，一個矜持，二者是不同的美的風格。賈寶玉同時愛着她們兩個人，不可能只愛一個，只不過是心靈更與黛玉相通。中國哲學從《易經》開始就講陰陽交織、陰陽合一。說「釵黛合一」並沒有錯，只是釵黛也有很大分別。《紅樓夢》真是天下奇文奇觀，可是大陸以往的紅學研究真是太庸俗，太走題了。這麼美這麼豐富的作品，被解釋得極為政治，極為意識形態，竟然把它拉進階級鬥爭的框架，把薛寶釵說成是封建衛道者，把林黛玉說成是反封建的急先鋒，給王國維、俞平伯扣上「反動唯心論」的帽子，胡批亂扯，簡直是對《紅樓夢》也是對文學藝術的褻瀆。我們應當還以《紅樓夢》的本來面目，還以它的豐富性和高度藝術性。回到我們今天討論的主題，我還想說，藝術家對社會、歷史和對人的觀照與把握，是完全不同於知識分子尤其是不同於政治家的觀照與把握的。曹雪芹是個藝術家，《紅樓夢》是大文學作品，不要把「反動」、「進步」、「封建主義」、「階級壓迫」等政治語匯強加給這部傑作。

劉：用當代流行的政治大概念來解釋《紅樓夢》是五十年代到七十年代的時代病。概念用得愈大愈重，離《紅樓夢》就愈遠。一旦被大概念阻隔，就無法進入《紅樓夢》人物的性情性靈深處，也無法進入《紅樓夢》了不得的敍事藝術。就你剛才所說的釵黛配對現象，在小說中就處處可見，襲人與晴雯，探春與迎春，尤二姐與尤三姐，王熙鳳與平兒等，每一種性格與命運，都有多重暗示，絕不是簡單的政治傾向所能描述與界定的。劉鄂說，文學就是哭泣，只說到文學重的一面。《紅樓夢》中就有許多眼淚，許多哭泣，許多悲慟，但是它在敍述中卻沒有全被眼淚所覆蓋，無論是從整體上說還是從局部上說都是如此。從整體上說，悲劇、喜劇交叉交錯，從局部描寫上更有另一番功夫。例如晴雯臨終之前賈寶玉到她家裏去探望的那一幕，可以說是悲傷、悲絕到極點，委屈、冤屈、孤獨、病痛、奄奄一息、生離死別，那是最沉重的瞬間，是眼淚在心底翻滾的瞬間，然而，就在這樣的時刻，曹雪芹特別穿插了一個晴雯的嫂嫂即放蕩的燈姑娘來胡鬧一通，硬是要調戲一下賈寶玉這個貴族美少年，讓寶玉嚇得不知所措，這一喜劇性細節，使沉重的敍述中突然出現一種輕盈，淚中見笑，讓讀者在心情下墮時獲得片刻的休息與平衡，但從這一細節中，又深一層地了解，晴雯這個無辜的少女是何等悲慘，即使在自己的家中，也沒有安生之處。這種輕重交錯、悲喜劇交錯的敍事藝術，非大手筆是不能完成的。晚清的譴責小說，都寫得太重，只有諷刺鞭撻，沒有幽默。《老殘遊記》是晚清小說中最好的一部，面對苛政與腐敗，心中有淚，筆下也有譴責，基調偏於重，但他除了社會之遊，還有山水之遊，心靈之遊。記得你寫過一篇文章，說《卡拉馬佐夫兄弟》、《童年與社會》（埃里克森）和《老殘遊記》等三本書，對你的青年時代影響很大，正是他的山水、心靈之遊所表達的哲學感吸引了你。你特別欣賞描寫申子平登山遇虎，與道家賢士談心論道的那一段，那是復歸自然、萬念歸淡的超脫境界，是《老殘遊記》的重中之輕。有這一點輕，就比其他譴責小說多一些文學性與哲學感。

李：不錯，我寫這一篇叫做「心路歷程上的三本書」，後收入《西湖的彼岸》。我的確很喜歡《老殘遊記》，中學時代就讀了，當時就羨慕這位走遍天涯的遊俠式的老殘。社會黑暗醜惡，但山水中還有心靈可以寄存之處。山下的老虎被社會同化，它是重的；回歸山上的老虎，復其本性，與山川歸一，又變成輕的。《老殘遊記》有重有輕，輕重大體相宜，可惜最後部份又落入公案小說式的重中，草草收場，相比之下，《紅樓夢》的藝術就很完整。剛才你所說的那種悲喜劇參差，筆法千回百轉，輕重變化無窮，真是無人可比。僅僅《紅樓夢》的敍事藝術，就可以寫出一部很好的研究專著。

劉：不僅一部，可以寫出許多部。近代梁啟超提倡「新小說」以來，中國作家接受西方的小說觀念，可是，多數作家只有「小說觀念」，卻沒有「小說藝術意識」，換種說法，就是忘記小說是門藝術，並非只是講故事、編排故事。既然是門藝術，就得講究敍述角度、敍述方式、敍述語言、敍述技巧等。現在西方的小說家藝術意識比較強，他們早已放下全知全能的敍述方法，敍述主體已變得非常多元，誰敍述和如何敍述變得非常重要，所謂「意識流」不過是新敍述方式的一種。中國文學研究的圈子，其實很大，但還沒有充份注意《紅樓夢》的多種敍述方式和世所罕見的敍事藝術，你大概注意到了，《紅樓夢》一開始就有不同的敍述者，有冷子興的敍述，有賈雨村的敍述，有石頭的敍述，有空空道人的敍述（《好了歌》也是一種敍述方式）。所有的敍述中，空空道人的《好了歌》是最輕的，這是遊世主義的歌，穿透泥濁世界的歌。人世間血腥的沉重的權力場、名利場、交易場全被這首輕歌、荒誕歌解構了。

李：《好了歌》是佛家思想的歌，也是看透世界的歌。世俗世界看得很重的，它看輕了。《好了歌》又不僅是一首嘲諷詩，它的思想貫穿整部小說。我曾想和余國藩一起開《紅樓夢》的課，但後來還是留在現當代文學了。國藩兄特別注意《紅樓夢》中的佛家思想。

劉：余國藩先生的研究文章我還沒有讀到。五十年代批判俞平伯先生的時候，就批判他用佛家的「色空」觀念解釋《紅樓夢》。其實，《紅樓夢》好就好在「色空」，所謂「色空」，就是把一切都看透了，就是確信世人追求的功名、權力、財富等色相沒有實在性。《紅樓夢》要是沒有這種哲學駕馭着，它可能也會變成一般的抒情文學或譴責文學。「色空」哲學使《紅樓夢》贏得對泥濁世界的超越，贏得輕重的藝術和諧。最近我看《紅樓夢》電視連續劇，其中有不少漂亮的鏡頭，但結尾把悲劇落實到形而下的層面，表現現實社會的黑暗與沉重，削弱了《紅樓夢》的形而上品格。

李：你在《性格組合論》中不少地方論述了《紅樓夢》，以後還應當再寫。《紅樓夢》真是說不盡。

二

劉：昨天我們從輕與重的視角談論文學．涉及的對象還是中國比較多，今天我想繼續這個話題，不過，我們可以多講講西方文學。

李：很好，不過還是你開個頭吧。

劉：作家對輕、重的興趣不同，所以形成不同的藝術風格，不同的藝術類型，我們都應尊重。經典作品無論輕重，我都喜歡，剛日讀左拉，柔日讀普魯斯特，不是很好嗎？《神曲》（但丁）、《死屋手記》（陀思妥耶夫斯基）重得不得了，連魯迅都受不了，但我還是樂於走進，並不害怕地獄的沉重，《堂吉訶德》輕得讓你笑倒，但我也喜愛。莎士比亞的戲劇，無論是悲劇之重，還是喜劇之輕，我都入迷。從敘事角度說，值得師法的是，即使很重的悲劇其中也有丑角作輕盈的調節，莎士比亞創造了哈姆雷特、奧賽羅、麥克白、李爾王等大悲劇人物，也創造了福斯塔夫這個很輕的大喜劇人物。輕、重的藝術價值都很高。普魯斯特寫瑣碎事，家庭事，愛上個女人，寫出一本書，寫鄰居也寫一本書，寫一個人喝咖啡，也寫了幾十頁，寫他媽媽也寫很長。中國讀者可能不欣賞，但它確實很有味。我原來是喜歡重的，出國後開始喜歡輕的，喬伊斯的《尤利西斯》、《一個青年藝術家的畫像》，納博科夫的《洛麗塔》，我都喜歡。我感到普魯斯特是寫自己的歷史，他把自我作為中心，寫得非常輕，但可以欣賞品味它的情感細節、精神細節。

李：對作家來說，難的是內涵重，筆法卻自如，而筆法輕又不會陷入輕浮。所以要不斷變換敘述角度、敍述方式。如何以輕馭重，也需要不斷探索。在西方，社會寫實小說很快走向心理寫實小說，福樓拜是一個重要里程碑。福樓拜之後，福克納把心理問題寫得很豐富，強化內（心理）而淡化外（社會），「意識流」就出現了。中國的小說，正如你以前講的心理資源不足，只知反映現實，這就產生不了喬伊斯、普魯斯特。今天我們先不討論心理小說，還是討論書寫歷史與社會的作品。這種作品也不是注定重的。這與對歷史的認識有關。如果說歷史是重的，那麼，作家如何去駕馭歷史？這一點，米蘭·昆德拉的例子可以借鑒。昆德拉的《笑忘錄》可能是他幾本書中內容最尖銳的一本。另一本對「文革」很有啟發的《詩人的一生》，國內翻譯成《生命中不能承受之輕》，是哲理性的。昆德拉對於歷史的看法，與中國當代學者有很多不同的地方。我寫過文章，這裏再講一點，中國是一個歷史感最強的民族，由於歷史悠久（書寫的歷史、正史和野史都很多），中國傳統上有一種大家公認的說法，即歷史就是真實，就是曾有的客觀存在，歷史代表最後的真實，歷史判斷是一種最客觀的裁判。中國的歷史學家從司馬遷、司馬光到章學誠，都認為歷史是完全真實的存在，可是昆德拉不一樣，如果中國的看法是重的，他就是輕的。他認為歷史總是在開玩笑，不必把它看得那麼重，那麼真。《笑忘錄》裏的歷史，簡直是人和人之間開的一串不大不小的玩笑，捷克有個黨員外交部長，他看到總書記要照相沒有帽子，便借給他戴，結果被打成反革命。歷史就是一頂帽子，就是當權者篡改和定性的荒唐故事。

劉：米蘭．昆德拉喜歡嘲弄歷史，他站在比歷史更高的肩膀上嘲弄歷史，他認為歷史從來就是不公平的，而且總是在開玩笑，事實上是在強調歷史的偶然因素和歷史演變中的荒誕因素。對昆德拉來說，歷史就是一種解說，一種闡釋，是你講的和我講的故事，我講的一套和你講的一套不一樣。有話語權力的人講的和沒有話語權力的人講的不一樣。這和福柯的理論完全相通。昆德拉通過對內戰、侵略的觀察和思索，得出結論：歷史是人生悲喜劇的一部份。這裏關鍵是歷史的闡釋主體。每個人都可以是闡釋主體。統治者對歷史的壟斷是為了對現實的壟斷，包括對話語權力的壟斷。他們總是想獨佔權威闡釋主體的地位。在福柯、昆德拉看來，並不存在着一種絕對純粹、絕對真實的「歷史文本」，每一個闡釋主體都賦予歷史文本以某種意義。作為一個作家，如果不能賦予歷史新的意義，就不是一種個性的存在。《紅樓夢》通過林黛玉的《五美吟》和薛寶琴的《懷古絕句十首》重新定義歷史：歷史不但是男人的歷史，而且是女人的歷史；不僅是權力中心人的歷史，也是邊緣人的歷史。

李：另一點是昆德拉對男女關係的看法也是一種歷史的闡釋。一個人對於過去，往往不想記住過去所做的荒唐的傻事。當一個人追憶過去時，往往是不客觀的、不可靠的。因此，小說就從這裏出來了。一部小說，哪怕是自傳體小說，其實是一個人（或作家）對過去的記憶與闡釋，這種小說絕對不是客觀的，而是非常主觀的。個人記憶中的歷史是主觀意識的一部份，此時自我的一部份。如果我們說國家歷史是重的，個人歷史是輕的，那麼，作家一定是把輕的自我放在第一位。

劉：歷史的過程是昨天向今天的伸延，而書寫的歷史．則是今天向昨天的流動，是此刻生命向後的一種把握。《笑忘錄》不是描寫在捷克的官方陰影下多少人要平反的故事，這與中國人總是要求平反、要求得個清白保個面子的思維習慣很不相同，中國人說死「有重於泰山，有輕於鴻毛」，總是把重放在第一位，昆德拉卻認為人生最重要的意義在於人本身，在於此時此刻的生活，歷史只是為人本身所作的一種註解，他最關心的是愛情，是一個人與另一個人的愛情，是一個男人與一個女人或幾個女人的愛情，或是媽媽與兒子的愛情。他從一個極為具體的、極為情感化的立場來解構歷史，解構歷史的沉重。從這種立場出發，他認為，歷史常常在人生的舞台上也扮演悲喜劇的角色。不把人視為歷史的齒輪與螺絲釘，反而把歷史視為人生舞台上的配角與陪襯，這樣，人就從歷史結構的限制中超越出來，作品中人物就不是歷史模子裏印出來的標籤。我在《性格組合論》書中曾說，我喜歡托爾斯泰的《安娜．卡列尼娜》超過喜歡《戰爭與和平》，原因是後者把歷史寫得太重，人物總是受到歷史結構的牽制，而《安娜．卡列尼娜》則沒有這種牽制，因此，文學性更強。

李：我覺得昆德拉正把托爾斯泰倒過來。托爾斯泰很複雜，他寫《戰爭與和平》，是一個很大的題目，他描寫歷史，也描寫最細緻的感情、最具體的人物，像安德烈、娜塔莎、彼爾。托爾斯泰的文學觀既是刺蝟又是狐狸，既寫重也寫輕，但他基本上還是把重的放在第一位，他的偉大只是在重的層次裏面把輕的也寫得非常細緻，重中夾輕；昆德拉是倒過來，他從不寫重，即使寫重東西也往往避重就輕。《笑忘錄》刻意迴避捷克的革命，僅用幾筆交代了捷克建國、受蘇聯壓迫和蘇聯進軍捷克等。可是他寫男女主角之間的愛情，人與人之間的關係，寫得非常細緻。

劉：我很喜歡《笑忘錄》和《生命中不能承受之輕》，其中的愛情描寫，每一次都有獨特的情趣。裏頭有一段寫一個捷克老太太在法國的咖啡館裏當侍女，這個老太太是從捷克跑出來，被蘇聯放逐的。她的愛情很特別。

李：昆德拉把愛情寫得很細，最關鍵的是寫一念之差的愛情，歷史只是一個陪襯。我認為張賢亮筆下的愛情就沉重有餘，而輕盈不足，他如果把輕的寫好，就不得了。一個文學家的歷史感應與知識分子的歷史感區別開來，知識分子的歷史感可以很重，但小說家、藝術家則不可太重，不可陷入歷史深淵，而應側重考慮如何在藝術作品中以具體細節和具體人物去映射歷史。這是一個問題，現在我還表達不好。

劉：中國現代作家從托爾斯泰那裏學到不少寫重的，他們的作品中歷史負荷很重，如果能從昆德拉這裏學到一些寫輕的，將是極有益的。作家、藝術家在作為歷史的闡釋主體時，還是現實主體，只有當他超越歷史把自己上升為藝術主體時才能區別於一般的知識分子。昆德拉的作品中還是可以看到歷史因素的，但他除了把歷史因素化為人的情感因素之外，還有一點是很值得一提的，就是他的作品有一種人類普世命運感，他沒有停留在對蘇聯侵略行為的政治批判與聲討中，而是進入對整個人類生存困境的感受。其主角勞倫斯在離開祖國，和國外知識分子的接觸中，感到迷失。這種迷失不是因為政治原因，而是因為存在的原因，是意義的失落，是靈魂無法交流溝通、無法產生共振的苦痛。這是普世問題。《生命中不能承受之輕》不是政治譴責小說，其境界高於譴責小說，它是知識分子無以立足，心靈無處存放的精神悲劇。出國之後，我自己有過一段切身的體驗，對於失重感，對於無意義感，才有較深的感受。

李：「文革」後大陸的傷痕文學比起以前的戴英雄面具的那些文學，當然好得多，但是都寫得太重，控訴、譴責不是沒有理由，可是如果重到底，也很容易變成通俗的政治小說。

劉：傷痕小說還沒有達到索爾仁尼琴的水平。但我也嫌索爾仁尼琴太重，他揭露了許多當時蘇聯的黑幕，但從文學價值來說，則不如帕斯捷爾納克的《日瓦戈醫生》，這部小說的基調不是譴責革命，而是思索革命在何處迷失，它帶給情愛、家庭、日常生活怎樣的困境。不管生活多麼艱難，但人性深處的詩意並未被革命的風暴全部捲走，它牽掛的是個體生命，不是政治體制。《日瓦戈醫生》中的歷史最真實。

李：柏林牆一倒，蘇聯東歐體系一瓦解，索爾仁尼琴的作品使命似乎也終結了。太重的東西反而沒有永久性價值。《日瓦戈醫生》與《古拉格群島》相比，前者雖然也重，但因為其人性與審美的因素較多，輕重的比例就比較和諧。

劉：我們這兩天從輕重的位置、比例來討論文學很有意思。這使我想起意大利的天才小說家卡爾維諾在哈佛大學的那個題為《寫給下一個一千年的備忘錄》的演講。他預感到，下一個世紀，下一個一千年，這個世界將愈來愈沉重，愈來愈晦暗；但他似乎又感到，作家與思想者要改造這個世界，要抹掉這沉重與晦暗是不可能的。作家唯一能做的，就是從沉重中抽離，站在邊緣的地帶對沉重進行觀照，以較輕盈的筆觸去駕馭和呈現這沉重的世界。我們這兩天所講的中心也正是這個以輕馭重的問題。

李：卡爾維諾的寫作智慧是盡量「減重」，盡量削減沉重感，從語言、結構到內容「減重」。

劉：卡爾維諾是個天才，尼采所講的天才的特徵，其中有一個是遊戲狀態。面對沉重的世界，作家不妨有點遊戲狀態。遊戲不是玩世不恭，不是輕浮，而是心態放鬆，努力創造活潑的形式。當然，這首先需要在超越現實的更高的審美層面上，用清醒的眼光穿透沉重。

一九九二年夏天，於劉再復美國 Boulder 寓所

（劉劍梅整理）

中國現代文學運動的陷阱

——與李歐梵的文學對談之二

李歐梵：（**以下簡稱「李」**）最近，你又在想些甚麼問題，我們可以再對談一下。去年我們關於文學史悖論的對話，很有趣，以後該整理出來發表。

劉再復：（**以下簡稱「劉」**）這一年多，我常常在思考這個世紀的「革命文學系統」。這一系統，不僅是指創造社的「革命文學」，還包括三十年代的「左翼文學」，四十年代的「延安文學」，以及一九四九年之後的「社會主義現實主義文學」。

李：這可以稱作「革命文統」吧。

劉：我給它命名為「廣義革命文學」，以和創造社的狹義「革命文學」相區別。稱作「革命文統」也可以。在大陸，講文學傳統，一是指遠傳統，即「五四」以前的古代文學傳統；一是指近傳統，即「五四」以後的現代文學傳統。在講近傳統時，我們總是強調這一傳統的所謂「主流」，也就是「革命文統」。

李：我看到一些講話和文章，說要「繼承和發揚革命文學傳統」，或說「戰鬥文學傳統」，也正是這個意思。

劉：在大陸流行的觀念看來，革命文統才是近傳統的「正統」，也就是「正宗」。至於胡適、周作人、沈從文、張愛玲、徐志摩、梁實秋、林語堂等，自然就屬於「邪宗」。

李：「邪宗」還常常「擴大化」，擴大到施蟄存、老舍、巴金、李劼人等。

劉：今天，我們應當對「正宗」作些坦率的批評。這種批評不是簡單的整體性否定，但對其普遍性的、影響一代文學水平的問題應當指出來。

李：對這一「正宗」作點反思是很必要的。用老話說，叫作「總結心智的教訓」，用時髦的話說，叫作「發現敍述方式的誤區」。

劉：也可以說是「發現文學的陷阱」。在我赴美之前，思路基本上還是所謂「撥亂反正」。「撥亂」就是批判「四人幫」那種極端的「左傾」觀念，這自然是應當的。但「反正」的意思是回到「正」的出發點，即近傳統的「正統」之上，也就是你所說的「革命文統」上。今天看來，這個「正」的本身，也有許多問題值得反省。而且，把複雜的精神現象作簡單的「邪」「正」之分也很不妥當。簡單化的「忠奸之分」「邪正之分」「革命與反動之分」和相應的「你死我活」「你輸我贏」的思維方式，恰恰是本世紀中最要不得的思維方式，也是危害最大、最值得反省的思維方式。可是這種思維方式又成了近傳統「正統」文學的基本思維方式。我們的「返正」，就是要返回到文學本身的思路上去，而且要理性地批評兩極化思路。

李：兩極思維方式，也就是你以前說的「丙崽式」的思維方式。在「五四」文學運動中，就把文學簡單地作「邪正」的兩極之分，把國民文學、寫實文學、社會文學作為「正」，把古典文學、貴族文學、山林文學作為「邪」。這樣，在提倡平民文學的時候，就以打倒貴族文學為前提。其實，不用說古典文學，就是在所謂貴族文學、山林文學中，優秀作品多得很。

劉：平民文學如果沒有貴族文學精神的洗禮，就會粗鄙化。這一點，周作人最早作了反省，但未被注意。周作人在一九二三年所寫的《自己的園地》中，就對包括自己在內的把貴族文學和平民文學「截然劃分」作了檢討，承認「不妥」。他說，貴族的與平民的精神，都是人的表現，不能指定誰是誰非，正如普遍的古典精神與自由的特殊的傳奇精神，雖似相反而實並存，沒有消滅的時候。「五四」兩極對立的思維方式對後來的文學影響非常大，使得中國文學偏激地走向大眾文學，進而發展到工農兵文學，發展到社會主義現實主義文學，愈來愈鄙俗化，這種傾向最後不僅影響到文學的命運，甚至影響到中華民族的精神性格。「五四」運動對開創現代文學很有貢獻，但這種兩相對峙的思路是有問題的。

李：所謂「死文學」與「活文學」之分，「人的文學」與「非人的文學」之分，也是「你死我活」的思維方式，這都是企圖以消滅一部份文學作為倡導一部份文學的前提。這種思維方法一旦和「進化論」「階級論」結合，就有進步與反動之分。

劉：這種「進步」與「反動」之分，愈演愈烈，後來就演變成廣義革命文學的基本思路。「進步」與「反動」之分，這是一種價值判斷。後來革命文統的寫作方式，就是敘述和價值判斷的完全「同一」，這也就是羅蘭·巴特在《寫作的零度》中所說的「政治式寫作」。

李：「進化論」雖然也有隨着時間的推移而進步的觀念，也導致「死文學」與「活文學」的兩極化價值判斷，但並沒有造成小說敘述中「進步」與「反動」的基本框架。造成這種現象，恐怕是「階級論」的結果。

劉：「階級論」把「五四」運動中已有的兩極思維膨脹化並找到階級載體。「五四」運動後，經過大約十年的過程，革命作家們開始接受馬克思主義。他們首先是接受馬克思主義的時間觀和歷史觀。這種觀念，不僅是一個時間邏輯，而且是一個價值邏輯，它認定歷史的過程是一個隨着時間推移而不斷進步的過程，是一個從原始社會走向共產主義社會的流程，在這個流程中，形成了代表歷史潮流方向的「進步」一極和代表反歷史潮流的「反動」一極。「反動」一極，便是歷史罪人。「進步」一極，就是革命階級的新生力量。這種觀念一引入文學，便對文學產生極大的影響。

李：與這種觀念相應的，自然是「歌頌」與「暴露」的兩極態度。對於「歷史罪人」，無論怎樣暴露、醜化、詛咒，都是合理的，對於革命階級代表，則無論怎麼拔高，甚至「高大全」，也是合乎邏輯的。這種兩極思維、兩極態度真是文學的陷阱。

劉：作家一旦落入這種陷阱，就很難避免公式化、概念化，就離文學愈來愈遠。

李：三十年代，全世界的知識分子、作家都左傾、激進、革命，馬克思主義很時髦，落入陷阱的作家很不少。

劉：馬克思主義的原始學說，是富有道德感的。它反對剝削、壓迫，這種學說容易和作家的良知相通。當時許多作家接受這種主義，是出於良知的選擇，是無可非議的。今天，我們也不是譴責「主義」本身，而是認為，不應當把「主義」當作寫作前提和出發點。

李：也可以說，不應當把文學當作「主義」的形象闡釋，或當作轉述政治意識形態的工具。

劉：正是這樣。問題就出在作家接受了馬克思主義之後，對中國社會問題就有了一個確定的「認識」。有這種「認識」本來也沒有甚麼不好，但許多作家忘記了，文學不是「認識」，它恰恰需要超越「認識」，大於「認識」，需要比「認識」更豐富，它不能像「認識」那麼「確定」。文學倒是需要一點朦朧和模糊。

李：「確定」也是一種文學的陷阱。

劉：確定之後，政治意識形態就取代了作家的具體創作方式，政治家、思想家們對社會政治的分析就成了作家創作的前提，意識形態的價值判斷就代替了作家的自由意志並消解了作品中應有的豐富的生命現象。二三十年代的許多作家受此影響，就以政治意識形態來做臧否作品的標準。「左聯」成立之前，「左派」就對茅盾作了批判。茅盾一九二八年寫了《從牯嶺到東京》，回答了「左派」。錢杏邨則寫了《從東京回到武漢》，強化對其「小資產階級悲觀主義」的批判。對於茅盾的《蝕》三部曲，「革命作家」們很不滿意，以為正是應該勇往直前的時候，茅盾偏來「幻滅」與「動搖」，當然要「鳴鼓而攻之」，當時不是個別作家，而是整個左翼，都認為是結束徬徨、幻滅、動搖的時代了。已經找到了「主義」，確定了方向，還能徬徨與動搖嗎？

李：這真是大義凜然。然而，「確定」對於文學正是一個致命傷。文學最忌的就是「確定」，一確定就不是一種自由的精神存在；只有在徬徨、懷疑與矛盾中，文學才會有異彩。用一種「主義」來「確定」文學的框架，恰恰使文學走向末路。

劉：我講的「文學主體性」，就強調這一點：文學不要做「主義」的工具。「主義」再好，它也是現實層面的東西，認識層面的東西，它與作為超越性的自由存在——文學，很不相同。人類所以需要文學這種情感性的東西，恰恰是因為感情是主義難以分析、難以涵蓋、難以代替的。文學也只有超乎「主義」，大於「主義」，才有價值。不意識到這點，「主義」也會成為文學的陷阱。

李：三十年代之後，一些很有才能的作家，也掉入這種陷阱，以致影響了他們的成就。後來一些作家愈掉愈深，文學變成「主義」的圖解，「主義」變成文學的廣告。

劉：優秀的文學創作，一定要大於「主義」、超越「主義」，不要被某種主義所束縛。哪怕這種「主義」在社會運動中是很好的「主義」，是可以「救世」的主義。傑出的文學作品，它的各種內涵（包括思想內涵、美學內涵、心理內涵等）和形式一定要大於「主義」。它應當有任何「主義」所沒有的生命容量和文化含量。這可以說是文學的一大特性。一個作家如果沒有充份意識到這一點，就會被「主義」所駕馭，然後又用「主義」駕馭敍述，把「主義」變成敍述的前提和框架，這樣，就會把一種自由情感的存在形式變成政治意識形態的轉達形式。三十年代的一大部份文學，就落入這種陷阱。馬克思主義創始人早就警告作家不要把文學當作時代的精神號筒。我覺得，馬克思、恩格斯比當代許多自以為是作家領導人的人物，更懂得文學。

李：像茅盾這樣的作家，在時代的壓力下也幾乎撐不住，只好努力地嘗試在一種意識形態框架中創作《春蠶》、《秋收》等小說。但他畢竟受過西方文學的薰陶，文學素質、基礎都好，在作品裏還是打破了一些一般左翼作家所無法打破的阻礙。比如《子夜》裏的性心理描寫。這一點是很不簡單的。

劉：經過批判之後，茅盾寫作了小說《春蠶》。這是一篇意識形態性很強的作品。它的「提出問題——解決問題」的敍述方式特別明顯，「認識」壓倒情感，主宰敍述，馬克思主義對於中國社會的政治分析，駕馭着這篇小說的敍述過程。主角老通寶的故事已經不是一種真實的人生過程。《春蠶》是政治話語的形象轉達，這種轉達對後來的文學影響很大，要說政治式寫作，《春蠶》才算典型性作品。

李：在茅盾之前，創造社和太陽社諸君，例如蔣光慈、洪靈菲、錢杏邨、華漢等也強調階級意識的覺醒，也替無產者訴苦，也寫突變的革命英雄，但正如瞿秋白所說的，都充滿着「革命的浪漫諦克」，還不像《春蠶》那樣，自覺地用馬克思主義的社會分析駕馭敍述過程。

劉：茅盾的《子夜》，也在很大的程度上用當時的馬克思主義派對中國社會的分析作為敘述的前提，但茅盾本身是一個很有文學才能的作家，因此在敘述中又在某些片段中突破這種前提，使小說既有意識形態氛圍又有活人的情感真實。不過，我還是為茅盾惋惜，如果他不是着意把馬克思主義的思想模式轉化為小說的敍述，《子夜》的成就會更大，而我們見到的《子夜》，在世界文學的範圍內，很難稱為第一流作品。

李：你說的當時的馬克思主義派，是指中國社會性質論戰中的「新思潮」派嗎？

劉：是的，就是以「新思潮」為園地，以王學文、潘東周、吳黎平為代表的那一派。只要讀一讀王學文的《中國資本主義在中國經濟中的地位及其發展以及前途》，就可以發現《子夜》的意識形態基石在哪裏。其實，茅盾在自述《子夜》時也承認，他寫《子夜》有一個重要背景，就是中國社會性質問題的論戰。他說：「正是中國革命轉向新的階段，中國社會性質論戰進行得激烈的時候，我那時打算用小說的形式寫出以下三個方面：（1）民族工業在帝國主義經濟侵略的壓迫下，在世界經濟恐慌的影響下，在農村破產的環境下，為要自保，便用更殘酷的手段加緊對工人階級的剝削；（2）因此引起了工人階級的經濟的政治的鬥爭；（3）當時的南北大戰，農村經濟破產以及農民暴動，又加深了民族工業的恐慌。」茅盾的這些「認識」，正是當時馬克思主義派的認識。這些認識顯然也成為《子夜》的思想框架。幸而茅盾是小說林中的高手，並沒有完全以這種「認識」代替創作。對於作家來說，「認識」太透徹了，並不是一件好事。文學還是模糊一點好，還是多給別人一點猜想和審美再創造的餘地好。

李：如果把茅盾作為一個具體的例子來看，茅盾的意識形態和作品中的細節有相當大的矛盾。分析《子夜》，過去多用意識形態的框框，其實就其語言而論，《子夜》一方面是意識形態的語言，一方面是現實主義的語言，還有一方面是象徵主義的語言。因為他是一個博學的人，讀過許多書。我讀《子夜》，常常將之當作一部矛盾的作品來看。其語言形式與意識形態之間有矛盾。而那些全部是意識形態濃縮成的作品，就令人不能卒讀，如蔣光慈的一些作品就沒甚麼好看，這些作品中間沒有張力。我也不喜歡《春蠶》，但它裏面有一種自然主義的寫法不錯，例如寫「蠶」是怎樣養出來的，但開頭結尾則很糟，特別是那個「光明的尾巴」。茅盾的小說，寫得好的，都是「黑暗的尾巴」，有「光明尾巴」的沒有幾篇是好小說。我喜歡《蝕》，這三部曲的結尾都是不確定的，令人不知怎麼辦，三十年代的理想是明知需要，卻很難達到，有一種漫漫長夜的感覺，那是「黎明前的黑暗」。我認為三十年代的文學，成功的作品是黑暗面寫夠，知識分子心靈的徬徨也寫夠，吳組緗寫鄉下的情況不好，毫無光明的題材就不少。他的《一千八百擔》《樊家鋪》反倒寫得好。我第一次到中國去就講吳組緗，當時有的人連吳先生的名字都不知道，他好像被遺忘了。我還講沈從文，沈從文也沒被某種主義束縛死。

劉：我讀過吳組緗的《西柳集》和《飯餘集》，不論是其中的小說還是散文，都很精彩，《樊家鋪》更是傑作。可惜，他的創作量太少，創作才能似乎沒有充份得到發揮，不知道為甚麼。也許是因為他不願意跳入「主義」的陷阱，而在陷阱之外又找不到路。而沈從文倒是找到了路，他在濃厚的政治意識形態空氣中，仍然從容地呼吸「邊城」的清香，仍然從容地抒寫湘西別有風味的人性人情。他倒是真正鍾情於文學，沒有把文學「嫁」給政治，能保持這種「貞潔」的中國現代作家不太多。

李：沈從文沒有落入政治意識形態的陷阱，一九四九年之後，他為此吃了苦頭，但是，他的作品則顯示出難以抹殺的價值。

劉：沈從文是現代文學史上有意識地逃避「主義」、逃避政權的作家。這種逃避，使他的作品具有生命力。世界上許多大作家，中國古代許多有智慧的作家，都逃避政權，逃避主義，不過那時的「主義」沒有我們現在喊得這麼響，這麼難以逃避。古代作家可以隱逸，可以放情山水，那時逍遙比較方便，不像現在一說隱逸，就有許多大帽子扣下來。我在這裏說的逃避，是指進入創作的時候。而在現實層面上，我並不反對作家具有某種政治信仰。

李：要逃避確實不容易，即使像我剛才批評過的蔣光慈，儘管那麼激進，但是，他也寫出《麗莎的哀怨》，以區別於那些完全革命的作品，但是他遭到了批判。

劉：他被開除了黨籍。過去我以為他僅受了批評。讀了夏衍的《懶尋舊夢錄》才知道，他被開除了。過去連夏衍也以為蔣光慈僅受了處分，直到八十年代，在中央檔案館的資料裏，才發現他當時就被開除出黨了。蔣光慈當時是左聯籌委會委員的十個黨員之一，稍稍離開一點意識形態都不行。當時巴比塞在國際上也被批得很厲害。許多作家覺得自己的良心應該傾向革命，傾向被壓迫人民，但作為一個作家，又必須忠誠於文學，很矛盾。瞿秋白在獄中寫《多餘的話》，就充份反映出一個有良心的知識分子的痛苦的心靈。我到美國後讀了許多遍，覺得我前兩年太像他了。魯迅後期也分裂了，政治與文學衝突得很厲害，所以他很痛苦。

李：在三十年代，我們還可以看到許多矛盾、分裂的狀況，到了四十年代的革命文學，就看不見了。比如丁玲的《太陽照在桑乾河上》，周立波的《暴風驟雨》，那就更加政治意識形態化了，兩個階級對陣的模式也完全固定化了。

劉：四十年代就更「確定」了。《太陽照在桑乾河上》已不是馬克思主義原理的圖解，而是毛澤東關於土地改革政策的形象轉達，敘述者和土地改革這一現實事件完全沒有距離，對事件中殘酷的清算鬥爭完全沒有距離。農民批鬥地主，這是符合土地改革的要求的，但是，這種殘酷鬥爭，放在歷史大場景中，畢竟是人類的不幸現象，對於這種現象，作家應當用比較超越的眼光和人道的眼光去關懷和抒寫，而不應當一下子就掉入現實政治政策的陷阱中。

李：其實，立場和敘述應當分開。一個作家，他在現實層面上可以有自己的政治立場和政治態度，但作為一個作家，他的作品敘述則不能完全等同於立場，作品也不能完全等同於現實，我贊成你說的要有距離，要對現實事件和歷史事件做出作家特有的思索，不能把政治家制定的政策和所謂群眾的情緒直接變成自己的敘述語言。《太陽照在桑乾河上》急於配合現實政治運動，結果使政治壓倒了文學。

劉：在《子夜》裏，也寫工人階級與資產階級的衝突，但是，整部小說還沒有造成完全「兩極化」的對陣型敘述模式，這一點，王德威在批評《子夜》時已指出過（在《紙上「談」科技》一文中）。而到了《太陽照在桑乾河上》，則完全是農民和地主的極端兩極化。被敘述者命名為「地主」的人便是集人類罪惡的「歷史罪人」，無論對他們怎麼殘酷鬥爭都是符合歷史發展的法則，哪怕完全反人道的殘忍行為也屬謳歌之列。我讀這部小說，一直覺得殘忍的不是那些燃燒着復仇火焰高喊「打死他」的農民，而是面對人類不幸現象而無動於衷的作家。

李：作家只有黨派性的鮮明政治立場，而沒有人類性的終極關懷和對人類互相廝殺這種不幸現象的反思，是不行的。

劉：沒有終極關懷和對清算鬥爭保持距離的反思，沒有作家博大的同情心，自然就使自己的作品喪失人性的光輝。應當坦率地說，《太陽照在桑乾河上》離文學的本性是很遠的。

李：在茅盾的《子夜》裏，個人的感情描述、性心理描述還能突破政治意識形態的框架，到了《太陽照在桑乾河上》，兩極對立的政治模式就完全壓倒文學了。

劉：丁玲的《莎菲女士的日記》還比較有文學價值，這部小説中的人物還是個人個性的存在，而《太陽照在桑乾河上》的人物，則完全是階級存在物、政治存在物。這種人物，其實是一些政策的傀儡。糟糕的是，丁玲這部小説的創作基調和敍述模式對下半世紀大陸的小説影響很大，許多作家跟着落入陷阱。

李：解讀一下《太陽照在桑乾河上》的文本，我甚至感到困惑，為甚麼《莎菲女士的日記》的作者會寫出這種圖式化的作品？

劉：丁玲在她的一篇名為《生活、思想與人物》的文章裏曾説，端正自己的思想，理解馬克思列寧主義，掌握辯證法的觀點是創作中最重要最基本的問題；她顯然對「主義」在創作中的地位和作用估計過高了，而沒有注意到文學創作恰恰需要超越主義和大於主義。超越與大於主義，避免使自己的作品成為時代精神的號筒，反而與馬克思的文藝觀相通。

李：在中國現代文學運動中，處理主義與文學的關係，確實是一個很有趣味的問題。

劉：另外一個值得注意的問題是：集團現象。一九三零年三月二日下午二時，「左聯」宣告成立，從此宣告了三十年代左翼文學的開始。這一年的「組織」如雨後春筍，比如早「左聯」一個月的「自由大同盟」，「左聯」以後成立的「社聯」「劇聯」「美聯」等，形成了各種分域集團。

李：這些組織雖然名稱都是專業性的，但政治性都太強，這就不同於文學沙龍。

劉：我所説的集團也正是政治組織性太強的文學集團。本來，在現實社會層面，作家加入某種政治集團，為某種政治目標而鬥爭，是很正常的。組織文藝團體也是無可非議的，否則，就沒有民間社會了。但是，現代文學運動，在組織文藝團體之後，接着就把文藝團體變成政治性很強的集團，並要求加入集團的作家絕對認同集團的綱領，使政治性加上強制性，一旦偏離綱領就會像蔣光慈那樣被開除，這就成問題了。

李：文學是個體性活動，集團這種東西對文學的發展並沒有甚麼好處，甚至會嚴重地危害文學藝術。搞集團，只有利於政治而不利於文學藝術。五四以後，始作俑者是文學研究會和創造社，開始時政治性不太強，還屬民間社會的範圍，發展到左聯，實際成了政治性的文化組織。

劉：我講「文學主體性」，在實踐層面上，就是講作家參與文學活動，不應當以集團成員的資格，而應當以獨立的人格去參加。只有這樣，才能保持作家的自由意志。

李：搞集團，搞組織，打派仗，「功夫在詩外」，這是二十世紀中國文學運動中的突出現象。日本也有文學團體，也有不同的文學主張，但不像中國這樣富有政治性、集團性。許多作家還沒有成名之前靠集團成名，成名之後又靠集團做廣告，以為當一個作家協會的「黨組成員」「副主席」「理事」真能增加他們的詩名和文名，這真是荒謬得很，幼稚得很，結果把功夫用到詩外，這真是古怪的現象。

劉：其實，文學完全不需要組織，不需要集團。文學是充份個人化的精神活動，作家最寶貴的是他的個人獨立不倚的品格和他的創作實績。一個莎士比亞，一個托爾斯泰或一個陀思妥耶夫斯基，往往比一打的作家協會還有價值。我說作家參與文學活動應該以個人獨立的人格而不應以集團成員的名義去參與，是因為，一旦以集團成員的名義參與，就會把自己的作品當作集團綱領的形象轉述。這樣，文學就會喪失它的個性和它的自由精神，也就是喪失文學的本性。中國革命文學系統的一個重大教訓：是集團的政治利益壓倒了文學藝術本身的利益，是文學離開了文學自身。所以，「集團」對於文學來說，也是一種陷阱。

李：我以前在美國看到的中國學者關於三十年代的中國文學論著，基本上都是以文學論爭為主。如李何林的《近二十年中國文藝思潮論》。最近，我的看法和你的反思是相似的。我感到西方的研究界注重的從來不是論爭。集團性的所謂論爭，是政治而非文學。因此可以說，三十年代的文學研究還僅僅是開始，方興未艾。實際上，真正的馬克思主義學派是這樣研究的：為甚麼同一時期有這麼一些作品，其形式、語言、內容有相似之處，背後一定有特定的經濟文化背景，其歷史感就凸顯出來。這是西方研究文化的馬克思主義的方法，跟中國的完全不一樣，嚴厲一點說，中國的那種研究方法，是相當庸俗的。在論爭的名義下，集團性地出擊，以人海戰術和高嗓門壓服對方，對不同的學術觀點進行剿滅性的大批判，我相信這不是馬克思主義的方法。

劉：在集團性的論爭中，個人是以集團的戰士身份出現的，因此總是缺乏自己獨特的語言，而且總是情緒壓倒理性。在三十年代的多次論爭中，連魯迅都未能避免情緒化的弊病，而後來的魯迅研究，包括我自己在內，又常把魯迅情緒化的語言當作文學準則。

李：每個作家都有自己的選擇。當然，在三十年代整個文壇左傾激進化之後，個人選擇的壓力愈來愈大，因此，許多人就把個人投入「集團」和集團的意識形態，就缺少了個性的追求。近來王曉明研究文學研究會，就指出他們從成立時起就有「宗派主義」，也帶「集團性」，希望網羅國內重要的作家，請名人做顧問。有人就說他們要壟斷文壇，但又出了個創造社。中國作家中關心個人選擇的只有郁達夫這樣的人，但他被排除到革命陣營之外。

劉：夏衍在《懶尋舊夢錄》的回憶中，記載了組織「左聯」時，他去徵詢魯迅的意見，魯迅就問，「左聯」為甚麼不請郁達夫參加。魯迅還是尊重個人選擇的。

李：魯迅其實也很注重個人的角色。我對魯迅的「革命理想」與官方所說的不同，我認為魯迅注重個人的選擇，一有集團，他就不高興。

劉：研究中國三十年代的文學運動，應當注意集團現象，研究中國三十年代的文學流派，於這個「派」字要特別當心。為甚麼稱之為「派」，也不一定準確。如新感覺派，施蟄存就不承認自己是新感覺派。

李：劉吶鷗倒是新感覺派，但他不是政治集團性的派別。是他把這個流派第一個介紹到中國來，然後才是穆時英，施蟄存也確實與他們有所不同。劉當時很有錢，辦了雜誌。事實上，到一九三二年《現代》開始創辦時，新感覺派已經結束。新感覺派的介紹，主要在劉吶鷗辦的那幾個小雜誌上。

劉：《現代》雜誌有一種世界文學的視野，幅度很寬。從作家、作品、雜誌產生的條件、背景及外來影響去審視，這種角度有俯瞰的氣派。但是，他們是非革命集團的個體，所以過去革命學人們對他們的研究很少，八十年代中期才重新關注，你所編選的《新感覺派小說選》，對這一研究很有幫助。

李：稱新感覺派為「派」，是後來研究者的概述，其實，他們都是「個體戶」，我比較喜歡「個體戶」。我在上海問過徐遲：你們那時看哪些洋書？答曰：英法文。施蟄存是上海震旦大學畢業的，懂法文。他說上海當時有很多書店，日、英、法文的書店有好幾家，讀者可以向世界各地訂書，書到才付錢。他翻譯波特萊爾就是去舊書攤裏買舊書。當年的上海是東方的巴黎，外國遊客很多，他們在郵輪上看的書，到了上海就廉價賣了。上海三十年代的都市文化是了不起的，空前絕後的國際性的文化的反映。現在的上海已經沒有這種國際都市文化了，面目全非。人很矛盾，我既喜歡現實主義，又一邊在研究「頹廢」。「頹廢」這個詞在當時的文壇是很重要的概念，不過也被視為「邪宗」。比如葉靈鳳，被批得一無是處。我就偏偏研究他，最近就在讀他的小說。

劉：研究都市文化，就要用國際的文學視野來看。如果以學理性的馬克思主義的觀點來研究，就是研究這種都市文化產生的歷史語境。

李：還必須了解其時上海有哪些書店，哪些外文書店。這些工作都要認真去做。美國有個英文雜誌《浮華世界》，當年施蟄存就是它的讀者。這雜誌的內容，有服裝、室內設計、小說等。這就是「都市文化」。當時上海甚至有「新感覺派服裝」——甚麼「黑鷹」圓式傢具，都是外國雜誌仿造來的。有個《星期六評論》，我問徐遲，他就看過。這雜誌裏面很多小文章介紹歐美文學，他們就如法炮製。不是翻譯，而是改寫。趙景深、葉靈鳳都是這方面的老手。

劉：在二十世紀的世界文學的重要潮流中，蘇聯、日本的左翼文學只是其中的一個。另一個潮流，就是「現代主義」。這一方面，也許因為我們國內的研究者有革命集團的眼光，所以常常看不到，直到近幾年才開始注意。據我所知，在西方文學中，現代主義是在第一次世界大戰與第二次世界大戰中間那段時期產生的。

李：一九一四年至一九一八年間發生的世界大戰，把歐洲特別是英國的知識分子精英幾乎都摧毀了。我的岳父安格爾就常講，那時機關槍剛發明，就用它一天到晚地掃射；劍橋、牛津出身的人，在衝鋒槍下被打死了很多。僅僅在比利時，就死了八千多。在這種殘殺之下，文學破滅了。文學家們想：一個世紀的文明，一場戰爭就打掉了。人為甚麼這樣沒理性？因此，現代主義文學的精神就是對於理性的懷疑。而中國正好相反。「五四」運動是走向理性，走向現代化，而西方現代文學則基本是反對現代化。他們認為工業文明太發達了，人就被弄成這個樣子。於是他們在藝術裏追求一種新的真實。中國的左翼作家，大都只注意蘇聯，對於西方現代主義文學的產生及其性質缺少了解，而少數非左翼人士倒是注意到了。邵洵美被說成「花花公子」，但他翻譯過艾略特的《荒原》，波特萊爾的《惡之華》。安格爾作為詩人，非常欣賞波特萊爾。

劉：施蟄存、戴望舒等把波氏的《惡之華》引進中國，把英、法、日一些非現實主義的手法引進來。

李：但是，中國的「正統」作家則把波氏視為頹廢派。據孫玉石先生的研究，其實，波氏的作品在中國被翻譯了不少。《晨報副刊》（大約在一九二二至一九二三年）登載的波氏的作品，魯迅可能看過。《野草》裏面至少有兩篇是波特萊爾的轉型。我認為《野草》是魯迅作品裏的傑作。一九八一年的魯迅誕辰百年紀念會，我帶去的論文就是關於《野草》的研究的，但當時不但不讓發表，連學術討論都不讓參加。時過十年，中國學者已經能正視這些問題，我們現在彼此都很接近了。

劉：如果我們不是用意識形態的眼光和政治集團的眼光來看三十年代的文學，就會發現在三十年代的上海，除了左翼文學之外，還有另一文學世界，就是你所關注的都市文學世界。

李：三十年代的文學在形式、內容、語言方面是多彩多姿、多元的。三十年代的電影也是各種各樣都有，從寫實片到偵探片，別看是偵探片，有的在裏面就採用德國表現主義的手法，素材甚至比文學更廣。三十年代的文學中，小說還是掛帥。五四運動時期以短篇小說為主，三十年代長短都有，長篇數量不少。但研究界似乎忘了三十年代的詩歌與小品文。其實，從文學素質來看，五四時期的詩很幼稚，而三十年代的詩歌就好看得多了。徐志摩、朱自清、朱湘，加上李金髮、戴望舒，而到了卞之琳、馮至，那就更可看了。對三十年代的詩，不能用政治意識形態的一套來研究，因為詩很特別。詩是在三十年代成熟的。我以為，中國、日本、西方研究詩的人太少。還有一個「小說與詩」的關係，也沒有人研究。

劉：散文和小品文也是一個方面。周作人、林語堂、梁實秋等，現在開始給他們說公道話。還有夏丏尊、豐子愷的散文，特別是豐子愷，我很喜歡。三十年代，最暢銷的雜誌並不是「左聯」出版的。當時的讀者喜歡看甚麼雜誌，這不應忽視。《東方雜誌》就擁有許多讀者，北新辦的雜誌，邵洵美辦的金屋書店，《金屋月刊》，也有讀者。研究三十年代的文學，就得看出版物——書、雜誌。現在缺乏研究書籍雜誌是怎樣出版的，書店如何佈局與營業，雜誌反映了讀者的甚麼興趣，編者的關注點是甚麼，雜誌與報紙的關係又是怎樣的，等等。這一系列的研究牽涉到的課題就是上海。簡言之，就是都市文化的背景問題。五四運動時期北京是重鎮，到了三十年代，文化中心南移到上海。張靜廬的《中國現代出版史料》中可以查得出來，全國百分之八十以上的出版物都在上海。單一條四馬路，就有多少家書店？當時，政治上北京還是有其地位的。京派、海派的區分，也要看當時的文化生產。以馬克思主義理論而言，要研究文化是怎樣產生與形成的。

李：我正在研究三十年代的城鄉對比。很有意思的是，所謂的新文學都是在城裏製作的，可是住在城裏的知識分子卻愈來愈左傾，鄉村變成了一個理想的意識形態之所。也許他們要為鄉下做一點事情。自己在城裏做貴族，有點不安，作為中產階級，生活蠻好，但卻嚮往農村，所以抗戰開始，大家都投入農村。關於這兩個模式，我以前在劍橋大學出版的英文版《中國史》中論證過，在美國也講過。描寫鄉村的小說模式與鄉村意識形態（與中國所說的意識形態含義不同，我指的是某些人在某一時期所共通的價值系統、情緒、思想等）的相通就演繹為左翼文學。那批住在上海的人，尤其是左翼文化人，想要描寫中國的鄉村，便沿着剛才你所談的平民——工農兵的軌跡，小說要與現實運動結合，這種結合形成左翼文學的主潮。詩因此被貶為「象牙之塔」，小品文更是被看成歐美紳士階層的「小擺設」。魯迅的雜文是匕首、投槍，很革命，林語堂就毫不足觀。其實魯迅的雜文也不完全是匕首、投槍，邵洵美也不老住在「金屋」裏，他晚年也批評國民黨。寫實主義與現實主義的問題也值得探討。我贊同你的意見，「左聯」太強調政治意識形態，政治掛帥，後來乾脆把「現實主義」當作一個牌子。我曾考證過，「寫實主義」這個詞是陳獨秀最早提出來的，他注意到「寫」字，也就是寫作。「現實主義」就帶有哲學意識形態的意味，後來蘇聯有「批判現實主義」，但沒人講「批判寫實主義」，一字之差，進而演變為「社會主義現實主義」。

劉：這個名詞是在一九三二年由日丹諾夫等提出的，蘇聯一提出新口號，中國馬上就介紹，因此，連魯迅有時也搞不清。魯迅最後的十年，非常喜歡蘇聯文學，也曾喜歡托洛茨基。後來托氏倒台，又跑出來了一大堆「拉普」之類，再加上日本的左翼，尤其是藏原惟人，常把魯迅搞糊塗了。蘇聯的新理論不是直接輸往中國，許多是通過日本「販」過來的。日本的左翼對中國影響非常大。

李：日本的左翼文學是三十年代形成的，但二十年代的日本文學是有其背景的。二十年代的日本文學也是多彩多姿的，白樺派、新感覺派、私小説、新村運動等等。日本二十年代文學與三十年代的文學之間的關係是甚麼呢？一個作家在巨變的社會思潮裏，不論感覺如何，你轉向不轉向，或由左翼變為右翼，或由右翼變成左翼，或表示沉默，或追求藝術，作為個人的選擇很重要。

劉：也就是説，並不是注定要落入陷阱。

李：剛才你談的幾個問題，我們的意見是一致的。我談的這些，是即興式的，這也是「頹廢」的表現吧。

一九九一年九月二十日於東京 Plaza Hotel

（孫立川整理）

第四題

走出民族主義

民族主義又再起？
——與李澤厚的對話

劉再復：（以下簡稱「劉」） 近年來，民族主義又再起。以前我們唱《國際歌》，提倡國際主義，宣傳「工人無祖國」，強調的是橫線的階級關係；現在提倡民族主義，宣傳「祖國至上」，強調的是縱線的血緣關係。意識形態千變萬化，真讓我們跟不上。但我最近已覺得大講民族主義不對頭，甚至很危險。

李澤厚：（以下簡稱「李」）「民族」這概念本來就相當含混，定義很多。西方的社會學者不必說了，孫中山、斯大林都有過定義。僅民族如何形成就是個麻煩的問題。例如，說「中國人」，這是種族概念還是文化概念？「中華民族」是甚麼意思？「民族」是以種族為主來界定，還是以文化、宗教、地域、語言、風貌、生活方式來界定？所有這些問題都不清楚，「民族」如此，「民族主義」更如此了。提倡一個並不清楚的東西，我看是相當危險的。

劉：「民族」的概念已相當含混，「民族主義」概念更是含混。民族主義與種族主義、國家主義、愛國主義是不是一回事？它們有甚麼區別與聯繫？中國本來只有天下意識，沒有民族—國家意識。到了近代，受西方學說的影響和戰爭失敗的衝擊，才形成民族—國家意識，但甚麼是民族，甚麼是國家，也含混不清。所以梁啟超說要劃清三大界限，即國家與天下的界限，國家與朝廷的界限，國家與國民的界限。他還說中國所以會「積弱」，就是愛國觀念不對，以為愛國是愛朝廷，忠君即愛國，不知愛國主要是指愛國民。梁啟超指出這一點是很大的貢獻，也比今天的許多「愛國主義」者高明和真誠。至於民族，則有許多人誤以為就是「種族」，講民族主義就是講漢族主義，就是要「排滿」，連很偉大的早期的孫中山也難免偏頗。

李：你講得很好。一九九二年香港的一次學術會議上，我強調民族主義是個多義的、複雜的概念，應先作語詞分析，以「民族主義A」「民族主義B」來分註不同含義，否則就很容易掉入陷阱。所以我反對民族主義語詞的濫用，包括反對所謂「文化民族主義」之類的用語和說法。我認為民族主義是一個嚴格的政治學和政治思想史的概念，它與近代西歐的民族國家（nation-state）的興起有關，不能隨便亂用。在亞非拉，民族主義在上世紀和本世紀上半葉有抵抗帝國主義和建立民族國家等正面意義，但今天則大都只剩下負面作用了，對人民、民族、國家、世界都大不利。南斯拉夫、非洲部族、俄國車臣的殘酷戰亂就是例證。中國於此要提高警惕，不管對內對外，提倡民族主義都沒有好處。

劉：民族主義是一個非常複雜的概念，很難給予一個本質化的定義。鴉片戰爭之後特別是甲午戰爭失敗之後，中國的「民族－國家」意識真正覺醒，但那時的民族意識首先是反抗帝國主義壓迫的民族義憤，其實質是一種對民族尊嚴與國家主權的捍衛。如果說這是民族主義，那也必須嚴謹地說，這是一種為了保護本國本族利益而維護「民族－國家」尊嚴與主權的民族主義。這就是說，「民族主義」這一概念只是在非常有限的特定的歷史時間中和特定的意義上才能起積極的作用。越過有限的時間和特定意義而加以普遍化，形成一種國家的普遍原則，就很危險。一九零二年梁啟超作《新民說》時就意識到這種危險。他警告說，發端於十六世紀的歐洲民族主義，發展到十九世紀末，就變成了「民族帝國主義」，

「汲汲焉求擴張權力於他地」。俄國、德國、英國、美國皆如此。梁啟超在本世紀的第二年就不幸而言中了民族帝國主義的極大危險。在這個世紀中，我們看到希特勒在民族主義的旗幟下怎樣變成民族帝國主義，又怎樣給人類造成空前的浩劫和巨大的災難。

李：民族主義的危險就是對外容易變成大國沙文主義，不必要地刺激左鄰右舍，對內則容易引起不同民族之間的紛爭，要知道中國有五十多個民族。同時也容易以民族、國家的名義來壓制個人的自由、獨立、人權。在抗戰中，蔣介石不高喊「國家至上，民族至上，意志集中，力量集中」嗎？這可以理解，因為當時是在打仗。但如果永遠如此，就大成問題了。就是說，在「至上」「集中」的大帽子下，個人的一切都可以成為無足輕重的附屬品或犧牲品。這也是今天提倡民族主義的一大危險。

劉：在「國家」「民族」的名義下，個人精神價值創造的權利怎樣被剝奪？這一點大陸知識分子體驗很深。「五四」運動時，文化先覺者們曾經為了個人自由而呼籲打破「國家偶像」，但沒有成功。除了用「國家」「民族」的名義壓制個人的自由、獨立之外，還有一點，就是用民族主義來掩蓋專制、腐敗和其他應當解決的矛盾，拒絕實行改革，特別是政治改革。說不當帝國主義的奴隸是對的，但不能反過來說，為了一致對外，你們暫且當本國同胞的奴隸，這也是極為荒謬的。可是，民族主義往往掩蓋着專制的黑暗。

李：我曾說過，應從世界一體化的角度來看民族主義。所謂「世界一體化」，就是注意從世界發展的總趨勢來考察和評價民族主義。上世紀末（一直延伸到本世紀上半葉）和這個世紀末的世界已很不相同。上個世紀末帝國主義到處侵略，殖民主義遠未結束，而封建王朝非常黑暗，對外屈從壓迫，這個時候，強調民族獨立、建立民族國家當然是進步的。但是，本世紀的後半葉特別是現在，世界的總趨勢是經濟在科技的帶動下正在高速發展，原先不發達的國家大都取得政治獨立，並步發達國家的後塵快速走向現代化。這種發展的潮流，正在打破各種地域、國家、宗教、種族、文化、意識形態的隔閡與限制而使世界逐漸走向一體化。亞歐在這方面走得最快最遠，十幾個不同的民族國家從五十年代開始建立經濟共同體，幾十年來，逐步統一了市場，並將發行統一貨幣，下一步可能創立某種形式的政治共同體，當然這也許還得幾十年。但這些語言、種族、傳統、政治制度、宗教信仰等等都不相同的民族國家，特別是所謂「德法世仇」，今天都居然為了共同的經濟利益，使他們克服種種困難和障礙「走到一起來了」，開始在組織一個和平的、超民族的社會。我以為這在世界歷史上是件非常重大的事情。兩次世界大戰都根源於這裏的西歐，今天的這個方向我以為才是真正化解民族主義、民族仇恨最為健康的歷史方向。當然，世界一體化也還有許多問題，如發達國家對不發達國家的剝削壓迫，發達國家之間嚴重的經濟衝突，等等，但這些都不能訴諸民族主義情緒解決。

劉：西歐與南斯拉夫所展示的兩種方向和兩種結果，正是我們探討民族主義問題最好的例證。一是把人類的生存、發展、福利放在首位，並為此從根本去打破民族、地域、宗教的界限；一是為了民族、宗教、地域而不惜犧牲人的生存、發展、福利。我們當然不能贊同南斯拉夫這種歷史倒退的現象。這兩個例證給我們一點重要的啟示，那就是經濟確實是個「本」，「吃飯哲學」——人們要求改善和提高物質生活的共同要求確實可以消解民族的隔閡，甚至消解民族的仇恨。是甚麼東西使西歐這些不同的民族國家走到一起的？不是政治，而是經濟；不是意識形態原則，而是利益原則。是共同的經濟利益使他們超越了國家的界限與民族的界限。

李：只有經濟的發展，才是「世界一體化」的自然走向。其他辦法，如政治壓力、戰爭、意識形態，都不能成功。從羅馬帝國、奧圖曼帝國到希特勒的第三帝國、蘇聯的社會帝國主義統統都失敗了。人們盼望世界和平和世界大同為時已久，兩百年前康德就寫了《永久和平論》，康有為的《大同書》初稿也百年了。但這「和平」「太平」都不是軍事、政治、文化、意識形態所能辦到的，不是甚麼「國際聯盟」「聯合國」「無產階級國際主義」等所能辦到的。人們愈批判我這是「經濟主義」，我就愈發堅持，今天又恰好送給我一個好題目來說明這一點。當然，康德《永久和平論》裏說共和政體是這和平的前提條件等等，也仍然是很重要的。世界要真正走到這一步，真正成為一個「永久和平」的「大同世界」，恐怕至少還得幾百年吧，何況歷史有時還會倒退，如今好些地方的民族主義、原教旨主義，便是這種倒退潮流。人們只能對未來抱有某種美好理想，並腳踏實地去總結經驗（如我們談的西歐經驗），避免倒退，而不能構造烏托邦。

劉：你曾談一個可悲的現象，即一百年前馬克思在《共產黨宣言》中就呼籲「全世界無產者聯合起來」，我們也喊了幾十年這樣的口號，唱了幾十年的國際歌，結果我們還是看到中蘇戰爭、中越戰爭、越柬戰爭。而讓馬克思失望的西歐資產者卻聯合了起來。這一歷史現象說明：意識形態靠不住，意識形態消解不了民族主義。要聯合，還是得靠經濟這一「上帝之手」。

李：我多年來被批評，一談經濟前提或經濟決定，學者們便大搖其頭，有的甚至認為不值一提，認為只有談論心性倫理才有價值，才是根本。其實這才真是本末倒置。所以我認為馬克思主義說的人民群眾是歷史的創造者並不錯，經濟生活、物質生產是億萬人民群眾日常活動的主要部份。而每個人都要吃飯，每個人都有衣食住行各方面的生活要求和切身利益，這吃飯、這利益與經濟發展直接相關聯，正是億萬普通人的利益，使政治、軍事、文化、種族、宗教不同甚至敵對的國家可以走向聯合和統一，走向共同市場，也可以說是「共同富裕」吧。我這裏再一次申說我的「吃飯哲學」。但好些民族主義者不注意這一點，不顧自己人民的生存、死活，只關心民族「地位」（好些實際上是少數人的政治地位），或只注重民族霸權，結果或以大欺小，妄圖用意識形態或武力吞併別人；或以小傲大，要求絕對自由或獨立，認為這才不受欺侮壓迫。結果便是各種爭鬥和戰爭，把本來就不行的經濟弄得更糟。戰禍連綿、生靈塗炭，哪還有經濟發展可言。

劉：如果中國吸取前南斯拉夫的教訓而注意西歐的經驗，那麼中國的未來就可樂觀。大陸和台灣的統一問題也好解決。這就是如果雙方都抓住經濟這個本，關懷國計民生，淡化政治和意識形態，那麼，雙方自然就會逐步形成共同市場，即逐步形成統一的經濟共同體，然後便自然地逐步地形成政治共同體。中國一定能實現統一，我們也完全希望和支持統一，但我相信，經濟之本的力量比任何武器包括軍事武器都更有力量。

李：中國人民通過自己的活動一定能創造出統一的新形式。西歐各國都在努力走向經濟—政治的統一體，我們為甚麼要分裂？現在大陸、台灣經濟發展的勢頭都不錯，這樣發展下去，兩岸老百姓的共同利益就會逐漸而自然地形成一種共同體。政治上和意識形態上的衝突，也只有在這基礎上才可能逐漸消解，這當然是一個相當長的過程。但意識形態的衝突應該可以首先予以逐漸消解。不過，這一切都不能性急。想用一個民族主義的口號來快速地統一兩岸或分裂兩岸（如「台獨」），都是不好的。

劉：其實，按照馬克思主義的說法，也是經濟的解放才是根本的解放。政治上的「反攻大陸」「一定要解放台灣」的政治時代已經過去。現在大陸最要緊的還是要進入經濟解放的時代。台灣的經濟起步早些，但發展仍無止境。先從經濟困境中解放出來，再從意識形態的困境中解放出來，中國自然會走向統一。

李：現在中國的民族主義又盛行了，一些年輕人更為激動，他們模仿日本的一本書名，說中國人「可以」對美國說「不」。從書名和被引作「警語」來看，不僅頗為情緒化，而且擺出一副要打架的恐嚇樣式，實在相當低級。現在中國在發展經濟，首要任務是改善佔人類四分之一人口的生活狀況。我們當然不能受欺侮，例如釣魚島事件，政治應該有堅定甚至堅硬的態度，這是政府的責任所在。但不應當煽起「抵制日貨」之類的群體民族情緒，我們主要仍應當理性地和世界溝通，理性地吸取世界各國的經驗和教訓。中國「可以向美國說不」，毛澤東早已說過了。他在中國非常落後的時候，就對當時不可一世的美國說「不」。不久他又對社會主義大家長的蘇聯說「不」，堅定地維護了中國的主權。但今天仍然高聲喊叫說「不」，甚至擺出一副「不惜一戰」的姿態，就沒意義。鄧小平主張不和美國搞對抗，正是以經濟利益的原則出發，而不受意識形態原則的束縛。今天簡單地說「不」，容易流為某種危險的民族主義的道德原則、意識形態原則，煽動群體情緒，卻在根本上損害了中華民族的利益。

劉：毛澤東一面向美國說「不」，一面又講愛國主義是一個歷史的範疇，所以歷史的腳步走到七十年代，他又歡迎美國總統到北京，不那麼簡單地說「不」了。其實，民族主義也是一個歷史範疇。不同的歷史時期，愛國主義與民族主義都有不同的時代內涵。就以十九世紀末的情況與二十世紀末的情況來加以比較，民族主義就有非常不同的內涵。一九九二年年底，香港中文大學舉辦「民族主義與現代中國」國際學術研討會，此次會議的論文我全讀了一遍，其中汪榮祖先生的《中國近代民族主義的回顧與展望》就講到這個問題。他說，一百年前的世紀末與一百年後的中國情況很不相同。十九世紀末，中國確實面臨着帝國主義列強的欺負、壓迫和侵略，因此當時的民族主義就帶有強烈的反帝色彩與救亡色彩，這雖然不能說是十分健康，卻是對外部壓迫的十分自然的反應，也是民族獨立自主所必需的。但今日的中國，已擺脫外國的威脅，並實行改革開放，集中精力從事現代化建設，那麼，其民族主義的內涵就變成如何振興中華民族，而不是十九世紀末的那種「反帝」「救亡」的內涵。汪榮祖先生說：「今日中國已是核子強國，近年來經濟快速成長，富亦可期。富強的中國沒有外國再敢欺侮，自然不必再提倡反帝色彩濃郁的民族主義，亦實無必要；憂患意識雖不可沒有，但救亡意識，應已過時。在可以預見的將來，沒有一個外國可能搞垮中國，惟有中國人自己可能搞垮中國，例如境內政治分裂訴求的高漲，導致『巴爾幹化』（Balkanization）；或台灣宣佈獨立，大陸武力干預，造成一方慘勝，另一方全敗的結局；或文化虛無主義的繼續發展，以至於取消方塊字，可令中國於一個世代之內，分崩離析……。是以為了政治統一、文化凝聚，正常的民族主義仍是當代中國不可或缺的立國支柱。」[1]

李：毛澤東邀尼克松訪華是純從政治考慮，而鄧小平還有所不同。至於汪榮祖先生講的「為了政治統一、文化凝聚，正常的民族主義仍是當代中國不可或缺的立國支柱」等就仍然是贊成或支持某種「不可或缺」的民族主義，對此我仍然懷疑。因為這種提法仍然可以給人以藉口，即藉以大肆宣揚大中華主義或大漢族主義或文化民族主義，這是我不贊成的。中國的統一、獨立、富強，不在於提倡這種民族主義的「支柱」，仍在於經濟共同發展，在於對內阻止地方分裂和民族分裂，對外平等交往，不卑不亢，不受欺侮也不欺侮別人。「主義」總是強加於人的意識形態或政教主張，這對發展現代生活不利。至於流行在社會上某些年輕人中的各種崇洋媚外現象，可以具體批評甚至取締，但不能借民族主義來「大義

1 《民族主義與中國現代化》，第一九八頁，中文大學出版社，一九九四年版。

責人」或煽起情緒。民族主義極易煽動仇外情緒，中國是多民族的國家，民族主義是非常有害的雙刃劍，它既可以引起周圍國家對中國的緊張、恐懼，也可以煽起國內少數民族的仇漢情緒，兩者都不是好事。

劉：汪榮祖先生把民族主義視為「支柱」，也即視為「本」，可能不妥。但他注意到中華民族完全不同的時代要求、民族要求則是正確的。《明報》論壇版的魏承思先生約我寫稿子時，我曾想分三篇概述一下我國時代變遷的主要內涵。第一篇是《從意識形態的時代到數字的時代》。這一提法實際上是黃仁宇先生的概括。現代社會，就是數字管理的社會，也可以說是金錢的數字管理時代。我國過去的農業社會就不是數字管理的時代。一九四九年之後的中國社會也不是數字管理的時代，而是意識形態左右一切的時代。現在中國搞經濟改革，就是在實現從意識形態時代向數字管理時代的轉變。這一意思我已寫了一篇文章發表了。第二篇文章的題目是《從反帝救亡的時代到民族自我調整時代》，第三篇是《從史詩時代到散文時代》。第三篇的意思我想再詳細談談，描述一下現代社會可能出現的多元文化生態。過去幾十年大陸文化生態是「聚」的特點，一切文化聚於英雄一身，統一於領袖思想，現在則開始表現出「散」的特點。散為多元，散為民間與大眾。打破單一化的馬克思主義，把馬克思主義也往多元化去思考，這也是「散」的特點。第二個題目講的正是我們今天討論的題目，我側重於講從「外」到「內」的轉變，說明今天中華民族的生活重心，應當從外部對抗帝國主義轉向內部民族國家的自我調整和自我建設。這種調整包括大陸與台灣、香港的關係，包括大陸內部各民族之間的關係，包括中華文化範圍內不同政治派別、不同意識形態派別和不同的利益集團的關係。通過自我調整，中國更豐富、更強大、更自由。當然，調整民族內部關係，也應當包括調整中國與其他民族國家的關係。如果不是以「反帝」為民族生活主要內涵，那麼，中國與其他發達國家包括美國的關係，就不再是「對抗」的關係，而是「對話」

的關係。

李：過去我在談孫中山的時候，也論及他所提倡的民族主義內涵的轉變。在辛亥革命前，孫的民族主義主要集中在「反滿」革命上，所謂「驅除韃虜，恢復中華」。其後，他的民族主義的重心轉向「反帝」，也因此與共產黨的綱領相接近。只是共產黨是用階級鬥爭觀念，而孫中山是用「王道」「霸道」來解釋。現在我們講反霸權，倒有點接近孫中山了。但孫中山是反對義和團那種盲目仇外的情緒和行為的。更值得我們注意的是孫中山在中華民國建立後，就把民族主義的中心轉到建設上來，提出詳細的「實業計劃」，希望能成功地建設一個強大的祖國。民族主義可以裝進各種內容，孫中山能及時把民族主義重心移到經濟建設上來，是聰明而負責任的。還是一句老話，今天中國就是要講建設，通過經濟發展使十二億人民生活幸福，同時便壯大了自己的國家，也為其他方面的改革、進步、發展，提供了實在的前提和基礎。這才是不高喊民族主義的危險口號，而做了實實在在對中華民族負責任的事情。

劉：孫中山的文化心理畢竟比較健康。他作為一個偉大的革命家及愛國者，敢於「反帝」，但並沒有義和團式的盲目仇外情緒。「五四」運動時期，魯迅就一再批評中國人對待外國人的病態心理，要麼把外國人當聖上，要麼把外國人當惡魔。一會兒是賈桂心態，在外國「聖上」面前就膝蓋發軟，站立不起來；一會兒是義和團心態，一律砍殺過去。大陸改革開放之後，這兩種病態心理又凸顯出來，在文化界裏也蔓延。要麼就是盲目崇拜西方，學到一點西方的知識皮毛就自以為了不起，凡是西方的所作所為，他都說「是」；要麼就是盲目仇視西方，不管是啟蒙理性還是科學理性，他們都視為「帝國主義話語」，一律說「不」。這兩種心態，都非常簡單粗鄙，都缺少理性，但都有市場。

李：民族主義不僅是一個政治、意識形態問題，而且也與文化心理相關。前不久讀余英時先生的文章，他所引述的社會學家格林菲德的「羨憎交織」的心情，真是入木三分。羨慕和憎恨互相交織，確實是落後國家很典型的文化心理現象。羨慕心態佔上風時就盲目崇洋；憎恨心態佔上風，就盲目排外。這甚至也表現在當前中國大陸的學術界，一方面是拾洋人之唾餘，亦步亦趨，徹底打倒傳統，公然說讓中國做三百年殖民地也無妨；另一方面是國粹第一，大反西方主義，大講要用中國文明拯救世界，如此種種，真是令人哭笑不得。所以，我主張要研究文化心理結構問題，並且，今天應適當地以近代自由主義來化解和反對民族主義。這話說來又很長，暫時不談吧。

原載《中國時報》一九九七年七月二十一日

走出民族主義

——與勵建書的對話

方海倫：先介紹一下對話者。劉再復，著名文學家。原中國社會科學院文學研究所所長，一九八九年後旅居美國，目前在香港城市大學中國文化中心任客座教授。

勵建書，著名數學家。耶魯文學博士，曾任美國馬里蘭大學教授多年，現為香港科技大學數學教授，香港數學會副主席。七個國際數學刊物的編輯，中國的「長江學者」講座教授，總理基金獲得者。

訪談在劉再復的香港城市大學家中。

劉再復於四月間應邀在香港科技大學以「走出民族主義」為題的社科論壇做過講座，反應強烈，我們的話題就從這裏談起。

勵建書：（以下簡稱「勵」）上次你來科大做的有關民族主義的講座，因為時間有限，沒有深談。我記得你的發言是「走出民族主義」，特別是你提到民族主義不可能造就高質量的文化，它往往只是一種姿態，一種情緒。這似乎是對我以前理解的一個褒義概念的否定。

劉再復：（以下簡稱「劉」）我不喜歡談主義，我正在致力於放逐各種概念、主義，包括民族主義。還是先從文學講起吧。中國現代文學史上危害最大的兩樣東西，一個是主義，一個是集團。主義是意識形態，每個民族都會對自己本土的語言、習慣、宗教、文化、傳統、情感方式等有所認同。這種認同是合理的，但不能把「民族認同」上升為「民族主義」，即不能把民族情感上升為意識形態原則。文學寫作是一種個人精神活動，他直接聽命於作者內心的良知。寫作不是反社會的，但確實是非社會的。政治權利和市場權利可以把文學藝術納入功利活動之中，但文學藝術的本性卻是非功利、非集團、非主義的。把文學變成一個意識形態的形象轉達，或變成集團綱領的形象轉達，只能敗壞文學，作家應以個人的目光直接面對宇宙人生，而不是用集團的眼光去面對。在文化藝術當中，有個意思非常重要，就是要分清生命語境和國家語境。這是兩個非常不一樣的概念，我們過去常常誤解，以為國家語境、歷史語境大於生命語境。其實恰恰相反，生命語境大於國家語境和歷史語境，當然也大於民族語境。

勵：也許這跟中國的地域文化和西方的地域文化不同有關，比如西方一開始就是開放式的，從古希臘時代就強調個體，中國從來在地域上就處於一個封閉狀態，它就比較強調集體的、歷史的語境。

劉：不一定，中國歷史上的一個長時期，就只有天下意識，沒有民族國家意識。「普天之下，莫非王土」，以為我們中國就是天下，沒有民族家國意識。還有像我們的莊子，他講的是自然語境，講究生命與自然相接，與天地宇宙獨往來。中間沒有國家、概念、主義等中介物。這樣才能得大自在，才可能「逍遙遊」。魯迅所講的如果沒有天馬行空的大精神就沒有大藝術，所謂「天馬行空」，也是「逍遙遊」，也是大生命的語境。王國維把中國文學分為《紅樓夢》境界與《桃花扇》境界。前者是生命、宇宙境界；後者是國家、歷史境界。莊子、王國維、魯迅都把生命、宇宙境界看成自由語境，都大於國家、歷史語境。《紅樓夢》把生命宇宙語境推向巔峰，真了不起。《桃花扇》的主旨則與明末清初顧炎武、黃宗羲等知識分子的「亡國情結」相通，都是把國家價值置於個體生命價值之上。顧炎武、黃宗羲這批人把家國的概念提到一個非常高的高度上去，這在當時具體的民族鬥爭語境中可以理解，但是把這種理念運用到文學藝術當中來，問題可大了，所以我要批評他們。明末是個體生命覺醒的時代，個體生命獲得很大的解放。從王陽明開始，然後到泰州學派，到李卓吾到公安派的袁氏三兄弟，都回歸到對人本身生命價值的關注，提倡「真性情」。當時小說出現了「三言二拍」、《金瓶梅》，戲劇上有《牡丹亭》。整個是個生命解放的潮流，五四運動跟這一思潮相接，可惜中間斷掉了。當時滿清入主中原，這個時候晚明知識分子就把國家提到非常重要的位置上，好像亡國了。亡國之思把個體生命思考壓掉了，中斷了重要思潮。過份關注家國，忽略個體生命。我們現在恰恰是要跟明末銜接，「五四」運動周作人發現一條，說「五四」運動實際上是明末文化運動的延續。顧炎武、黃宗羲反省亡國，他們要吸取教訓，就把責任歸罪於明末的一批思想解放者。他們說亡就是亡在你們這些提倡個體生命的文人身上，這是錯的。明朝亡的僅僅是一個朝廷，一個朱氏王朝，並不是國。從文化的層次看，滿文化在清朝時期倒是被漢文化同化了，也可說被漢文化亡掉了。這到底是誰亡誰？

勵：這就像當年的歐洲，普法戰爭以後，法國是被德國打敗了，法國是亡掉了，實際上法國的文化是滲透到了德國，尼采看到了這一點。尼采很欣賞法國文化，他覺得法國文化是希臘文化的轉世。但是他看到這個法國文化的滲透之後，又同時在呼喚德意志精神。他是很清楚地看到了這一點，如果當時中國有個人能夠看到這一點，就是說雖然明朝廷是亡，但實際上文化是在興起。有人如果關注到這一點，那麼中國的文化發展不至於出現這樣一個斷層。

劉：個體生命的文化總是在國家偶像面前挺不起腰桿。

勵：這是很狹隘的民族主義。

劉：如果你真的愛一個國家，也要注意國家有雙重結構，一個是實體結構，一個是精神結構。中華民族的精神結構沒有亡過，只有朝廷這個實體結構亡過。梁啟超在近代的很大發現是分清三組概念：第一是天下與國家的概念。我們過去以為中國就是天下，其實天下是廣泛的，是很多很多民族和國家組成的，我們只是其中的一個，我們處在同其他很多國家生存競爭的歷史環境當中。第二是國家與朝廷的界線。朝廷是政府，皇帝不等於國家。所以梁啟超說忠君不等於愛國。第三是國家與國民。一個國家要強大，關鍵是國民，國民是國家的主體，老百姓的生命才是主體。愛國家最重要的是愛國民。

勵：可能大多數人覺得這是最不重要的。

劉：其實這恰恰是最重要的。當時梁啟超講國民是從群體的角度上講，但是他意識到這一點，已經很不簡單。他提出「新民說」，有新民才有新國家，當時他所講的「民」是指國民群體生命。到了五四運動就從群到己，所以「五四」的功勞是關注「己」，突出個體，突出個體生命。這一點是跟明末相接的，「五四」運動一開始就是批判國家偶像。陳獨秀、周作人、郁達夫都批評過。可惜「五四」關注個體生命的時間不長，個體生命問題很快又被國家救亡問題和社會合理性問題壓倒了。創造社在「五四」初期提倡「自我」，弘揚個體生命價值，但很快就否定自己，實行精神自殺。後來整個中國現代文學，從審美內涵來說只有「社會．國家．歷史」維度，即只有《桃花扇》維度，而缺少另外三種維度：第一是叩問生命存在意義的維度；二是叩問超驗世界的維度；三是叩問大自然與生命自然的維度，即缺少《紅樓夢》的維度。整個現代文學的大語境是國家、歷史語境，不是生命、宇宙語境。生命是內宇宙，同外宇宙相連，可以說越生命，越宇宙；越宇宙，越生命。如果去歐洲，去意大利的佛羅倫薩，法國的羅浮宮，就可以強烈地感到很多藝術家不惜用自己的生命去追求藝術上永恆的東西，有宇宙感的東西，我們缺少這種追求。我最近和林崗合寫了一本書，說中國文學往往只有人生感慨，缺乏靈魂呼號。俄國的宗教哲學家舍斯托夫寫過一本書叫作《曠野的呼號》，曠野的呼號就是靈魂的呼叫，靈魂的論辯，靈魂的對話，內心世界的動盪，我們缺少這些東西。我們用了另外一個概念與它對立，就是鄉村情懷。我們中國的文學比較多的是國家憂思、人生感嘆、離別痛苦，缺少內心靈魂的衝突。靈魂的東西就帶有永恆性，與宇宙是相接的，是一種生命境界。這種生命境界大於一般現實人生的境界，也大於一般的國家的境界。

勵：你在上次的論壇中專門提到了莫言。我那時候還在美國，莫言的《豐乳肥臀》出來，有些華文報紙就特別對這個書名提出批評，覺得中國的文字是否都用完了，一定要用這樣赤裸裸或者甚至不雅觀的文字來作書名。但是這是否像你所說的，這是莫言在呼喚人類一種野性？

劉：是。莫言在當代中國文學史上有突出的貢獻，這個貢獻是他發現我們中國的「種」快要滅亡了。這是在「文化大革命」結束之後，對整個文化的拯救性反省。就是說我們的個體生命快要被窒息掉了，我們被教條、概念所扼殺了，必須重新呼喚個體生命。美國的傑克·倫敦寫《野性的呼喚》，我把莫言視為我們東方的野性呼喚。在他的作品中他呼喚原始生命，呼喚大自然，呼喚中國的酒神精神。看他的《紅高粱》，要在酒裏面撒一泡尿。他的題目《紅高粱》《透明的紅蘿蔔》，都是一種男性生命的象徵。他把個體生命的呼喚推向極致。

勵：他的作品多用紅這個色彩，我覺得紅是跟我們生命有太多的關係。比如說我們的生命就誕生在一片血色之中。

劉：紅是生命的本色，原始的生命顏色。我從事理論工作，他從事文學創作。但是我們有共同點，我們放逐兩個東西：一是放逐國家，一是放逐概念。這也是我多年來所做的事。所以我說那種把國家境界放在生命境界之上的民族主義，不可能造就高質量的文學藝術。高質量的文學藝術追求的應當是建立在普遍人性與人類關懷的普世價值，而不是立足於一國一族利益的功利文學。民族主義作為意識形態原則一定是詩歌之敵、文學之敵。但是民族、國家情感也可能產生一些動人的作品。如俄國的普希金和我國的屈原，屈原的詩歌把楚懷王比作「美人」，始終放不下朝廷，魯迅說他的牢騷是「不得幫忙的不平」，境界不夠高。他的詩歌之所以有文學價值是因為它有「文采」，而中國人崇敬他，是因為他除了創造詩歌文本之外，還有一個更重要的行為語言——投江自殺。這一行為不是《離騷》文本精神的延伸，而是用生命的「無」來叩問現實的「有」，這時候，生命的境界就出來了。所以，那天科技大學論壇有人提出這個「美人」如果是個個人是否更有意思，我說是。如果他懷念的是一個個體，那麼就不一樣了。他的感傷、思念就很美了。

勵：文學突出追求個體，這一點跟數學有共同之處。往往最美妙的數學，最偉大的數學，能夠永恆的流傳下來的，是那種為了理性本身的追求而做的探究。許多歷史上最了不起的定理，最了不起的結論都不是從實用的角度得出的，而是數學家覺得這個問題特別美，數學的美感，是非功利的。

劉：美的東西一定是非功利的。文學不給社會、國家設計提供任何治國方案和改革方案。作家也不能當靈魂工程師，不可能給人們提供靈魂改造的方案。作家只是描述靈魂，讀者可以共鳴，但這不是方案，一提供方案就落入陷阱。這點一定要清楚，中國文學才有希望。車爾尼雪夫斯基的小說，名字叫「怎麼辦」，企圖給社會提供方案，但小說失敗了。作家不負責「怎麼辦」。文學藝術是自由情感的存在形式，要求作家充當靈魂工程師是不妥當的。

勵：我看了你的《漂流手記》其中幾卷，你是否覺得人在地域上的放逐，寫出來的作品反而比以前上升到另外一個層面？

劉：這要取決於自己。有很多人到國外來了，在放逐前是甚麼樣的人，在放逐後還是甚麼樣的人，沒有太大的改變。但是應該説，「放逐」確實大有益於個人的提升。我在離開故國以後，得到特殊的生命體驗，原來以為只是自我放逐，後來發現自我放逐正是自我回歸，回歸到甚麼地方呢？回歸到個人的尊嚴，回歸到個人的生命本真，回歸到嬰兒狀態。我現在的放逐狀態，其實是雲遊狀態，這種雲遊狀態實際上是大自在的文學狀態。這種狀態可以使我第一不受國界的限制，第二不受各種概念的限制。我們過去對「大隱」和「小隱」有個定義。大隱隱於朝市，小隱隱於山林。現在我們可以再定義，大隱其實就是任何時候、任何地方都可隱逸的隱士，像達摩就是大隱。他在洞穴裏面壁是隱，到四面八方傳道是隱，到宮廷裏和梁武帝談佛説禪也是隱。因為他是心隱，不是身隱。大隱隱於自己的內心深處，在內心深處雲遊、逍遙遊。這種大隱對我的啟發是：要獲得生命自由，就要打破外界各種地理界限與時空界限。我的《漂流手記》也可以説是精神的雲遊手記，精神上效法古代的大雲遊者。

勵：香港是個很奇怪的地方，你看看我們周圍的這些報刊、雜誌，我覺得跟你所談到的文學完全不是一個層面，處在這樣一個繁華鬧市，你能夠與偉人們的靈魂相逢，這需要你內心不一般的修煉。

劉：我所説的相逢是讀懂這些偉人的東西，可以跟他們產生靈魂共振。我在城市大學從《山海經》講到《紅樓夢》，我就跟老子、莊子、慧能、曹雪芹不斷相逢。他們實在非常精彩。我過去讀「老三篇」，現在讀「老三經」——《道德經》、《山海經》、《六祖壇經》，而且我讀出了自己的體會，有些心得。

勵：你在香港講課，有沒有人能在這裏欣賞你的觀點，有沒有人能夠理解你？我相信在北大講課，北大的學生會吸收你的東西，你在這裏是否會覺得困難？

劉：是很困難，香港能聽懂的學生很少，我想在北大一定會不一樣。前年我到廣州中山大學講《紅樓夢》，換了三次教室，熱情令人感動。我讀古代文學作品，大半是用生命去閱讀。我説過，作家可分為三類：一類是用頭腦寫作，一類用心靈寫作，一類用全生命寫作。閱讀同樣如此，我是屬於第三類，用全生命閱讀。讀《紅樓夢》如果用頭腦去閱讀，讀不出真諦，倘若用生命去讀，完全是兩回事。過去對《山海經》作了許多考證，我則作文化闡釋。海是不可以填的，我偏偏要去填；太陽不可追，我偏偏要去追。這是中國文化的基本精神，知其不可為而為的精神，中國所以不滅不亡的精神原因。《山海經》的英雄觀念是建設性的觀念，不是《水滸》那種破壞性的英雄。

勵：德國的哲學家奧斯瓦爾德認為世界有八種不同的文化，每個文化都有一個生命週期，比如從成熟到衰落。我們中國的文化目前處在一種甚麼樣的週期狀態？

劉：是在衰落。中國深層的文化精華帶有永恆的價值。像我前面提到的「老三經」，是永恆的東西，怎樣批判、否定都不可能消失。但是現實形態的文化即當今活人負載的文化有問題。胡適希望把西方的民主制度引進來，多一點民主的理念，多一點法制的理念，這沒有錯。但是魯迅先生看到更深的一層，中國除了制度問題，還有文化問題，魯迅先生看到中國文化有大問題。如果這個問題不解決，外來的制度再好也沒有用，一進中國就會發生變質。比如鴉片，別人是做藥用的，到中國來之後就當飯吃；羅盤，別人是航海用的，在中國用來看風水。博士、教授這個名詞非常好，到中國來就變成了一團糟。

勵：這話到現在還有效？

劉：還有效！我是同情民主的，但民主制度到了中國，搞得好嗎？不見得。中國國民性非常成熟，狡猾不是一般的狡猾，而是非常成熟的狡猾；自私不是一般的自私，是非常成熟的自私；奴性不是一般的奴性，是非常成熟的奴性，這是文化的大問題。魯迅當時看到了這一點，這個問題到現在還存在。阿Q一進公堂，看到那個光頭的，便想到那人肯定有來歷，就要跪下去。公堂裏的人說你現在還不要跪呀，他不行，自然而然就要跪下去。奴性已經進入到本能，進入到骨髓。魯迅能看到這一點，很了不起。中國的國民性問題並沒有解決。這個問題不解決，好制度就會變形變質，民主也會變形變質。

勵：宗教是否是個解決辦法？

劉：前不久，城市大學中國文化中心有個三個宗教文明衝突的討論會，我說我們在討論這個問題的時候，需要有個尊重宗教的前提。我舉個例子說，二十世紀最偉大的科學家是愛因斯坦，他當然是個偉大的理性主義者，但是即使像他這樣的偉人，在他的精神世界裏還給上帝留下了一個位置。對於愛因斯坦來說，他的問題不是上帝存在不存在的問題，而是我們人是否需要有所敬畏的問題，這非常重要。我們過去講徹底唯物主義，無所畏懼。可是在無所敬畏的時候，幹壞事就都不怕懲罰，甚麼都胡來，沒有行為準則，沒有心靈準則。

勵：接着我前面的中國文化生命週期的問題，我們現在世界文化的發展進入了一個甚麼樣的狀態？

劉：世界的藝術在二十世紀發生了時代的大病症，這是後現代主義的不斷革命、不斷顛覆的瘋狂症。二十世紀從畢加索之後，藝術就處在不斷革命、不斷顛覆的瘋狂狀態。一九六九年在紐約辦的一個展覽，就是叫作「零作品零畫家零雕塑」，策劃者叫西格伯勞，這個潮流是從法國轉向美國。當時的藝術評論權威哈諾德．羅森堡宣告：「藝術必須變成思考性哲學。」一切都從零開始，過去的一切都過時了，我現在就創世紀了，甚麼都從零開始，我就是藝術上帝。他們否定過去的一切，全面否定，顛覆傳統。這帶來非常大的問題，實際上這種潮流使藝術與生命脱離，失去了內在的激情，變成幾何圖形，變成了觀念。用思辨代替藝術，用哲學代替審美，用破壞代替建設。今天應對後現代主義時代病症進行反省，應當讓藝術回歸古典，而不是從現代走向後現代。

勵：作為一個藝術經歷的階段，這個後現代藝術是否也會起到一個積極的作用？

劉：它所謂的積極作用是讓人們看到觀念的不斷創新、不斷變革，它確實能帶給人們某些思想刺激，但是它沒有真正的藝術成果，只是一種破壞與否定，沒有建樹。我在紐約看到的行為藝術，是騙人的，很多類似的藝術其實都是假象。它哪裏有甚麼審美，只不過在製造愚昧，讓觀眾受騙。美國看紐約，全世界又都在看美國。紐約時髦的表演，《紐約時報》一起哄，就變成了風氣，這是一種瘋狂。

勵：是否藝術到了一定的階段，必然需要有新的表現形式。像唐詩，就是那個時代的人創造的傳世的作品，後來的人很難超越。

劉：光有形式上的變革還不夠，後現代主義也注重形式上的更新，但是形式上的更新離不開藝術的基本點。藝術的門類都有難點，創造就是要克服難點，穿越難點。現代的時髦藝術只有觀念，沒有難點，當然也沒有難點的突破與新點的建構。現代藝術家太聰明了，給蒙娜麗莎加上鬍子，表現觀念就完了。

勵：需要有一個底線。

劉：對，要有一個底線。其實「回歸古典」是一個策略，比如唐代韓愈、柳宗元領導的古文運動，提倡回歸先秦，實際上是針對當時的形式主義，借「復古」以強調散文的「質」和文氣。文藝復興的回歸希臘，也是一種策略。通過復古來達到對生命自由、生命尊嚴的重新強調。實際上是對人的主體、人的生命激情的回歸。後現代主義把生命丟掉了，只剩下頭腦，即只剩下思辨與理念，丟掉了心靈與情感，丟掉了最後的實在。

勵：高科技、人類機器化起了推波助瀾的作用。

劉：所以要提倡「回歸古典」，把人從機器統治、概念統治中解放出來。

勵：我是做數學研究的，大部份時間是跟電腦打交道，其實我覺得人類生命的機器化已經無孔不入，已經滲透到了生命的每一個部份。比如我們以前人與人的交流靠書信，你寫一封信需要心靈的參與，你的情感流露在紙上，是你自己的感情作品。然後你等待對方的回覆，這個等待過程可以產生許多期盼、失望，甚至是煎熬。這樣的交流是用生命、用心靈在交流。現在我們全用email，速度快了很多，發過去馬上就能收到。但是你收到的是一個完全沒有生命力的信息，一種符號，不是一種情感。

劉：你説得好極了。這就是新問題。人的機器化是時代的新問題。藝術的哲學化、頭腦化，也是時代的新問題。面對不斷顛覆前人的時代症，我們需要的是告別藝術革命。我的一位卓越朋友説，告別藝術革命，就是要回歸到繪畫的原點，回歸到生命的顫動，回歸到畫布的二度空間，回歸到確認人是有尊嚴又有弱點的人——一是脆弱的人，二不是創世的上帝。他對西方前一個世紀的藝術運動提出根本性的質疑。

原載上海《藝術世界》二零零二年六月號

（方海倫整編）

第五題

告別語言暴力

香港要拒絕語言暴力

——《亞洲週刊》江迅採訪錄

正在香港城市大學擔任客座教授的劉再復，給人的印象總是不群不黨特立獨行，但他的「瀟瀟灑灑」常常只是假象。他說，在香港，他會潛心研讀心中「文學的聖經」——《紅樓夢》。然而在這裏，他沒住滿一個月，便顯得有點不安了：「那麼多年來，我覺得香港是很可愛的，有互相包容的文化情懷和文化風度，『溫良恭儉讓』。我在美國沒看香港的報紙，如今來港，每天買幾份，一看，味道不對了，文字火藥味那麼濃，充滿語言暴力，在那火藥味背後，感到作者已慢慢失去港人尋常的平和、平實心態。這讓人有某種緊張感與恐懼感。」

他認為，他們這一代人最基本的體驗是，中國老處在一種革命、造反狀態，失去應有的平靜與安全感。香港的好處，本來恰恰是有真正人的日常生活的狀態，它不是那種激烈的革命狀態，這是十分寶貴的。然而，香港人未必充份意識到這一點。「我來香港後，感覺到這裏原本具有的好狀態，正在削弱，正在動搖，正在瓦解。」

香港優點在哪裏？劉回答道，它有很大的「萬物皆備於我」的氣魄，很廣闊的兼容百家的文化情懷。香港的文化是「沒有敵人的文化」，沒有「你死我活」。在某種意義上説，就像中國漢唐時期，魯迅説的「漢唐氣魄」，即能敞開門戶，接納世界各種不同的文化，形成自己奇特的文明，東西南北、古今中外、「封、資、修」「帝、修、反」等不同宗教、不同種族、不同政治傾向的文化，全能在這裏包容。

劉再復皺起眉頭：「但現在這種正常心態在慢慢瓦解，香港人似乎產生一種危機感，這不是害怕西方文化，而是害怕失去原來的『自由天堂』，害怕同化。大陸還缺少思想自由、新聞自由、文化自由，香港人害怕是有道理的。……這種自由是香港的生命線。他們要捍衛，要守住，這是十分重要的原則精神。」

他說：「但不要過於緊張，神經不要過於脆弱，不要覺得自由『危在旦夕』，馬上就要被剝奪了。為了守住自由而進行一些戰鬥，是必要的，但不要有造反心態、革命心態。特別是知識分子，要避免充當『冷漠的專業主義者』和『激烈的造反派』兩種角色：知識分子不只是專業主義者，還是業餘人，應關懷社會，關心民眾，知識分子不要當『造反派』，知識分子天然有一種批判精神，文化批評與社會批評難免尖銳，卻是理性、公正、負責任的，不是爆破性的『造反派脾氣』。」

近期，外來人看香港，往往覺得這個社會愈來愈政治化、情緒化。罵人成了一種文化，罵人似乎因流行而文化起來。罵得驚心動魄，罵得離奇古怪。他指出，今日中國，兩岸三地充滿着語言暴力。在「告別革命」以後，他提出了又一重要課題，即「告別語言暴力」。所謂「語言暴力」，就是把農民起義、農民革命那種暴力形式帶入語言，使語言充滿攻擊性、火藥味，這種現象已發展到非常嚴重的地步。

他剖析說，這種語言暴力首先發生在「五四」運動時期的白話文運動中。「五四」運動有它的歷史合理性，但它有負面的東西，就是產生了語言暴力，把農民起義的暴力的形式帶進了白話文。陳獨秀提出推倒「貴族文學」，推倒「山林文學」，推倒「古典文學」，口號裏的推倒、推翻、打倒，就是暴力革命的形式，它們第一次進入我們的語言。陳獨秀畢竟是文化領袖，不是文化草莽，他是有克制的，後來經創造社發揮，將暴力語言推向非常強烈的程度，罵魯迅是「二重反革命」「封建餘孽」「法西斯蒂」等。

再後，暴力語言又慢慢地與政治權力相結合，特別是一九四九年後，在政治運動中，批判胡適、批判胡風、批判右派，使語言暴力發展到新的歷史階段，「文化大革命」時更是到處「火燒」「油炸」「踏上一萬隻腳」，惡化到登峰造極。

他強調，語言暴力有多種形式，其中一種是帶侮辱性、抹黑性的政治命名，甚麼賣國賊、文化買辦、大漢奸、帝國主義幫兇、反共老手，光給胡適扣的帽子三十頂都不止。「文化大革命」更是這樣。他說，他一來香港，就看見立法會選舉時參選者的宣傳廣告被批上「大漢奸」「大賣國賊」「他是一條狗」。讀香港的報刊和專欄文章，也常見到語言暴力。香港的語言暴力不比中國大陸弱。

他說：「『文化大革命』的『大字報體』即造反派的脾氣、邏輯和語言，正在進入香港的報刊、學校和學術，爭論時如果不是進入問題，而是在問題之外尋找政治傾向、政治背景，扣個帽子，暗示某某是政府或殖民者的別動隊，這就太糟糕了。」

劉再復認為，語言暴力會使社會惡質化，造成緊張的社會氛圍。一旦攻擊性語言壓倒一切，那麼，誰都不敢說心裏話、公正話，怕沒有安全感，怕引火燒身。這就會遏制真理的探討，令整個文化生態環境變質。相對而言，香港有一定的新聞自由，但如果濫用這自由，就會失去香港這一「有序社會」最寶貴的和諧。社會的瓦解，首先是文明語言的瓦解；正如實行專制統治，首先是語言的統治。「這幾年來，我一直在告別語言暴力，也希望香港避免落入語言暴力的陷阱。」

一九八九年離開北京去美國，至今未再踏足故土，人們問他是否回去看看。他說：「中國畢竟是自己的土地，歷史可以變遷，政權可以更替，但土地之情是永恆的。中國處在大轉型時代，變化那麼大，作為人文科學工作者，我當然想回去看看發生的變化。去年，中國駐芝加哥領事館發給我新護照，早先又有美國發給我傑出人才綠卡。我應該是進出自由的。我猶豫的，與我性格有關。作為知識分子，不管任何時候，不管在東方還是西方，都要保持獨立的人格與尊嚴。回去後只當啞巴，是很痛苦的，我還不太習慣。……一旦能作為獨立思想者，踏進故國土地，那我會更高興。」

他認為，一個知識分子要價值中立，不被任何黨派所左右，既不討好政府，也不討好政府的反對派。知識分子是敢於對權勢説真話的人。

據悉，劉再復的作品中國大陸已「解凍」，《天涯》（海南）、《美文》（陝西）、《當代作家評論》（遼寧）、《讀書》（北京）等刊物都開始發表他的散文和評論，特別是《北京文學》，發表了他的四萬字文章《百年諾貝爾文學獎與中國作家的缺席》，他的名字還印在該期雜誌封面上。此外，去年安徽文藝出版社出版了他的三部著作；上海文藝出版社今年內將出版他的新著《獨語天涯》《共悟人間》，上海華東師範大學出版社也在籌劃出版他的書。

原載《亞洲週刊》二零零零年十月二日

論語言暴力

——「語言暴力」現象批評提綱

語言暴力的發生與發展

二十世紀二十年代，中國發生了一場語言革命，即「五四」白話文運動。這場革命的結果，產生了白話文，開創了使用現代漢語寫作的新文學史與新文化史，但也產生了一種副產品，這就是語言暴力。所謂語言暴力，是指以語言為武器進行人身攻擊與生命摧殘的暴烈現象，也可界定為暴力在語言中的表現。

「五四」新文化運動有其歷史的合理性，這種合理性在於：一、作為中國主要文化資源的儒家思想已經衰落，已不能幫助中國適應世界新環境；二、作為建設現代國家的理性文化，中國明顯闕如，需要借助西方文化予以補充。這兩方面的歷史合理性使人們永遠銘記「五四」卓著的歷史功勳。然而，「五四」新文化運動由於改變現狀的心理過於急切，形成一種影響二十世紀中國命運的語言暴力。或者說，「五四」語言革命在組合進西方邏輯理性的同時，也把反理性反邏輯的造反語言帶進了新的白話語系裏。

當時的文化先驅者都是一些熱血滿腔的傑出人物，他們面對黑暗的鐵屋子，不能不採取偏激的策略，因此，陳獨秀在宣言式的《文學革命論》中一連提出三個「推倒」。在文化上以「推倒」作為綱領，這在過去中國的傳統話語中是前所未有的。或者説，這種話語方式僅僅出自史書裏所記載的一些農民造反者之口。二十世紀的語言暴力就從這裏開始萌發了。

當然，由於陳獨秀本人畢竟是一個文化領袖，而不是後來的那種文化草莽，再加上另一文化領袖胡適所堅持的西方理性態度與改良主張的調節，所以這種「推倒」之論還沒有在語言上形成風氣。暴力之於語言僅僅小試牛刀，並未構成人身傷害。

「五四」時期對白話文運動持反對態度的林琴南認為，這場文化革命將會把「引車賣漿者流」的語言引入文學。所謂「引車賣漿者流」，包括一些痞子流氓在內，他們的語言往往粗俗而暴虐。儘管當時林氏的立場並不為「五四」文化領袖所認同，但他的憂慮在今天看來卻並非沒有道理。可以説，不僅「文革」的造反派語言證明了他的預見，而且直至今天，我們依然在文學和整個中國領教着這種「引車賣漿者流」的「文化造反」和「文化爆破」。

由語言革命而產生語言暴力，這是白話文的悲劇，但這場悲劇的真正形成是在「五四」之後。先是創造社之類激進文學社團的推波助瀾，然後是接二連三的有關文學語言口語化、大眾化的倡導和張揚，致使暴力一步步地攝去了白話文的靈魂。

一九二八年八月，郭沫若化名杜荃，在《創造月刊》上發表《文化戰線上的封建餘孽》一文攻擊魯迅：「他是資本主義以前的一個封建餘孽。資本主義對於社會主義是反革命，封建餘孽對於社會主義是二重反革命。魯迅是二重的反革命人物。以前説魯迅是新舊過渡時期的游移分子，説他是人道主義者，這是完全錯了。他是一位不得志的 Fascist（法西斯蒂）。」短短幾句話，就給魯迅扣上「封建餘孽」「二重反革命」「法西斯蒂」三頂大帽子。

可見，「文革」中紅衛兵的語言方式最早源於創造社的這種上綱語言。這種語言暴力，經由以瞿秋白等人為指導的左翼文藝運動，獲得了進一步發展，及至毛澤東的《在延安文藝座談會上的講話》，把文學藝術當作與所謂的革命武裝並列的另一種軍隊，從而使「批判的武器」完全等同於「武器的批判」，文字語言完全變成槍炮似的物質力量。

這種「武器的批判」式的語言暴力到了一九四九年以後，與權力結成天然聯盟，從而完成了權力話語和話語權力的一體化統治，或者說，完成了暴力語言和語言暴力的互動專制形式。專制統治首先是語言統治。從五十年代的批胡適、批胡風、批右派、批彭德懷，到六十年代的批所謂「反黨小說」，批劉少奇等「走資派」，其語言的暴虐，都是中國人自從學會說話以及倉頡造字以來絕無僅有的。

在此需要特別指出的是，在十年「文革」中，形成了一種橫掃一切的大字報文體、紅衛兵語言和造反派語言。這種「文革語言」，以毛澤東的《炮打司令部》為開端，經由紅衛兵和各種造反派，最終成為全民語言。幾乎所有的人，哪怕是天真爛漫的小孩子，都會喊出諸如「打倒」「油炸」「批倒」「批臭」「鬥倒」「鬥臭」「踩上一萬隻腳，叫他永世不得翻身」之類的口號，從而把語言暴力推向災難性的巔峰。

語言暴力的主要形式

德國著名哲學家本雅明（W. Benjamin）在他的《論語言本身和人的語言》中把語言分為人的語言、神的語言與物的語言三大類，指出「人類的語言存在就是為事物命名」，「作為人類的思想存在，語言的這個徹頭徹尾的總體性的精粹就是名稱，人類是命名者」。這就是說，命名是語言最重要的特徵，是極為嚴肅的根本性活動。因此，「名稱不僅是語言的最後言說，而且是語言的真實稱呼」。語言暴力是人的語言的變質，之所以變質，首先正是背離「真實稱呼」，它歪曲被命名對象的真實內涵。本雅明説人的語言是命名的語言，物的語言是非命名的語言，即啞的語言。但他沒有把物分為動物與植物。猛獸的語言其實不啞，它的語言是咆哮與吼叫。遠離真實的定罪性與誹謗性命名實際上已使人的語言蛻化為獸的語言，變成咆哮與吼叫。

經過數十年的積澱而在「文革」中形成的語言暴力，形態完備，自成系統。而最突出的暴力形式是定罪性與誣衊性的「命名」。在「文革」中，無數領導人與知識分子被命名為「反動學術權威」「死不改悔的走資派」「黑幫分子」「反革命修正主義分子」「反共老手」等，每一種命名，都是置人於死地的暴力。以吳宓先生為例，給他的命名就有如下十幾種：「反動學術權威」「買辦文人」「封建主義的污泥濁水」「蔣介石的文化打手」「美帝國主義忠實走狗」「封建堡壘」「雜種」「最大的現行反革命」「反革命分子」「豺狼」「新民主主義革命的死敵」「無產階級革命的死敵」「蔣匪幫的鷹犬」「蔣匪幫反動政權的吹鼓手衛道士」「封建買辦的糟粕加資產階級的洋破爛」。在吳宓之前，給胡適的命名也有二三十種之多。

除了胡適、吳宓這種「個體性命名」之外，還有另外幾種同樣帶有巨大暴力的命名：

一、普遍性命名。如「階級敵人」。

二、集體性命名。如「胡風反革命集團」「資產階級司令部」「裴多菲俱樂部」等。

三、階級性命名。如「地主分子」「富農分子」「資產階級分子」等。

上述命名所以會構成暴力，不在於命名，而在於這種命名帶有三個問題：

一、這是一種極端「本質主義」的命名。不僅命名的方式是「本質先於存在」的方式，而且是「本質嚴重歪曲存在」的方式，即概念與其描述的對象內涵差距極大。

二、這是一種定罪性、誣衊性命名。它包含着「惡」的道德判斷和「敵」的政治判斷。

三、命名構成傷害效果與懲處效果。被命名之後總是伴隨着相應的「無情打擊」和專政措施，即語言暴力之後總是伴隨着國家機器的暴力語言。生命個體被命名後不再是人，而是罪惡的概念，因此在實際上被開除「人籍」，而集體被命名後則便形成「賤民集團」，被剝奪人的基本權利。

語言暴力的其他形式

除了定罪性、誣衊性命名之外，語言暴力還有其他形式，這些形式與命名相關，但又有自己的特殊形態，且列舉幾項：

一、兩極性分類。在「誰是我們的敵人？誰是我們的朋友？這是革命的首要問題」的理論前提下，對人進行概念分類，如「黑五類」與「紅五類」，「革命路線」與「反動路線」，「革命派」「中間派」與「頑固派」，等等。

二、抹黑性隱喻。如「文革」中的「牛鬼蛇神」「落水狗」「害人蟲」「小爬蟲」等，現今出現的「文化口紅」「文化避孕套」等。

三、獨斷性前提。強設邏輯前提，然後加以打擊，如強設「赫魯曉夫式的定時炸彈就在身邊」這一前提，然後追查這種人物。

四、軍事化概念。用軍事命令取代政治、文化術語，也造成語言暴力。如「向右派分子猛烈開火」「攻克反動學術堡壘」「敵人不投降就叫他滅亡」「乾淨、徹底、全部地消滅一切走資派」「橫掃一切牛鬼蛇神」。

此外，語言膨脹，把語言視為炸彈、精神原子彈，把領袖語言一句誇大為一萬句以及語言重複、語境偷換、主語掉包等也形成了語言暴力。

語言暴力的靜態與動態

上述提到的命名只是靜態的命名。而語言暴力還有一個不斷升級、不斷創生，從量變到質變的動態現象。用過去的習慣語言表述，便是一個不斷上綱乃至無限上綱的過程。

一、不斷升級。如對胡風的命名，第一級是「宗派主義」，第二級是「反馬克思主義」，最後一級是「反革命集團」：「過去說他們好像是一批明火執仗的革命黨，不對了，他們的人大都是有嚴重問題的，他們的基本隊伍，或是帝國主義、國民黨特務，或是托洛茨基分子，或是反動軍官，或是共產黨的叛徒，由這些人做骨幹組成一個暗藏在革命陣營的反革命派別，一個地下的獨立王國。」（毛澤東批語）對劉少奇的批判，開始是機會主義與路線錯誤，而後是「走資本主義道路的當權派」，之後是「死不改悔的走資派」，最後是「資產階級司令部總頭目」「叛徒、內奸、工賊」。升級過程大體上的模式是：思想問題——路線問題——反革命問題，即從人民內部矛盾上升至敵我矛盾。

二、不斷創生。語言暴力是最簡陋、最貧乏的東西，它使漢語喪失想像力與美的魅力，然而，它卻有極強的再生能力。如「四類分子」可以再生為「五類分子」，又可以繁衍為「九類分子」；本來只是「右派」，然後又有「極右派」「資產階級右派」「反革命右派」；本來只有「不純分子」，後來則衍生出「蛻化變質分子」「壞分子」「階級異己分子」；本來只有「劉少奇的親信」，後來又有「劉少奇的走狗走卒」「劉少奇的徒子徒孫」；本來只有「反革命」，後來又有「歷史反革命」「現行反革命」「雙料反革命」「一貫反革命」等等。

升級，再生，不斷量化，不斷變質，說明：政治愈激進，命名就愈激烈；命名愈激烈，又推動政治愈激進。政治權力與語言暴力的互動與互相激化，是語言暴力中很值得研究的現象。

語言暴力的破壞功能

一、製造了千百萬的語言暴眾。二十世紀下半葉的政治運動，製造了一代又一代的語言暴力主體，這就是語言暴眾，即「語狂」。這種暴眾高舉「造反有理」的大旗，使用的全是紅衛兵語言和造反派邏輯，他們以爆破名人權威為人生策略，其心態是「蒼天已死、黃天當立」的農民起義心態。誰最有名，就對誰「舉義旗」、施暴力。權威高明，批權威自然更高明，權威們都不行，自然就應當從零開始，即從我開始。這套策略背後是實現「老子天下第一」的機心與野心。

二、造成病態的認知方式與心理結構。刀槍等物質暴力對人的摧殘與破壞是外部摧殘與外部破壞，即肉體摧殘，而語言暴力則是對人進行內部摧殘與內部破壞，即心理摧殘與心理破壞。在語言暴力橫行的年代，一個知識分子如果被命名為右派分子，就會相應地「夾起尾巴」，正常人的心態也隨即變為「賤民心態」。一代革命者與知識分子千百次地被稱為「牛鬼蛇神」、「落水狗」，人們就在認知上發生變化：忘記他們是人與傑出人才，而誤認為他們是甚麼「牛鬼蛇神」、「落水狗」，就劃清界線，跟着「痛打」，並產生「暴民心態」。在「文化大革命」中，億萬中國人最後只剩下兩種人：虐待狂與被虐待狂。兩種狂人都以語言暴力摧殘他人與自我摧殘。暴力愈烈，愈有安全感，也就愈有快感，這樣，就形成一種以「暴虐為快」的病態心理，乃至形成嗜好語言暴力與借助語言暴力投機的病狂。

三、對社會人文生態環境的污染與破壞。當代人類對自然生態環境的污染已經十分警惕，但對人文生態環境的污染卻缺乏警惕。至今，人類仍然缺乏對人文生態環境的保護意識。對自然環境的污染與破壞是風沙、洪水、毒物等，而對人文環境的污染與破壞則是語言暴力。

語言暴力首先是暴力，它會造成社會心理的緊張、人際關係的仇恨與敵意。其次，語言暴力又是毒菌，它會腐蝕社會的基本禮儀、基本精神準則、心靈準則和道德規範。在語言暴力的籠罩下，社會將失去和諧，人將失去尊嚴。語言暴力在本質上是語言恐怖，深刻意義上的反恐怖活動，應當包括反對語言恐怖。鉛字是有毒的，應當對語言的污染有所警惕：語言暴力是人文生態環境的主要污染源。

語言暴力產生的原因

一、不是傳統原因。語言暴力是不是來自中國文化傳統？不是。中國是個禮儀之邦，講究「溫、良、恭、儉、讓」。中國的尚文傳統和文章「溫柔敦厚」的傳統，都不是產生語言暴力的土壤。中國的古代先賢，如先秦諸子，他們雖有激烈爭論，但文章都很有風度，很有文采。個別先賢如孟子，在爭論時使用「禽獸」、「豺狼」等字眼，而且有種不容他人置辯的霸氣，可算是帶有語言暴力傾向，但就孟子思想論著的整體而言，還是具有儒雅風度，絕沒有當代論者的粗鄙粗暴和人身污辱。

在先秦以降的歷史傳統裏，皇統與道統是有區別的，權力話語（皇權）與話語權力（道權）通常是相對獨立的，因而也是彼此制約的。帝王擁有至高無上的權力，但他並不同時佔有「聖人聖言」，以致他的臣子尤其是手中握有話語權力的士大夫可以依據聖人聖言來批評他、限制他。換句話說，帝王擁有暴力，但他並不能把暴力語言變成語言暴力。

然而，到了二十世紀下半葉的前半期，權力話語與話語權力卻經由政治運動組合在一起，政治專制與語言專制完全結盟。到了「文化大革命」時期，領袖的語言暴力與民眾的語言暴力在「造反有理」的口號下共同把暴力推向極致。

二、是否外來原因？語言暴力是不是國際現象？筆者的回答既「是」又「否」。說它是國際現象，是指在世界上的任何一個國家中，語言都不可能是絕對純正的，都有語言暴力的許多案例，包括歐美這些民主國家。此外，國際上的另一方，即社會主義國家，更有明顯的語言暴力現象，如列寧在與考茨基爭論時，在自己的著作中就有「叛徒考茨基」的命名，斯大林對布哈林等人的批判更是充滿火藥味與血腥味。奧威爾（George Orwell）的名著《動物農莊》所諷刺的牲畜革命者們的造反語言與造反原則，都帶有極端簡單化的暴力傾向。其精神領袖「老少校」所宣佈的「動物主義」最主要的一條是：「所有人都是敵人；所有動物都是同志。……只要是靠兩腿走路的，就是敵人；四條腿走路的或有翅膀的，都是朋友。」而他的繼承人則進一步反覆說明：「四足者為善，兩足者為惡。」政治判斷後面跟着道德判斷，敵人即惡人，奧威爾小說的原型，並非中國，可見，對人的簡單分類和簡單粗暴的道德審判外國也有。

然而，西方民主國家的語言暴力傾向，受到法律的規範和制約，不帶普遍性。共產主義革命運動中的暴力傾向影響過中國，但不具備中國語言暴力的幾個基本特徵：其一，全民性投入，從領袖到孩子高喊「炮打司令部」、「打倒劉少奇」，形成暴力普及；其二，由國家機器對千百萬國民進行定罪性命名；其三，報章、書籍、網絡上充滿誣衊性、誹謗性、暴虐性的語言，而且不受法律制約。

三、語言暴力產生的內部原因。可以確認，語言暴力的產生雖然也受到列寧、斯大林的影響，但主要是內部原因，這些原因包括：

其一是革命動員的需要。暴力革命確實不是請客吃飯、繪畫繡花，不是溫良恭儉讓，而是一個階級推翻另一個階級的暴烈行動。對這種暴烈行動的動員需要語言的簡單化與煽動性，需要對敵手進行摧毀性的聲討、控訴、揭露、抹黑，把敵手置於死地，這就需要相應的暴烈性語言，需要畸形地強化語言的「威力」。

其二是群眾專制的需要。紅衛兵造反後進入群眾專政，其專政的特點，一是沒有法律根據與法律程序；二是沒有證據。這兩個特點衍生出第三種特點，便是一切全靠語言暴力對審判對象進行「突破」。

其三是宣洩的需要。中國長期屬於非法治國家，許多本來應由法律解決的問題卻無法解決，在此困境下，民眾的冤屈無處申訴，情緒無法宣洩，便以謾罵代替法律，導致語言負荷過重，也導致不僅把語言變成革命工具、政治工具，而且也變成宣洩的工具。

其四是實現慾望的需要。市場經濟發展之後，權力與名聲都可以轉換為金錢，為了在最短的時間內取得最高的社會效益特別是經濟效益，一些投機的文化人便拋開一切道德約束，以打倒權威名人為生存策略和沽名釣譽的終南捷徑，而這又得借助語言暴力去「暴得大名」（胡適語），即刺激社會的注意力和獲取最大的市場效應。

手段是目的的一部份

有人說：只要有崇高目的尤其是革命的崇高目的，就可以使用語言暴力手段。這種論點有兩方面是值得質疑的。首先，政治立場與語言作風並不是同一層面的東西，如同人格精神之具有獨立價值。不同政治立場的人都可能有良好的人格精神與語言作風，不能以政治立場的正確性來掩蓋使用語言暴力的反人性及其對社會的破壞性。以某種黨派的政治遊戲規則來看語言暴力，可以承認語言暴力存在是合理的，但如果以人類尊嚴的原則和社會人文生態環境的保護原則來看語言暴力，那就可斷定：語言暴力的存在並不合理。

目的與手段兩者的關係一直有爭論。筆者認為，沒有純粹的絕對抽象的目的，目的是個過程，手段是此過程的一部份，因此也是目的本身的一部份。說卑鄙的手段可以達到崇高的目的，這是一種帶有極大欺騙性的哲學，熱衷骯髒語言手段的人不可能具有乾淨的人格與乾淨的目的。

餘論：保護香港的人文環境

發生在大陸的語言暴力現象已從巔峰狀態下滑，但其影響仍然存在。革命動員、群眾專政所需要的暴虐語言已經減少，但流氓痞子式的粗鄙語言和造反派的誹謗性語言仍然在毒化社會。充滿攻擊、誣衊、誹謗、中傷的「文化大革命」，在政治層面已經結束，但在語言層面和心理層面上，並沒有完全結束。

令人不安的是，在大陸語言暴力衰退之際，香港、台灣的語言暴力現象卻正在往前發展。報刊上隨時都可以讀到暴虐性語言：謾罵錢鍾書先生是「巧妙的無恥」的語言，攻擊巴金是「貳臣」的誹謗文字，誣衊競選對手是「走狗」「漢奸」「賣國賊」的污辱性口號等等，這些在當今大陸報刊上也不可能發表出來的文字，在香港則可以暢通無阻。香港是自由的多元社會，發表文章不必受到審查，貼大字報也得到允許。自由新聞制度帶給正義言論以方便，也給語言暴力帶來「用武之地」，文化特別容易變成武化，大學生特別容易變成紅衛兵，文人特別容易變成文棍。自由社會往往伴隨着濫用自由的嚴重問題，如果香港對語言暴力缺少警惕，任由語言暴力污染公眾空間與整個社會，人們最後就會渴求有一個能夠控制語言暴力的一元化統治結構，多元化社會就不能維持下去。文明社會的瓦解，首先是文明語言的瓦解。

二十世紀下半葉，香港最讓內地人羡慕的是它既是一個自由的社會，又是一個有序的具有日常生活狀態的社會，它有自由的、尖銳的社會批評與文化批評，又尊重人的尊嚴尤其是尊重知識分子的尊嚴，尖銳中有分寸，不構成污辱效果與傷害效果。

保護這一傳統與人文生態環境，是香港不同黨派和持不同政治傾向的所有人的責任，而這種責任最要緊的一點，就是在對立競爭中都要共同遵從道德約束與語言約束，共同守衛不受人身攻擊的人類尊嚴，拒絕語言暴力的毒菌對公眾社會的污染與侵蝕。

原載香港《明報月刊》二零零一年四月號

第六題

雙向思維與第三空間

知識分子的第三空間

——《亞洲週刊》王健民採訪錄

新的時代呼喚新的思維。中國著名作家、文學評論家劉再復日前在深圳的一次公開演講活動中，呼籲中國的企業家和知識分子，要揚棄已經落伍的思維定式，「用大觀的眼睛看世界」，用「符合大時代基調」的思維方式，使中國大陸進入真正的現代化時代。劉再復還在相關的活動中，從文化的角度，針砭時弊，呼籲建立知識分子的第三空間，共同創造人類精神家園更加美好的明天。

已經離開中國大陸十五年的劉再復，曾任中國社會科學院文學研究所所長，目前擔任美國科羅拉多州立大學客座教授和香港城市大學榮譽教授。他此次是應世界傑出華人基金會的邀請，回到中國大陸，在深圳向出席首屆時代華人大會的三百多位中國大陸和海外華人企業家以及有關方面人士發表演說。劉再復說，這是他在「海外漂流」多年後，第一次出席在故國召開的會議，因此，當他接到邀請信，看到基金會主席莊世平老先生親筆簽署的三個字，就「好像聽到故國山水的呼喚」。

這種呼喚讓劉再復感動，但也讓這位飽含人文關懷的著名知識分子感到責任沉重。他以充滿感性的語調表示，今天的中國大陸，已經從古典社會進入現代社會，用德國哲學家黑格爾的話來表述，是「從詩歌時代進入散文時代」。

整個世界更在近十五年中，從冷戰轉入經濟競爭時代，轉入以財富創造為中心的時代，用已故史學家黃仁宇的話說，是從政治意識形態時代進入數字管理時代。那麼，在這種天翻地覆的歷史變化中，「中國的大文化理念和思維方式」，也需要相應的改變和重新確認。劉再復以文學的語言解釋這種變化之間的關係，認為如果以「英雄傳奇、大激情和轟動效應」形容革命的「詩歌時代」，那麼以經濟建設為中心的「散文時代」，則要揚棄這些符號，改以「普通人、平常生活和建設為特徵」，所以，這一時代的基調，就應該是「低調的、平實的、從容的」，從此告別那個「高調的、激進的和動盪不安的時代」。而在這種大時代的變遷中，「我們要重新尋找精神資源」。

雖然久居國外，但劉再復對中國大陸這些年的變化仍然有深刻的了解，他說，中國大陸的「鄉村時代」已結束，近二十年來正逐步進入「城市時代」，中國的精英也從鄉村進入城市，但在這種急速現代化的過程中，大家更注意的是「看得見的城市」，而忽略了「看不見的城市」，即看不見「城市心態、城市精神和城市居民的生命質量」，整個社會急速向「物質傾斜」，這是中國現代化過程中面臨的最嚴重問題。

劉再復非常感念鄧小平開創的中國二十多年改革開放，給中國帶來的巨大變化，給經濟發展帶來強大動力。但是，當這個「慾望的魔盒」打開，帶來強大經濟動力的同時，更需要尋找制衡這個「慾望」的精神和方法。除了從西方文化中尋找制衡「慾望釋放」的精神力量，劉再復認為更應從中國傳統文化中找尋精神資源。

要提倡你活我也活

劉再復批評中國大陸上一世紀曾經流行的「你死我活的鬥爭哲學」，更反對「你死我也死」的「死亡思維」。劉説，中國的一代人就是在鬥爭哲學的思維框架裏成長起來的，所以，隨着中國大陸已經從「革命時代」進入「建設的時代」，這種「直線的、獨斷的、命令式的、一個吃掉一個」的「單向度思維」，就應該改成「平等的、對話的、協商的、彼此互相尊重」的「雙向度思維」，也就是「你活我也活」的思維。

這就是這個「大時代的基調」。一方消滅一方的單向度舞台將會成為過去，時代展示的是雙方共生共贏的雙向度新平台，參與者沒有高下和尊卑之分，都擁有被充份尊重的一席之地，談判桌上，任何一方都沒有權利居高臨下，不可能獨尊、獨斷、獨贏，只能共贏與多贏，這種「圓桌文化精神」，應是經濟時代的基本文化精神。

劉再復認為，歷史的經驗已經證明，人類的發展史其實不是鬥出來的，不是戰火造出來的，而是建設出來的，勞動出來的，「是有產者與無產者用自己的頭腦、心靈、雙手、血汗共同生產、共同創造出來的」。過去中國流行「革命萬能」，以為「階級鬥爭一抓就靈」，以為「所有制」改變之後，一切都迎刃而解，「但歷史告訴我們，除了制度問題之外，還有一個文化問題」，即「大文化觀念問題和大思維方式問題」。所以，當歷史向中國大陸展示另一種前途的時候，即應當不失時機地拋棄「造反有理」

的舊思路，選擇「改良有益」的新思維，這才是「充份和平、充份安寧、充份建設」的百年大計。當然，這種「改良有益」的新思維的前提，就是應該寬容和尊重不同的聲音，「哪怕是反對派的聲音，也要給予表述的自由」。俄羅斯思想家扎米亞京曾經說過一句很精彩的話：「異端對人類思想的健康是必要的，如果沒有異端，也應當造出異端。」劉再復說，遺憾的是，自從中國打開改革開放的大門，「開放」的大文化精神使今天的中國出現了近代以來最好的經濟態勢，「寬容的」大文化精神依然沒有獲得足夠發展。「寬容」精神的不足，影響了社會批評與文化批評的力度，導致缺少現代化進程中的輿論監督，從而缺少對「慾望」魔鬼的民間道德監督，再加上法制系統的不完善，使得腐敗得以滋生，從而嚴重地腐蝕社會並導致社會的部份變質。因此，「寬容不是縱惡，而是制衡」，是建設現代文明的必要文化條件。這種必要文化條件的一項最重要內容，就是復建中國知識分子的「第三空間」，讓中國知識精英可以在「黑與白、正與邪、革命與反動」的兩極對立當中，找到一個可以立足的「中間地帶」。

「令狐冲處境」

由於條件的局限，劉再復在赴深圳作「以大觀的眼睛看世界」的演講之前，曾經在香港城市大學中國文化中心的一場演講中，相對系統地闡述了這個「第三空間」理念。劉再復以金庸小說《笑傲江湖》主角令狐冲為例，慨嘆這位特立獨行、超越正邪兩大營壘的英雄，如何在正教華山派和邪教日月神派之間，想超越生死對峙的兩大陣營而吸收雙方武功的精華，但兩派首領卻都不允許他如此選擇。由於他武功高強，雙方既想拉攏他又想殺害他，最後只能和任盈盈遠離江湖，隱居山林，共同彈奏千古絕唱《笑傲江湖》。劉再復用「令狐冲處境」形容中國知識分子的處境，認為中國二十世紀最大的文化教訓，或說文化理念上最大的失誤，就是消滅了知識分子的「第三空間」。劉再復說，在政治權力的操弄下，「兩極性的二分法使知識分子、企業精英、媒體精英、社會建設者喪失了價值中立的可能，也丢掉了超越黨派的中性眼光」，失去了「有良知的自由和充份展示智慧的可能」。因此，劉再復呼籲要充份尊重知識分子「令狐冲式的獨立精神」，充份尊重知識分子「批評的權利，即不迎合、不依附的自由；沉默的權利，即不表態的自由；以及逍遙的權利，即不參與的自由」。中國的文化史證明，正因為有這樣的權利和自由，才產生了諸如《紅樓夢》這樣「代表着整個民族文化和藝術巔峰的偉大作品」。

其實，早在兩千多年前，中國古代哲學家老子就形象地指出了這種自由和權利的哲學意義，提出了「道生一，一生二，二生三，三生萬物」的古訓。劉再復說，老子所說的「二」，就是雙向思維，進而派生出「三」，這就是「第三空間」，「第三空間又將派生出我們意想不到的現代城市文明的美好萬物萬象」。

劉再復說，許多好思想、好主意、好建設，將從這裏產生，一個更祥和、更繁榮、更文明、更可愛的時代，也將產生。

原載《亞洲週刊》二零零四年四月十一日

尋求生存的「第三空間」

——與劍梅的對話

小梅：

今天想跟你談一個思索很久的新概念：「第三空間」。知識分子的本性應是中立的。站在價值中立的立場進行精神創造，以無私的態度批評社會的缺陷和自身的缺陷，這應是知識分子的天然特點。然而，在中國的現代史上，由於社會矛盾的激化，一直形成「國共兩黨」以及「左翼與右翼」、「革命與反革命」兩大營壘的對峙。一九四九年新中國建立後，又有「兩個階級、兩條路線」鬥爭。

金庸小說《鹿鼎記》給中國貢獻了一個「韋小寶」。韋小寶就生活在政府（宮廷）與反政府（天地會）中間。這個中間，實際上只是難以存身的小夾縫；要在夾縫中生存下來，就得使出全部生存技巧。這部喜劇的背後是大悲劇：韋小寶沒有自立自主的生活空間。韋小寶的生存狀態正是中國現代知識分子的生存狀態，僥倖的像韋小寶，不幸的則像阿Q：革命派得勢時「不准革命」，反革命派得勢時則要他的腦袋。

受激進政治的影響，在現代文化史上，作家詩人也不能不進入某一陣營。二三十年代，左翼文化與右翼文化兩大集團對峙，周作人、林語堂等想置身於營壘之外「談龍說虎」和抒寫「性靈」，立即遭到魯迅等人批評，當時還有一些知識分子（如杜衡）想當「第三種人」，走「第三條路」，魯迅更覺得可笑。

儘管我崇敬魯迅，但在這裏卻要批評魯迅不夠寬容：不給知識分子同行留下超越兩極的存身之地——第三空間。

我在「文化大革命」中看到批判「逍遙派」（即不參加任何派別），心裏就發顫。那些年我老是想起《水滸傳》中的盧俊義。他是「河北三絕」之一，著名紳士，並非朝廷勢力，也非造反營壘中人，本來活得好好的，但梁山好漢因為「替天行道」的需要，非要逼他上山不可。他不想上，他們就不擇手段地「逼」，強制他入夥。無論是「匪」還是「官」，都不給盧俊義以自由的生存空間。「文化大革命」中，對立的山頭都要知識分子上山「入夥」，不入我的「紅名單」，便上「黑名單」。

所謂「第三空間」，就是個人空間，就是擺脱「非黑即白」思維框架的自立自主空間。更具體地說，就是在社會產生政治兩極對立時，兩極以外留給個人自由活動的生存空間。周作人所開闢的「自己的園地」就是這種個人空間，也可稱作私人空間。尊重人權首先就應確認這種私人空間存在的權利和不可侵犯的權利。第三空間除了私人空間外，還包括社會中具有個人自由的公眾空間，如價值中立的報刊、學校、教堂、論壇等。中國古代知識分子大體上還是擁有隱逸的自由空間，所以才有漢代的「商山四皓」、晉代的「竹林七賢」、南北朝的「蓮社十八高賢」、唐代的「竹溪六逸」、宋代的「南山三友」、明代的「曹溪五隱」等隱士的立足之所。隱士倘若出山，有的也入仕（為官，如諸葛亮）、入夥（當造反謀士，如吳用），但許多則成為自由主義者和「第三種人」。一九四九年之前，儘管已開始批判「第三種人」，但作為「第三種人」的民主個人主義者還有生存的可能性，到了一九四九年以後這種人則全被消滅。第三種人的消滅意味着第三空間的消亡。兩個階級、兩條路線的政治抉擇無時不在、無處不在，知識者既沒有隱逸的私人空間，也沒有自由講話、自由參與社會的公眾空間。

「文化大革命」結束後，知識分子爭取自由的權利正是爭取「第三空間」的權利，有不受政治干預的個人空間才有自由。二十年來雖說「第三空間」實際上正在悄悄生長，但人們並沒有意識到「第三空間」是何等重要。反之，無論在國內還是在海外，許多人仍以為知識分子非附上某張「皮」、非依附於某一政治集團不可：敵我分明，非黑即白，或入官或入夥，或二者必居共一。倘若獨立，就兩面不討好。李澤厚和我強調知識分子應擺脱兩極思路，應有超越兩極的中性立場，既不當權力中心的馴服工具，也不當反對派集體意志的玩偶，而應在自己精神空間裏進行價值創造，尋求自由自立的第三空間，也希望社會尊重這一空間。然而爭取第三空間十分艱難，這才明白自由正是從社會的絕對兩極結構之處開始消失的。今天向你訴説「第三空間」的概念，也許又要落入你所說的「渺茫」之中。

爸爸於香港

二零零一年八月二十五日

「芝加哥學群」的精神取向

——劍梅的回應

爸爸：

一九八九年夏天，由於李歐梵教授的邀請，你到芝加哥大學進行講學與研究。同時在那裏的大陸學者還有李陀、黃子平、甘陽、許子東、查建英等，再加上原本就在芝加哥的鄒讜、李湛忞教授，以及常到那裏參加你們的學術講座的劉小楓、林崗、王曉明等，陣容相當可觀。一九九零年年初，我被科羅拉多大學東亞系錄取，途經芝加哥時，決定先留在芝加哥大學旁聽李歐梵主持的東亞系的研究生課程。現在想想，這半年於我是寶貴的，除了開始進入阿多諾、本雅明、巴赫金的文論世界，還目睹了你和其他大陸學者在去國離鄉之際所經歷的一場心靈與精神上的蛻變。

你們這群學者初聚在一起，尚未擺脱「六四」事件的震撼，加上「戀母情結」與「救世情結」的折磨，情緒起伏，心事浩茫。不過，你們很快就靜下心來，進入精神生活。那時，你們的選擇所蘊含的意義就是尋找你所説的知識分子的「第三空間」。你們既沒有選擇回國，又沒有選擇加入海外民運受制於另一種集體意志。你們選擇超越黨派，超越兩極對立，回到個人化的自由空間裏。面對這一關鍵性的選擇，你們似乎不謀而合，並戲稱自己這群人為「芝加哥學派」。不過我認為稱之為「學群」比「學派」更合適些，因為你們是群而不黨，群而不派。甚至這個群也只是個體的學術聚會，並不是有組織的群體，每個個體都是充份獨立的。

當時，許多出走海外的知識分子都生怕如果選擇中性的「第三空間」，不是遲早被時代和社會所拋棄，便是會得失語症。楊煉曾形象而透徹地表達過海外遊子的孤絕狀態：「因為你的頭髮、皮膚和眼睛，你應當是幽靈。每天，出沒於沒有你的街上，避開一排排藍色的實體的人們。因為你的語言，你沉默。沉到最深處時，讓自己消失。」許多人由於擔心失語，思緒仍舊牽掛着中心，無力逃出壓迫與反抗的二極對立模式。不同於這些人，你們甘心身處邊緣，不畏孤絕，退到充份個人化的內在世界，聚精會神地對中國的文化和歷史進行理性的思考和梳理。你所説的「高行健狀態」，正是這種邊緣狀態和內在狀態。在芝大的博士班討論會上，你們提出了許多重要觀念和命題，比如你提出主體間性、多重主體與走出西方理論陰影的問題，李陀提出毛文體的問題，黃子平提出評價實驗小説的問題等，這些問題又與李歐梵和李湛忞介紹的西方現代及後現代哲學思想和文學理論交叉，構成深刻的對話。我有幸參加了一個學期的討論會，被你們豐富的學術思索深深吸引。可以看出，知識分子的「第三空間」為你們提供了一種立足、立心、立言之地，你們並非與世隔絕，也非遺忘歷史的傷痛，而是更冷靜地走進精神的深處。你的《人論二十五種》、《告別諸神》和《漂流手記》第一卷都是在那時開始結果的。後來芝加哥的朋友們雖然天各一方，但每個人都有所建樹。

如果離開中國現代史的語境，恐怕不能理解芝加哥學群選擇知識分子「第三空間」的艱難與重要意義，因為在西方的知識分子世界裏，這一空間是天經地義的。可是在中國現代史中，由於政治的激進，「第三種人」「第三條道路」或「中間地帶」總是被看成「另類」或「異類」，連古代知識分子那種放任山水的自由都沒有。在國共兩黨決戰之際，一群民主個人主義者不願意「一邊倒」，既不「革命」，也不「反動」，既不絕對「師法英美」，又不絕對「師法蘇俄」。只可惜在中國的實際政治環境裏，這種個人空間沒有生存的權利。一九四九年以後，兩個階級、兩條路線年年月月對峙，知識分子更是徬徨無地。

你提出的「第三空間」概念，強調的是知識分子的個別性與差異性，或者說，尋求的是知識分子價值選擇的自主性與價值判斷的客觀性。這與哈貝瑪斯的「公眾空間」實際上可以形成一種對話關係。哈貝瑪斯的「公眾空間」看到的更多是公共性，是民間社會對國家權力的滲透，知識分子是行走於國家與民間社會之間的小卒，儘管他們可以起着相當大的作用。你則揭示了知識分子作為個人的獨特性，不願認同文化統一理想的合法性，並要求社會承認知識分子這種選擇游離、選擇差異、選擇個體生存取向的權利。我想，首先得有你所說的「第三空間」，即首先知識分子的個體差異性和自由權利能得到尊重，多元的公眾空間才能實現。

芝加哥學群的故事已經過去十年了，可它的文化意義仍然存在。「第三空間」幫助了你們這群人重新定位，找到自己的角色和功能。時間證明你們選擇對了。

小梅於美國

二零零一年九月三日

雙向思維方式與大時代的基調

首先我要衷心感謝世界傑出華人基金會特別是基金會主席莊世平老先生邀請我參加這個會。莊老已九十三歲，在如此高齡的時候，還用一副赤子的眼睛穿越萬里滄海，看見一個在落基山下讀書寫作的獨立思想者。這說明他的心地多麼好，思想多麼明亮，而且眼光放得很遠。我曾借用前蘇聯教育家蘇霍姆林斯基的話感慨：「愛全人類容易，愛一個人很難。」莊老能對我如此關懷、理解和信賴是很難的。所以我要懷着深深的敬意回答這種厚愛，在海外漂流十五年後第一次出席在故國召開的重要會議。

我今天要講的題目是「雙向思維方式與大時代的基調」。

一、從單向度思維到雙向度思維

八年前，李澤厚先生和我在對話錄中說，中國從古典社會進入現代社會，借用德國哲學家黑格爾的話來表述，是從詩歌時代進入散文時代。詩歌時代的基本符號是英雄傳奇、大激情和轟動效應；而散文時代則揚棄這些符號，以普通人、平常生活和建設為特徵，散文時代的基調是低調的，平實的，從容的。我們所說的「告別革命」，實際上是在告別一個高調的、激進的、動盪不安的時代。

中國的時代性變遷與當代世界整體的變動又是相關的。整個世界在近十五年中最大的變動是從冷戰轉入經濟競爭，世界從以意識形態敵對為中心內容的時代轉入以財富創造為中心內容的時代，用已故史學家黃仁宇先生的話說，是從政治意識形態時代進入數字管理時代。數字變得比意識形態重要，意識形態退入世界的邊緣，這真是天翻地覆的變化。在這種歷史場合下，中國的大文化理念和思維方式自然也需要相應的改變和重新確認。

現在世界上有三種思維方式在進行較量，也可以說有三種思維方式可供我們選擇。第一種是單向度思維，這是直線的、獨斷的、命令式的、一個吃掉一個的思維，即「你死我活」的思維；第二種是雙向度思維，這是平等的、對話的、協商的、彼此互相尊重的思維，可稱為「你活我也活」的思維；第三種是恐怖主義自殺炸彈發生後出現的「你死我也死」的思維，這種思維用中國的話來說，就是「與汝偕亡，同歸於盡」。我們當然要拒絕這種反人類文明的方式。有趣的是，中國文化裏也有荊軻所代表的這種方式，但他不是中國文化的主流與精華，而且在現代中國沒有市場。國際恐怖主義並沒有對中國構成很大的威脅，或者說威脅是最輕的，因此中國正可以充份珍惜這樣的歷史時機，在第一、第二種思維方式上做出選擇。二十世紀，我們曾選擇你死我活的鬥爭哲學，我們這一代人就是在鬥爭哲學的思維框架裏生長起來的。而現在，我們應當選擇另一種思維方式，即你活我也活的方式。其原因很簡單，因為時代變了。中國已經從革命時代進入了建設的時代。

二、歷史新平台與大時代的基調

在革命時代，說革命不是請客吃飯、不是溫良恭儉讓是對的，但在後革命時代即經濟時代，請客吃飯、溫良恭儉讓則是非常必要的，因為時代的中心已從戰場轉入飯桌即談判桌。我在香港城市大學講課時說，香港喜歡請客吃飯，喜歡溫良恭儉讓，這很好，這就是有別於戰爭狀態和革命狀態的日常生活狀態。這就是散文狀態。香港的日常生活狀態是地球上最健康的狀態，香港的日常生活秩序，是地球上最完善的秩序。十五年來，我走過二十多個國家和地區，認真閱讀世界這部大書，覺得一個國家或一個地區，最難的是社會充滿活力又有秩序，香港正是突破這種難點的地區。它的人口密集度、車輛密集度、高樓密集度和經濟發展度都是世上少有。然而，它卻有序不亂，很不簡單。香港獲得如此巨大的成功，全靠香氣繚繞的飯桌和理性導引的談判桌，而不是靠硝煙瀰漫的戰場和激進的情緒。香港不僅幫助故國保留了做生意的記憶和商業的天才，而且提供了通過對話、談判、妥協、合作獲得大繁榮的歷史經驗。中國已加入世貿組織，毫無疑問，有智慧的中國人一定會在巨大的商業活動中學會談判，學會妥協，也將會意識到，世界上沒有甚麼問題包括政治問題不可以通過協商協調來解決。也就是說，任何目標，包括政治目標，都是可以用對話來實現的。六年前，中國用對話的方式成功地解決香港問題，同樣，也可以用對話方式和經濟方式解決台灣問題和其他政治難題。很可惜，馬克思的「全世界無產者聯合起來」的理想沒有實現，而西方的資產者倒是聯合起來形成了歐洲共同體，這就是經濟的力量。中華民族當然也可以通過經濟的力量重新聯合起來，這可能正是解決台灣問題的基本框架。我們在過去的那個世紀裏，經歷了太多的戰亂及其所帶來的苦難，我們在本世紀應該避免重複那樣的歷史。

剛才我說時代的重心從戰場轉移到談判桌上，是要說明一點，當下歷史的舞台變了，或者說，是當代的政治經濟大平台變了。那種一方消滅一方的單向度舞台將會成為過去，時代展示的是雙方共生共贏的雙向度新平台。因此，平等對話、談判協商、和平共生正在成為這個大時代的基調。首先是平等，沒有平等的態度就沒有對話和協商的前提。所謂平等，就是確認對方說話的權利和討價還價的權利，確認那種一方得一百分另一方得零分的簡單算式該進歷史博物館了。請在座的傑出朋友們注意：談判桌是圓桌（Round table），沒有高下之分與尊卑之分，每個參與者都擁有被充份尊重的一席之地。在談判桌上，任何一方都沒有權利居高臨下，即不可能獨尊、獨斷、獨贏，只能共贏與多贏。

三、歷史的共創與協調哲學

在歷史的大平台上，過去那種你死我活的鬥爭哲學的思維框架將徹底終結。所有的矛盾包括富人與窮人的矛盾，都只能通過對話、談判即階級協調來解決，任何一方都不佔道德優勢。應當承認，歷史不是鬥出來的，不是戰火造出來的。歷史是建設出來的，是勞動出來的，是有產者與無產者用自己的頭腦、心靈、雙手、血汗共同創造出來的。

馬克思、恩格斯在《共產黨宣言》中曾稱讚資產階級創造了人類文明的奇蹟，對其偉大的歷史功勳進行高度的評價。他們說：「資產階級由於開拓了世界市場，使一切國家的生產和消費都成為世界性的了。」[1]當下的全球化潮流完全證實了馬克思的天才預言。但是，《宣言》第一節的第一句實質性的話卻不是真理的，他說：「迄今為止，人類的歷史都是階級鬥爭的歷史。」強調階級鬥爭貫穿整個歷史過程並構成歷史的主要內容。這一基本思想是值得商討的。事實上，在人類歷史上，宏觀性質的生產關係的

1《馬思克恩格斯選集》第一卷，第二五四頁，人民出版社。

大改變，如從奴隸制變成封建制，從封建制變成資本主義制度，數千年中僅有幾次，其中劇烈的階級搏鬥只是歷史的瞬間。而更重要的微觀性質的生產關係的改變則連綿不斷。這些連綿不斷的改良變革才是歷史發展的主要輪廓。而微觀性質的生產關係的改變，都不是以暴力革命為主要方式。因為生產關係不只是所有制，它還包括許許多多人在生產活動中所結成的各種非常具體複雜的關係，這種關係的調節、改善、組織，是最麻煩的人類的基本工作，這不是「火與劍」能解決的。過去中國以為「革命萬能」，以為「階級鬥爭一抓就靈」，以為「所有制」改變之後則一切都迎刃而解，但一百年的歷史經驗告訴我們，這種想法太簡單了。歷史經驗還告訴我們，除了制度問題（所有制）之外，還有一個文化問題，即大文化觀念、大思維方式的問題，如果大家都活在「階級鬥爭萬能」的文化觀念中，再好的制度也沒有用。

值得慶幸的是，我國已走出階級鬥爭為綱的年代，走上建設現代國家的道路，這是偉大的歷史性轉折。有這一大轉折，才有中國今天的活力、生機和蒸蒸日上。有了這一歷史經驗的中國人，今天當然應當拋棄單向的鬥爭哲學，而把雙向對話上升為自覺，開始一個雙向思維的時代。所謂先進的文化，首先應當在思維方式上是先進的，是走在歷史前沿的。然而，可以肯定，隨着財富的增加，貧富懸殊的現象還會加劇，富裕階層與貧窮階層的矛盾難以避免。但是，面對矛盾，我們是重複歷史上的「造反有理」、「劫富救貧」、「剝奪剝奪者」等觀念，還是相信「改良有益」，選擇對話、談判、妥協、調節的辦法呢？我覺得要在大時代中進行文化選擇，這才是最根本、最關鍵、決定一個世紀面貌的選擇。我們中國人應當到了從歷史文化的制高點上確認惟有階級協調、雙向平等對話才是解決一切問題的最好方法的時候了。自從一八四零年鴉片戰爭特別是甲午戰爭之後，中國人民一直蒙受着巨大的失敗的恥辱，這種恥辱感有演化成急於翻身的激進情緒和產生「你死我活」的激進思維慣性，儘管這種思維方式有其歷史的合理性，但並不是國家生存與人類生存的最好方式。今天，當歷史向我們展示另一種前途的時候，我們應當不失時機地選擇「改良有益」方式，這就是充份和平、充份安寧、充份建設的方式。所謂百年大計，這才是第一大計。

四、必要的寬容與現代文明

這裏，還應當說明的是，所謂雙向思維，不是沒有對立的聲音，而是要尊重不同的聲音，哪怕是反對派的聲音，也要給予表述的自由。俄國思想家扎米亞京說過一句很精彩的話，他說：「異端對人類思想的健康是必要的，如果沒有異端，也應當造出異端。」雙向對話包含着對異端聲音的傾聽。因此，雙向思維方式又是寬容的方式、民主的方式。民主正是讓不同聲音通過一定程序參與社會進程的思維方式與組織方式。民主的對立項是專制，專制包括專制制度與專制人格。由於中國專制的歷史過於漫長，因此專制已經成了一種精神和心理的病毒，幾乎每一個中國人都難免成為專制的帶菌者，而多少都具有專制人格。甚至一些反對專制制度的人士也往往具有專制人格，動不動就使用語言暴力。許多農民革命領袖人物在革命成功之後仍然實行專制制度，就是他們的人格與思維方式並未改變。其思維方式仍然是單向的，仍然是只知命令，不知對話；只知壓服，不知說服；只知唯我獨尊，不知互讓互尊。這裏，我不迴避問題而要坦率指出：自從中國打開大門之後，中國的「開放」的大文化精神有了很大的發展，這種大文化精神導致了今天中國經濟的繁榮；然而，中國的「寬容」大文化精神卻沒有獲得足夠的發展。已故著名政治學家、芝加哥大學講座教授鄒讜先生臨終之前告訴我，他說他從青年時代開始就一直同情中國共產黨和中國革命，並對美國的中國政策進行長期的學理性批評，但他說美國在大文化上的寬容精神值得我們借鑒。在美國，如果你說一百句話，有九十九句是錯的，有一句是對的，它會吸收你的這一句真理，而不計較你的九十九句錯話，可我們中國，情況往往相反，那九十九句正確的話，人們不計其功，而那一句錯話，則常被抓住不放。這種狀況雖有所好轉，但仍然不夠。而「寬容」精神的闕如又會影響社會批評與文化批評的力度，導致缺少現代化進程中的輿論監督，從而缺少對慾望的一大制衡形式，即民間道德監督系統，這一缺陷，再加上法制系統的不完善，便使腐敗得以滋生，從而嚴重地腐蝕社會並導致社會的部份變質。因此，寬容不是縱惡，而是制衡。也就是說，寬容是建設現代文明的必要的文化條件。

五、知識分子和第三空間

正是在雙向思維的前提下，我在前年《亞洲週刊》的文章中提出一個「第三空間」的概念。所謂第三空間，就是黑與白、正與邪、革命與反動這種極端兩項對立當中的中間地帶。在「文化大革命」兩派嚴重對立的情況下，沒有「逍遙派」的立足之地，這只是一種徵象。事實上，二十世紀階級鬥爭日趨激烈之後，知識分子一直沒有超越兩個陣營之爭的可能。二十世紀最大的文化教訓甚至可以說文化理念上最大的失誤就是消滅了第三空間，而對人進行黑與白、正與邪、革命與反動的極端本質化的簡單分類。分類是一種權力操作，兩極性的分類使知識分子企業家、報刊、社會建設者喪失其價值中立的可能，也丟掉了超越黨派的中性眼光。知識分子的天性應是天然地為人類、為國家的多數人着想，沒有私利，只有對歷史負責與對人民負責的職業良心。這種特點，注定使他們不可能站立在全黑全白某個陣營之中。知識分子在本性上不是集團中人和黨派中人，而是集團之外的「檻外人」（《紅樓夢》妙玉自稱「檻外人」）。因此，第三空間也可說是一種「非黨空間」，一種獨立的超越非白即黑思維框架的非黨派空間。真正的企業家也是生存在這一空間之中的。有了這一空間，才有充份展示智慧的可能。可惜，非黑即白的思維框架總是吞噬這一空間。為了說明問題，我們不妨以金庸小說《笑傲江湖》為例。這部小說的主角令狐冲，特立獨行，超越正教、邪教兩大營壘的單向立場。他是所謂正教（五嶽派）華山派岳不群的弟子，可是，又與邪教（日月神教）中人交朋友。他既愛岳不群的女兒、師妹岳靈珊，又愛日月神教教主任我行的女兒任盈盈。他想超越生死對峙的兩大陣營而吸收雙方武功的精華，但兩派的首領都不允許他如此選擇。他的功夫高強，兩派頭目既想拉攏他又想殺害他。最後他和任盈盈遠離江湖，隱居在山林裏共同彈奏千古絕唱《笑傲江湖》。「令狐冲處境」可說是中國知識分子的典型處境，也是希望超越兩極對壘而專心致力於文化創造和社會建設的人們曾有的共同處境。我說的第三空間，就是要充份尊重令狐冲的獨立精神，充份尊重令狐冲應有的三種權利：其一，批評的權利（不迎合、不依附的自由）；其二，沉默的權利（不表態的自由）；其三，逍遙的權利（不參與的自由）。在中國的文化史上，正因為有沉默的自由、有逍遙的自由，所以才會產生諸如《紅樓夢》那樣的許多代表着整個民族文化和藝術巔峰的偉大作品。我所説的知識分子的第三空間立場，指的就是這三種存在的權利。

我國偉大哲學家老子在兩千多年前就説「一生二，二生三，三生萬物」。我這裏所説的雙向思維，就是「二」。這個「二」，不是回歸到「一」（對立統一），而是派生出「三」，這就是第三空間，而第三空間又將派生出我們意想不到的現代城市文明的美好萬物萬象。許多好思想，好主意，好建設，將從這裏產生。讓我們把老子的思想看作偉大的預言，去迎接一個更祥和、更繁榮、更文明、更可愛的時代。

寫於二零零四年三月十七日美國科羅拉多大學校園

原載香港《明報月刊》二零零四年五月號

再論「第三話語空間」

——在《明報月刊》創刊四十週年學術研討會上的發言

二零零二年我在《亞洲週刊》上提出「第三空間」的概念。二零零四年在《明報月刊》上，我又發表《雙向思維方式與大時代的基調》，進一步闡釋這一概念，説明所謂第三空間，便是價值中立的文化空間，即在黑與白、正與邪、忠與奸、革命與反動這種極端兩項對峙下的立足空間。因此，第三空間也可説是非黨派空間、非集團空間、非權力操作空間。這是一種獨立的、超越「非黑即白」思想框架的自由話語空間。

今天，《明報月刊》在慶祝創刊四十週年的時候，以「價值中立的文化空間」為題進行討論，讓我感到非常高興。這説明，《明報月刊》的慶祝活動不是媚俗、媚雅、媚上的活動，而是嚴肅尋找價值關懷與價值坐標即尋找報刊靈魂的實踐活動。《明報月刊》創刊四十年來，在各種政治風雨的顛簸中和巨大的市場壓力下所以能站住腳跟，並成為華文世界中具有巨大影響力的知識分子思想文化園地，最重要的原因，就是守住不黨、不私、不媚的靈魂，守住價值中立的辦刊路線。我今天在這裏發言，也是希望價值中立的第三話語空間能成為「自覺」，並相信這是中國知識分子需要關注的最根本的文化自覺。

「第三話語空間」和「價值中立的文化空間」是伴隨着資本主義發展而產生的一種現代理性思路，並不時髦。當今大文化世界，最為時髦並橫行於東西方的是「後現代主義」思潮。這種主義的理論基點恰恰是反對價值中立。至今仍在西方課堂和文化界流行的福柯、德里達等，在反對「本質主義」的旗號下，完全拒絕價值中立的理念。他們不承認客觀真理與客觀價值，認定一切知識一切價值都是權力的運作，所謂歷史和所謂真理，完全取決於闡釋者的闡釋，即取決於解釋者的主觀立場和主觀態度。在中國二十世紀的現代文化史上，價值中立也沒有立足之地。由於政治環境的極端嚴峻，大部份知識分子被捲入兩個階級、兩條道路、兩條路線的兩極性生死搏鬥，被迫依附某一政治集團，即使像魯迅這樣的天才文學家，也不支持知識分子作第三空間的選擇，他對周作人、林語堂、施蟄存的批評以及對隱逸精神的否定，都說明第三話語空間的喪失。

我曾說過，金庸小說《笑傲江湖》中令狐冲的處境，正是現代中國知識分子普遍的處境。這是在正教與邪教兩大營壘嚴峻對立下無以立足、無以獨立思索、無以自行選擇的處境。在這種處境下，知識分子喪失了沉默的自由、逍遙的自由和批評的自由，也就是喪失良知的自由。我很注意閱讀中國社會的三大類書籍（大陸一類，台灣一類，香港一類）。大陸已讀了數十年，香港也讀了三年，台灣才剛剛讀了半年，此次會後我還要到台中東海大學任教，也將繼續閱讀。三書雖未讀完，但今天有一句話是可以說的，我覺得三書相比，香港的第三話語空間最為廣闊，那種「非我即敵」的簡單思維方式最沒有市場。我特別喜歡香港，大概正因為香港擁有廣闊的第三地帶。

今天，我在這裏要特別聲明，價值中立這一大命題、大概念不是我的發明，它是名播全球的德國社會學者韋伯在二十世紀早期提出的重大思想。韋伯在論述價值中立這一命題時和另一命題——責任倫理緊連一起，把價值中立與責任倫理視為一個理念整體，即把價值中立視為對現代社會責任的一種最高、最有效的承擔。

韋伯思想體系的核心之一是分清意圖倫理（也譯作心志倫理）與責任倫理。前者強調主觀動機，暢行於政治領域；後者強調社會效果，嚴守學術態度。韋伯指出，在政治領域裏運用意向（心志）倫理，就必然造成行為兩極化——它化政治上的追隨者為門徒，化政治上的對手為敵人，而且將形成權勢者的獨斷與壟斷——它無法容忍具有批判功能的學術文化作為獨立的力量。因此，對於那些容許價值中立的學術機構，它必定會加以拒絕。[1] 這就是說，意圖倫理往往以政治意圖和道德意圖取代普遍性社會責任，往往造成把對手當作敵人的兩極戰場，而責任倫理卻以價值中立的態度和權力戰場拉開距離，把普遍性社會責任視為獨立力量和工作準則，努力避免陷入兩極化的一端。韋伯的理論對二十世紀人類社會的建設產生巨大影響。現代社會公務員制度和軍隊的國家化，都得益於韋伯的價值中立思想。

解釋韋伯的責任倫理與價值中立，本身是一項複雜的學問，不是今天這個座談會上可以說清的。但是，我想借此機會，說明《明報月刊》四十年來的價值取向可稱作價值中立的取向。這就是在總的路向上貫徹文化刊物的責任倫理，不管發表何種形態的文章，其精神背景都是學術的、公正的、價值中立的。

具體地說，所謂價值中立，包括下列幾層意思。第一，在歷史層面上，它力求對歷史事件做出客觀評價，對歷史人物採取理解的同情，避免從黨派立場和權力鬥爭立場進行「非忠即奸」「非我即敵」「非善即惡」的絕對價值判斷，揚棄「追究歷史罪責」的寫作模式。我一再主張對中國近現代的歷史人物要用「做實事」的標準來衡量，不管是宮廷中人還是宮廷外人，不管是黨派中人還是黨派外人，不管是共

1 可參《學術與政治》中譯本，收錄於《韋伯選集》（一），錢永祥編譯，第一一六—一二零頁，遠流出版社出版社。

產黨人還是國民黨人，只要是對中華民族的進步和人類的福祉做了實事好事的，我們都要肯定其功績其價值。這是超越黨派和超越政治意識形態的中性評價，也是最準確的歷史評價。

第二，在政治層面上，它拒絕黨派依附和避免捲入黨派紛爭，把人類的普世價值與中華民族的長遠利益視為終極價值標準。作為一個媒體和一個文化機構，它只關懷政治，關懷社會，不捲入權力政治鬥爭與社會幫派鬥爭；它只做政治觀察者和社會評論者，不做政治宣傳員和黨派代言人；只做社會調節器，不做政治工具。

第三，在哲學層面上，它以平等對話的雙向思維代替一家獨尊獨斷的單向思維，以和諧哲學取代鬥爭哲學。所謂單向思維，是「非此即彼」、你死我活、一個吃掉一個；所謂雙向思維，則是「亦此亦彼」，你活我也活，一個和另一個的妥協與和解。價值中立的思維方式便是雙向思維方式，它告別「蒼天已死，黃天當立」的農民起義理念，更拒絕「顛覆」「抹黑」「打倒」「消滅」「聲討」「橫掃一切」等造反方式。它的價值中立決定了它的普世性同情，既同情社會底層，又同情社會上層；既同情窮人，也同情富人；既同情弱者，也同情強者；既同情反對派，也同情當權派；既同情民眾，也同情領袖。所謂同情，是一種寬厚的理性的理解，也是一種「四海之內皆兄弟」的文化情懷。這不是沒有是非，而是告別革命方式和超越「大忠大奸」、「大善大惡」的臉譜式思維，在更高精神層面上把握是非和把握人類的共同心靈原則，也是在更高的精神層面上化解人類生存困境的積極態度。

第四，在文學文化層面上，則是充份尊重作家、藝術家和思想者的獨立思考和表達自由，把獨立思考視為人類天經地義的生命尊嚴和靈魂主權，把自由表述視為大於其他價值的根本文化價值，努力保護思想者與作家的自主性，並支持他們進行社會批評與文化批評乃至政治批評，也包括支持對批評的反批評和具有黨派身份的文化人進行表述和批評的自由，不僅不能因人廢言，也不能因人具有黨派身份而廢其言，只問其言是否具有真理價值，是否對歷史負責、對人類負責和對中華民族的長遠利益負責。

讓我們高興的是，從查良鏞先生創辦《明報月刊》以來，四十年中經各位主編的努力，《明報月刊》已形成價值中立的傳統，已成為公認的價值中立的文化空間。《明報月刊》所選擇的這一路線，不僅對當今媒體和思想文化刊物具有參照意義和研究意義，而且對香港城市人文環境的健康和整個華人世界人文環境的健康也具有意義。作為《明報月刊》的一個讀者與作者，我謹以此評價和期待，作為紀念活動的祝福。

原載香港《明報月刊》二零零六年第四期

第七題

人生分野與三項自由

——答鳳凰衛視「名人面對面」主持人許戈輝問

（鳳凰衛視編者旁白）二零零四年春，旅美學者劉再復先生結束了深圳的演講返回香港。此時，他正是香港城市大學的客座教授。

許戈輝：（以下簡稱「許」）再復先生，您是離開祖國十五年以後第一次這樣回到大陸公開地做一個演講。我想知道您踏上深圳那塊土地的時候，當時您的心情是怎麼樣的？

劉再復：（以下簡稱「劉」）是，我這是十五年來第一次參加在我們故國土地上召開的會議，算是正式的一個會議。這之前其實我也到中山大學，是朋友邀請去演講，但這次性質完全不同，所以我感到這是故國的山川對我的一種呼喚，祖國還在愛我。

許：這是您離開中國這麼多年在海外的一個願望，是吧，一個夢想，就是回到自己祖國的懷抱，來和大家交流？

劉：其實人最重要的不是身在哪裏，而是心在哪裏。我雖然在海外漂流，但是心繫故國，這種故國情懷是跑不掉的。除了情感，作為一個人文學者，我還想看看中國到底有甚麼變化。

許：對呀，那我就想知道您看到的變化都有哪些，其中感覺到最大的變化是甚麼？

劉：我好像是見到另一個中國，離開的時候是一個中國，現在回來好像見到另一個中國。我確信，現在中國是鴉片戰爭以後一百五十年來最好的時期。二十世紀中國知識分子做了兩個夢，一個是富強夢，一個是自由夢。我認為富強夢基本上是實現了，而且還在進一步實現。那麼自由夢呢，應該説一般的老百姓，一般的知識分子，自由度還是有的，當然像對我這樣一些思想比較活潑，帶有點「異端性」的知識分子，要充份地表述，可能還得有些時間。

（鳳凰衛視編者旁白）「漂泊」，劉再復將這二字定義為自己的生命美學。其中，也夾雜着漂泊海外之初那無奈的苦澀滋味。對故鄉不斷的重新定義，讓劉再復的漂泊也許不再有終點。而那起點，卻永遠不會改變。那裏是中國南方一個充滿鄉土氣息的小縣城——福建省南安縣。

許：你小時候的生活是怎麼樣的。我聽說那時候家境相對來講比較苦。

劉：很苦。也因為吃過苦，所以到美國從來也不覺得苦。

許：苦成甚麼樣？怎麼個苦法？

劉：我七歲時父親就去世了，留下我們三兄弟，最小的弟弟才兩個月，我的母親守寡撫養三個孩子，沒有辦法供我上學。我們家鄉的小學規定，讀第一名可以免費，所以我一定要讀第一名。

許：那是您發奮用功的一個直接的動力？

劉：對。讀第二名都不行，有次期中考得第二名我就哭了，我一定要期末得第一名，否則下個學期沒法讀了。讀初中的時候，每個禮拜回來帶一罐鹹蘿蔔，一個禮拜一罐，一個禮拜回家一次，就為了這罐鹹菜。讀大學的時候又碰到困難時期，大飢餓時期，餓得全身浮腫，醫生給我按手按腿肉都彈不上來。我的青少年時代，最深刻的體驗是飢餓的體驗。這是體驗，不是心驗，但是體驗會影響心驗，所謂刻骨銘心，刻骨是體驗，銘心是心驗。被飢餓折磨過，這樣很好。我常常說我小時候喝過這種苦水，以後甚麼苦都不怕，《紅燈記》那句話倒蠻好的，說有這碗酒墊底，甚麼酒都可以對付過去，小時候的飢餓體驗對我很有幫助。

許：我覺得童年時代的體驗，有很多東西會在自己成年以後、很多年以後還會出現在夢境中，不知道您有沒有這樣的經歷？

劉：童年重現在夢中，不只一次。我常常跟一些朋友講，俄國宗教哲學家別爾嘉耶夫説，良心是對上帝的記憶，我說我的良心是對童年的記憶，記憶裏包含着很多良知內涵，父老鄉親那麼艱難，那麼困苦，自己的母親那麼艱難，那麼困苦。

（鳳凰衛視編者旁白）想到故鄉和祖國，我的情感單純到只剩下一個「戀母情結」，像哈姆雷特那樣，因為害怕傷及自己的母親，總是猶豫徬徨——兩個自我關於故鄉的對話。

刻骨銘心的飢餓，成就了少年劉再復的勤奮與好學。從小學，一路拿獎學金讀到大學，畢業時正逢中國社會科學院選拔人才。廈門大學當年的畢業生中只有三名學生被選中，劉再復就是其中之一。

許：所以您一路走來，應該是很幸運的。

劉：很順，很幸運。

許：那，您對新中國應該是充滿了感激之情，對嗎？

劉：是這樣，我是共和國培養長大起來的，當然是充滿感激之情。所以我的青少年時代充滿夢幻，熱愛生活，熱愛新中國紅旗下的生活，別人的紅領巾戴到十五歲，我戴到十八歲。為甚麼呢？因為我十五歲進高中的時候當了少先隊輔導員，輔導初中那些更小的少先隊員。輔導員必須戴紅領巾，就戴到十八歲。即使肚子餓得要命，也要告訴同學，不能叫餓，不能叫苦，那時我的心態非常好。但是「文化大革命」給我帶來巨大的轉變。

許：您進了社科院沒有多長時間，「文革」就開始了。我看到過您寫的一篇非常短的散文，叫《靈魂的復活》。您說，「就在那十年裏，我的靈魂在墳墓裏被埋葬過」。

劉：是，我到社會科學院後不久，就到山東勞動鍛煉一年，然後到江西「四清」一年；「四清」還沒有完全結束，「文化大革命」開始了，讓我們回北京。回來的第二天，社會科學院就把黨委揪出來鬥爭，我整個呆住了。就像《紅樓夢》裏的賈寶玉眼睛發呆，我那時候第一次發呆了。我完全不能理解，後來我到東單的報欄裏看到六十一個叛徒那張相片，一個個用繩子捆在脖子上，我放聲大哭，這六十一個老革命正是自己崇拜的英雄。我那麼努力讀書，努力奮鬥，正是效仿這些老革命家，他們給我展示了一個非常美好的未來，可是他們突然都成了囚犯。我受不了。

許：夢想和信仰突然間全部崩潰了。

劉：崩塌了，不知道怎麼辦了，喪魂失魄了。我不能理解，但是又要參加。結果整個人完全變成另外一個樣子，不可終日，不知所措，不知道怎麼做人。

（鳳凰衛視編者旁白）彷彿是在青年時代，那時我丟失了十個太陽，只留下一個人造的赤熱的太陽。儘管我十年如一日地生活在它的光環中，可是，留下的卻全是黑暗的記憶。——《山海經》的領悟

「文革」開始的時候，劉再復在社科院的工作還沒有正式展開。一直信奉的價值判斷標準，一夜之間乾坤顛倒。數年後反思文革，劉再復曾說，牛棚對自己的教育勝過十所大學。

許：為甚麼呢，為甚麼會說牛棚勝過十所大學？

劉：我所說的這個牛棚，一個是狹義上的牛棚，就是每一個單位它都有一間房子，把一些所謂「黑幫」送去改造，寫檢查，寫交代材料，這是個狹義的小牛棚。還有一個廣義的牛棚，就是當時整個中國都變成牛棚了，人間這兩個字異化成牛棚。

許：您自己蹲牛棚蹲了多久？

劉：我自己並沒有蹲過牛棚。

許：自己沒有蹲過？

劉：對。但是我生活在這個廣義的牛棚裏面，到處都讓我感受到黑暗，我們社會科學院很多老先生和年輕學者，一個一個自殺，有的撞火車，有的喝敵敵畏，有的甚至在暖氣管上吊死。院外也每天都有各種各樣的信息，大牛棚的信息，像我的老師，不用說別的，光說老師，很多老師死亡，一個一個死亡，所以我說，老師給我知識的教育，後來又給我死亡的教育，死亡的教育比知識的教育還要深刻。教育我，這個世界這個人生，不像書本知識這麼簡單，危難之中我要替老師說一句話那麼難，維護人的尊嚴，維護人的價值，不是一個簡單的問題。

（鳳凰衛視編者旁白） 在巴金老人百年誕辰的紀念日，劉再復寫了一篇散文，名曰《巴金的意義》，對巴老的「懺悔意識」毫不吝惜地頂禮膜拜。「文革」結束三十年後，對那段天昏地暗的日子的記憶，對良心的記憶，至今仍讓劉再復不能放棄懺悔。

許：那您現場去參加過任何一個批鬥嗎？批鬥自己的老同事，或者老領導，您自己參加過嗎？

劉：我也參加過。比如運動一開始剛從江西回來，那時候我所在單位叫新建設編輯部，當時編輯部那個黨支部是很「左」的，他們因為我是學文學的，就讓我去參加文學研究所的一個批判何其芳的大會，而且要準備一個發言，批判何其芳的人性論，我到那邊就去唸寫好的稿子。很幼稚，居然帶着激情去批判何其芳。

許：那我插問一句，就是在那個時候，批判的時候，您認同他的觀點？還是說您根本從心理上，從心裏邊是反對他的觀點，那個時候心態是甚麼樣的？

劉：那個時候完全是隨波逐流的。

許：是只好隨波逐流地批判。

劉：完全是隨波逐流的。

許：之前您認同他的觀點嗎？

劉：我內心很認同人性論，可是那個時候必須去表現革命的姿態，那種激進的姿態，這樣才安全嘛，才能保護自己。後來我一直覺得這種行為很醜陋，當時為甚麼那麼幼稚，那麼醜陋，怎麼會批判自己很熱愛的一個詩人?!我為甚麼喜歡巴老的「懺悔錄」——他的《隨想錄》《真話集》，就是它告訴我們批判過任何一個人，一定要認這個賬，別人原諒我們，我們自己卻不能原諒自己。我覺得自己一直很天真，很天真，到了「文化大革命」開始有一點世故，甚麼叫世故呢？就是你說話的時候呢，要看利益，看關係，不得不說很多違心的話。「文化大革命」結束以後，我就說，不要光譴責時代，不要光審判別人，我們也要審判自己，所以我提出懺悔意識。懺悔意識的意思就是確認自己也有一份責任，確認在「文化大革命」中共同犯罪，當然這不是法律上的罪，是良知上的罪。過去說紅衛兵受蒙蔽無罪，我不這麼看。受蒙蔽，當然法律上不要再追究這個罪，但是在良心上應該感到我有罪，紅衛兵打人、罵人，在良心上要去認這個罪。經歷過「文化大革命」，我自己像穿越過煉丹爐一樣，整個思想變化非常大。本來是靈魂深處的大革命，沒想到，「文化大革命」就野蠻到使我這種乖孩子覺醒了，「文化大革命」結束以後，我大徹大悟了。從此之後，我一定，第一，一定要說真話；第二，一定要維護人的尊嚴、人的價值，為這些最基本的東西而奮鬥。

（鳳凰衛視編者旁白）我沒有敵人，也沒有陣地，決不捲入任何戰場。那些把我當作敵人的人，是他們的需要，我不會迎合他們的需要而陷入爭鬥的泥潭。

一九九六年，劉再復與李澤厚的對話錄出版。兩位思想者的對話，又一次引發了激進論者的大討論。討論的一方是國內的革命激進論者，另一方是海外的民主激進論者。有人諷刺說「告別革命」的主張兩邊不討好。而劉再復從來不會、也不曾想去討好。

劉：我覺得現在很重要的是大時代的基調要變，過去我們大時代的基調是獨斷的、命令的、一個吃掉一個的，也就是你死我活，那時調子很高，很激進。我認為我們現在時代的基調應該是另外一種基調，這種基調是雙向度的，是平等的、對話的、談判的、妥協的、互相尊重的，不是你死我活，而是你活我也活。時代變了，過去是革命的時代，你說革命不是請客吃飯，不是繪畫繡花，不是溫良恭儉讓，這是對的；可是我們現在是建設時代，建設時代請客吃飯，溫良恭儉讓，這是絕對必要的。時代是大舞台，歷史的平台變了，已經從戰場轉向飯桌，轉向談判桌，思維方式也要跟着變化。如果我們確認這個基調，我相信我們二十一世紀會很安詳，還會有更大的成就，更大的繁榮。

特別是一九八九年這麼大的一個經歷以後呢，我好像瀕臨一次死亡體驗，這個體驗很重要，使得我人生劃開兩個階段，一九八九年以前，我一直覺得是第一人生，一九八九年以後變成第二人生。

許：那就講講您這個第二人生吧，就從第二人生之初開始講起。

（鳳凰衛視編者旁白） 四十八歲的時候，劉再復開始在美國重新學習生活，新中國的紅旗、文革大字報，還有改革開放初期自由、萌動的精神家園，全部被扣留在大洋彼岸。就像一粒石子，劉再復被彈出了尋常生活的軌道。

許：一九八九年三月份，您被邀請到美國講學，那是第一次去美國？

劉：對。

許：緊接着事隔幾個月，就第二次去到美國，雖然間隔這麼近，但是我相信這兩次是截然不同的。

劉：截然不同。第二次就像割斷母親的臍帶一樣，你看孩子從母體割斷臍帶以後，大哭，第二人生很像第一人生，跟故國相連的臍帶一割斷，很痛苦，大哭了幾場。

許：是真的哭了，落淚？

劉：真的大哭，我那時候面臨着一個無邊的時間的深淵，不知道哪一天才是盡頭，而且我本來是一個土地的崇拜者，戀母情結很重，以前出國幾次，到日本，到瑞典，恨不得趕緊回國，很想故園故土。

許：我看過您寫的《榕樹，生命進行曲》、《慈母頌》，我能夠體會到。

劉：是，一下子就好像連根拔了，好像沒有根了，只有一種深入骨髓的孤獨感，還有窒息感，這種窒息感就像我們掉到海裏去不能呼吸一樣，窒息感，只有用「窒息」這兩個字才能夠表達我的心情，很難過。甚麼東西都不能救援我，惟有書本是我的救星，只能靠讀書。

（鳳凰衛視編者旁白）赴美初期，劉再復身邊只有太太的陪伴。即便芝加哥大學的同學、朋友經常和他們夫婦圍爐暢談，努力讓劉再復擺脱孤獨感的糾纏，然而就像身陷泥沼，你愈是掙扎，愈是在孤獨的深淵中陷得深。

許：我想知道那個時代，您最大的困難是甚麼？最大的困惑又是甚麼？

劉：最大的困惑，應該説就是一下子完全迷失了，沒有心理準備。不知道以後該怎麼辦，路該怎麼走。一下子換了這麼一個環境，另外一個人生，面臨着另外一種規範，新的文化規範，新的制度規範，新的社會規範，一切對我來説都是非常陌生的。很不容易，不會走路，不會説話，面臨着非常大的生存挑戰。再加上對剛剛發生的事件沒有充份消化理解，所以整個迷失掉。大概有一年，非常痛苦。

許：那給我講一講，就是您在那段時間裏邊，具體每一天的生活是甚麼樣子的，你説不會走路，不會説話，到底是甚麼樣的？給我具體講一講當時的生活。

劉：首先是學説話，開始硬着舌頭，像魯迅先生所説的，硬着舌頭來學英文。

許：福建人學英文舌頭尤其硬。

劉：是，你看我連國語都講不好，很多音都發不準，學英文更困難了，而且年紀這麼大了，老是記不住。老師講了，錄音了，還是不行，一個單詞，要問女兒很多次，她說，這個單詞我都教你二十遍了，你還記不得。還有學開車，對別人容易，對我也很不容易，因為我的操作系統特別差。

許：您是那種典型的文科生，對機械是不是特別不通？

劉：是。在「五七幹校」的時候，個個都學會理髮，我就學不會。

（鳳凰衛視編者旁白） 在父女二人共同完成的兩地書《共悟人間》中，大女兒劍梅提到，「父親的漂流對我們來說，反而是件可喜可賀的事，我們這個家因您從公共空間走回私人空間變得更完整了。」而學會享受這種漂流生活，劉再復用了很長的時間。

許：學開車，學語言，這種很艱難的體驗，會不會讓您的心裏邊有一種屈辱感，因為原來您在國內時，甚至可以有司機來給您開車，對不對？現在一切要自己來。

劉：開始不習慣，但是屈辱感可能說得重一點，不過確實有反差，心理反差，所以我寫過一篇散文叫《逃避自由》，現在美國很多學校把它作為教材。

許：為甚麼呢？本來您是最嚮往自由的。

劉：到西方後才覺得，哎呀，這個「自由」多麼累，我們原先甚麼都靠組織，甚麼都是組織幫解決，出門他幫我找汽車，出國他幫我買機票，特別是我當時是研究所所長，辦公室裏行政人員多，很方便。到美國來可不行了，甚麼都要靠自己。這才覺得西方這個大自由社會，沒有能力，就沒有自由，我害怕，我要逃避自由。但是這就逼着我成長了，所以我說第二人生，自己的生活能力大大增強了。

許：這種心境是甚麼時候真正地調整過來，有改變的？

劉：有一個過程，開始甚麼都不習慣，但經過一段時間調整，應該說，中國文化幫了我很大的忙。比如說中國的禪宗，就幫了我很大的忙。西方的宗教，比如說基督教，主要是講救世，普渡眾生，可是慧能講自救。

許：救心。

劉：也可這麼說，就是要想到天堂地獄都在我心中，一切取決於自己。心靈狀態決定一切，所以我當時想到是應該用平常心來對待自己過去的一切。不管有多大的成績，多大的苦難，都要平靜對待。苦難也要用平常之心去對待，不要經受了一場苦難，就覺得社會欠了我們的債，要去討回這個債。不要這麼想。

（**鳳凰衛視編者旁白**）在美國，劉再復一直住在科羅拉多州的落基山腳下。在大山的擁抱中，他慢慢找到了一張屬於自己的安靜的書桌。十六年來寫成九集《漂流手記》。被去國之痛纏繞的心靈，也終於與期待已久的自由相逢。白雪皚皚的落基山，似乎就是劉再復的「世外桃源」。

許：我不知道您那種孤獨感、窒息感最終是怎樣解脫？您覺得是逃避，還是覺得是超脫？是怎麼樣的？

劉：不是逃避，是走進內心的更深處，向內心挺進，逃亡也不是逃避，而是自救，是贏得時間去開掘美好文化，包括我們中國古代文化裏面一些精彩的東西。

許：比如說……

劉：比如說三十年前在「文化大革命」的時候我整天讀「老三篇」：《愚公移山》《為人民服務》《紀念白求恩》。現在呢，則是老讀「老三經」，天天讀，「老三經」就是《山海經》《道德經》《六祖壇經》，倒真正走進了我們中國文化的深處去了。我國古代神話很簡單，比如說《女媧補天》《精衛填海》《夸父追日》。跟古希臘的神話相比，真的是簡單多了。但是它很有力度，很深刻。

許：為甚麼呢？

劉：你看這個《女媧補天》，天是可以補的嗎？不可能的。精衛，一隻小鳥，含着青枝填海，這是可能的嗎？不可能。夸父追日，這也是不可能的。但是他們把不可能的事情當作可能的事情去爭取，這就是中國最基本的文化精神，最本真、最本然的文化精神，就是知其不可為而為之的精神。發現這些以後，好像渾身都是力氣。你看這些英雄，女媧、精衛、夸父，都是失敗的英雄，但是他們又是建設性的英雄。他們都有孤獨感，女媧多孤獨啊，精衛多孤獨啊，但是他們造福於人類，知其不可為而為之。處在孤獨的時候，讀這種書，真會產生內在的力量。

許：在美國的這麼多年，我看到您的文章裏，經常會用漂泊這個詞。

劉：對。

許：「漂泊」透露出的情感，有一些蒼涼，有一些無奈。我不知道這種感覺是不是一直伴隨着您？

劉：我覺得自己早已擺脫孤獨感與蒼涼感。有兩樣東西，一個是讀書，另外一個是讀世界這部大書，這是另外一個途徑，可以說是行萬里路吧。這就是漂泊，開始比較消極，後來就覺得漂泊是非常必要的。喬伊斯說，漂泊就是我的美學。後來我也覺得，漂泊就是我的美學，是我生命本體所需要的。漂泊使得人生不會變成一個固定點，而變成一個自由點，就是沒有終點，沒有句號，不斷往前走。這一點《紅樓夢》對我幫助很大，林黛玉的「無立足境，是方乾淨」，成了我的座右銘。漂泊就是無立足境，不想立足下來佔有爭奪，不就乾淨了嗎？

許：我知道您經常隨身帶着《紅樓夢》。

劉：是，我到哪裏去都帶着《紅樓夢》，有時候人家問說你的祖國、你的故鄉在哪裏，我說故鄉在我的書袋裏。有《紅樓夢》陪伴，就不會有蒼涼感。

許：在美國那樣的一個環境中，您會不會覺得缺少呼應？

劉：你說得很對，在美國要找到知音是很難的。真正大量的知音，都是在我們國內，這也是我願意回來看看的原因，希望能夠打開我的書禁，希望我的書能夠讓故國的同胞兄弟看一看，我相信他們能充份理解我所寫的一切。

許：我知道您非常推崇令狐冲這個形象。

劉：我認為令狐冲這個角色，很像現在中國知識分子的角色，處境很像，他是一個真正的大俠，武藝高強，可是他的處境是在一個所謂正教還有一個邪教之間。令狐冲的處境，是中國現代知識分子的處境。所以我希望能給令狐冲三種權利、三項自由，即批評的權利，不依附的自由；沉默的權利，不表態的自由；逍遙的權利，不參與的自由。

許：對，兩大教派都想拉他。

劉：兩個大教派勢不兩立。兩派都不允許他特立獨行，都要他像毛一樣，依附我這張皮。如果你不依附我，我就消滅你。

許：非黑即白，你死我活。

劉：是的，就生活在非黑即白的框架裏。缺少一個甚麼呢，缺少一個讓令狐沖生存的第三空間。

許：這就是您提出的第三空間的概念。

劉：對，我要講第三空間，知識分子生存的第三空間。這一空間應當超越黑與白、正與邪、革命與反動的兩極對抗，有這個第三空間，才有良知的自由。可是從五四運動以後，我們慢慢丟掉了第三空間，統統是兩極對立的。包括魯迅，儘管我很崇拜魯迅，連他都不允許第三空間的存在，他批判「第三種人」，批判周作人，林語堂這些人，他們生活在第三空間之中。第三空間其實是兩極對壘當中的一個自己的園地，但他們不能存在。可是，第三空間一喪失，自由就跟着喪失。

（鳳凰衛視編者旁白） 二零零零年到現在，劉再復一直是香港城市大學中國文化中心的客座教授和名譽教授。在故國文化和自由世界的鵲橋上，劉再復充份享受着香港的生活。

許：第三空間是一個您認為比較理想的境界，是吧？

劉：至少是知識分子心靈可以存放之所，只有生活在第三空間裏，才有良知的自由、表述的自由。

許：走了這麼多地方，讀了這麼多書，不管是文學意義上的書也好，還是讀世界這本大書也好，您找到自己最終的歸宿了嗎？您曾經說過，自己是一個流浪體，一個矛盾體，您覺得去國十五年，您失去了甚麼，又找到了甚麼？

劉：我恐怕永遠不會找到最後的歸宿，所以我才在散文裏不斷定義故鄉，就是說，是處於不斷尋找的過程當中。從世俗的層面上，我好像丟失了很多東西，桂冠、掌聲、權力，都丟失了。但是有一個東西沒有丟失，就是我個人的尊嚴和驕傲，而且我還贏得很多時間來進行精神價值的創造，所以我現在心情很好。

許：從世俗的這個意義上講，您希望回國嗎？您有計劃想要回國嗎？

劉：我生於斯，長於斯，當然希望我最後歸宿到故國的土地上。但作為一個精神上的漂泊者，我永遠都是一個過客，就是到地球上走一遭的過客。到香港來當客座教授，這很合適，是客座，是客人。我以後到大陸去，到我們故國那邊去，希望自己也只是個客人，過客的心態有它的長處，你是個客人，你就沒有那麼多的慾望。

第八題

論八十年代

——答廣州《新週刊》雜誌董薇問

董薇：（以下簡稱「董」）回顧八十年代，中國發生了甚麼？留下了哪些有價值的文化和觀念遺產？

劉再復：（以下簡稱「劉」）二十世紀八十年代是中國急速變化的年代，它發生的事太多，但最重要的是兩件事：第一項是中國全面打開門戶，以新的眼睛與新的姿態面對世界，重新確認自身在地球上的角色。第二項是價值觀念與思維方式發生了巨大變動，形成一個類似「五四」運動的新啟蒙運動。第一項是整個國家的大行為，是當時國家領袖和國家主體（人民）的共同行為，是中華民族多種危機籠罩下的自救行為。我覺得，鄧小平在此巨大的歷史行為中功勳卓著。沒有這一項就沒有第二項，但沒有第二項也未必有第一項，兩者是互動的。關於第二項應當特別說明的是，八十年代的思想變革是在文化大革命剛剛終止後發生的，在此語境下，中國一部份帶有先鋒性質的知識分子，意識到「文化大革命」在政治上結束了，但在心理上、理念上以及思維方式上並沒有結束，因此必須繼續從過去的陰影與牢籠中走出來，同時進行一場包含着建設性因素的文化重構。這些知識分子意識到，過去自己生活在概念之中，或者說，在概念的包圍中迷失並丟失了個性價值創造功能，因此，必須進行反思，質疑一些流行的大範疇（如「全面專政」「鬥爭哲學」等），審視一些固定的大關係（如個體與群體，個人與國家，自由與限定，理性與宗教，慾望的權利與慾望的制衡等等），重新評價一些歷史人物與歷史事件（當然也包括現實人物與現實事件）。今天對八十年代的看法可能還會有不同，但應當承認，它留下一種偉大的文化遺產，這就是中華民族再次閃光的、擁有活力的靈魂。

董：你如何看待自己在那個年代扮演的角色？

劉：在八十年代的變革大潮中，我承認自己是潮流中人，有朋友說我是「弄潮兒」，我也默認。可能是因為自己處於四十歲前後的中青年時代，充滿生命激情，所以也覺得可以開點新的風氣。但我始終都覺得自己只是個思想者，尤其是一個文學思想者。至今，我仍然覺得自己在八十年代盡了一個中國思想者的責任，所做的兩件主要的事也是有意義的。一是通過「文學主體性」的表述，打破以反映論為哲學基點的蘇聯文學理論模式，在理念層面上擴大了文學的內心自由空間，支持了個體經驗語言和個性創造活力；在實踐層面上支持了作家擺脫現實主體的角色羈絆而以藝術主體的身份進入寫作。二是通過「人物性格二重組合原理」和「新方法論」的表述，推動了以雙向思維取代單向思維的變動。所謂單向思維，乃是直線的、獨斷的、非此即彼的、你死我活的方式；所謂雙向思維則是對話的、平等的、妥協的、亦此亦彼的、你活我亦活的方式。這種方式我從性格的「雙向逆反運動」講起，最後又超越文學範圍，揚棄了「鬥爭哲學」。可惜八十年代給我的時間太短，許多表述還沒有完成。例如主體性的表述應有三步：第一步講主體性，強調的是主體解放；第二步應講主體間性，強調主體溝通和主體協調；第三步應講內部主體間性，強調個體生命內部的多重聲音及其對話、變奏與自我觀照。可惜第二、第三步未能充份論述。雙向思維方式是我們這個時代的基調，我還在海外講，但沒有機會在國內講。

董：一九八零年至今，你的價值觀有怎樣的轉變？

劉：二十世紀八十年代至今，我的價值觀有「易」（變）的一面，有「不易」的一面。上述這些在八十年代呼喚過的價值觀念和思維方式，我沒有變易。倘若說有所差別的話，那麼，我可以說，現在我想得比以前更透些、更通些。以文學而言，我更堅信，文學是充份個人化的事業（不是「經國之大業」），是心靈的事業，是生命的事業。文學應當走向生命，不應當走向概念、走向知識。生命語境緊連宇宙語境，生命語境大於歷史語境與家國語境。作家當然應當有技巧文采的修煉，但更根本的是生命的修煉，境界的高低是生命修煉後所抵達的精神層次。主體性的實現是個體生命創造能量的充份放射與精神境界的飛升。

在變易方面明顯的有三點：（一）八十年代我對中國傳統文化的闡釋，其基本點是批判的，現在雖也有所批判（如批判《水滸傳》與《三國演義》的價值觀），但基本點已轉向「開掘」，轉向「發現」。最近五年，我在香港城市大學中國文化中心的講座，從《山海經》一直講到《紅樓夢》，開掘了許多以往未被充份發現的價值資源。今年香港三聯書店將出版我的《紅樓夢悟》，就是開掘的一部份。在海外我和李澤厚先生多次講述「返回古典」，主要的意思是說，「現代」的方向不一定要通向「後現代」，也可以返回到古典的精華處。（二）在八十年代裏，「禪」尚未進入我的生命，現在則進入我的生命並成為我立身行為的一種態度。八十年代我很入世，很「儒家」，現在雖然對社會也有所關懷，但內心卻有一種禪的態度，一種抽離的（對世俗世界）、超越的、審美的、冷靜觀照的態度。換句話說，不像八十年代那樣喜歡做價值的裁判者，而喜歡做觀察者與凝思者，這也許可算是「外儒內禪」吧。二零零二年春，我到新加坡講演時，有人問，你和高行健的區別在哪裏？我說：「我是外儒內禪，他是內禪外也禪，更徹底。」由於禪的進入，我比八十年代冷靜得多，觀察世界採取的是超越的立場、價值中立的立場和中性的眼睛，更自覺地擺脫「非黑即白」的思維框架。今年四月底，我在廣州中山大學中文系講了「從卡夫卡到高行健」之後，還到廣東的韶關南華寺朝拜慧能，這位不立文字的思想天才與其他宗教體系全然不同，他不講「救世」，只講「自救」，這一點從根本上啟迪了我，提高了我，尤其是幫助我打破了八十年代的「啟蒙情結」和「救世情結」，從而獲得更大的內心自由。（三）在八十年代裏，我的價值重心是「學問」和「理念」，現在的價值重心是生命與靈魂。也可以說，八十年代裏我的價值觀是「學問大於生命」，現在則是「生命大於學問」，把生命價值尤其是自由生命價值看得高於一切。儘管也努力作學問，但追求的是學問與生命的連接，從生命的困境中去發現真理。

董：你能否講講你的生活狀況和思想狀況，經歷與故事？

劉：謝謝你們還關心我現在的生活狀況和在海外的心路歷程。不過，這一切我都在《漂流手記》散文系列裏作了敍述了。《漂流手記》已出版了九卷，最近出的兩卷是《滄桑百感》和《面壁沉思錄》。其中有一卷名為《共悟人間》，是和大女兒劍梅的兩地書。劍梅是美國馬里蘭大學副教授，也從事文學。此書較少討論器性（知識），而較多討論根性（性情、品質），在香港很受歡迎，已印了五版。從這本書你們大約也可以看到，我從八十年代那個出發點出發，又走了很遠了。

現在我在美國科羅拉多大學所在的 Boulder 城有一座房子，房子後面有一片草地，很寧靜，無論是讀書還是寫作都有一種沉浸狀態，容易走向精神深處。到香港或其他國家與地區講學，雖然喧鬧些，但我仍然有落基山下這種「面壁（面山）」的姿態，類似象牙塔的姿態，內心與花花世界仍然有一種距離。無論在甚麼地方，我都可以做精神上的雲遊與逍遙遊。

董：八十年代對你現在的影響？如何銜接人生的上下半場？

劉：我早就把人生的上下半場稱作第一人生與第二人生。至今第二人生已展開十六年，許多瞬間，覺得第一人生（即上半場）好像是一場夢。可是，如果不是這場夢，如果不是在八十年代舞台上的角色，就不會導致我的漂流。現在我的人生位置，是歷史的結果，是八十年代的結果。

從世俗社會的角色上說，八十年代我是時代的寵兒、弄潮兒，是中國社科院文學研究所的所長，是全國政協委員和青聯常委。而現在則甚麼都不是，沒有任何世俗的角色，只是一個漂流的學者，一個精神的流浪漢，一個過客，一個充當「客座教授」的過客。生活的基調不是「轟轟烈烈」，而是「安安靜靜」。在許多時間中，我甚至覺得自己不是人際關係中的一個人，即不是「關係中人」，而是自然中人（與大自然的關係重於與人的關係）、自我中人（內在關係大於外在關係），最重要、最基本的行為準則是「山頂獨立，海底自行」。

對於世俗角色的落差，往往會使人產生心理上的不平衡，以致產生心理危機，在危機中又產生痛苦與焦慮，這是難以避免的。在剛出國的頭一兩年，我也常有不平衡，常有孤獨的焦慮，人生的上下半場好像銜接不起來。但是，在讀書與思索中，我沉靜下來了，第一、第二人生逐漸銜接起來了。這裏的關鍵是我終於真正地意識到世俗角色並不重要，重要的是內心角色，是內心那顆真實而自由的靈魂。八十年代最寶貴的效應，是大時代激活了我的內在世界，從根本上打開了我心靈的門窗，而且喚醒了我反思世界與反觀自身的熱情與能力。八十年代我就提倡文學應從外向內轉化，現在正是向內挺進的好機會。於是，我終於和八十年代的思路銜接起來，並且超越八十年代的局限，完全自覺地求諸自己，完全自覺地向內心深處前行。

在節骨眼上，禪宗的核心思想幫了我的忙。禪告訴我：一切取決於自性，一切取決於自救，一切取決於自己的心靈狀態。自性是個無限深廣的神意的深淵，應當努力開掘生命，努力回歸到生命中那些最本真、最本然的原點，努力把握住當下的熱愛形而上思索的生命存在。禪宗思想還幫助我「放下」，幫助我復活那顆質樸的農家子的平常心：平常地對待「成就」，平常地對待「曲折」與「苦難」，當然也平常地對待八十年代自己的那一段「輝煌」。平常之心使自己獲得更有深度的寧靜，也使自己在精神的深海中自行得愈來愈自在。我常與朋友說，只有在內心的最深處才能與偉大的靈魂相逢，才能和荷馬、但丁、莎士比亞、托爾斯泰、陀思妥耶夫斯基、曹雪芹、卡夫卡等偉大靈魂產生精神共振而有所感悟。總之，人生的下半場我丟失了上半場那許許多多外在的耀眼之物，卻留下和發展了一份最重要的內在的東西，這就是八十年代覺醒的人的驕傲和思想者活潑的靈魂。

董：你對現在的生活滿意嗎？

劉：我對現在的生活相當滿意，因為得到大自在，生活前提解決了，沒有後顧之憂，剩下的就是思索。我很高興不僅可以自由表述，還有許多自由時間。

董：你更喜歡八十年代還是現在？

劉：從時代的氛圍說，我更喜歡八十年代，因為我是思想者，喜歡有思想有精神有開拓熱情的歲月；從個人的生活興趣講，我更喜歡現在在海外的隱逸狀態和精神沉浸狀態。

董：自己最滿意的著作？

劉：遠的不說，最近出版的《高行健論》和不久前和林崗合著的《罪與文學》是我的學術思想表達得比較充份的書。散文方面《漂流手記》九卷是我的心靈史，自然也比較滿意。

董：覺得現在的大學生和二十世紀八十年代的大學生有甚麼不同嗎？

劉：八十年代的大學生比較單純，有理想。現在的大學生，就我所接觸到的香港大學生來說，比較偏重物質，比較實用一些。我認為，教育的第一目的，不是培養學生的生存技能和職業技能，而應該是提高人的生命質量、心靈質量，是培養全面的、健康的、優秀的人性。

董：最喜歡讀的書？

劉：我喜歡讀經典著作，包括文學類和哲學類的。經典具有開掘不盡的文化含量，具有多種精神層面，不同歲月會有不同感覺。現在醉心的是莎士比亞和《紅樓夢》。

原載廣州《新週刊》二零零五年八月號

原題目名為《我承認自己是潮流中人》，刊登時編者刪去一些段落

第九題

漂流心態與漂流文學

——答日本《藍・BLUE》雜誌劉燕子問

《藍·BLUE》雜誌編者按：二零零五年五月二十六日，劉再復先生應日本佛教大學和中國文學研究專家、翻譯家吉田富夫教授的邀請，在該校的佛教禮拜堂做了題為《從卡夫卡到高行健》演講報告。當天，中國社會科學院文學所研究員、魯迅研究專家張夢陽教授做了題為《從啟蒙到普世——劉再復文學思想的一條主線》的評議報告，稱劉再復先生為「文學思想家」。

借此珍貴的機會，《藍·BLUE》訪談了去國離鄉十六年的劉再復教授。

關於京都和日本的知識人

劉燕子：（以下簡稱「燕」）您第幾次來京都？印象如何？

劉再復：（以下簡稱「劉」）我這次是第三次來京都。第一次是一九八四年九月，我作為中國青年代表團團長率團來過日本。當時受日本創價學會池田大作先生的邀請，是現在的胡錦濤主席派我們來的。我們參觀了東京、大阪、名古屋、京都和歌山等地。但是這次是作為「團、群體」中的一員，而非「個人」。出發之前有關部門為我準備了七個發言稿，但是我都沒有採用，全是我自己草擬提綱，即興發言。記得當時池田大作說過「中國派了最優秀的青年來了」。

燕：您現在與創價學會還有關係嗎？

劉：有，三年前他們在香港的分會請我去演講，還授予我一個「創價學會文化獎」。我讀過池田大作先生許多著作。

燕：第二次呢？

劉：一九九一年。魯迅誕辰一百一十週年紀念。當時我在芝加哥大學東亞研究中心。日本的伊藤虎丸先生、丸山升先生、尾上兼英先生等在東京大學舉辦一個學術討論會，我在會上作了《魯迅研究的自我反省》學術報告。那次，應興善宏先生的邀請，在京都大學也作了一場學術演講。但是那次很匆忙，對京都印象很模糊。我終生難忘的是，一九九一年那次，伊藤先生和丸山升先生坐了好幾個小時的汽車，撐着雨傘到成田機場去接我。

伊藤先生總是拿着一個筆記本，將我說的話記錄下來，非常謙卑，聽不清的時候，就在筆記本上與我交談，處處讓我感到他的基督心腸。

後來我在海外聽說伊藤先生去世的消息，非常難過，悲慟了好久。我一直想寫一篇紀念伊藤先生的文章。

這次一進入日本土地，我就想起伊藤先生的音容笑貌。今天李冬木先生送給我他翻譯的伊藤先生的《魯迅與日本人——亞洲的近代與「個」的思想》，我如獲至寶，昨晚就連夜讀完。今天，我想借助你們的《藍·BLUE》向伊藤先生在天之靈致敬。

一般來說，我已經去過的國家就不再去了，至今我已經跑了近三十個國家。主要是珍惜生命，珍惜讀書的時間。過去被耽誤的時間太多了，青年時代被「革命」消耗了太多生命。漂流海外，對我來說，是精神生命的自救，是為了贏得自由時間與自由表述。偌大的美國，對我而言，只是一張自由而寧靜的書桌。到國外後，我比在國內更加勤奮和努力，僅《漂流手記》散文系列就出版九卷了。

這次來京都時間上比較充裕一些，我去了高台寺、金閣寺、比睿山，感受很深。京都的氣質，京都的文化，京都的古樸風格，都讓我難忘。它們沒有經歷過戰爭與「革命」的摧毀，真是幸運。我看城市，首先看其是否有靈魂，京都是座有靈魂的城市。

關於今天中國的文學環境

燕：如何看待今天中國的「文學生態環境」？

劉：五六十年來中國的文學環境是很惡劣的，除了八十年代的環境有所改善，而且出現了一個思想活潑的時代之外，其他時間，包括今天，中國的文學環境都不好。以往是政治扼殺文學，現在是市場誘惑文學。中國許多作家正在喪失靈魂的亮光。但是文學是充份個體化、個性化的事業，在任何環境下都會出現傑出的作家。比如莫言、李鋭、殘雪、閻連科等都是很優秀的作家。但是從整體上來説，整個文壇很浮躁，中國文學正處於功名心很重的時代。現在的許多作家，功夫在詩外、在文學之外，熱衷於當省作協主席、市作協主席。他們是「文壇中人」，而非「文學中人」；是「潮流中人」「關係中人」「風氣中人」，而非「文學狀態中人」。

關於中國文學批評家遠離中國大陸文學

燕：您作為中國文學批評家，遠離中國大陸文學，是否很痛苦？您讀得到大陸作家的作品嗎？

劉：現在是個信息時代，不可能遠離文學。我只是遠離中國文壇，並非遠離中國文學。好的作品我還是可以讀到。比如閻連科的小説，我就在美國一本一本地讀，讀後拍案叫絕，他的《受活》您一定看看。我讀了之後，寫了一篇《中國出了一部奇小說》。我向來認為中國現當代文學缺乏想像力，但是閻連科的小說非常有想像力。他的小說不是黑色荒誕，而是紅色荒誕。這部小說無論在構思上，還是在思想、語言、精神內核方面都非常特別，將觀察的事物表現得很徹底，將自己捕捉到的感覺推向極致。這是作家最根本的文本策略。《受活》寫盡了中國當代的國民性，在慾望的刺激之下，個個都生活在幻覺中。閻連科的名字代表着中國當代文學的荒誕意識和陽剛性，沒有任何「娘娘腔」。我把他視為當代中國小說的一種奇觀。

出國之後，我的視野雖然打開了，但對於中國當代文學，卻不像以前在國內時那樣緊跟，有些跟蹤不上了。現在我用許多時間閱讀古典文學。我在香港城市大學開的講座是從《山海經》《道德經》《六祖壇經》一直講到《紅樓夢》。離開了中國，反而有一個特殊的視覺，可以打破大陸文學史的框框。

關於您自己的漂流心路歷程

燕：請您談談您十六年的漂流心路歷程。

劉：開始漂流海外的時候，我害怕孤獨，現在卻覺得自己佔有孤獨，享受孤獨。我覺得自己心態完全變了，此時我甚至覺得自己並非人際關係中的一個人，而是超越人際關係的特立獨行的人，即使在很繁華、很熱鬧的香港，我和許多朋友歡聚，但內心仍然是孤獨的。我的《漂流手記》第九卷，命名為《面壁沉思錄》，這五個字也是我的寫作狀態。不僅把寫作的小房子當作「壁」，而且把大城市、大天地也當作「壁」，獨自面對它沉思，在任何環境下都作精神的逍遙遊。山頂獨立，海底自行，不斷向內心挺進，在內心中與偉大的靈魂相逢。這就是此時此刻的流亡狀態。但是，我仍有社會關懷、社會牽掛，這種關懷也是內心深處的性情，並非政治投入。這是不是可以稱為「外儒內禪」呢？

從一九八九年出國至今我已經出版了十部散文集，還有一些學術著作，不管是文學創作還是學術研究、思想過程，我都得趣其中，寫作本身與思想本身就得到極大滿足，當下就滿足，此時此刻就滿足，不是等到有人認可、有人批准、有人讚揚以後才滿足。今後我還會努力寫作，但也將是更冷靜地寫。十多年來的經歷，我獲得這樣一種認識，寫作當然需要文字的修煉，但更重要的是生命的修煉。王國維所講的「境界」，是生命修煉的結果。人與人的差別，文與文的差別，詩與詩的差別，關鍵是境界的差別。論才氣，李漁未必遜於曹雪芹，但就境界而言，則有霄壤之別。《紅樓夢》的宇宙境界，李漁望塵莫及。我把《紅樓夢》視為文學聖經，在境界上，要日益向它靠近，雖然達不到它的港灣，但要朝着它的方向航行。《紅樓夢》寫的是詩意生命的輓歌，我們也應當有詩意生命的意識。如荷爾德林所言，人，應該詩意地棲居於大地之上。林黛玉在《葬花吟》中所達到的「空寂」境界，賈寶玉在《芙蓉女兒誄》中所達到的超功利的、視女奴為天使的大美境界，永遠是我所追求的。出國之後，我丟掉世俗的一切桂冠、地位，但留下一樣最重要的東西，這就是人的驕傲、人的尊嚴。而在精神層面上，我主動放逐國家（權力意義上的國家），放逐概念（作為語言牢籠的概念和意識形態），從而獲得此時的心靈大自由。

關於「重寫文學史」和「重繪中國文學地圖」

燕：在國內所謂「重寫文學史」和「重繪中國文學地圖」的呼聲下，您覺得應該如何「重寫文學史」

和「重繪中國文學地圖」？

劉：十七八年前我在國內時也參與「重寫文學史」的呼喚。那時的語境是面對二十世紀下半葉的政治教條式的文學史寫作框架，是希望變換一下審美視覺和評論語言。因此，呼喚沒有錯，可惜只有呼喚，沒有成果。至今仍然沒有清新可讀的現代中國小說史與文學史。至於「重繪中國文學地圖」，我就不知道怎麼回事。大約是「精神浮腫病」。人性是脆弱的，中國文人的人性尤其脆弱，寫了點書，就產生幻覺，身心就整個掉入幻覺幻象中，以為自己在重繪地圖。從事文學研究與從事文學創作不同，應該有理性，不應當說大話，不應當無限制地自我膨脹。心理太脆弱，如阿Q心理太自卑，就需要通過自吹、自誇來平衡，這也是可理解的。那些說自己在「重繪中國文學地圖」的自戀者，一般都是井底之蛙，不知天高地厚。梁漱溟先生在一九四二年紀念蔡元培先生的講話中說，蔡先生的成就不是學術，不是事功，而在於開風氣，他一輩子都在開風氣之先，特別是開了「兼容並包，思想自由」的風氣。但我要補充一句，更為難得的是，他「但開風氣不為師」（龔自珍詩句）。有了成績，仍然很卑謙，不自命為導師、大師、祖師爺。

現在的人，熱衷於權力炒作與名聲炒作，立文學山寨，稱王稱霸。像《水滸傳》裏的白衣秀士王倫，本事不大，氣量又小。

燕：作為一個文學批評家如何保持與作家之間的距離？

劉：無疑，批評家與作家應當有距離。擁抱得太緊就會影響到客觀評價。應當盡可能地保持距離，保持文學批評的獨立性。但是一個作家也需要他的知音。劉勰的《文心雕龍》的《知音篇》就談到「知音難求」這個問題。他說作家、評論家生活在同一時代，時間上太近，而人的精神弱點恰恰又是貴遠賤近，貴耳賤目，所以不能充份評價同時代作家。

關於馬悦然教授是否是「文學大師」的問題

燕： 您稱馬悦然教授為「為方塊字鞠躬盡瘁的文學大師」，如何理解？因為一般人認為馬教授是翻譯家、方言研究專家。

劉： 「大師」二字是不可以輕易用的。我反對人們自稱大師，但在內心裏卻要把某些同代人尊為大師。歷來都把陀思妥耶夫斯基稱為文學大師，但很少人會把最先發現陀氏的文學批評家格利羅維奇（《祖國紀事》編輯）稱為大師。我想改變這種觀念，把文學選擇、文學眼光、文學評論看作和創造作品一樣是一種非常艱難的事業。馬悦然從青年時代就獻身中國文學研究事業。他翻譯《水滸傳》和《西遊記》是個巨大工程。不能僅僅視為翻譯，這裏包含多少文學素養，只有內行人才知道。他還翻譯了從魯迅、沈從文到高行健等一千多種現當代中國文學作品，這裏面的閱讀功夫、選擇功夫、語言轉換，非有大師的素養不能完成。馬悦然能在浩如煙海的中國當代文學作品中，選中高行健、李鋭、北島，說明他的眼光不是一般批評家的眼光，是大師的眼光。我的文學理論著作，表述得相當艱深，但他在一九八七、一九八八就發現其價值，在海外，他是很早的一個。我的「大師」標尺，不光衡量作品，還衡量「精神」，衡量「眼光」，衡量「行為」。釋迦牟尼和慧能沒有作品，卻是超級大師。衡量作家也不應只看他出了多少詩集、文集，而應該看他的精神整體、精神總量，看其抵達和突破的難度。

關於宗教信仰

燕：您現在有無宗教信仰？

劉：我覺得任何職業都需要有一種宗教情懷，醫生如果沒有宗教情懷，就不是最好的醫生。有朋友勸我信仰基督教，我曾經半開玩笑說，我不能從「人的主體性」走到「神的主體性」。但我覺得應當學習基督，應當有基督心腸，文學家應當有大慈悲的精神，才會有高遠博大的境界。徹底唯物主義的作家，注定只能是個小作家。王國維發現李後主（李煜）的詞了不起，是因為他有釋迦、基督負荷人間苦難的大情懷。這是了不起的發現。《人間詞話》最卓越之處正是在這裏。我也喜歡禪宗，但我覺得到了六祖慧能的禪已擺脱宗教形態。

二零零五年五月二十七日於日本京都

（此答問錄係劉燕子整理，笠原貞子教授譯為日文發表在《藍．BLUE》雜誌二零零五年第四期）

第十題

重新定義故鄉

以文學放逐國家的人

——答馬來西亞《星洲日報》記者方路問

一九九四年八月，文學理論家劉再復教授從美國第一次抵達吉隆坡，參加由馬來西亞中華大會堂聯合會主辦的《中華文化邁向廿一世紀國際學術研討會》，同時在大會上提呈論文《大陸小說文本中文化觀念的變遷》。

一九八九年離開中國，旅居海外。他在海外期間，開闢了第二人生，面對過諸多困難，尤其在精神上承受巨大的寂寞。但是，儘管處於逆境中，他仍秉持一貫的寬厚，以客座教授在美國許多大學進行學術講座和創作。

這次專訪一九九四年八月七日傍晚在吉隆坡明閣酒店進行，談訪中，他講述離開中國後重新進行思考的經過。

實現作家個人情感本體的價值

方路：（以下簡稱「方」）請您談談這幾年在海外以文學放逐國家的心態和看法。

劉再復：（以下簡稱「劉」）一九九二年我在瑞典斯德哥爾摩大學擔任客座教授時，曾在「國家·

社會·個人」學術討論會上提出「文學對國家的放逐」這一新命題，這也是我在海外的一種創作心態。通過這一命題，我希望自己，也希望中國的作家朋友們能夠具有一種區別於屈原式的「被國家放逐」的消極心態，也區別於捷克作家常講的「自我放逐」的無可奈何心態，而採取一種「放逐國家」的積極心態。

這種心態如何轉化成創作觀念和創作方式，就可以區別現在仍然在台灣、海外流行的「鄉愁」模式，獨創出另一文學境界，我現在正在作這樣的嘗試。我寫作多卷的《漂流手記》，第二卷《遠遊歲月》已出版，第三卷《西尋故鄉》也接近完成，這三卷的創作觀念就是放逐國家、重新尋找精神家園。「文學對國家的放逐」這一命題所以能夠成立，是因為文學乃是最自由的領域，它是國家的非統治區。文學可以對歷史、社會、自然、人生、宇宙萬物作主觀處理，也可以把國家作為主觀處理對象。國家有許多層面，有地理意義上的國家概念，有種族意義上的國家概念，有文化意義上的國家概念，有權力中心意義的國家概念等等，我說的文學對國家的放逐，是指對權力中心的放逐，即作家自覺地把自己放在精神邊緣的位置上以自由態度對待全能的、無所不在的權力中心。

在這一命題中，作家可以把國家作為審視客體而自由處理，可以自由地駕馭國家而不是被國家所駕馭。國家可放在心中也可放在心外，可存在也可不存在，可以擁抱關懷，也可疏離調侃，但都不把國家作為第三選擇，而把實現個人的情感價值作為第三選擇。

我講文學主體性也與此有關，我覺得真正的作家應對文學有一種真誠的熱愛，甚至敬畏，應把全部生命投入其中。對於作家來說，文學立場應是第二立場，它比其他立場包括國家立場都更加重要。文學主體性原則，就是強調作家參與文學藝術活動，應以獨立的人格的藝術主體的身份參與，不應以黨派成員或國家的代表去參與。黨派立場不可作為第一立場。列寧所講的文學的黨性原則是不對的。

文學對國家的放逐也包括對國家意識形態的自由處理。文章可以寫千種、萬種，不拘一格才有奇氣。千萬不可被困死在某種「主義」之中，文學生命所以長久，正因為它的內涵大於「主義」，超越「主義」。沒有「主義」的限制，才有真正的心靈自由，但這不等於作家應放棄人文關懷和價值選擇。具有人格力量的價值選擇和社會關懷，對於作家永遠是必要的。放棄這一點，就會放棄文學的偉大性，墜入玩弄小技巧的陷阱。

方：如何在海外重新發現另一個故鄉的意義？

劉：故鄉有多重的意義，有地理上的故鄉，有文化上的故鄉，有理想上的故鄉，有情感上的故鄉。理想上的故鄉，只存在於超驗世界之中，如《紅樓夢》中的警幻仙境，只是一種超驗世界，文學追求夢，自然也追尋理想中的故鄉。

我在海外重新尋找的故鄉是情感上的故鄉。它主要是以地理上的故鄉為「他者」，即相對於地理上的故鄉而言，也就是說，我的故鄉的意義已不是地圖上那固定化的一個點，也不是那些固定化的符號，如龍、長城等，而是生命的本質、情感的歸宿和精神的家園等等。例如，在四處佈滿黑暗的時候，我突然看見一堆篝火，那光明與溫暖使我向它走去，正如我童年時走向母親的懷抱，這篝火其實就是故鄉。

那些深深愛我、也被我深深愛着的，就是故鄉。《紅樓夢》是我的精神搖籃，莎士比亞的《哈姆雷特》與《奧賽羅》，甚至荷馬的《伊利亞特》，也是我的精神搖籃，這些都是我的根，我的故鄉，我的情感的最後實在。

其實，一些大作家，早就重新定義故鄉，重新尋找故鄉的意義。《紅樓夢》的第一回就惋惜許多人對人生沒有悟透，太執迷於現實的名利地位，「反認他鄉是故鄉」，把人生暫時的寄寓之所誤認為是生命的最後歸宿。因此，拚命地營建自己的黃金世界，到頭來，反而失去生命的價值和意義，也丟失了情感的附麗之所——真正的故鄉。

卡繆的許多作品也重新尋找故鄉的意義，他認為真正的故鄉不在城市的大牆之內，而在大海之中，在大自然之中，在愛情之中。重新界定故鄉的意義，就可能有獨特的藝術發現。

其實，所謂「人生」，只是歷史把我們拋到某一角落，活着只是一個瞬間，只是一刹那。在這一瞬間中，應當盡可能贏得各種豐富的生命體驗和情感體驗，不應把它固定在地理上的一個點和一些符號上，這樣才能擴大生命的內涵和文學的內涵。

從感時憂國到自我超拔

方：李歐梵教授曾說，您的散文創作已從傷感的情緒中自我解脫，並認為您的作品是「煉獄的灰燼」，請您談談自己的體會。

劉：現在我的創作基調和以往確實不一樣，以往憂患意識較強，也有傷感情緒，例如《尋找的悲歌》就是。在一個國家佈滿傷痕的時候，有這種情緒很自然。在文學中，傷感情緒可以表現得很美，現在大陸一些批評家老是嘲弄傷感未必有真知。但我到海外後倒是揚棄一些傷感情緒，而用比較幽默、調侃的態度去面對自己經歷過的黑暗。

面對大黑暗，超越的視角往往比現實的視角更有意思。一九八九年之前，我自己的位置，更多的是現實層面上的一個點，緊緊地擁抱現實，直抒胸臆；一九八九年之後，我從現實點上超拔出來，放大創作的時間與空間，把自己變成無限時空中的一個點，這樣，儘管也寫現實，但是就有了更多的形而上的思索。

我對故鄉的思索，就是擺脱了現實的有限空間，而把故鄉放在無限的時空中來思考，這樣就揚棄了別離故土後一般性的傷感愁怨，而贏得一種情感上的提升，這種情感又容易與人類的情感相通。

心中積澱美好的人性

方：第二生命來臨時，心理上的黑暗面，所面對的困擾如何調適？

劉：在「文化大革命」中，陷入巨大的精神痛苦，我的同一代人，都有親身的體驗。一些評論者都説我在作品中時常呈現出一種懺悔意識，與其他人不一樣。為甚麼不一樣？大概是從小太愛讀書了，在這裏我也要特別感激陳嘉庚先生辦學的精神，特別是他女婿辦的國光中學，當時學校圖書館書籍甚多，包括莎士比亞、雨果、巴爾扎克、狄更斯、陀思妥耶夫斯基、托爾斯泰等，一進圖書館便激動起來，最後看到感動了圖書館的管理老師，每年寒暑假時便把鑰匙交給我，一個人管理起書來，就在書堆裏拚命讀。

這些書在心中積澱了美好的東西，對人性有美好的影響，對階級鬥爭和嚴酷的階級專政不能接受。現在想起來，覺得自己在心靈深處從來也沒有接受過批鬥會，每一次一兩小時的批鬥會感覺是那麼久。

「文化大革命」時很困惑，而打倒「四人幫」後，心中真高興。那時我曾說過：「自我懂事以來，沒有甚麼比我們的國家發生像打倒「四人幫」事件，使我高興得那麼久、這麼真誠……」

打倒「四人幫」之後，中國大陸在八十年代經歷了一次很有意義的人性再造時期。講主體性就是講人性的再造。可惜這個時期太短。

後來，出境到了美國，又面對困擾。過去對西方社會了解不深，也沒有做好心理準備，離開故土時，像連根拔起完全漂浮起來，像生活在海裏，有窒息的感覺。這是第二人生的開始，很像第一人生，剪斷和母親相連的臍帶，感到深深的痛苦，重新學走路、學說話，很不容易；經過幾次體驗後，對世界和人生的認識就比較完整了。

馬來西亞共生文化現象異於世界各國

方：首次前來馬來西亞，比較具體的印象是甚麼？在此地，中文創作會達到怎樣的程度？

劉：在馬來西亞的時間短促，未有太多具體的印象。但有一點感覺，是馬來西亞的人情比較淳樸。我喜歡這種淳樸。

馬來西亞的土地可以生長出好性情，自然也可以生長出好的文學。任何環境都可以創作出優秀作品，關鍵不在環境，而在自己。馬來西亞有特殊的資源、特殊的社會現象和文化現象，作家可以體驗到別人土地上體驗不到的生命現象與社會現象。

在這裏幾天，聽到討論馬來西亞「人」的問題、歸宿問題、文化主體性問題等，聽了之後覺得很有意思。馬來西亞有這樣多元的文化和思想：有儒家文化、伊斯蘭教文化，也有基督教文化，形成共生結構。在共生結構中雖然有衝突，但衝突當中還有人的感情，這便可以表現出特殊的經驗，完全不同於美國、中國或其他地區。有心、有才華的作家，自然可把這些特殊的現象、別人沒有的東西表現出來。

方：在這樣的環境下，如何發揮創作及如何建設人文關懷？

劉：作家可以進行各種各樣的創作方式，像現在中國大陸年輕作家都很有才華，他們寫的方式很特別，比如他們可以把人解構，把歷史解構，把意義解構，通過解構的策略，就走出自己的路。但成為作家後，不要滿足，要有抱負，不能老是當小作家，也因此要有更深厚的人文關懷。這種關懷，最重要的是要敢於寫出獨特的生存困境和心靈困境，並對這種困境進行哲學思考。卡繆説過，一個偉大的作家，他必須也是一個偉大的哲學家。哲學家對人生、宇宙、社會、大自然等，都有一種特別的思考。

方：請您談談語言在文學作品中的重要性。

劉：語言在文學作品中的重要性是無可爭議的。文學本身就是語言的藝術，語言的現象。文學水平的高低首先是語言表述水平的高低，作家天生就對語言、對表述方式有一種特別的敏感，一個作家的成功，一定要找到一種特別的、真正屬於自己的表述方式。忽視特別的語言方式，以為創作就是講講故事，敍敍見聞，那就錯了。但是，語言不是文學的一切，文學除了語言表述之外，還有作品所涵蓋的歷史內涵、社會內涵、生命內涵、精神內涵、美學內涵，等等，這種內涵如果極其貧乏，語言技巧再好也不能成為真正的好作品。現在西方流行的拉康、德里達的文學理論，把語言、能指強調到唯一重要的地位，把語言視為文學的唯一本體，這是片面的；而中國大陸的一些文學批評者盲目地跟着跑，把語言、能指說成是文學的一切。最近幾年，這種思潮很盛，並影響了文學創作。在這種思潮影響下，作家更重視寫作技巧，語言意識更強，作品更加精緻，這是好的。但是另一方面，也使作家逐步失了具有人格力量的價值選擇和社會關懷，丟失了歷史深度，滿足於小技巧、小策略、小成就，這也是令人失望的。

中國作家對人性刻劃深度不夠

方：基本上，東方和西方文學作品中的精神面貌有所不同，西方以基督為主，東方則沒有這方面明顯的宗教依據，在文學創作中會出現哪些差異？

劉：我不是研究宗教的，沒有系統知識，但從創作上來說，必須有所了解才好。東方的儒家文化和西方的基督文化，的確是不一樣的，我們盡可能吸收這些長處。基督教精神講究人類的「原罪」，原罪是形而上的假設，即人生來就有罪，因為脫離了上帝，注定是有罪的。在這種宗教文化裏，人跟神絕對不一樣，你可以接近神，但永遠達不到神的地步。這有一點好處，即可正視自己的有限性，正視自己的黑暗面，正視人性的弱點，這對作家來說是很有幫助的。西方十九、二十世紀作家比中國作家對人性的認識要深刻。他們挺進到人性更深的地方，西方作家得益於兩樣東西：其一是基督教精神的原罪意識，有這種意識，思索社會人生可增加一個精神層面；其二是弗洛伊德的心理學，發現潛意識，對創作有很大的啟示。

中國作家對人性刻劃的深度不夠，不能把人性的豐富及複雜表現出來，太表面化，文學最怕就是把人理解得太簡單，一簡單，作品就失敗了。

作家的信仰

方：在文學中追求人性的深刻，是否一定要通過一個神或宗教作為途徑？

劉：不一定。許多無神論者對人性的認識也深刻，也成為偉大的作家。人性非常複雜，它不是信仰、信念可以把握的。文學創作本身也是很難把握的，作家創作出一部傑出的作品，也不是可以明確地說出原因的，如果能說出原因，就未必傑出。一個作家，他創作出一部偉大的作品，未必有把握創作出第二部，即使寫出來了，也未必有把握達到自己期待的水平。有宗教信仰的作家，也不能把文學作為信仰的圖解。

但也有一些作家，通過對宗教的體驗，達到對人性更深的認識，例如俄國的偉大作家陀思妥耶夫斯基，他所以能夠看到許多被污辱、被歧視的心靈中純潔的光輝，硬是開掘出罪惡掩蓋下的善良，顯然是宗教意識幫助了他。總之，追求人性的深刻有許多途徑，這要尊重作家自己的選擇。

重寫中國文學史的意義

方：談談最近在海外的創作和思考。

劉：我在海外一面進行散文創作，一面進行學術研究，一會兒動感情，一會兒很理性，兩項同時做，有點辛苦。至今為止，我已寫出三百篇漂流手記，分三卷出版，第三卷《西尋故鄉》還在潤飾中，如果在海外的漂流生活未能結束，我還將不斷寫下去。

我的這些散文記錄了我和我的同一代人的期待、追求、幻滅，記錄了我在西方世界的一些感受。李歐梵教授説它是我的心靈自傳，這是很準確的説法。雖是我的心靈自傳，但也是時代的鏡子，我還相信，它是一部心靈專政的輓歌，重新尋找生命意義的變奏曲。

在學術研究上，我側重於文學理論的重構和文學史的重評。大陸流行的文學理論是從蘇聯搬進來的，以反映論為基點的構架，我一直在對它進行批評和解構，與此同時，我嘗試建構以主體論為基點的理論框架，因此，到海外後又寫了《再論文學主體性》等論文。

另一方面，我對二十世紀的中國文學史進行了一些新的闡釋。大陸已出版的文學史書，對革命作家、左翼作家只有謳歌而缺少批評，文學史書出版了不少，但大同小異，新的史實不多。我着意從批評革命文學系統入手，為大陸重寫文學史探索一點新的路子，已發表的《中國現代文學的政治式寫作》、《魯迅研究的自我反省》、《中國廣義革命文學的終結》等都屬於這種思考。

重寫文學史的意義很大，它將拋棄四十多年來大陸文學史寫作的黨派色彩和意識形態色彩，改變歷史寫作成為階級鬥爭工具的命運，使文學研究真正進入人文科學的軌道。

原載馬來西亞《星洲日報》一九九五年五月十九日

燈火一點明，黑暗就消失了

——與新加坡《圓切線》雜誌柯思仁等的對談

日　期：二零零一年二月九日

地　點：新加坡

出席者：劉再復、吳新慧、孫傳烽、柯思仁、黃浩威、陳慧蓮、林興利

二零零一年二月，中國當代重要學者、思想家劉再復教授，在新加坡實踐表演藝術學院的邀請下，專程到新加坡為「實踐藝術與文化講座」發表專題演講。《圓切線》趁劉教授訪新之便，安排了一場對話會。討論以比較自由的方式進行，在此，我們將對話的內容整理刊登。記錄中劉教授的發言，是經過他親自仔細審閱校訂的。

知識分子是「夾縫人」

陳慧蓮：劉先生提出的「文學對國家的放逐」，有三個很有意思的東西，就是「被國家放逐」、「自我放逐」和「放逐國家」。想從這裏開始談，也請你談一談「夾縫人」的概念。

劉再復：在討論邊緣人的時候，我不太喜歡沿用人家使用過的概念；而且我談別人的時候，也總是要談自己。你談了二十五種人，那你自己是甚麼人？我總是要自我界定一下，就說自己是「夾縫人」。在夾縫裏求生，它有很多意義。許多知識分子其實都是「夾縫人」，比如說，在東方和西方文化的「夾縫」中生存，這是一種意義。在政府與政府反對派之間的「夾縫」中生存，又是一種意義。在政府與反政府、革命與反革命的兩極對立中，知識分子一般都採取中立的立場，用中性的眼睛看一切。知識分子應該有一種價值中立的立場，超越黨派的立場。我現在期待、尋求、爭取的是把「夾縫」變成「第三空間」，即超越於兩極對立的知識分子的廣闊個人空間。這是一個需要探討的大問題，以後再說。

「放逐國家」的觀念與此有關。以往的漂流文學有兩個大模式：第一種是被國家所放逐，寫放逐後的哀傷、牢騷、苦悶，便產生《離騷》。屈原是這個模式，他獲得成功。現在台灣的一些詩人、作家，他們講永恆的鄉愁，仍然是這個模式。第二個模式是自我放逐。像周作人，他寫一本書，叫《自己的園地》，那是一種自我放逐。我自己設立一個園地，跟社會、跟政府都保持距離。像過去那些隱逸山林、放任山水的竹林七賢、竹溪六逸，當逍遙派，就是自我放逐。像捷克的哈維爾，他們那一批人也曾自我放逐。

我進一步提出第三個模式，就是「放逐國家」。放逐國家是甚麼意思呢？就是更積極、更主動的自由。自我放逐迴避國家，多少還有點消極；「放逐國家」與作為中心權力的國家觀念保持距離，但不迴避國家。它從主體出發，把國家作為一個客體重新定義，把國家作為可以自由駕馭的對象，這就是更積極的態度。真正用文學的話語代替國家的話語，而且不是一般的文學話語，而是小說家、戲劇家、詩人本體的話語，真正屬於我的本體的話語，所謂本體就是根本。只有充份地使用文學的本體語言，才能擺脫國家語言、黨派語言的控制。近代以來，從梁啟超開始，把新小說看成是新國家、新社會的槓桿。這個觀點影響太大了，「五四」運動的時候，開始了「為自我而藝術、為藝術而藝術」，但很快地就回到梁啟超的觀點上來。我們常說文學為政治服務，其實在大思路上跟梁啟超沒有甚麼太大的區別。我想經過了將近一百年，現在不要再把文學看成救社會、救國家的工具了。不要考慮這些，而要真正放下，要主動地、鮮明地把它放逐掉，而不光是迴避。

「放逐國家」的文學立場

劉再復：真正守持文學立場是很難的。文學立場是很不容易的啊！特別是徹底的文學立場。徹底的文學立場和國家立場沒有關係，跟政治立場沒有關係，甚至跟社會立場也沒甚麼關係。中國現代作家裏面，像魯迅這樣一個非常獨立的知識分子，有時候他還說得搞點遵命文學，遵所謂革命先驅者的命。連他都難徹底，更何況別人。像張愛玲，她開始成功，在一九四三年異軍突起。為甚麼成功呢？她是把左翼的潮流、時髦的社會潮流，從自己生命中拋出去。可是一九五三年到了香港，卻寫了《赤地之戀》，自己又去擁抱政治潮流。那是謀生需要，我們可以理解她，但實際上她是放棄了文學立場。可見堅持文學立場不是那麼容易的。堅持文學立場，堅持充份個人化的寫作立場是很難的。個人化寫作立場表明不再受制於任何集體意志、大眾意志、社會意志、國家意志，真正回到個人化的作家立場，這種立場正是放逐國家，甚至說是放逐社會。

陳慧蓮：我覺得個人對文學的重視很大程度上是對革命、對那段歷史的拒絕，可是現在的語境也改變了吧，所以現在出現的情況也不太一樣。現在的問題是開放之後面對的新狀況。我看你跟李澤厚兩個人的討論，說現在中國需要進入現代化，我在想「五四」運動的時候也是，我們都是處在後知的狀態看現代化。如果到了今天，過了一百年，如果我們還是拒絕解構，拒絕去看這個東西以後可能會發展成的樣子，然後找出新的可能性的話，是不是會有問題？

黃浩威：或許我可以補充一下，革命已經死亡了，左派已經死亡了，相對於當時，有所謂左右的學派或意識形態，在今天這個全球化的時代當中，這種自我膨脹或以個人作為一種美學觀念，是否會成為像以前的那種話語策略？還有一個問題就是，如果看張愛玲，她那個時候有一個語境，因為當時在中國大陸當時的左派和香港的另一種政治意識之間，她有所選擇。到了今天，我們的社會很多東西已經沒落了，已經無從選擇。那麼語境就不一樣了，那麼「放逐國家」是不是還得重新商榷？

二十一世紀：文明與文化的衝突

劉再復：「放逐國家」是我在一九九三年提出的。提出任何一個命題，都有它歷史的具體性和歷史的針對性。我當時是在普遍被國家陰影籠罩下的歷史場合、歷史語境下提出「放逐國家」的，這對中國的作家還是有意義的——當然現在又有一些新的變化。比如這次高行健得獎，實際上又有另外一個問題了——文學正在面臨另一種壓迫，即市場極權的壓迫。整個地球正向物質利益傾斜，人類靈魂向慾望傾斜，可以說是全球性的一種精神沉淪。這種歷史狀態也可表述為：文明在發展，文化在萎縮。斯賓格勒

（Oswald Spengler）把文明和文化的概念分開。文化是culture、文明是civilization，文明是器世界和物世界，文化是情世界和心世界，是不一樣的。如果說二十世紀的問題是現代化與反現代化的鬥爭，也就是文明和野蠻的鬥爭，那麼二十一世紀就不是這個問題了。二十一世紀是情世界和物世界的衝突，是文明與文化的衝突，而不再是文明與野蠻的衝突。

所以，怎樣保存文化，變成一個大問題了。這是全球性問題，不是國家問題。將來放逐慾望的問題比放逐國家的問題還重要。另外，在「放逐國家」時，我當然要強化自我主體。但是這個自我，也需要抑制。高行健對自我的理解，跟過去的人道主義完全不同，過去人道主義肯定人的長處，這沒錯，但它缺少對自我的質疑、對人的質疑。高行健則非常清醒地看到人的弱點，人的脆弱和有限性，不斷對自我質疑，所以他一直批判尼采，從對尼采的質疑開始，反省二十一世紀的哲學和藝術革命。尼采宣佈上帝死亡以後，他創造了另外一個自我的上帝，自以為自己是超人，是造物主，就發瘋了。高行健說最難逃脫的地獄是自我的地獄。薩特的命題是他人是自我的地獄，他的命題是自我是自我的地獄。這是最難逃脫的地獄，你到天涯海角都逃脫不了。現在看到，把膨脹的自我放逐出去，是一個比放逐國家更嚴重、更關鍵的問題。高行健的冷文學，寫作時的冷靜態度和節制，正是他放逐自我的成功。

而且現代化的潮流這麼厲害，一切都商品化，人變成廣告的奴隸。而科學技術的發展，又把人當成電腦的附件，電腦發展到極致，人就只能聽從電腦程序的命令，康德所說的那種內心的命令就被遺忘了。發展下去是聽程序的命令而不是聽到內心的命令。再加上對生態的破壞這些問題，這些潮流真是很難抗拒的，霸氣十足、排山倒海壓過來，怎麼辦？在這種情況下，我們怎麼尋找人類生存的意義，是個很大的問題。

不過，對於全球化的潮流，我不持簡單的反對態度。不能情緒化地批判資本主義，資本主義還是比專制主義好，資本主義導致民主制度，所以不是那麼簡單地批判。但是資本主義確實也有很大的禍害：它甚麼都消費，一切都成了它的消費對象。大自然是它消費的對象，人類是它消費的對象，文化是它消費的對象。美國過去是消費歐洲，現在消費亞洲、消費南美。不得了啊，破壞力很大，這時候你怎麼保存人的尊嚴與價值？

高行健他有一個很重要的哲學觀念，就是說，在難以抗拒的潮流下，我就注重此時此刻，注重當下。此時此刻我在思想、我在表述，這就是我的價值。而且這個此時此刻不是我們今天的此時此刻，而是延續性的此時此刻，是永恆的此時此刻。這一點我們很相通。我為甚麼老是談瞬間哲學？瞬間與永恆這對範疇非常重要，是非常深刻的東西。日本的美學觀，這點也是關鍵。櫻花是瞬間的東西，武士道是瞬間的東西。人生千辛萬苦，為甚麼我們還熱愛人生？像你們很不錯，又是大學畢業生，又是深造，日子過得很好。而社會底層的人，他們的生活很苦，為甚麼還熱愛人生，為甚麼不去自殺？就是因為他們還有美好的瞬間。瞬間支撐最沉重的人生，就像黑暗之中的亮點。這種此時此刻的瞬間哲學使得你在政治的壓力底下，意識形態的壓力底下，市場的壓力底下，不會絕望，不會走向頹廢，也不會走向十九世紀的那種享樂主義，是一種相當有效的哲學，不是空頭哲學。

黃浩威：您說資本主義至少不導致專政，但在新加坡的語境中，我們的政治體制恰好就是個資本主義專政的情況。而且如果把新加坡的情況放在全球化的情境中來看，如果資本主義那種物慾氾濫、排山倒海無可抗拒的浪潮，結合專政的、一黨的體制，有沒有可能有自我調節的方式？

劉再復：我是從一般性的情況來看，資本主義社會是多元社會，不是專制社會。一般地說，平等的自由競爭，是不會導致專制化的。我對新加坡實在不熟悉，新加坡當然很值得研究，是世界上很特殊的一種現象。但是從整個世界這兩個世紀發展的情況來看呢，資本主義它不是導致專制制度，而是導致民主制度。為甚麼？因為資本主義承認私有財產，每一個人都有個人財產的前提，這就使專制缺少經濟基礎。世界的各種專制都是建立在非個人的基礎上，或者說，是建立在虛幻的社會正義、群眾利益、人民利益等虛幻的概念上。

資本主義、社會主義都應是多元的，多種模式同時存在，同時實驗，不要企圖用一種模式去統一其他模式。每個國家的國情不同，選擇某種制度之後還有個文化問題。有的國家早已實行民主制度，但也沒有把國家搞好，因為有文化問題，國民性問題，所以要實驗，要尊重每個國家的國情和選擇。從二十世紀的情況看，美國是世界唯一的一個把社會的設計建立在充份發揮個人潛能的基礎上，而獲得成功的國家。這個世紀三大思潮的試驗，一個是古典資本主義，以美國為代表；一個是半資本主義半社會主義，以歐洲為代表；還有一個是共產主義。我到瑞典去了一年，它很特別，是私有制國家，但社會主義色彩很濃。他們跟共產主義不一樣、跟美國不一樣，它是另一種模式。像美國現在的社會，現在看起來非常有活力。但社會中無數極為複雜的問題並不是靠某種大主義可解決的。治理這種社會最難的是如何去均衡各種不同利益集團的利益，如何去平衡制衡不同的慾望。

黃浩威：您說得沒錯，中國的言論自由比新加坡的言論自由還開放。

劉再復：現在很多人即使不靠政府的工資，也可以找到出路。將來國企慢慢進一步改革，會有很大的改變。中國面臨着很多大問題。

資本主義造成貧富懸殊，民主是否可期？

黃浩威：我個人覺得我們還可以從更廣泛的角度，即世界的大格局來繼續探討美國的政治制度問題。美國社會的多元，使得每個人能充份發展潛能，可是如果把它放在全球化的情境當中，它的成功是建立在其他人被剝削的情況底下。很多時候，資本主義的存在或合法性是建立在犧牲他者的利益，犧牲第三世界的利益之上的。就這一點來說，我認為美國是專制的。而且如果我們提到資本主義會導致民主，從學理上來理解，民主的形成也需要一定的中產階層。而現在世界最迫切的問題，在於資源分配的失衡——貧富愈來愈懸殊，這個問題新加坡也慢慢隨着科技發達而在發生。因為科技的發展導致人愈來愈專業的時候，下面的人——缺乏適應社會科技需求的人一直往下沉，而上面的則往上升，中國也讓我感覺到這點。如果貧富懸殊的問題沒有辦法解決，我們怎麼能看到民主的構成呢？而且，現在有很多惡性循環，貧富懸殊是一個。還有像教育、經濟文化等都糾結在一起，所以我對於民主的形成，在短期內，並不是很樂觀。

劉再復：你這個疑慮我明白。你們是非常好的知識分子，都非常關懷社會、人民的生存狀態。我的心情和你們是一樣的。說實在的，我同樣很關懷社會底層。像陳映真先生，儘管他很多觀念和我不一樣，但他曾辦一個底層雜誌，關心民瘼，可惜沒有人願意資助他，現在垮掉了，這很可惜。有錢的人也不願意支持這樣一個底層雜誌。像香港真的是像但丁《神曲》裏面所寫的：天堂、地獄、人間，三界都有。香港有富得不得了的；窮的，他們一間房子住多少人？在我們的人世間真的是沒甚麼理想國。民主制度，我們不能說它就是好，只是說它在與專制相比下，好一些，強一點，而不是說就是理想制度。

作為一個詩人、作家，考慮問題無法太理性，他們只關注民間疾苦，只關注社會正義，顧不了別的。這是可以的。但作為一個理性的考慮，社會的人文學者，就不能僅僅顧及社會公平，還得考慮社會發展。李澤厚教授提出歷史發展乃是倫理主義與歷史主義的二律背反，就是說，歷史的發展常常必須以惡為槓桿，必須讓慾望這個魔鬼起作用，但這個魔鬼一放出來，就貧富懸殊，不公平。貧富懸殊這個問題非常複雜，我們不好用道德判斷。你們剛才說一些東西不符合社會正義，是不公平的，帶有一種倫理的、道德的判斷。但是你們是否考慮到《共產黨宣言》發表以後，全世界多少知識分子，包括我們自己，都同情社會主義、共產主義。為甚麼同情？因為它是反壓迫的，有道德感。但歷史的經驗告訴我：考慮社會問題不能只憑善良的願望，只憑道德感。

我到過俄國兩次，一九九二年、一九九三年去的——這個革命大帝國已經七十多年了，它垮台的時候，沒有人起來保衛它，全都認為它應該垮。沙皇垮掉的時候有一個資產階級的政權執政，革命者們稱它為「白匪」，可是那麼多人保衛它，白軍和紅軍打仗打了好幾年啊。可是這次蘇聯垮的時候呢，沒有人起來保衛，大家都覺得它應該垮。為甚麼呢？從將軍到士兵，從總統到貧民，全都覺得日子過不下去了，必須換個存在的方式。我到拉脫維亞的里加大學，問一個教授，我說：「你們是不是贊成這樣的變動？」他說：「Of course，當然，不用問的。你知道嗎？我們每天用四個小時去排隊買麵包，而且我們一點說話的自由都沒有。」社會主義蘇聯，搞計劃經濟，大講社會公平，大反貧富懸殊，最後社會失去動力，大家都一律貧窮。

五十到七十年代的中國也貧窮，沒飯吃。鄧小平改革一下就好起來了。鄧小平比我們現在一些整天講社會正義的人高明。他腦子真的比較活，他重新定義社會主義，說社會主義就是發展生產力，他在深圳講話很漂亮，他對社會主義重新定義，把堅固的教條瓦解了，他主張讓一部份人先富起來。深圳很多女工、童工，工資那麼低，沒有社會保險，你們充滿同情心，我也是這樣子。但是你想想，現在和階級鬥爭的時代、和毛澤東時代比起來，是不是好得多了？那個時候像我這樣一個大學生，五六十塊工資要養一家人，那真是太苦了。我早晨在社會科學院就時常吃油條，本來至少吃兩條才能飽，像你們這樣恐怕要吃三四條才能飽，我只能吃一條啊（笑），現在總的來說還是好得多。作點宏觀比較，要吸收歷史經驗，為甚麼從道德主義、社會正義等那麼感人的學說出發，會導致專制主義，會導致沒飯吃？這是個大問題。

制度中允許有甚麼選擇？

黃浩威：現在有許多發達的資本主義國家，它們需要廉價的勞工，就連美國這個所謂民主、重視人權的國家也不例外。我從報章看到在美國的某個島嶼吧，有很多女工從越南偷渡過去成為廉價勞工，她們餓着肚子，被囚禁在窄小的工作坊，也就是所謂的「sweatshop」，還被鞭打，長時間不停地工作。我覺得倒不是道德感或正義感的問題，簡單地來說，只是推己及人的問題，如果我不想你那樣對我的話，我為甚麼要這樣對你？

劉再復：在這裏，我想提一提自己看到的一部丹麥電影，以說明人的權利平等，即便是在最發達的民主社會主義國家，都不一定能做到十全十美。這是一部批判性很深刻的短片，說一個白人A到酒吧堅持喝墨西哥產的啤酒，酒保就笑他不識趣，應該喝Carlsberg——Carlsberg是歐洲的啤酒。A覺得他自己的選擇是一種維護弱者的姿態——保護第三世界的利益。A又突然想起剛好那天就是投票日，於是很有正義感的他，因為排斥種族歧視，就說要趕到投票中心去投票，為那些被壓迫的少數民族爭取權利。於是，他就跑到街上去搭計程車。一上車，那個白人的士司機就開始罵在丹麥的阿拉伯人又髒又臭。A就很受不了，但在這個民主國家，你有說話的權利，你說你的，我不管你。但他終於還是忍受不了了，於是就下車再叫了另一輛車，開車的是個印度人，那個印度人就開始臭罵日本人，他罵日本人虛偽，開的壽司店賣的東西又髒又臭，喜歡欺詐人，結果A又受不了了，又下車，好不容易自己跑到了投票中心，管理的是個黑人女性，她正要關門。A說要投票，那個女的以很堅持的語氣說：「對不起，投票中心已經關門了，不能讓你投票。」A說：「為甚麼啊，我這是為了你們黑人的利益而投票的啊。」那個女的聽了後，露出被侮辱的神色，氣得眼淚直流：「你憑甚麼啊？」剛好，她的同事，一位白人男性走過來了，她馬上請他處理A，因為她被A侮辱了。那個男的真的要動手。A和他分辯又無濟於事，於是覺得此地不宜久留，趕緊跑到大街上。這次的的士司機又是另一個有種族歧視的，更少不了一路上謾罵了。這次，A在整個車程都很安靜，沒有對的士司機表示抗議，他回到了同樣的那間酒吧，然後一坐下的第一句話，便是：「給我來一瓶Carlsberg。」

我覺得這部短片，不僅是反映人與人在體制中的權力關係是千絲萬縷——很複雜的，你是被壓迫者，同時也可能是壓迫者，還表現出在一個所謂政治制度發達的國家，人與人之間、族群之間的平等權利是很難的一件事。但回到制度對於人的權利保障，我仍然覺得個人的選擇權利是很重要的。問題不在於哪個體制更好，而是在一個社會我們有多少選擇，我們可尊重你的選擇。我不侵犯你、你不侵犯我，你有你說話的權利，在這種情況底下，資本主義也好，社會主義也好，是一個經濟、政治權力如何得到分配的問題，其實自古以來這就是個資源怎麼分配的問題，政治籌碼、文化資本怎麼被分配的問題。我覺得一個正常的社會，你可以有大文化、小文化、知識分子的文化，各自都應該得到權利，管它是甚麼體制。對我來說是這個樣子。

非關道德：知識分子的經濟功能

劉再復：你後面這半段我同意，前面那半段我不太贊成，你後面這半段，說分配是個大難題，這可能擊中要害。我們不是道德審判者，也不是體制裁判者，我剛說的也不是說資本主義就是好。只是說，整個世界這一兩百年的歷史現象，資本主義的發展導致了民主。但是發展到今天，焦點是在個人利益的分配，怎樣均衡、怎樣調節，怎樣發揮效率又盡可能減少不公平等等，都非常複雜，這是超乎意識形態的，很難「根本解決」。比如說，美國的民主黨和共和黨之爭，就集中到非常具體的幾個問題，如減稅、social security，很具體的。做得好，大家就擁護你，做得不好，就擁護別人，跟意識形態沒甚麼關係。

這種社會裏面的知識分子，不是要你扮演道德裁判者，而是要你怎麼做一個設計利益怎樣均衡、具體想出一些辦法的人，這更為重要。十八世紀以來歐洲知識分子考慮的重心是：現代社會發展成一個有動力的社會之後又該如何變成有序的社會。有動力的社會現在中國已經實現了，因為人的慾望已經釋放出來了，大家可以競爭。我們中國原來沒有動力。慾望是個動力，人的慾望才是動力。鄧小平的功勞是把慾望釋放出來，把潘多拉的盒子打開，把「魔鬼」放出來了，讓中國成為一個有動力的社會，所以現在發展得很快。但魔鬼放出來了以後出現了另一個問題：這個社會怎麼變成有序的社會？這是更難的課題。比如說我的家鄉福建廈門出現「遠華」案，很驚人。用「文化大革命」的語言就是不能「揭蓋子」，一揭一片黑，到處都是貪污。這個問題怎麼解決呢？十八世紀的歐洲知識分子動破腦筋，認為不能把魔鬼放回潘多拉的魔盒，不能夠壓抑慾望，也不能夠消滅慾望，那怎麼辦呢？他們研究出一個具體的辦法來，這裏可以說它是一個思想，但很難說是意識形態的。他們認為應該用慾望對抗慾望。這不得了啊，有了這個哲學基點，甚麼都好了，三權分立從這個基點上產生出來了。不同的黨派競爭，多黨制，這都是對慾望的制衡，不同黨派代表不同的慾望互相抑制，這是政治層面。經濟層面如嚴格的稅收制度、反壟斷法，都是慾望對抗慾望。現在美國的電話公司，本來是一個公司AT & T壟斷，現在按照反壟斷法，結果一家公司分成了三家公司，互相制約。文化上呢，新聞自由、言論自由，這牽涉到民間道德監督系統。美國的三大電視台，它們互相對抗，還有多少報紙可以互相監督，這些都是制衡魔鬼的辦法。精神層面也有制衡，這就是宗教情操。美國儘管人慾橫流，但它的社會很有秩序，就靠完善的法律系統、民間道德監督系統、宗教情操等制衡形式。這是知識分子真正要做的事情。

柯思仁：你剛才講的那種情況，知識分子是以這種非常介入的姿態來參與社會的改變，那這種心理狀態，參與的外在狀態，其實也像你剛才所說，西方的社會是有這樣的情況在發生。其實在五四時代的一大批知識分子也同樣是在參與整個社會的變化。當然八十年代以後，中國也是這樣。這種參與的態度是非常積極、非常介入式的。

另一個情況是，整個世界的變化不管是哪裏，資本主義也好、共產主義也好，在今天所呈現的一種時間跟空間非常壓縮的狀態底下，不管任何制度，它在形成一個體制之後，這個體制一直不斷的膨脹。現在看起來，無論是哪一個體制，膨脹到一個程度，人根本是沒有辦法從這個體制中逃離的，所以這個夾縫的狀態幾乎是不可能存在的。當然這個夾縫的狀態在這樣一個體制膨脹的趨勢底下，又跟前面我所說的知識分子應該有參與的態度是有一個很大的矛盾。那我們要怎樣解決這個問題呢？解決這個問題只有一個辦法，那就是放逐國家，又回到我們一開始所說的。但是在這種狀態底下，整個世界發展的情況底下，放逐國家變成是個特權。不是每個人都有這樣的權利與機會。它一方面展現一種知識分子的良知；另一方面，它其實也是跟我們認為知識分子應該有的方向背道而馳。你怎麼看這中間的矛盾？

知識分子的狀態：不參與式的思考

劉再復：放逐國家，不參與社會，知識分子應當有這種權利與自由。中國古代知識分子就有放任山水、隱逸山林的自由。二十世紀三十年代後，左翼文學興起，開始批判「隱士」；「文化大革命」中批判逍遙派，知識分子便失去逍遙的權利、隱逸的權利。現在應當重新尊重隱逸的權利、不參與社會的權利。前三年，我寫的散文，說我的階級的債務、民族的債務，全部了結，從此我完全回到我個人的「獨語」的狀態，這正是不參與狀態。不參與社會，不等於不思考社會，不參與使我進入更深邃的思索狀態。思索狀態在任何的環境下都可以，在夾縫裏面也可以，在中心裏面也可以，在邊緣裏面也可以。禪宗不參與社會，但它一定要思索。不要說是一個夾縫，哪怕是一個角落，它也思索。禪宗的特點是連劈柴、擔水，甚麼時候它都可以啟悟。一個杯子放在這裏，也可以悟道。隨時都可以悟，就是說角落人也可以、夾縫人也可以。雖是個角落人，但思想卻無邊無際。

柯思仁：這種思想狀態也不見得需要對於社會有所介入。

劉再復：不僅不介入，而且應當有意識地和社會拉開距離。至於與社會拉開距離是否可能，在夾縫中思索或做些有益的事是否可能，那就全取決於自己。自由全在自己的心中。知識分子對良知的體認，對責任的承擔，主要是表現在自己精神價值創造中的精神取向，而不在於是否參與社會政治活動。

我還有個想法，認為文化人主要應當向內心尋求，不應當向外尋求。大家對文化有很多定義，我自己也有個定義：所謂文化，是以人為起點，向最高的精神境界不斷去追求，在追求的過程中留下的痕跡，那就是文化。我曾把世界上許多談文化的書，只要有中文譯本，就把其文化定義抄下來，大概有一兩百個。最後我自己也下了個定義，把文化定義為向內心不斷挺進過程中留下的痕跡。這就和外在的、物質形態的「文明」真正區別開來，文化既然主要在心內，那就要面壁思索，要安於孤絕狀態，不要當社會活動家。

柯思仁：一個人能夠擁有的，最了不起的，就是個人選擇的自由。個人選擇的自由，並不是每個環境都能提供的。為甚麼我會有這種感嘆？這又要回到新加坡這麼一個特殊的語境，我們討論的社會是一個空間，一個物理上的空間。這個空間如果不夠大的話，那它可以提供的角落，就是不被體制完全掌控的角落，相對的就更狹小。我不是非常了解美國的情況，就算是美國這樣一個資本主義的社會，它是資本主義所形成的消費主義的體制，很多方面都受制於體制的運作。一般受到體制所操控的人，要怎樣尋找自己自由的空間，行使自己選擇的自由？

在文學的瞬間體驗自由

劉再復：這個問題是個值得探討的問題，現在我一直感到全世界的人都無可逃遁，沒有地方逃，現實根本沒有自由。不是受政治極權控制，就是受市場極權控制。你說現在全世界哪裏有理想國？沒有的，新加坡當然有它的問題，美國的社會問題也非常多，中國的社會問題也非常多，台灣、香港地區還不是這樣？過去在中國，我們這些作家雖然生活清貧了一點，工資低一點，像我們社會科學院領了錢以後實際上不幹甚麼事，那倒是比較好一點，可是那時候又嫌政治體制束縛人，所以逃離。可是逃來逃去，才發現根本無處可逃，在現實當中，沒有甚麼真正自由的地方。美國是特別看重自由價值的國家，但也得有錢才有自由。正因為現實沒有自由，所以才需要文學。文學是甚麼呢？文學創造自由瞬間。在欣賞藝術、欣賞文學的瞬間，我先放下現實的束縛，進入自由體驗。所謂幸福，就是對自由的一種體驗。

黃浩威：您受魯迅和禪宗的影響很深。

劉再復：魯迅很執着，禪宗很灑脱，兩者可以互補。魯迅對國民性的分析給我很大的啟發，禪宗對語言牢房的發現與警惕，對我也有很大的啟發。禪告訴我，天堂與地獄全在自己的心中。這成了我的世界觀。

吳新慧：一個人有身份的時候，有時有太多標籤，別人給他的或他加在自己身上的各種身份也好、標籤也好，就很難去解脱自己，即所謂的崇尚自由。比如說你跟你女兒的對話，談到你女兒的母性，你女兒談到她剛做母親的那種煩躁，她就想到為甚麼成為母親後，就沒有了獨立性，她本來非常追求個體的獨立性。她發現做了母親之後，就變成甚麼東西都得受制於她的孩子。這樣的話，一個人一旦有了責任和身份，他要尋找個體的獨立性的自由，就變得很難。他處在隙縫之間，不再是自由的隙縫而是受困的隙縫。

放棄社會角色與包袱的作家

劉再復：對，像這種困境永遠是沒完沒了的，即使具體像我大女兒這樣的困境，她也要想辦法擺脫這種困境，但總是可以找出辦法的。比如說美國的卓越散文家梭羅寫的《湖濱散記》，真的寫得好，太精彩了。他在一八三七年畢業於哈佛學院，本來也可以繼續深造或在社會上飛黃騰達，但是，他拒絕扮演人們習慣扮演的各種「光輝」角色，而選擇心愛的寫作工作。為了實現高尚的心願，他到鄉村的湖邊去過非常樸素的隱居生活，去感悟大自然，去幹各種瑣碎的活。為了自給自足和贏得時間，他過着最儉樸的日子，總是步行幾百里，不住旅店。他說他不能喝可樂、不能喝果汁，只喝白水，他說，我發現最好的飲料是白水。他在草地上，遇到很多的朋友，大自然的一些朋友，他說資源就在附近，比如現在我在跟你們講話，你們每個人都是我的資源，資源就在身邊，甚至就在自己身上等着自己發掘。他悟到很多很多道理，對我啟發非常大。美國有幾個散文家，像愛默生、像梭羅，真的是了不起。他們告訴我：必須要犧牲某種東西，有所為有所不為。英國散文家辛格，他不得不用一些時間去打工，他說人家都說時間就是金錢，他卻悟到金錢就是時間。我現在沒有錢，老是去跟人家打工，浪費了那麼多生命，實在是太受不了，所以他說我要想辦法賺一些錢，然後過很簡樸的生活，好好寫我的東西。這種東西都是要靠自己去爭取。

像我在大陸，甚麼職銜都要給我，角色、標籤太多了，甚麼全國政協委員、文學所所長一大堆，可是我完全不喜歡這些東西，我知道有慾望才需要各種名號。但我不需要名號，只需要時間。希望有時間來寫東西，所以我最後選擇走出來了，走出來是為了時間，為了個人自由，而不是為了讓所謂「社會良心」的角色更加完美，所以我拒絕參加政治運動，和政治保持足夠的距離。有人問，我們大家都參與民主運動了，你怎麼不？我說你看《水滸傳》那些英雄，一上山就沒有個性，一上山就是忠義堂，大家都去替天行道，頂多是像武松說一句招甚麼鳥安，沒甚麼個性。我是獨立的，出來當然更是這樣，我本來就是這樣。我出來後的使命就是爭取時間，時間最重要。偌大的美國對我來說，意味着自由時間和自由表達，意味着平靜的書桌，這種東西也是我自己爭取來的。我可以把很多東西丟掉，把很多東西放下，角色、標籤、名位全放下，但要自由與時間，這要靠自己把握。靠甚麼去請求啊，你們給我一點自由啊，根本沒有用，我才不信這個。

柯思仁：這使我想起高行健所寫的《八月雪》，六祖慧能最後的結局是非常震驚的。他想要逃離各種各樣世俗的、權力的壓迫。令我很震驚的是他最後的選擇，他最後用死亡來對抗這種壓迫。

智者的最後歸宿

劉再復：那時候皇帝已經逼到他面前，皇帝說，你到我這裏來，我給你修廟，給你樹碑，把你當神當大師來供奉。他知道這是皇帝要利用他，怎麼辦呢？他認為沒有辦法，所以他最後拿出一個最重要的東西——頭顱，就是寧死也不去當皇帝的傀儡。所謂功德，是在自己身上，不是外在的，不是欽定的名號，不是人家對你的崇拜，不是的。他已經悟透了，不能再悟下去，最後他也不是被人家弄死，不是的，最後他覺得已經找到了歸宿。這個戲，我真的希望戲劇家去研究它的每一個細節。西方的戲劇家要學會禪宗，有時候一輩子也學不會。

我曾和跟幾位朋友開玩笑，我說你們哪一個能把《八月雪》刪掉一句話，而且能夠說明刪掉的必要，說你這句話是多餘的、是廢話，我就佩服了。天衣無縫，真的厲害。現在很多人沒看到高行健的作品就在罵高行健，連起碼的學術嚴肅性都不顧。學術上可以有不同評價，但不能罵人，不能信口開河。按照他們的心態，這個諾貝爾獎最好頒給個「外星人」，大家都沒意見。頒給高行健就沖淡我的光輝。（對思仁說）所以你不簡單，你能夠在他還沒有得獎之前就欣賞他的戲劇，這就不是假的了，是很有眼力的了。

柯思仁：這還要謝謝他（高行健），我最後做決定要研究他的作品之前，到巴黎去跟他談了三天，跟他談完之後發現非研究不可，太了不起。

劉再復：我每次跟他談話是沒邊際的，你的選擇很好，他真的是全方位成功，不管是戲劇、小說、繪畫，還是評論，都走上巔峰。他的理論，也很了不起。一九九九年寫的《另一種美學》，針對時代病，對二十世紀西方流行的美學觀和藝術革命論提出根本的質疑，是一部非常重要的著作。他寫完了就馬上送給我，這次我到香港來的時候他還沒得獎，我帶很少東西，卻帶了這本打印稿。我一直帶着高行健浪跡天涯。他的《沒有主義》寫得多好，可是在沒有得獎之前有多少人買？

高行健始終保持超功利的文學狀態，這不簡單。我們大陸很多作家，口頭上是說不要名利，但是仍然放不下。高行健是說到做到、身體力行，他真是很淡泊。不管是成就還是受難，都保持文學狀態。他生活很清貧，對花花世界沒甚麼感覺。

柯思仁：在你看來，當代的中國人，不管是在國內還是國外，是不是也有一些心靈上的境界或藝術上的造詣，比得上高行健的作家或藝術家？

劉再復：有一些相當優秀的，但在我看來還是有一段距離，像他這樣全方位的很難。昨天有個記者問我，你跟高行健有甚麼不同，我說他又會寫小說、又會寫戲、又會畫畫，我都不會，這就是最大的不同。他會的我不會，我會的他都會。

柯思仁：從戲劇的角度來看，中國這二三十年來沒有一個劇作家也同時是個導演的——就只有他一個。

不跟黑暗搏鬥，自己點燃光明

劉再復：好像就只有他一個。曹禺、老舍、夏衍、田漢、陳白塵等都沒有當過導演。他們的戲劇基本上是現實主義的，戲劇藝術方式上沒有太大的革新。高行健每個戲與每個戲不重複，這麼多的革新，也創造了自己的戲劇體系，真是不容易。

我覺得八九十年代，我們大陸的小說比台灣好，大陸作家經歷了大苦大難、大起大落，容易獲得深度，但是台灣的詩歌技巧很成熟。我想高行健此次獲獎，對華文寫作是件好事。像莫言，在小說創作上也很有活力，很有想像力，但是語言就沒有高行健的精緻。還有李銳，寫太行山的奇窮與荒誕，他筆下的性心理描寫，是西方作家沒有的。還有賈平凹，也是個真正的文學家，創造量非常大。賈平凹也是我的朋友，但是賈平凹的性展示多一點，他有一個好處，寫沒有私人生活空間的性行為，這點跟西方小說很不一樣。開會時，正好有個房間，他們像打游擊那樣去做愛，這種東西西方作家寫不出來。家庭裏面，男主角喜歡保姆，妻子正好去買菜一兩個小時，又趁着這個時候趕緊打游擊，很有趣，很真實，語言也漂亮，只是內涵還沒有高行健深。

還有勞倫斯，他寫性心理寫得不錯，但總的來說，像《查泰萊夫人的情人》，我的感覺有點像田園牧歌，並無太深的內涵。高行健的不一樣，你們看《一個人的聖經》，寫跟兩個外國女子和五個中國女子的關係，寫得很好。兩個外國女子，一個有苦難記憶，有歷史包袱和責任感；一個甚麼也不在乎，完全沒有包袱；但一重一輕，都陷入生存困境。前者是二十世紀人的困境，後者是二十一世紀人的困境。精神內涵很豐富。評價文學，不能夠用世俗的道德標準，這次高行健在獲獎演說裏最精彩的一個思想，是說文學的真誠與真實不僅是個審美判斷，它本身是文學的倫理。只要真誠和真實，就符合文學的倫理，用這個思想去看《金瓶梅》，就可以肯定它是一本很好的小說。

談起知識分子，我很喜歡薩義德的一個概念，他說知識分子是敢對權勢說真話的人。又說，知識分子是業餘人。也就是說，知識分子要有專業知識，但他又不是專業主義者。他必須從專業中漂流出來，關心社會，關心民瘼。當然，關心社會，並不等於要介入社會政治活動不可。有些專業者，如養蜜蜂的，他們很專業，但是我們如果把園藝師這些人都籠統當成知識分子，又似乎不是我們所說的知識分子的概念，所以薩義德的理念有道理。薩義德現在在哥倫比亞大學，我的女兒在東亞系裏面都很難聽到他的課。他在巴勒斯坦、美國之間，兩邊都不討好，巴勒斯坦禁止他的著作；他講帝國主義的話語霸權，美國也不喜歡。知識分子就是這種中性立場，生活在對立兩極的中間地帶。這個中間地帶，可稱作「第三空間」。這是個人的自由空間。知識分子爭取自由，就是要爭一個超黨派、超兩極對立的空間。

知識分子常常批判社會，但不必陷入爭論。這點我同意鄧小平，不爭論。我的一些觀點，明白的人一聽就明白了，不明白的人爭一輩子也不明白。爭論會引起筆戰，高行健批評魯迅只有一條，打筆戰太多，打筆戰消耗太多力氣，最後在與黑暗搏鬥中，跟黑暗同歸於盡。其實最好的方法是自己點燃光明，這是高行健聰明的地方。建設自己的東西，建設新的觀念，創造新的作品。新的踏踏實實樹起來，舊的那套就不行了。把個人聲音、個人權利充份表述，專制那一套自然就不行了。燈火一點明，黑暗就消失了。

原載《圓切線》第三期，二零零一年十月版

（孫傳烽、何惜薇整理）

共悟文學的人間

——答新加坡年輕文學人的提問

劉再復教授《漂流手記》第六卷《共悟人間》和大女兒劉劍梅合著，通過兩地書信的文學方式，對話並討論有關生命、文化、文學、生活等課題。兩個不同代的文學人，針對同一個課題，撞擊出思想的火花。

在《共悟人間》書中，我們清楚看見一個溫柔敦厚的父親長者，在細細聆聽，循循善誘。和劉教授的採訪談話，就像許多人評論劉教授的文章文如其人，「話」如其人，有一種知識分子的風範，不亢不卑，採訪成了一次愉快的學習經驗，劉教授知識之豐富，叫人覺得不努力多看點書並思考是不行的。

《青春》版也為本地年輕文學人安排了一個向劉教授討教的機會，讓他們向劉教授發出一道道文學創作上的問題，一起共悟文學的人間。

陳淑麗：如果在創作時出現了文字偏執的狀態，並開始沉溺於某種風格的文字，要怎樣突破這樣的局限？

劉再復：這裏面我要談兩個問題。第一，一個作家有文字的偏執是正常的，因為所有成功的作家，都帶有某種偏執。他們都有文本的策略，就是要把自己的觀念、藝術發現、寫作方式推向極致，只有推向極致才能走出自己的路來，才不會陷入一種平庸的不幸。偏執，不要覺得是不好的東西。

第二，每個作家都有弱點，所以人除了要有自我肯定外，也應該有自我質疑。只有自我質疑，他的創作才不會固定在一個點上，在創作上不斷進行試驗。創作者最怕的就是重複自己，自己要進進出出，才能有不同的感受。

周德成：過去對寫作很有熱忱，但是後來停了一陣子筆，想再寫卻遇到問題，寫不出，該怎麼突破這種困境？

劉再復：這魯迅過去談了很多，他批評很多年輕人缺少寫作的韌性。人生有很多艱難的東西，做任何的事業，都必須要有韌性，而且要百折不撓。高行健得諾貝爾獎後到城市大學演講時，說到自己開始寫作時有很多的退稿，所以年輕人寫作要有韌性，得經得起退稿，像獲得美國筆會／福克納小說獎的哈金和著名作家海明威，寫作時也有很多的退稿。寫作就不要怕失敗，這是精神的東西，沒有甚麼是非判斷。我贈你五個字：必要的堅韌。

黃浩威：在一個詩人和知識分子已經死亡的全球化時代，寫作作為一種救贖的行為，是否還能成立？

劉再復：這個問題有點過於悲觀，但卻道破了部份的真理。現在整個星球向着物質利慾傾斜，所以人文精神不斷萎縮，不注意的話，確實會帶來極大問題。高科技的發展，的確威脅到人性和個體的尊嚴，但是現在說已經死亡，是過於獨斷。千萬不要把文學看成是拯救人類的東西，寫作是一種自救，這樣的救贖意義應當是可以成立的。

張淑華：創作上的感動應該是來自個人的體驗還是讀者的共鳴？

劉再復：當然是個人的體驗，我們寫作首先不要顧讀者，因為讀者有很多種。迎合讀者，其實也限制了你的自由，創作首先要有自己的發現和感受，然後尋找形式，充份表述出來。一個作家應該對形式有天生的敏感。

陳志鋭：您創作第一部作品的心態和現在寫作的心態一樣嗎？

劉再復：完全不一樣。我開始寫作時，想在報章上發表文章，有點想成名，渴望當作家的心態，有點急切和浮躁。現在則完全放下這些，只要能夠表述，只要能把內在自由而真摯的聲音表現出來，就會很高興，我現在比較從容。

陳美麗：散文是不是一種孤芳自賞的文字？

劉再復：不是。散文是生命人格的詩意表現，我把它看成是心靈和人格的雕塑。散文也可以是對自我的質疑，對自我的觀照。古典人道主義者，往往僅看到人輝煌的一面，很少看到人的弱點和缺陷。散文同樣可以正視自己的缺陷，描述自己的缺陷，對自我存在不斷提出叩問，質疑和叩問，也能寫出很好的散文。

許維賢：《亞洲週刊》在千禧年前夕，選出了二十世紀中文小說一百強，而當時您身為評選委員之一，有沒有提名《靈山》？

劉再復：當時十四個評委中只有我一個人提名《靈山》，但我的票不是絕對票，所以《靈山》沒被選上。這也不能怪其他人沒選《靈山》，大陸的人根本看不到他的書，還有編輯部提供的書單裏面也沒有《靈山》。我不把這看得很重，因為這一百強的評選過程，匆匆忙忙找了十四人來評，並不是一個權威的評論機構；瑞典學院就不一樣，十八個院士全生命全時間進入文學世界，然後去選擇。我們中國就是缺少這樣的機構。但是有評選總是比沒有好，所以我也支持。

原載新加坡《聯合早報》二零零一年三月一日
（葉孝忠記錄整理）

第十一題

無罪之罪與懺悔意識

無罪之罪和歷史共業

——與梁燕城[1]的對談

一、人的豐富性和複雜性

梁燕城：（以下簡稱「梁」）讓我們從你對人的看法開始討論。你最初發表《性格組合論》，之後又講文學主體性，突出了具體有血有肉的人之尊貴性、不可取代性及英雄之不屈於外在壓力的勇氣，到後來寫《人論二十五種》，卻又正視了人性的歪曲和醜陋面貌。我覺得你是一位人性的觀察者，在歷史文化和社會的條件中，發現人之同時偉大和卑微。可以看出你對人的看法是在一個很長的歷史時間中形成的，而不是一時突然的看法，突然寫出來的。我很想了解，從前你是怎麼發現人的豐富的感情和內涵的？是否經過「文革」，經過那麼多苦難的時代的煎熬而發現了人的這些特點出來的？

劉再復：（以下簡稱「劉」）對於人的豐富性和複雜性的感受，從我本身來說，是一個不斷積累的過程。我從小就熱愛文學，中學時代就接觸了莎士比亞、巴爾扎克、托爾斯泰、契訶夫等作家的著作，而且給同學們講這方面的故事。我所在的國光中學，是陳嘉庚的女婿辦的，放假期間圖書館館長把所有

1 加拿大文化更新研究中心院長、《文化中國》總編輯。

的書都交給我管。有了這樣一種條件，使我對人的豐富性開始有了認識。書籍拯救了我，使我在接受階級鬥爭——無產階級專政觀念的灌輸的同時，通過文學接受了另一種東西，這就是人的尊嚴和價值。無論如何，人應當盡可能地保持人性中那些美好的部份，拒絕那些邪惡的（包括嗜殺、嗜鬥）部份，這種心靈積累自己當時並沒有感覺到，但它形成一種良知關懷和良知拒絕的力量。

因此，在「文化大革命」中，在大陸充滿「狼群」的時候，我沒有變成「狼」。禪宗說人餓了要吃飯，冷了要穿衣，這個意思就是說你必須接受生活。本來我的性格比較脆弱，我對一切都比較容易接受，例如挫折、貧窮、委屈、飢餓、繁重勞動等我都能接受，唯獨階級鬥爭生活我不能接受，階級鬥爭把人性中的惡都調動起來了。不過，階級鬥爭時代對我個人也有好處，使我更深地認識人，認識到人性的脆弱，即很容易回到動物界，很容易變成獸，變成畜，人畜之間、人獸之間只隔着一條小河。這種認識很難從書本上獲得。我因為認識到這一面所以才寫《性格組合論》，才寫《人論二十五種》。但我完全不能接受在階級鬥爭名義下對人的任意踐踏和虐待。

梁：我記得你在《二度童年》中，提過天真和天籟因着仇恨教育而失落，而這種天真卻來自農村的河邊，又在《漂流手記》中講過，看外國文學作品，當時你就覺得許多像在自己生活的農村裏出現過，比如說《安徒生童話》裏賣火柴的女孩子，就在你家附近。出現這種感覺，是不是你從小就在農村培養出一種美麗情懷和樸素天真，因而體會到世界上最好的或者最偉大的事物？

劉：是的，讀《安徒生童話》，確實喚起我心靈中許多美好的情感，包括童年在鄉村河邊那些質樸的情感。而且使我相信，人類的心靈是可以相通的，人性是可以相通的。我和我的同代人所接受的階級鬥爭學說，都在說明人與人的隔閡，根據這種理解，階級之間的差別與矛盾，就不可能用階級調和的辦法來解決，只能用你死我活的階級鬥爭來解決。但安徒生的童話和許多國外的優秀文學作品卻在我心中播下一種根深蒂固的思想，即相信人類固然有隔閡、有矛盾，但應堅信人類有共同的東西可以溝通，可以調節，不一定要你死我活，而可以你活我也活。但是，這種並非邪惡的觀念在中國常常被當作一種「罪惡」。

梁：這主要來自「文革」時期，還是有着更長遠的根源？

劉：從「反右」就開始了。「反右」鬥爭把我所有的一切優秀的老師全部打成右派分子，我必須和其他人一樣把他們當成敵對分子而和他們劃清界線，這使我非常痛苦。到了「文革」，我更發現中國人不懂得甚麼是人的尊嚴，竟從踐踏人中感到「其樂無窮」。歷史災難教育了我，對人的尊嚴應當無條件地尊重，我必須做這一項工作，我將來的文字要告訴人們這一點，就是對人的尊嚴的尊重不能附帶甚麼條件。無論誰掉到水裏去，我們不能先去分清他是甚麼階級才去救，必須無條件地去救，這就是絕對的命令，心靈的絕對命令。當看到一個殘疾人時，我們必須要同情他，不能說他可能是「四類分子」，而不去同情。階級鬥爭觀念一旦推向倫理領域，問題就非常大，就缺少一種普遍性原則，比如說不能隨便殺人、放火、搶劫，應該成為一種絕對性原則。但經過階級鬥爭理念的闡釋，虐待人、踐踏人乃至殺人都變成有理了，就看你是站在甚麼階級立場。這樣人的尊嚴就丢失了。

二、普通原則和絕對命令

梁：從這樣一個角度出發非常有意思。這很接近宗教上的悲憫情懷，如耶穌基督見到當時知識分子和教條主義者所鄙視的所謂罪人，如稅吏、淫婦、麻風病患者，均全面地寬恕和接納，無條件地愛他們，因為他們均是有血有肉的，在現實中活着而具尊嚴的人，博愛是無條件的愛。我記得你說過連故鄉的老鼠和敵人你也愛；另外，你提到的絕對命令，在西方來講就是康德的道德哲學，是從人的主體性來建立道德的基礎。最遠的傳說就是《舊約聖經》的律法，是刻在人心靈內的無上道德命令，即人之良知。比如說，不可殺人，不可姦淫，不可做假見證。假見證在中國是常常遇到的，弄個罪名設法害人。像這些不可做假見證的觀念都是無條件的。這樣，事實上一方面你很重視個人的心性價值，另一方面也從人裏面發現一種很普通的共同真理。我相信「文革」時期是一次很深刻的體驗。人為了保護自己，證明自己的清白，就要努力去做假見證陷害他人。但這違背良知，時常為良心之律法所責備，而這在中國哲學也有很長遠的傳統，如王陽明的良知。

劉：我講文學主體性的時候，首先強調個體主體性，因為我覺得中國過去主要的問題是個人精神價值失落了，文學作品中的個性被共性吞沒了。所以我要強調一種不可替代、不可重複的個性，要強調個人精神價值的重要性。這個強調，是指作家參與文學藝術活動，不是以一種黨派成員資格去參與，而是以個人獨立的人格資格去參與。但我講個體主體性的時候，還強調超越，包括超越自我，就是我不把個人看成是絕對的、封閉的、膨脹的。任何人都與他者相關，與社會相關。所以，後來我又說懺悔意識，這種意識的理論前提就是確認人與人是相關的。因此任何人對良知責任都要有所體認，就是你說的良知律令。個人的發展不能影響他人的發展。他人固然有可能成為自我的地獄，但是也可以成為自我的母親、自我的搖籃。個人自己要發展，也要給他人發展。因為社會是相關的，所以社會要存在，它必須遵守一種普遍性的原則，要有共同的倫理基礎。我講主體性的時候是針對大陸具體歷史狀況講的，所以強調的是個人的解放，這方面強調得比較多。但是個體的主體性包括自我抑制的一面，自我限制的一面，這才比較完整。本來我還有一部份談主體間性（這個稿子還沒寫完），討論個體和主體之間，個人和他者的關係，可是我還沒有寫完，就開始對我進行批判了（笑）。他們着急，就馬上批判，……

梁：是否因為這是違反歷史唯物主義的？

劉：其實我對歷史唯物論一直非常尊重，直到現在還是如此。歷史唯物論強調人首先是衣食住行，然後才有思想、文化、意識形態，而且強調人的歷史過程乃是基於衣食住行的要求而不斷改變工具、發展生產力的過程。這都是我贊成的。我講主體性，在哲學上是批評辯證唯物論。盛行於大陸數十年的辯證唯物論把世界描繪成一種心物二元對立的圖式，機械地劃分誰是第一性誰是第二性，也機械地規定存在決定意識，在這個世界圖式中，人是被決定的，沒有主體性地位。這一唯物論所「唯」之「物」的內涵很有問題。它說的「物」是指物質本體和自然本體，不是指人的實踐本體，不講自然的人化和人化的自然。如果講實踐本體，就得講人的主體性了。李澤厚在中國首先講主體性實踐哲學，而我把它引入文學理論領域，打破以辯證唯物論為基點的「反映論」，也打破心物二元對立的世界圖式與文學圖式。李澤厚的一大功勞就是改變列寧、斯大林送給中國的哲學基本命題，而使哲學基本命題轉變為研究人的命運和意義，即人為甚麼活着？怎樣活着？甚麼是人最後的實在？這樣哲學基本命題就改變了，人既是主體也是客體。我有一篇文章談到莊周夢蝴蝶，蝴蝶夢莊周，打破心和物的二元對立，不是一個決定另一個。文學主體論提出來，打破了文學只能反映現實這一套模式。我認為文學不能簡單地說成是現實的反映，它是一種自由精神的存在形式，它的源泉既包括現實又包括內心，內心是很豐富的，宇宙是很廣闊的，這也是創作的源泉。

三、主體論和情際關係的宇宙

梁：這樣，宇宙也就是一個建立關係的宇宙，而不是一個單純物質的宇宙，是情與情有所感通的關係。

劉：不錯，宇宙也不是單純物質的宇宙，而是人化的宇宙。外宇宙是人化的宇宙，就更不必說內宇宙了。即使外宇宙，它也不是單純物質的宇宙，而是與人形成某種關係的宇宙，當人作為情感本體的存在時，它就是情與情的關係。總之，主體論的哲學改變了人在宇宙中的地位，它不再是被決定的地位，而是平等地和宇宙進行對話、平等地進行情感交換和信息交換的地位。

梁：關於這個，我很早就在想怎樣發明一個名詞，你說這個主體間性（inter-subjectivity），我後來想到可能是有另外的文字，它可以叫 inter-personal，我翻譯成情際，即情際關係。

劉：這樣的翻譯很有意思。

梁：用 personal 一詞更能表現人的全面具體性，用 subjectivity 則還有點認識上的主客對立性。當代大思想家蒲伯（Buber）就用「我—你」（I-Thou）關係來表達情際關係，而這探討又涉及所謂永恆的「他」，即上帝的問題。在中國，人們為了批判政治文化的專橫性，而借批判上帝，用上帝無上權威代表政治權威，用打倒上帝暗示批判政治。但在宗教和美感上，人跟上帝原本就是情際的關係，哲學裏的上帝是理念的，宗教上的上帝是恩情性的，上帝跟人也建立一種直接的情感關係。這可構成一個普遍的人生真理，這是情際感通的根基。

劉：「情際關係」是一個很好的提法，深化下去，可能成為一種很重要的觀念。我探討主體間性，就是探討主體在關係中的異化和對異化的反抗。「我」消失在關係的異化世界中，如何反抗？把主體的外部關係變成情際關係，使關係中沒有主宰，可能是建設性的出路。你所講的人與上帝的關係是一種情際關係，這一點我能夠理解，甚至能夠接受。我還不是一個基督教徒，因為我對具體的上帝仍然想着一個「在或不在」的問題，只有當我認為他「在」的時候，我才能受洗。但是在情感的層面上，我則有點像孔子的「祭神如神在」的思路，首先假設他是存在的，這樣，我就對上帝充份尊重和敬仰，並從他身上領悟一種最純正的感情，最理想、最完善的道德系統。我在七八年前講「文學主體性」時，講的是人本，是人類主體性特別是個體主體性，而批評物本與神本。批評物本是批評所謂「辯證唯物論」，批評它把人視為螺絲釘；批評神本，其實不是批評神的愛，相反，我在論文中肯定了神聖之愛。我批評的神本，是在現實層面上的偽神性，人為地把某個個人提升為神似的權威，把政治與宗教合一，從而對人進行絕對主宰並剝奪其個體主體性。

四、十字架形象的出現

梁：我發現，在中國文化界常常把批判基督教作為批判政治偽神性的一種方法。在台灣地區也有過這樣的時期，通過罵基督教罵政府。中國對西方的了解有一個公式，把中世紀視為藐視人的神本文化，借喻黑暗年代的異端裁判來批評現代的意識形態專制。當時的教廷確實有過這種罪惡的事實，但中世紀的文化也存在着它的光輝一面。那時的文化很有情味，如聖方濟（St. Francis）對鳥兒和豺狼講道，修道士們追求內心通天之路，同時又努力消融希臘哲學創造一新傳統，還有最早對貧窮人關懷，對婦女重視的運動，又有釋放奴隸之法律，及廣場討論的公眾空間，均在中世紀時建立。中世紀不只是單單有異端裁判的，那時為文化自由討論創立了條件，也開展了一個精神傳統，在這傳統中所講的神，不是人造的神，而是情與理結合的上帝。同時宗教意義的上帝和哲學意義中的上帝，哲學上的就是柏拉圖的，是理想世界中的最高理念，抽象而超越，但也很遠。但在宗教經驗方面卻是很接近人的恩情，比如說帕斯卡爾（Pascal），他是數學家、科學家，但他一生都在追求上帝。他死了以後，他的僕人在他的衣服裏發現有一小字條釘在裏面，說某年某日遇見了上帝，經驗如烈火一樣的愛。他說這是亞伯拉罕、雅各布的上帝，不是理念中的上帝，是恩情的上帝，恩情的上帝是不允許人把他作為一種偶像來拜，這一點很有意思。人總是希望上帝有一個具體形象，可以被用來膜拜的偶像，該人就以為掌握了絕對，把自己的看法絕對化，把偶像絕對化，把某些人物和教條絕對化似乎就安全了。當說上帝不讓人把他變成偶像，那無形的上帝代表了一種無限的空間，永恆的自由，這樣，人就再沒有真理的執着。這本身就是最大的智慧，因為凡是人對一套理念視為真理而執着的話，他會將之變成絕對的偶像，可以用來壓人，但是如果上帝遠超過你和我執着的真理系統，或者任何有限形象的話，就會變成上帝只能打開你的心，不能利用上帝來作為證明你自己認為的真理。人最麻煩的就是挾上帝來令諸侯，這在歷史上是太多了。此外，上帝觀念在新約時代也很有特別意義，耶穌作為道成肉身來到人間，象徵真理現身於歷史中，卻是以出人意料的形象出現。當時的人以為上帝的兒子要來，一定是很偉大、很壯觀的，在王宮裏出生，是不可一世的王太子，有政權有兵權。怎可想像神的兒子竟在馬棚裏出生，而且和牧羊人在一起，爸爸是個木匠，媽媽也是很平凡的女性。這樣一個事實感動了西方幾千年，怎麼上帝可能跟人一起受苦呢？然後，上帝也是要工作，要勞動，最後也給別人陷害，不但過着貧窮的日子，遭遇也跟很多無辜的人一樣，最後給別人害死，這是代表一種受苦的真理。所以，當有人無辜受苦時，或者受別人迫害時，我們不感到孤獨，因為上帝和我們在一起。

於是，在西方文化出現了十字架形象。本來中國人是很難接受十字架，因釘十字架實在很殘忍，中國人總是嚮往完善美麗的東西，中國藝術作品多重和諧和氣魄，但西方卻愛表達痛苦，根源在西方文化中人發現上帝原來也是卑微、痛苦、被陷害，但也正如此才把人類的苦難、罪惡都承擔了，轉化為復活的盼望，這是神聖的情感。人遇到這種無限愛的時候，就可以得到無限制的自由，然而人要開放自己才能接受他，放下執着的真理系統才能接受他。其次，上帝是通過自己的犧牲和受苦才完成這種愛。所以，人也應該放下自我而無條件地愛人，當代中國年輕學者劉小楓在其《拯救與逍遙》一書中，曾指出，回到絕望的深淵中承擔絕望，才是最大的愛，他提到耶穌並沒有在被殺前跑掉，卻自覺選擇了上十字架的痛苦。選擇苦難或者回到絕望的深淵，這在西方的文學裏表現得很強烈，這也表現出人的光輝。這就是宗教中的上帝，也是西方的詩人、小說家為甚麼大部份都談到上帝的原因。因為上帝是整個悲憫和犧牲的根源。

五、宗教情懷和懺悔意識

劉：你對上帝的這些理解，有助於我，我相信也有助於中國人了解基督教。中國文化傳統中宗教精神很弱。本土的宗教——道教的宗教精神更弱。哲學家們講的「天理」，乃是一種宇宙的理性，它雖然也講超時空的普遍理性，但不是宗教精神。由於宗教精神的薄弱，再加上五四新文化運動在介紹西方文化時只注意西方文化中「用」的方面（科學與民主），不注意「體」的方面（文化精神，特別是基督教精神），甚至把宗教與科學絕對對立起來，這樣，就形成現代中國人對宗教三種不正確的態度：第一是把宗教視為「鴉片」，即所謂麻醉革命意志的精神鴉片；第二是視為「工具」，即視為可利用的「敲門磚」，這是魯迅批評得最多的，他說中國人對宗教的態度常常不是「信」而是「從」（因恐懼而不得不服從），甚至是利用，即所謂「吃教」；第三就是把宗教只當作「偶像」。總的來說，就是沒有把宗教視為一種超時空的永恆之在和永恆之愛。如果把上帝視為一種永恆的情感存在，然後使自己人性的一部份與此種存在相通，就會具有一種宗教情操或宗教情懷，獲得你所說的自我犧牲，即承受苦難的宗教性倫理和無條件關懷人間的宗教情感。這種宗教情懷，對於形成作家的博大境界和文學的偉大性的確可以起很大的作用。十九世紀俄國文學會出現托爾斯泰和陀思妥耶夫斯基這兩座奇峰，就與他們的宗教情操與宗教思索相關。其實，任何一種職業，包括科學家、醫生、政治家都應有一種宗教情懷才好，而中國正是缺少這樣一種東西。比如說一個醫生，如果有宗教情懷，那才會真正去治病救人，如果相反，就會帶來另一種危險。政治家也是如此，如果沒有對人的終極關懷，很容易變成政客。

我開始研究和寫作主體論的時候，把愛分成不同形式，如冰心式的愛，上帝式的愛，在不同歷史條件下，各種形式的愛都有其道理的，冰心式的愛表明了作家對大自然、對童心的愛。因為中國作家在沒有接受基督之前，這種愛也可以成為一條路子。通過一種對人類的愛，即人類本身的情，去通情達理，把情擴大到他人，擴大到自然，擴大到宇宙，這樣一種情懷確實是接受上帝之前的一條路。

我講懺悔意識，講人的相關性，當他人痛苦或受難時，應當體驗到與自己相關。一種人間悲劇發生，它不是某個「壞人」作惡的結果，而常常是人際關係的結果，是共同犯罪的結果。人生活在「共犯結構」中，無意識地獲得了一種「無罪之罪」，懺悔意識就是去領悟這種「罪」，文學有這種領悟，就會進入更深的精神層面和人性層面。

梁：這事實上就是一種悲劇精神的領悟，過去中國文化比較少談這一方面。

劉：我想，如果一個作家有大悲憫精神，他的作品就會更感動人。我有一個問題正在思考：這就是我的理論能不能完全接受包括基督教在內的宗教的懺悔意識？中國學者是否可以有自己獨特的思索。我想，這是可以的。我所講的懺悔意識包括對歷史之罪的認識，這跟存在之罪不一樣。歷史之罪並不是我首先發現，但我現在把它概括出來了。實際上早在五四時期就已經發現了。這個歷史之罪就是幾千年歷史傳統積澱下來的。我們中華民族，從一誕生而被拋到這個土地上後，就慢慢有一種文化積累，其中也就包含着罪惡的積澱。五四運動發現「仁義道德」裏也積澱着罪惡。魯迅説，仔細一看是「吃人」二字，這種發現是發現歷史之罪。我們的民族，我們的祖輩，有那種罪的基因，我們每個人積澱了這種罪，這是一個民族無意識中的共同犯罪，在一種畸形文化中共同播下了虛偽的種子。例如幾千年來中國的世世代代都要求婦女「節烈」，都要求絕對服從「君」、「父」、「夫」的主宰，這就是扼殺人性的共同犯罪，但一直沒有意識到。同意不同意這一結論是個問題，但當時發現歷史之罪則是很有意思的，這也是懺悔的一種內涵，這是西方學者未曾講過的，也與基督教的懺悔意識不同。

六、無罪之罪和歷史共業

梁：這樣講起來，中國文化在歷史上的發展是很慚愧的。在歷史和現實上，很多事情大家都以為是為了道德要求而去投身各種運動，事實上卻創造了極大的扭曲和壓迫，形成歷史上的罪惡，這種情況我稱為「歷史的共業」，即在歷史的世界中，人們為了一種善的原因，共同去創造了一處境，強迫大家接受這種善，後果卻是形成共同的捆綁，以理殺人，這共同的善形成害人的意識形態，人人可依此善的理由去壓迫他人，整人鬥人，人間的罪網就因這而構成。中國儒學為本的文化，強調人性善，也正視人陷溺其心的可能，但對這類「歷史共業」的不斷產生，似乎仍未能在理論上提出良方。

劉：最近幾十年來我們還是這樣，還在製造「歷史的共業」。以為自己在革命，在實現偉大的階級理想，於是，把一部份人定為「四類分子」，定為賤民，對他們實行專政，「對同志春天般溫暖，對敵人冬天般冷酷」。我們生下來就是生活在這種文化觀念中。在這種文化系統中，無形的病毒已經浸入你的身上，所以，自己認為在為人民立功，在戰鬥，但事實上卻是在犯罪，但這種罪意識我們一直沒有覺醒。

梁：我曾經反覆思考過，這是否是意識形態的禍害。意識形態定了一套世界觀，用世界觀來害人，而且認為害人是很合理的。這在西方傳統就稱為原罪，原罪是指人和宇宙終極之恩情隔絕了，因而人陷溺在自己創造的善中，這自造的善終於成為鎮壓的天理，這也可稱為一種共業，即共同造出來的業。佛學講的業，就是人從前所做的事，形成一潛勢力，影響了未來，這觀念和基督教原罪觀念可以對話。在打仗的時候，每一個人都是在為正義戰鬥，而不是想到自己在殺人，但結果仍是殺戮，共同造成的罪是誰也逃不了的，是「好人」也逃不了，當道德的善形成整體的罪時，人不可能單靠道德去成善。文革就是一例子，愈革命的，產生的惡就愈大。我曾對無罪之罪有一個體驗。香港有一個精神病患者跑到幼兒院裏把幾個孩子殺傷了，引起很大新聞。這裏有一個宗教哲學問題，即上帝為何允許這種苦難和悲劇發生。但我對這問題深入反省，發覺對上帝的質問應變成自我的反問，雖然這個事件跟我完全無關，但是，如果說我一生，或者一群人都在愛和關心人，而不僅僅愛自己，那麼我們關懷到社會中這類精神病患者，如果那位殺人的被人愛過，大概不會起暴力念頭，也許就不會發生如此悲劇。以群體之愛去對付共同的罪。但現實宗教信仰上雖有很多人，卻沒有一個群體的愛去表現，在整體的恨和競爭之現實社會群體裏，很多人會有精神病，悲劇就會發生，這個我也犯了無罪之罪，因為我的個人和參與的群體，都沒愛過兇手，我們沒有用關懷減少人間的暴力，故此我們也需為這事件負責，雖然現實上我沒有殺過人，但我容許和參與了這社會中共同的恨。當我本來責問上帝，但責問上帝的人本身那種悲憫就是來自上帝之情，自覺此情，即明白我們不是去怨責，卻需去愛。有了這個悲憫的心，或者不忍的心，發現上帝已經把愛世界的責任給了我們，讓我們自己去建立愛的群體，這就會想到神學上一個重要的觀念，就是天國。天國不是死後去的，卻是當下來臨的，正所謂「願你的國來臨」，神的國來臨，就是神的寬恕跟一群的人恢復天人的和諧，這就是愛。以群體的愛才能對付群體的罪，個人單獨講道德也是沒有辦法的，反而會增加這個惡，這是最可怕的。

七、我們共同創造了錯誤的時代

劉：個人如果沒有意識到這一點，掉入一個群體的陷阱，自己卻不知道，這就會產生很深的悲劇。自己被人吃固然是悲劇，但在無意中也參加吃別人，「我也吃人」，這是更深的悲劇。《紅樓夢》寫了一個一個美好生命的毀滅，而造成這種毀滅的，不是某個「兇手」，某個「蛇蠍之人」，而是社會關係合力的結果，共同犯罪的結果。讓賈寶玉和薛寶釵結婚，造成林黛玉死亡，這不是某些壞人作「惡」的結果，而是愛賈寶玉、林黛玉的那個群體關係「善」的結果。這就是關係共謀，歷史共業。王國維發現這一點關係合力很了不起，是二十世紀《紅樓夢》研究中最深刻的思想。在現實層面上，思考「文化大革命」，也應看到共同犯罪才深刻。

如果用誠實的態度去反省過去，就應承認我們共同創造了一個錯誤的時代。它是共同造成的，這裏有我們的一份責任。文學如有這種意識，就不會陷入追究兇手的世俗視角。其實，任何偉大的文學作品都帶有玄思性，都有博大精神，不是像「三言二拍」那種世俗的因果報應。《紅樓夢》為甚麼偉大，它具有超越世俗的眼睛，包括《聖經》，為甚麼偉大，也因為它超越，沒有陷入世俗的思路。

梁：如果找不到壞蛋，悲劇來自因對善良執着而生的衝突，這才有悲劇性。

劉：很對。好的文學作品不應糾纏「誰是兇手」。不追究誰是兇手，而去體認共同犯罪，這就進入更深的精神層面。

八、走出框架尋找終極真理

梁：如果大家都有了罪過，大家就可以互相寬恕，愛就是認識到自己也有罪，因而可以寬恕他人的罪，上帝也寬恕了我們，天國就是這樣提出來的。這也涉及宇宙之終極性情的問題，宇宙終極是無知覺之真理，還是有性情的真理呢？李澤厚把情作為最後的真理，那麼你對人生、宇宙最後的終極真理是如何看的？

劉：我們過去把真理簡單化了。好像所有真理都給馬克思發現了。我們生活在一個現成的真理框架裏。我走出第一個框架，就是走出辯證唯物論的框架。而我進入的第二框架，則是人的主體性和文學主體性框架，在第二框架中，人從被物決定的地位轉變成「齊物」的地位，即和世界、歷史、宇宙平等地進行信息交換和能量交換的地位。現在我還沒有走出第二框架。我的人生之路還很長，也許我會選擇第三框架，例如選擇神聖價值框架，但現在還沒有。在還沒有進入新的框架之前，我不太承認有終極真理，但承認有普遍性的絕對道德。例如，對人的尊嚴要無條件地尊重，這是絕對的，但人本身是有限的，所以，我還想走出第二框架，但甚麼是第三個框架？如果還不能接受基督作為終極真理的話，那麼，我應該尋找甚麼才是一種終極真理？這幾年我們接觸西方文化後，發現相對主義很厲害，過去共產主義（第一框架）強調絕對，不允許有相對的東西出現。但把相對強調到極端，就沒有了客觀的真理。真理就要保持或探討絕對的東西。像李澤厚講的宗教性倫理，就有這方面的含義。應該有普遍的，大家必須共同遵守的真理，這是我們應該探索的。我心目中也有類似康德的兩樣絕對重要的東西：一是天上的星空，二是對人的無條件尊重，這裏不應該有相對的東西。

梁：這無條件的尊重和愛，是否肯定有絕對的善存在？

劉：接受愛一切人，關懷一切人，這種客觀性的情懷，也許可稱作終極情懷，也可稱作絕對善。但是，如上面我們說的，共同關懷和共同「善」的結果也可能導致「惡」。把倫理主義強調到唯一的時候就和歷史主義發生衝突而變成歷史的惰力，從宏觀上說，又不是絕對善。這個問題非常複雜，我還需進一步思考。

梁：如果絕對的善存在，是本體的，是跟人的道德連在一起的，不忍之心，這個善就是跟人的感情有關係的，不僅是一種天理，也是一種天情。

劉：人之初，性是絕對善還是絕對惡還是不善不惡，都是種形而上的假設。如果假設是性善的，自然就應有天情。

梁：如果這種本體是有情的話，它應該是有主動性的，不只是等在那裏讓我們去追求它，這就是上帝觀念的出現。

劉：但情本體在中國文化觀念中是內在的，人固有的，我們可以從情出發，推己及人，推向大自然，推向宇宙。而基督的情好像是外在的，是推神及己，方向不同。中國知識分子如果接受基督教的觀念，推己及人的觀念似乎就要擱置下來。

梁：基督教在西方發展是較重天情的外在性，不過其原始體驗卻是神人的感通，而不一定是外在的，要重尋這感通之情。基督教本身也需要中國文化。西方的基督教沒有那種自覺接受上帝的恩情性，而是進入一種理性結構，把上帝作為一種談論的對象，無論它存在不存在，變成一個很抽象的上帝，柏拉圖的上帝，對上帝的恩情的感受只能存在於自己的修養功夫或靈修學。反而我們中國把情和理融合在一起，不是把理性系統完全客觀化來建立它，以這種很中國化的方法建立上帝的觀念，很可能為西方的神學提供一個很大的突破。西方不能解決的神學問題可能在中國解決。所以，我認為基督教文化進入中國，本身也變成了中國文化的組成部份，用中國的方法把它的精彩點呈現出來。杜維明講得很好，他說中國人聽基督教一百多年了，接受的人也很多，中國人應該自己去消化這個宗教文化。西方在二世紀有所謂教父的出現，這是消化希臘文化使之變成基督教文化的一部份，基督教也變成希臘文化的一部份，但交融起來就產生了西方文化很偉大的新的精神文明。中國人似乎也應有這樣一個過程。互相消化的時候，所產生的精神動力一定是很強大的。可惜過去傳教士不明白這點。因過去傳教士看到中國民間文化之愚昧落後一面，如抽大煙、紮小腳、歧視女性、壓迫窮人，以為這是中國文化。但他們並未見過中國儒釋道思想的崇高哲理和內在修養，而中國人也只見到外國人是帝國主義，侵略和剝削中國人，而不是基督教講的恩情博愛及懺悔內省的靈修功夫，百多年來雙方的精神文明還未會過面，只是互相指罵，但如今這年代大概過去了，也應是大規模對話和會通的年代來臨了。我們這次的對話也是這方面的開始，盼《文化中國》能發展一種對話的空間，探索二十一世紀的文化前景。

原載加拿大《文化中國》一九九四年十二月號

中國文學中的懺悔意識

——答香港城市大學《校訊》編者陳舒萱問

在西方，從《聖經》以降，一直到《復活》、《罪與罰》、《一個青年藝術家的自畫像》等，文學中的懺悔意識源遠流長。在中國，則極少有論者從這個角度來剖析中國文學。多年來從事文學理論研究工作的劉再復教授，來港兩年，終於與內地中山大學林崗教授，合力完成有關中國文學中的懺悔意識的研究，並於最近由香港牛津大學出版社出版成書：《罪與文學——關於文學懺悔意識與靈魂維度的考察》。《罪與文學》一書是劉教授繼「劉氏三論」（《性格組合論》、《文學主體論》、《傳統與中國人》）後另一文學理論力作，深入而系統地探討了中國文學的深層意識。

劉教授於二零零零年九月至二零零二年十月間在香港城市大學擔任客座教授，現任中國文化中心名譽教授。本刊特於十月底他離港返回美國科羅拉多大學前，就其近年有關懺悔文學的研究，進行了以下的訪談。

陳舒萱：（以下簡稱「陳」）中國文學涵蓋廣闊，為何選擇「懺悔意識」作為研究主題？

劉再復：（以下簡稱「劉」）二十世紀八十年代末，中國社會科學院文學研究所召開一個「新時期文學十年」學術討論會，希望能對「文革」結束後十年間的文學進行總結，由我主持。當時我即發表論文指出，新時期的文學，譴責有餘，懺悔不足。「傷痕文學」主要是在控訴時代，審判時代，作家的身份是法官的身份，但沒有意識到他們也曾經參與創造了一個錯誤的時代，他們也進入「共犯結構」。「懺悔」講的就是我們也有一份責任，我們也有罪——不是法律上犯罪，而是良知上感到有罪。我和林崗當時便打算在寫完《傳統與中國人》後，進一步研究這個題目。我們選擇這個課題顯然不是為學術而學術，而是有歷史的針對性，我們希望能針對時代的精神困境提出問題。這是從內心深處燃燒出來的動機。

陳：您所謂的「歷史的針對性」，指的是甚麼？

劉：我所針對的歷史，指的是我們過去的時代。中國從梁啟超開始，就說：「沒有新小說，就沒有新社會。」把文學看成是推動社會變革的工具。尤其到了一九四九年以後，這個趨勢愈演愈烈，文學甚至淪為政治的工具。相應地，文學便只有「世俗視角」，比如過去的「樣板戲」，基本上就是一個「誰是兇手」的遊戲，只要把罪人揪出來，問題就解決了。中國的當代新文學，便是陷入這種「世俗視角」之中，老跟着時代的步伐跑，老是要文學負擔不應該負擔的使命，要求文學提出解決社會問題的方案，所以成績也很不理想。中國的確很貧窮，的確受過帝國主義的壓迫，社會制度也並不合理，所以我們作家的關注點老是這麼一個社會合理性的問題，常常轉不過身來關注自己。我們講懺悔意識，便是希望能針對這個時代的偏執，以「懺悔意識」為切入口，希望作家能夠轉過身來，以文學的「超越視角」，考察我們人本身的靈魂，人本身存在的意義。

陳：何謂懺悔意識？

劉：我們在《罪與文學》一書中，開宗明義指出，人活在世上應承擔兩種責任，亦即法律責任和道德責任。比如，見死不救不是犯罪，無須負法律責任，但卻要負道德責任。可以說，法律責任是最低的道德要求，而道德責任則是無限的，涉及人類無比深廣的內心世界，是心靈的良知呼喚。懺悔即是良知意義的自我審判，在懺悔中，自我既是審判者又是被審判者，二者相互對話。它是提升靈魂的一個嚴肅主題，也是不斷追求更高人生境界的精神生活。

陳：懺悔意識是西方文學的一個重要主題，可否請簡單介紹其發展脈絡？

劉：在西方，懺悔意識源遠流長，從基督教的「原罪」觀念開始，懺悔與救贖的意識，就經常在西方的文學裏出現。《聖經》就可以看成是救贖文學，而許多懺悔文學，就是在《聖經》的救贖意識推動下產生的。最早比如公元四世紀聖奧古斯丁的《懺悔錄》，到近代則有十八世紀盧梭的《懺悔錄》，十九世紀托爾斯泰的《懺悔錄》、《復活》，左拉的《克洛特的懺悔》，二十世紀喬伊斯的《一個青年藝術家的自畫像》等。至於那些並不打明旗幟但卻含有濃厚懺悔意識的文學作品，則更多不勝數。比如陀思妥耶夫斯基的《罪與罰》、德國諾貝爾文學獎得主海因里希·伯爾反思戰爭的作品等等。具有懺悔意識的作家，往往能夠走入更深的人性層面。

陳：那麼，中國也有懺悔文學嗎？它與西方的懺悔文學有何異同？

劉：在《紅樓夢》以前，中國並沒有典型的懺悔文學。《孔雀東南飛》、陸游的《釵頭鳳》等，都有微弱的懺悔意識，但卻沒有靈魂深處的論辯。《紅樓夢》是個特例，它讓我們感到有兩種價值觀的論辯，薛寶釵和林黛玉是曹雪芹的靈魂悖論，前者代表孔孟一派強調人文秩序的價值觀，後者代表老莊一派強調自然生命的價值觀，兩者都有理由，不能說誰對誰錯，這就是靈魂的論辯。至於賈寶玉則是曹雪芹靈魂的化身，通過《紅樓夢》，曹雪芹想說明，一個悲劇的造成，是共同責任，共同犯罪。他明顯傾向於強調個人生命權利的價值觀，所以賈寶玉心中只愛林黛玉。

懺悔意識一個重要的前提是，人與人之間是互為相關的，悲劇有時不是惡的結果，而是善的結果。如按世俗的角度看，林黛玉的悲劇是封建制度造成的，但其實這個悲劇的造成，所有與林黛玉相關的人都有責任，但這罪不是法律之罪，而是良知之罪，是「無罪之罪」。誠如王國維所説，林黛玉的悲劇是共同關係的結果。魯迅也説，《紅樓夢》和近代的譴責小説不一樣，因作者和筆下的人物共懺悔。這樣的作品才會真正動人。所以我説《紅樓夢》是無真無假、無善無惡、無是無非、無因無果、無邊無際的一個藝術大自在。

至於中國現代文學作品中，也有一些具有懺悔意識的，比如魯迅的《狂人日記》、《藥》。其他如郭沫若、郁達夫等，有時也顯現了些罪惡感，但都比較膚淺。

陳：中國文學為甚麼沒有深刻的懺悔傳統？

劉：這主要是因為中國文化一向缺少靈魂叩問的資源即宗教資源。中國文化的主脈——儒家——並不關注和討論靈魂的問題。莊子是第一個叩問人的存在意義與人生真實性的思想家，然而他的叩問是一種消極性、否定性的叩問，叩問之中打破了生死、是非、禍福等界限，但同時掏空了內心的矛盾與對立。受道家思想影響的作家，會有對現世人生的叩問，但不會有對靈魂的叩問和靈肉之間的根本緊張。不像西方，在宗教思想的影響下，有明顯的神世界與靈魂世界。中國哲學家李澤厚講得好，中國文化是一個世界的文化，西方是兩個世界的文化。這也就是説，中國文化只有人的文化，沒有絕對神的文化。沒有人與神、靈與肉、此岸與彼岸、現實世界與超驗世界的對立，使得我們的文學只有現實的尺度，缺少了超越的尺度，這樣我們的靈魂深處就缺少了一個論辯的張力場。

陳：如果用懺悔意識為尺度去檢視中國的文學傳統，您是否認為中國文學不若西方文學精彩、深刻？

劉：我並非否定中國文學傳統的長處，中、西文學本來就各有長處。我們提出這個在西方發展得非常成熟的文學角度，目的是想借助西方文學作為參照系，來幫助我們看清楚自己的文學特色，以至弱點，以使我們的文學能夠走向新的深度。在比較之下，我們不難發現，中國文學有很多人生的感慨，很多「鄉村情懷」，但卻缺少「曠野的呼號」，亦即靈魂的論辯和對話。

陳：既然中國文化欠缺靈魂叩問的資源，我們只有此岸的世界，那麼，中國作家如何拓展這個維度的精神領域？

劉：我們的作家可以起碼要有這種意識，以培育大慈悲精神，並向內心深處不斷挺進；也可像《紅樓夢》一樣，讓兩種價值觀展開辯論，光是這點就可以很精彩。我們常常是一個情節暗示一個道德教訓，如果文學變成政治或道德的宣傳工具，這就難以創造高質量的作品。也許我們這本書是中國文學的另外一次理論準備。我希望我們今後的作家，看過此書後，能打開自己的靈魂給讀者看。

陳：做完這個研究，您有甚麼發現？

劉：近百年來的中國現代文學，跟西方相比，成就實在差得很遠。其中有根本上、理論上、精神上的原因。我們在這個研究中找到的原因之一，就是中國人對文學的功能和角色，在看法上有問題，要文學扮演世俗的角色，要像革命者一樣解決各種黑暗的社會問題，這都不是文學所能承擔得起的。

所以，我們在這本書裏強調，文學本來就是沒有用的，如果有用，則是王國維所說的「無用之用」，即讀者在閱讀了文學作品後，會在靈魂上、情感上有所感應，這頂多只是「無用之用」。所以我們不應該讓文學負荷那麼重，不應該要求它提供解決社會問題的方案，甚至也不要以為作家可以充當靈魂的工程師。文學是最為自由的領域，文學應該是自由情感的存在形式，魯迅就說：「沒有天馬行空的大精神，就沒有大藝術。」作家一定要有高度的自由。

陳：您的這個發現相當獨到，可否談談您做學問的研究方法？

劉：我的研究方法一向是，先由藝術的感悟開始，然後是思想的發現，最後才有學術的表述，三者結合。許多從事文學理論工作的人，往往缺少藝術的感覺，只擅於做邏輯的思考，可是，這對文學評論來說還不夠，因此我們還要求要有藝術發現與思想發現。

我認為整個中國文學有兩大脈絡：一脈是歷史文化線，它是歷史的、政治的、家國的；一脈是生命文化線，它是宇宙的、自然的、哲學的。我特別喜歡後者。在我看來，生命語境大於歷史語境、家國語境，因為生命語境即是宇宙語境，我們的生命本身就是一個內宇宙，是無窮無盡、無邊無際的，所以我們要向我們自身的靈魂深處不斷挺進，挺進得愈深，就愈能跟宇宙相通，認識到最根本、最重要的東西。我們這本書就是希望我們不要停留在社會、家國的語境，要轉過身來，面對大生命。

陳：深入這個以前沒有人踏足過的文學領域，您遇到的困難多嗎？

劉：從方法上來說，這本書是「史論結合」的。這使得它有相當的難度。純寫理論的話，可以揚棄歷史；專寫歷史，也可以無視理論，都會比較容易。我們這本書，既要有核心的精神貫穿全書，又要顧及中、西懺悔文學的歷史，還要進行它的宏觀比較，甚至對中國文學史和現代文學新傳統進行總結，都有相當的挑戰。此外，它也派生出很多具體的困難，比如資料蒐集等。香港在這方面給了我很大的便利。

陳：在今天從事這個主題的文學研究，有甚麼現實意義？

劉：我寫此書，主要是希望能以「懺悔意識」為切入口，指出文學作品要有一個靈魂的維度，也即是人性的深度。我相信，懺悔意識是內心良知的一種呼喚，永遠不會過時。這個主題的研究，也許能推動中國作家對文學的永恆性的關注和探索，而非僅僅重視它的時代性。

原載香港城市大學《校訊》第二十七期，二零零二年十二月

第十二題

我和李澤厚的告別革命不是否定革命

——答《鳳凰文化》張弘、徐鵬遠問

我和李澤厚要告別的是法式暴力革命，而非英式光榮革命

鳳凰文化：您和李澤厚先生曾經出版一本對話集《告別革命》，當年反響巨大。現在，你們提倡的「改良優於革命」基本已經成為共識。可以說，你們的前瞻性已經得到了印證。請問，當時的想法從何而來？

劉再復：（以下簡稱「劉」）二十年前提出「告別革命」的命題有兩個歷史背景：一是文化大革命，二是八十年代末的風波。我們當時就認為，「文革」確實是「繼續革命」，其結果是民族生活的重心轉到無休止的階級鬥爭，而在我們展開對話的前前後後時民族生活重心變化了，轉向和平建設，我們希望這種歷史性轉變應當成為全民的「自覺」。不過，李澤厚先生早在七十年代，他的著作就高度評價康有為，積極肯定改良思路；而且比較過「法國派」和「英國派」，對後者很肯定，對前者卻提出懷疑。李澤厚在一九七九年出版《中國近代思想史論》的《論嚴復》，文中就說：「嚴復對資本主義社會的了解比改良派任何其他人更為深入，他把個人自由、自由競爭、以個人為社會單位，等等，看作資本主義的本質。……並指出，民主政治也只是『自由』的產物。這是典型的英國派自由主義政治思想，與強調平等的法國派民主主義政治思想有所不同。在中國，前者為改良派所主張，後者為革命派所信奉。然而，以『自由貿易』為旗號的英國資本主義，數百年來的確建立了比其他資本主義國家（如法國）更為穩定、鞏固和適應性強的政治體系和制度。其優越性在今天仍然是一個值得研究的課題。」

他是中國學界最早對革命和「辛亥革命」在理論上提出疑義的學者。文化大革命很像法國大革命，

是一場空前的大規模的群眾暴烈行動，整個社會只有情緒與混亂，沒有生活、沒有理性，斯文掃地、法治掃地、尊嚴掃地。回顧文化大革命，我們覺得有必要作一次認真反省，以對歷史負責和對人民負責。在整個對話與整理的過程中，我一直帶着一個大問號：「八億人民老是鬥，行嗎？」回應的是「八億人民不鬥行嗎？」。

此外，我們那時剛經歷了八十年代末的風波，也是大規模的群眾運動。對此，我們也作了反省：中國要好起來，只能通過改良、協商、談判等柔性、維新性辦法，不能通過「一個階級推翻一個階級的暴烈行動」這種剛性的對抗性方式。總之，是贊成自上而下的改革，不贊成自下而上的革命。

對於學生運動，李澤厚先生和我的態度也不完全相同，他只是同情，並不支持。因為他一直不贊成這種大規模的對抗性群眾運動，群眾運動總是情緒有餘而理性不足。一九九二年他出國，但每年回國一次，對中國一直抱着「謹慎樂觀」的態度。我講這些只是説明，李先生懷疑以推翻現政權為目的大規模群眾激進對抗運動，其態度是一貫的，《告別革命》只是一次理論上較完整的表述。

鳳凰文化：你們所説的「告別革命」應該是指法國大革命開創的傳統，以及由俄國、中國繼承的共產革命。但是，革命還有另一種傳統，就是由英國、美國所開創的自由革命。這種革命，以個人自由為最高價值，建立自由、民主、憲政、法治為基礎的國家制度，其烈度和範圍都很有限。對於這種自由革命，您持何種態度？

劉：革命這個概念被應用得太廣泛了，誰都可以脱口而出地列出「工業革命」、「科技革命」、「文化革命」、「教育革命」、「文學革命」、「藝術革命」、「民族革命」、「種族革命」、「土地革命」等，甚至可以説出「生態革命」、「服裝革命」、「醫藥革命」、「食品革命」等等。所以對「革命」一詞，種革命。

首先要作界定。我和李澤厚先生在《告別革命》中，一再說明，我們所說的革命，是指通過大規模的群眾性的暴力手段推翻現政權的行為。即包括三要素：一是暴力行為；二是具有大規模群眾性對抗；三是以推翻現政權為目標。我們要告別的革命，是此種性質的革命，例如中國近代史上的辛亥革命，就是這種革命。

但我們的告別，並不是否認它的歷史正義性，而是認為這種性質的革命，不應當成為歷史的唯一選擇，即不是歷史的必由之路。就以辛亥革命而言，它也不是中國唯一的出路，當時的改良派主張和立憲派主張，其實也可作為一種選擇。不能說維新派與立憲派的選擇就是走向歷史的死胡同。我們的老朋友、老院長胡繩在《從鴉片戰爭到五四運動》一書中就表述過這種觀點。

《告別革命》首先給我國的近代史提供一種新的認識。至於對世界上的各種革命，我們確實認為，一六八八年英國的「光榮革命」（實際上是改良、妥協）比一七八九年的法國革命更可取，更值得借鑒。我們要告別的是法國式的暴力革命，而非英國式的「光榮革命」。《告別革命》對法國大革命開創的近代革命傳統，進行了認真的反思。在中國，這是比較早的反思。當然，英國在一六八八年「光榮革命」之前，也經歷過暴力的流血革命，例如一六四九年初的那場革命，革命主體就宣佈國王為「暴君、賣國賊、殺人犯、國家公敵」，並把他送上斷頭台。然而，這種砍頭革命手段在一六八八年的光榮變革中就不再被採用了。即「革命對象」國王詹姆斯只是逃亡法國，換上的是他的弟弟奧蘭治親王威廉和他的妻子瑪麗，避免了流血戰爭。我們倒是比較欣賞這種方式的政治變動。從十七世紀末至今，英國的社會比較安寧穩定，就因為他們採取君主立憲制，告別了砍殺國王的暴力革命。英國這種選擇，比較保守，但對人民和對國家都有益。我個人在思想上雖有自由主義傾向，但政治上則比較保守，不喜歡「翻燒餅」

式的激進主義。

繼續革命還是告別革命，只能從大多數的人民利益出發

鳳凰文化：對於一九八九年捷克的天鵝絨革命、波蘭革命，以及東德、匈牙利等國的變化，您怎麼看？還有就是二十一世紀之後，革命出現了新的命名和形式，人們稱之為「顏色革命」，以您的國際視野，顏色革命與以前的革命有哪些異同？您對此持何種態度？

劉：革命的合理性和不合理性都難以超越具體的歷史情景去評論。我和李先生提出「告別革命」，其語境是已經處在和平建設時期的中國，但不意味一切革命都可以告別。我覺得要看兩條：第一，本身的歷史傳統。比如中國的古代是王朝政制，一家獨裁，所以往往無革命便難以另尋出路，故倡言革命的「孟子」列入了四書。而西方多數發達國家有法治傳統，對革命便評價不高，對革命的血腥性也格外警惕。第二，具體的情形。如一九八九年捷克天鵝絨革命，結果是平和的，就算導致後來的分離，人民也是接受的。但阿拉伯顏色革命，就革不如不革。它們是大國政治一手導演的，小國掌握不了自己的命運。不管是主張「繼續革命」，還是主張「告別革命」，所有的思考只能從大多數的人民利益出發。李澤厚先生和我所作的判斷和選擇，着眼點也是多數人民的利益和人類的共同進步。

關於這個問題，那天我請教了李澤厚先生。他說，「天鵝絨」本身就是一種柔性意象，「天鵝絨革命」實際上只是改革，不是我們所指涉的那種暴力革命。而阿拉伯世界的顏色革命，情況更為複雜，突尼斯、利比亞、埃及、伊拉克、敍利亞、也門的情況也不完全相同，但都是大規模的對抗性的群眾運動。

對於這種革命的性質與後果，我是深深懷疑的。歷史是具體的，我們在《告別革命》中講歷史主義，就是講具體的歷史語境和具體的歷史條件。重要的是具體情況具體分析，籠統地講「革命」或把革命抽象化，沒有意義。有些批評「告別革命」的文章，離開語境，沒有注意我們的談論是在近代改良思潮與革命思潮相互對應的歷史語境中進行，也沒有注意我們所定義的「革命」是甚麼，而是把革命概念泛化與抽象化。批評者沒有受過分析哲學的洗禮，對日常用語不作分析。所以其論述和批評都顯得含混不清，不得要領，過於籠統。

鳳凰文化：辛亥革命的爆發，很大程度上是因為改良的道路被堵塞，而皇族內閣的出台成了最後的誘因。如果既得利益集團拒絕民眾的呼籲，繼續壟斷權力予取予奪，這種情況下的革命是否具有了正當性與合法性？綜合您自己的切身體驗，閱讀和思考，以及這些年來的國際視野，您認為革命的邊界在哪裏？

劉：關於這兩個問題，李澤厚先生也發表了意見。甚麼叫做「正當性」？甚麼叫做「合法性」？甚麼叫做「邊界」？這些詞又涉及其各種不同的含義，首先必須辨析、辨明、界定清楚。還有，說辛亥革命的爆發很大程度上是因為改良的道路被堵塞，這也很不清楚。甚麼叫做「堵塞」？誰「堵塞」？是慈禧太后嗎？她並未堵塞。慈禧的確打擊過維新派，但庚子事變後她吸取了教訓，並不堵塞改革，可以說，清末的改革還相當順暢。如果慈禧早死十年，戊戌運動就可能成功，光緒維新就可能實現。如果慈禧晚死十年，改革也可能成功，革命派未必能夠勝利。可惜她死得太早了，否則就不會演出皇族內閣鐵路國有這種種愚蠢鬧劇。如果慈禧不死，光緒也沒有隨之死亡，中國的情況就會很不相同。康有為很聰明也很清醒，他知道光緒年輕，可以借天子以革新，實現其改良之路，沒想到光緒卻突然死了，這完全是歷史偶然性。暴力革命並非歷史必然，就算文革也不是歷史的必然。

我記錄下李先生的意見，你可參考。他這麼一說，我就省得回答了。不過，那天他講完後，我覺得他強調談論革命概念需要「分析哲學」這一點對我有啟發。一是唯有分析，我們才能找到討論的真問題，即首先定義好「革命」，才能避免無謂的爭論；二是具體的情況確實需要作具體分析。我們的《告別革命》只是在「階級鬥爭」（革命乃是指極端性的階級鬥爭）和「階級調和」這兩種基本方式上作出選擇，即認為階級、階層矛盾永遠都會有，但選擇「階級調和」的辦法比選擇「階級革命」辦法好。調和並非沒有鬥爭，但不是大規模的流血鬥爭。

轉載自鳳凰文化原創欄目《年代訪》第七十三期
二零一五年十一月十二日

第十三題

中國的「尚文」傳統

中國「尚文」的歷史傳統

——在日本愛知大學國際中國學研究中心的演講

加加美教授[1]：有機會舉辦劉再復教授的演講會，對我本人及我們來説都是很光榮的事情。實際上，大家都知道，劉再復教授二十世紀八十年代初期已經在中國學術界具有了很高的名望。一九八九年後，到美國科羅拉多大學、瑞典斯德哥爾摩大學擔任客座教授。之後，到香港城市大學擔任客座教授和名譽教授。我們利用他到香港的機會，請他過來，參加我們的研究會。今天，演講的題目已經在海報上印出來了，即「中國『尚文』的歷史傳統」。圍繞這個主題，將會談到目前中國文化界的情況，將從歷史和文學的角度來看「尚文」的傳統有甚麼意義。他的「性格組合論」，在中國的文學界就有相當的影響。我也看過相關的文章，並受到很大的啟發。下面就請劉再復教授開始演講。

劉再復：各位老師、同學、朋友、加加美教授，在演講之前，先聲明一下：今天，我的演講只準備了一個提綱，沒有講稿。另外，此次演講是作為一個知識分子的人文關懷，並非專業學術報告。我很喜歡美國哥倫比亞大學已故巴勒斯坦裔教授薩義德所寫的《知識分子論》。在《知識分子論》中，他給知

1 日本著名漢學家，愛知大學教授，愛知大學國際中國學研究中心（ICCS）所長。

識分子下了兩個非常經典的定義：一個是「敢對權勢者說真話的人」，一個是「業餘人」。所謂「業餘人」便是從專業中漂流出來的人。比如說，你是位律師、醫生，這還不能算是知識分子。你要從專業中漂流出來，關懷社會才算是知識分子。所以，我今天所履行的是一個從文學專業裏漂流出來的「業餘人」的責任。

我和我的兄長式的朋友，即著名哲學家李澤厚先生，共同寫作了一本書，是本長篇對話錄，最近香港正在發行第五版。這本書從政治、哲學、歷史、文學、藝術等各個角度，談論我們的人文理想和社會關懷。從哲學上，我們表達了一個「你活我也活」的理想。今天世界上有三種基本哲學模式正在較量：一種是「你死我活」，另一種是「你活我也活」，還有一種是「你死我也死」。在我的青年時代，大陸當時所實行的鬥爭哲學就是「你死我活」的哲學。這些年以來，我們一直在反省，從哲學上講就是倡導「你活我也活」。但是，現在出現了自殺炸彈，從「九．一一」事件之後，就出現了「你死我也死」這樣一種「與汝偕亡」的哲學。我和李澤厚先生所表述的哲學思路，是「你活我也活」的雙向思維。這是從單向思維到雙向思維的大轉變。

我們認為，時代應該有時代的基調，我們這個時代的基調應當是和平的、協商的，相應地，其基本的思維方式應該是雙向的。「你死我活」是單向思維，「你死我死」當然也是單向思維，「你活我也活」才是雙向思維。單向思維是一種獨斷的、命令式的、一個吃掉一個的思維；雙向思維則是對話的、談判的、妥協的。我們就是要在哲學的層面上告別單向思維，轉向雙向思維。在哲學上簡單說幾句有助於理解下面我要說的內容，今天，我講「尚文」傳統，是講歷史，但其哲學基點正是崇尚和平哲學，拒絕鬥爭哲學。

已故的意大利天才小說家卡爾維諾八十年代在哈佛大學做了一個非常著名的演講——《寫給下一個一千年的備忘錄》，可惜還沒有講完就去世了。在已經發表的幾講裏面，他說：下一個世紀、下一個千年，我們將面臨最重要的選擇，可以用兩個字來表述，即你要選擇「柔」還是選擇「剛」。從文學上，你要選擇以悲壯為基調，還是選擇以輕柔為基調；從文化上，你是要選擇重，還是選擇輕。他認為，這是人類面臨的最基本的選擇。卡爾維諾表明了自己的人文理想，他選擇的是「柔」，而不是「剛」。他預見人類未來的生活將愈來愈沉重，生存困境將愈來愈艱難，但我們可以以「輕」去駕馭「重」，以「柔」去駕馭「剛」。卡爾維諾這種「尚柔」的大思路，早在兩千多年前中國的偉大哲學家老子就提出來了。《道德經》第四十三章中的「天下之至柔馳騁天下之至堅」，早已成為中國哲學的最重要的命題之一。老子選擇的正是「柔」。我今天所講的中國「尚文」傳統，也可以說是「尚柔」傳統。關於這個傳統，中國的古代思想家有許多精彩的表述，我們下邊還會再提到。而所有的表述都在說明，中國的這一傳統，是與「尚武」、「尚兵」、「尚征伐」的思路相對立的。現在我分六個問題講述今天的主題。

一、「尚文」傳統和「尚武」傳統的價值判斷

剛才講了，「尚文」傳統的對立項是「尚武」，那麼，問題很尖銳地提出來了，就是對「尚文」的傳統和「尚武」的傳統該做怎樣的價值判斷？簡單地說，它是好還是不好。這個問題在近代變得很突出。我們知道，一八九五年中國在甲午海戰中，北洋艦隊全軍覆沒，失敗了。當時震動非常大，有詩歌說：「四萬萬人齊下淚。」朝廷上下一片哭聲。歷史充滿偶然性，如果當時不是全軍覆沒、徹底失敗，而是

打個平局，中國以後的歷史就可能是另外一種樣子。大失敗、大震動之後，知識分子開始反省，我們中國為甚麼會被日本打敗，怎麼變弱了？當時知識分子有個共同的發現，發現中國是個大國，但不是一個強國。為甚麼會變成弱勢國家？是甚麼原因？當時提出各種各樣的解釋。其中，很有代表性的知識分子梁啟超在《新民說》中提出一種見解，說中國缺少「尚武」精神，缺少希臘時代的那種「斯巴達」精神。他的這個論點影響了很多知識分子，包括魯迅先生在一九零三年寫的《斯巴達之魂》，也是支持這樣的觀點。

那麼，梁啟超的這個判斷對不對呢？我覺得是不對的。梁啟超面對巨大失敗的恥辱，面對國家的危難，為了激發民氣，其激烈言論可以理解。但他在亡國陰影刺激下的反省，其結論卻是片面的。他沒有看到中國近代衰落的原因，關鍵是在十五、十六世紀中晚明時期未能及時抓住西方貿易文明、工商文明進入中國的歷史機會，不了解工商、貿易文明將給中國帶來新的理念、新的技術、新的文化，從而「積弱」二、三百年。明代的閉關鎖國政策打擊了海上私人貿易活動，堵塞西方文明進入中國內部，是中國近代衰落和大失敗的開端。黃仁宇先生對明朝政治經濟的研究，其成果值得參考。他在《放寬歷史的視界》中說：「西歐的『現代化』，包括文藝復興，即所謂資本主義形成，宗教改革和科學技術的展開，時間上和明代近三百年的興亡吻合，這更給明代史一種特殊的意義。」這一意義，就是提醒中國注意：三百年前，我們失去了一個興盛強大的歷史時機。這段歷史，更具體一點說，是明朝洪武年間，正是歐洲資本主義崛起的時代。一三八零年，意大利的弗里敦市威尼斯取得獨立地位並打敗熱那亞而成為地中海海上霸主。繼而便是荷蘭作為資本主義民族國家的興起，它宣佈獨立時正是萬曆九年。也就是說，在朱明王朝二百七十六年間，西方正在組織和興起一個強勁的資本主義運動，而西方的傳教士、商人也已踏上澳門和中國內陸土地，中國完全有機會通過國際貿易而打開生面，但是，明王朝卻始終閉關自守，依然徘徊在小農經濟之中。可以說，甲午大失敗，早在明朝時期就種下禍根了。

我們今天沒有足夠的時間來和梁啟超進行學術上的論辯。我只想說，中國並非一直是個弱勢國家，它在歷史上非常強大過，特別是漢唐時期，可是那時，「尚文」的傳統已經確立，也就是說，「尚文」並不會導致衰弱。中國的弱，特別是近代的弱，完全弱在明代開始的閉關鎖國政策。在這一點上，最近紀念鄭和下西洋的學術會上很多觀點都是錯誤的，他們沒有注意到，中國在唐宋已打開大門，反而到了明代才閉關鎖國。我今天講這段歷史，是要說明「積弱」不可歸罪於「尚文」。事實上，中國的「尚文」傳統，其歷史非常久遠，它成為許多朝代的立國精神並導致中國長期良性發展。關於這一點，我非常贊同著名的歷史學家錢穆先生在其著作《國史大綱》《國史新論》裏面所論述的觀點。他認為：在人類數千年的歷史上，有兩種完全不同的立國精神，並形成兩種不同的政治文化大傳統，這就是「尚武」精神傳統與「尚文」精神傳統。他認為，歐洲與中國呈現了這兩種差別巨大的政治文化路向：一是起始於馬其頓（亞歷山大），中經羅馬大帝國，後又產生拿破侖的依仗武力向外擴張、向外征服土地的路向；一是起始於兩漢的以文治國，崇尚文化，重在征服人心的路向。後一路向，使中華民族幾經挫折而站立到今天。

二、從制度層面上說，中國的文治制度始於秦而成熟於兩漢

中國的「尚文」精神並非憑空產生，這裏有一個與政治經濟相關的原因，這就是貴族政治制度的瓦解，文治制度的確立。中國的文治制度始於秦漢。那時，中國結束了春秋戰國的前封建時代進入統一

帝國的後封建時代，在政治上由郡縣制（中央政府）代替分封制（分土封侯的貴族政治）。在統一的王權下，文官的地位高於武官，尚武精神逐步失去社會基礎。貴族制度的過早崩潰，使「尚文」獲得政治前提。中國貴族政治的過早瓦解，這是非常重要的事情。因為貴族政治瓦解後，中國結束了前封建時代。前封建時代是分封制，即貴族分土封侯的時代。在此時代中有三樣東西是最重要的，這就是姓氏、土地、軍隊。這三項都是貴族所擁有的。當時只有貴族才有姓氏，平民沒有，也只有貴族才有分封的土地，平民沒有。還有一項最為重要的，貴族擁有兵車軍隊。貴族之間常有戰爭，沒有軍隊是不可思議的，所以一定要「尚武」。前幾個月，我到意大利、法國，一路上看貴族城堡，一個個堡壘，每一個貴族佔領一個地方都要建築一個堡壘。他們沒有安全感的，非常辛苦。對於他們最重要的是保護其財產和土地的軍隊，所以非「尚武」不可。中國的周代，是氏族貴族政治時期，情況與此相似。但是，到了秦漢，特別是到漢景帝、漢武帝之後，貴族諸侯被消滅，中央高度集權，皇帝壟斷一切權力，他派出文官到各地，代表他去統治全國各地，這時候文官的地位就比武將高了，「尚文」就獲得了政治的前提。

中國的「尚文」還有一個重要原因是中國科舉制度的興起。科舉制度進一步打擊了貴族特權。中國的「尚文」傳統在唐、宋、明、清等朝代中由科舉制度得到強化。通過科舉選拔官員、選拔人才，使社會崇尚讀書，崇尚文化。中國的宋、明、清雖有武舉，但武舉人往往只是會耍弄刀槍，並非排兵佈陣的將才，從未被社會所敬重。清朝從康熙到乾隆，都深知漢民族崇尚文化，認讀書人為上，所以他們以文治國，贏得長期的和平（康、乾兩帝就有一百多年的和平）。元朝統治者則迷信馬背上的功夫，不知文化的力量，知識分子的地位極低，當時各類人的社會地位排行是「一官二吏三僧四道五工六農七醫八娼九儒十丐」，儒者居倒數第二。元朝於一二七九年建立，卻拖到一三一三年，仁宗才下科舉詔，每三年開試一次，但已太晚，而且有名無實，結果統治不到一百年就滅亡了。朱元璋知道中國人尚文的文化心理，提出「驅除韃虜，恢復中華」的口號（孫中山後來也沿用了此口號），這種口號最能打動具有尚文心理的中國人。

說到這裏，我想順便談一下如何評價科舉制度的問題。通過科舉制度選拔人才，也就是說在考場面前人人平等。這恰恰是與孔夫子「有教無類」的思想相通，並沒有甚麼不好。科舉制度初建於隋朝，到了唐代就非常成熟，而且獲得很大的發展。當時，很多人才都是從科舉中發現的。劉禹錫說「舊時王謝堂前燕，飛入尋常百姓家」。文學從貴族走向平民，這也沒有甚麼不好。科舉在唐朝考「詩賦」「策論」「義理」，三者中最重要的還是「詩賦」，詩寫得好，就可以中進士，甚至中狀元。這一方面刺激詩歌的發展，另一方面又使唐代變成功名心最重的時代。許多著名詩人，包括李白、杜甫、王維，功名心都很重。科舉發展到後來，到了明清時期，就進一步技術化，開始考八股文。因此，科舉就開始成為束縛知識分子靈魂的工具，進而限制了知識分子的才能。所以，科舉到後來在我們的印象中就成為很壞的東西了。但是，今天怎樣看待這個科舉？它有其長處，即給知識分子一個平等的機會。儘管科舉很難選拔出最優秀的人才，但是從科舉考試中出來的人也不會太差，不會像走後門出來的官員那麼差。所以，我們今天也可以吸收科舉的某些長處。

三、從思想層面上說，中國的「尚文」傳統在先秦諸子時期就已成熟

剛才從制度上講「尚文」傳統始於秦漢，而從思想層面上說，中國的「尚文」傳統在先秦諸子時

期就已成熟。春秋數百年，幾十個小國相互征戰，你吞我併，到了戰國後期剩下七國爭雄。面對長期戰亂，當時的主要思想家老子、孔子、孟子、莊子、墨子、荀子等，均對戰爭進行了總反省。「不爭」（和平）成為諸子思考討論的總主題。老子提倡不爭之德（「聖人之德，為而不爭」），斷言「兵者，不祥之器」、「大兵之後，必有凶年」；孔子講「仁愛」、「和為貴」；墨子講「兼愛」、「非攻」；孟子、荀子提倡以德懷人的「王道」，反對「以力服人」的「霸道」。說法不同，思想有所差異，但大思路都是尚和（和平）、尚合（文化凝聚、人心凝聚），尚自然（反對權力意志）、尚仁義（憂慮的中心是民本的災難，不是國家君王的榮耀）。這些大思路便匯合成中國尚文的偉大傳統。

這裏，我要特別強調的是，先秦的這些思想家非常了不起，他們所思所做的是一種反戰尚和、扭轉乾坤的大事情。他們面對幾百年的殘酷戰爭，從不同的角度及時地做了一次大反省，非常了不起。從人類歷史上看，他們反省的特點，一是很早，在公元前三百年前後就已經完成；二是很成熟，以致在兩千年後的今天，仍然讓我們感到其中許多思想是後來者一直無法達到的高度。例如孟子把「不忍之心」視為人與禽獸的根本區別，從潛意識層面開掘生命的善端，發掘「和」的人性本源，就非常深刻。孟子很不簡單，他發現「不忍之心」乃是文明的發端，人類和動物的區別其實是很小的，他用了一個詞「幾希」。區別只有「幾希」，只有一點點。如果沒有「不忍之心」，隨便殺人，那就等同於禽獸。他提倡「王道」，其中心意思也是不要隨便殺人。雖然歷代帝王常常未能真正實行王道，使「王道」一直帶上烏托邦性質，所以，魯迅先生也嘲笑「王道」。但是孟子畢竟提出了一種符合人性的治國的道德坐標。

下面我談談老子這位非常了不起的人物。前面已說過，他尚柔不尚堅，尚文不尚武。有人說，《道德經》是部「兵書」，這種論斷沒有注意到《道德經》的前提是「反戰」、「反兵」的，老子明明說：「兵者，不祥之器」，「大兵之後，必有凶年」。在此前提下，他又提出了一個非常重要的思想——「勝而不美」，就是哪怕你戰勝了，你是個勝利者，也不要感到自美，不要高興。他說「戰勝，以喪禮處之」，即使勝利了，你也應該用喪禮這樣的態度來處理、對待你的勝利。這個思想是非常了不起的，這個思想比產生於羅馬的「凱旋門文化」高出千百倍，勝利不但不慶功，還以哀傷的態度對待流血死亡，這才是徹底的人道理念。我到巴黎去的時候，朋友帶我去參觀凱旋門，我說你們的凱旋門當然很漂亮，但是從思想層面上來說，我們中國的哲學家老子比你們的凱旋門高出千百倍。就是這樣的一個理念，以喪禮代替慶功，這是「尚文」的輝煌邏輯。過去對老子《道德經》的闡釋從未講透這一點，這一偉大的思想，我們以後應該進一步研究發揮。先秦諸子的成就說明，只有在可以充份自由表達的政治環境中，原創性與預見性的思想才會成為可能。

四、中國「尚文」傳統的形成，除了制度原因之外，還有其他原因，包括自然條件原因、文化心理原因、宗教原因等，下邊我分頭講講

1、從地理自然條件的層面上說，中國的農業文化也在很大程度上決定了和平立國的方向

關於這一點，錢穆先生做了很多的研究。他把世界文化分為三大類型：遊牧文化、商業文化與農業文化。遊牧民族本身資源不足，冬天更是缺乏水與草，不能不向外擴張；以商業文化為中心的國家，如希臘，也因為自身資源不足又有航行的方便而向外征服。惟獨以農業為主的國家，自身有大河流灌溉，有廣闊的可耕土地和適當的氣候，可以自滿自足，不必向外擴張土地，因而也崇尚和平。按照錢穆先生的

意思，自然環境決定了生活方式，而這種生活方式又影響了文化精神。中國是一個農業很發達的國家，有廣闊的土地，有適當的氣候，中間又有幾條大河，這樣就容易產生天人相應、天人感應的精神，就會安份守己，就不會產生向外征服的心理。這就是錢穆先生所做的一個重要的解釋。算是自然地理的原因。

2、從文化心理的層面上說，中國也有「尚和」的長期的歷史積澱

從文化心理的層面上說，中國也有「尚和」的心理趨向。錢穆先生舉例說：羅馬有圓劇場，亦為言羅馬建築藝術及羅馬文化者所稱道。然至於劇場中以活人與猛獸相搏鬥，乃至於數百千角鬥士表演節目，相互屠殺，斷肢決胸之慘象，為當時羅馬貴族一賞心樂事；則並不能與其堅固石料所建造之劇場同樣保存流傳，以迄於今。後來這個情況就結束了，但當時一段時間確實是把鬥獸作為一種賞心悅目的事情，心理上很愉快。當時，不僅是元老院的元老，還是民眾，甚至是羅馬的基督教徒，都是喜歡看鬥獸表演的，這種文化心理很奇怪。錢穆先生認為，中國就沒有這種情況，他說：中國戰國時期，王國宮廷亦有劍士比武之遊藝，如莊子《說劍篇》所記載，但是始終沒有繼續下來。漢代亦有猛獸之囿，如漢文帝之入虎圈；亦有因犯罪而使人進行格鬥作為懲罰，這些都有。但是，中國人不喜歡這些東西，因而都沒有繼承下來。這確實是一個很有意思的問題，可惜錢穆先生沒有充份闡釋。我在科羅拉多的時候，與李澤厚先生經常談起這個事情。一九九九年夏天，我們一起遊玩歐洲三國，西班牙的巴塞羅那看鬥牛，當時李澤厚先生就認為這種鬥牛的場面在中國是無法進行的，無法被中國人所接受。中國的文化心理和西班牙乃至歐洲的文化心理差別太大了。羅馬的鬥獸場，我們就更難以接受了，這種尚武的心理，在尚文的中國人看來乃是變態心理。這一問題由錢穆先生提出來，值得進一步研究。

3、從宗教層面上說，中國的「尚文」、「尚和」也有其基礎

除了以上兩個原因之外，我再補充一點宗教原因。錢穆先生提出西方打着基督教的旗號進行東征，但是沒有講清楚緣由。

中國沒有嚴格意義上的宗教，也沒有「絕對神」的觀念。孔子說「祭神如神在」，祭祀神就當作真有神在。祭則在，不祭則無，這是「相對神」，神只是形而上的假設。我假設他在時他才在，是一種假設。外來的宗教主要是佛教，也沒有「絕對神」觀念，即可容納其他宗教共生共存。西方基督教雖有博愛慈悲之心，但有「絕對神」的觀念，因此基督的門徒只能把愛施以服從神的土地和生命，對於不服從、不低頭者，則施以壓力，甚至武力，這便導致了十字軍東征的歷史事件。具有博愛教義的宗教卻發動武力討伐的侵略戰爭，其原因就是神的絕對化。中國的文化是人的文化，而且是只有一個世界（人的世界）的文化；西方的文化是兩個世界的文化（人的世界與神的世界），因此，西方文化中最高的和諧只能在天堂裏實現，而中國則謀求在人間秩序中實現。這是中國文化的偉大之處。李澤厚先生有專門的文章揭示與探討，我們可以參考，他把中國文化與西方文化的最大區別由此做了充份說明。總之，中國沒有絕對神的觀念，也就沒有以神的名義向外擴張的理由。

五、告別革命，便是告別以暴力手段解決階級衝突的小傳統

講到這裏，有的朋友可能會問：你說中國「尚文」，可是在中國歷史上不是也有許多「尚武」現象

嗎？農民革命中起義的一方和鎮壓的一方，不是都很暴虐嗎？不是也很迷信刀槍嗎？的確如此。所以我要用「大傳統」與「小傳統」這兩個概念來加以區分。一方面確認中國有一個與歐洲崇尚征服不同的尚文的大傳統，另一方面也要正視中國還有一個通過暴力手段解決政權爭端、解決統治者與被統治者矛盾的小傳統。這就是農民戰爭、農民革命的傳統。以往把這一小傳統描述為歷史的主脈甚至是歷史的全部是錯誤的。暴力革命只是歷史的一些瞬間，但它的確非常慘烈，決戰雙方的殺虐性都發揮到極致。農民革命固然有其歷史合理性，但在「替天行道」名義下把一切殘暴手段視為天經地義卻帶來極大的負面作用，並形成中華民族巨大的心理創傷。告別革命，便是告別以暴力手段解決階級衝突的小傳統。

這幾年，我講課講了一節《雙典批判》，就是對《水滸傳》與《三國演義》進行文化批判。這兩部書從文學上講，是非常好的作品，但從文化觀念，即從價值觀上講，則有很大的問題。《三國演義》是中國權術和陰謀的大全；《水滸傳》有個根本的東西，就是這樣一個公式，用黑格爾「凡是存在的都是合理的」表述，就是「凡是造反的都是合理的」。使用任何手段包括任何暴力都是合理的。比如武松血洗鴛鴦樓，他殺了十六個人，但他的仇人只有三個：蔣門神、張團練、張都監，可是武松殺了十六個人，大家注意了沒有？他連小丫鬟都不放過。再比如，為了逼朱仝上山，吳用施了一個毒計：當時朱仝正受滄州知府的信任，知府把自己的小衙內、四歲的小兒子讓朱仝照顧，吳用為讓朱仝走投無路，就設計讓李逵用斧頭把這個四歲的孩子砍成兩半。另外，魯迅先生一再批評張獻忠，這個農民起義的領袖太殘忍了，抓到人就油炸、剝皮，甚麼壞事都幹，甚麼手段都使，當時在四川殺人如麻，還樹了一個「七殺碑」，上面有碑文，其要點是「天生萬物以養人，人無一物以報天。殺、殺、殺、殺、殺、殺、殺！」意思就是說，天有很多東西給予人，人卻沒有一樣東西可以給天，所以對不起天，人類是沒有用的，因此人就該被殺，殺個不停。中國「尚武」的小傳統的確是有的，但這不是中國文化的主脈。今天在開掘「尚文」大傳統的時候，一定要對這個小傳統進行反思。所以，我們要告別革命，就是在開掘「尚文」大傳統的同時，告別這種小傳統。

六、大傳統的現代轉化

最後要講一個問題，就是關於大傳統的現代轉化問題。這個問題談起來會很長，所以，我用提綱來表述，即提綱的第九點。

面對中國「尚文」的歷史傳統，重要的是開掘其資源，對它作出現代闡釋與現代轉化。今天中國的人文思想者，急需做的是打通中國古代傳統文化與中國現代文化的氣脈，以及打通中國文化與西方文化的氣脈。以「打通」的思路代替「打倒」的思路，肯定「五四」創造新文化的功勳，又告別其「推倒」的革命態度。尚和的品格，應把「和而不同」的理念貫徹到今天。「和」是多元整合，不是一元獨尊，真正的和是尊重不同理念的和。我們應以此理念尋求古今文化之和、中西文化之和，即尋求有益於共同生存發展的普世價值，不爭以何者為中心，不爭以何者為鏡。在政治層面上，尚文尚和的現代內容則是告別革命方式，以平等對話（談判妥協）、你活我也活的雙向思維取代獨斷對抗、你死我活的單向思維，以階級調和、民族調和的思路代替階級鬥爭、民族鬥爭的思路。把時代的重心、歷史的平台切實地從戰場轉向談判桌。這是我對大傳統現代轉化的基本觀點。

我在前不久，在談「尚和」的文化精神的時候，想到現實，想到大陸與台灣關係，於是，就寄以一種希望、一種期待、一種理想，希望廿一世紀對於中國來說應該是一個沒有飢餓、沒有革命、沒有內戰的世紀。對於世界來說就是剛才我說的，一切都從戰場轉向談判桌，一切都用和平的方式來解決各種爭端。大家都「尚文」，這個世界會更好。

講完了，謝謝大家！

評論與提問

加加美教授：謝謝劉再復教授，你講得很精彩！我受到很大啟發。坐在前面的兩位教授，一位是現代中國學部的同事——張琢教授，另外一位是我們的訪問教授——張夢陽教授，是中國社科院文學研究所的，以前劉再復教授的同事。下面請兩位教授進行相關的評論，我再最後作發言。

張夢陽教授：劉再復教授開始的時候講知識分子的職責，聽了這個職責之後，我也很有感觸。我感到知識分子的職責就是思想者的職責。甚麼叫思想者？羅丹的「思想者」曾經運到北京。在美術館那裏擺放，很多年輕人去看，那時候我也冒着風雪和年輕人一起去瞻仰「思想者」。我感到，劉再復先生和李澤厚先生就正是當前中國的大思想者，也是人類的。現在中國需要很多職業人士，電腦工程師、醫生、管理者等，但最缺的是甚麼？我認為，最缺的是思想者、大思想家。如果沒有思想的話，即便我們有很好的技術、學術，也只能解決一些枝節問題，不能從根本上去談。甚至如果在一個錯誤的思想模式下面工作的話，工作得愈久，可能效果愈壞。剛才，劉再復先生講的是中國的「尚文」的歷史，他講得很充份、很深刻，「尚文」確實是中國的歷史傳統。但是，二十世紀以來，特別是後半葉以來，已經把這個「尚文」的傳統快糟蹋沒了。所以，在這個時候，作為一個大思想者，很重要的是挖掘和張揚中國的優秀傳統來抵制、克服和化解那些對中國造成危害的思想傾向。我贊同李澤厚先生、劉再復先生這些大思想者的工作。在中國最主要的是要做一些，用錢穆先生所説的溫和對待的、深入的，看來是緩慢的思想工作，這樣的話才能真正地從毛澤東的陰影中走出來。從這裏更可以看出這些大思想者的價值。

張琢教授：大家好！我們三個人（劉再復先生、張夢陽先生）十六年沒有見面了，而在二十四年以前，合作起草過紀念魯迅一百週年的報告，就是周揚同志的那個報告。我很贊成再復講的三個「沒有」。最精彩的是最後的「沒有內戰」，不是沒有戰爭，因為現在全世界最大的惡霸——美國不但控制了全世界，如今還要控制宇宙太空，世界上最大的惡霸，現在只許我活、不許你活的是美國人。在這樣的情況下，我們能夠不準備外戰嗎？當然不要外戰，所以不要核武器，但我們要拿起核武器。試想，如果中國沒有核武器，美國人今天叫你投降，你就得投降；叫你繳械，你就得乖乖地繳械，一切都只聽一個人的，那是一個甚麼樣的世界？真正的悲慘世界。所以，我覺得還是文武雙全好，文武之道，「偃武修文」（《尚書．武成》），在中國國內可以這麼講。武功已經成功了，這個時候要「偃武修文」，也才可能。但拿到中國國內的狀況來説，我是絕對反對在國內，或者在海峽兩岸的關係上動武的，所以不要內戰。但是在國際上，是要準備的，要有充份的準備。

涉及如今處於敏感期的中日關係，我覺得非常同意「非攻」、「尚和」的思想。大和民族就是從和為貴來的，大和民族這個民族的起源就是「和為貴」，就是《論語》有子的話「和為貴」。這個民族的得名，就是加加美教授剛才講到的。我們兩國有幾千年的友好相處的歷史傳統，這是大方向。這次「愛知世博會」上，我去看了五月十五號開始展出的唐朝唐玄宗親自給一位英年早逝的日本留學生寫的御碑，前年發現的，保存在西北大學，這一次展出在愛知的中國館裏面，歡迎大家去看。因為我現在講「中國文化論」正講到唐文化，和我們的同學也介紹了這個。當然，也有近代從甲午海戰以來的教訓。現在，中國不要內戰，也不要有外戰。我們防備的對象只能是像現在最有權力、最有實力發動戰爭，老是要干涉別國內政的國家。我覺得，從中日兩國的根本利益出發，從傳統出發，從大和民族的文化起源來說，從其命名來說，我們都只有理由「和為貴」！

加加美教授：劉再復教授談到「尚文」的大傳統，這個大傳統是讀書人的文化，讀書人的傳統，當然一般老百姓也受到「尚文」的影響，但主要的還是讀書人的傳統。在我看來，實際上現在回顧「文革」歷史、毛澤東時代政治狀況，我們要注意一個民粹主義。這個民粹主義用一般百姓的情緒化為動力，這種百姓的情緒化有甚麼作用呢？我認為，來自生活層次的情緒，一般百姓不一定對國事有濃厚的興趣，但對來自一般生活中的，如貧困化、饑荒的狀況，就會出現一定的情緒。在我理解，還是需要一個農民領袖，一個很有力量的農民領袖出現，站起來搞農民造反。剛才張琢老師講的「以文御武」，這個好像和「文革」時候有同樣的口號。毛澤東算是個農民領袖，是利用民粹主義來動員一般百姓。或者說有時候，在革命的時候，動員一般百姓農民來革命。所以，我基本上同意劉再復先生的觀點，但是另外還需要一個關注來自日常生活困難的老百姓的情緒化問題。最後，西歐文化與中國文化的區別，一方面，中國的文化是一個世界的文化，人的世界的文化；與之相比，西方是兩個世界，人的世界與神的世界。這個觀點我很佩服，這個觀點很像法國大思想家福柯的觀點。現在布什政權將自己的自由主義在全世界進行普世化。這個就是西方文化中最高的和諧只能在天堂裏實現這種想法。原來自由主義是多元主義的，應該容納與自己不同的意識形態或者與自己不同的宗教存在。如剛才劉再復教授所說的那樣，具有博愛教義的宗教卻發動武力討伐的侵略戰爭，十字軍東征就是最典型的歷史事件。把博愛施加給別人，無條件地施加給別人，這是博愛的悖論。自由主義也有同樣的悖論，自我矛盾，都是來自剛才劉再復教授所說的西方文化有兩個世界的原因。所以，我對劉再復教授對這一問題的分析感到非常佩服，受到很大啟發。

田稻毅：謝謝，我是日本慶應大學的田稻毅，請多關照。今天，劉再復教授的講演，我也受到了很大的啟發。梁啟超這個人物，我也被他深深地吸引了。我剛剛從廣州江門市回來，看了他的老家。但是，我有兩個問題，晚輩才學淺薄，可能有些冒犯之處，請多多包涵。第一個，我認為，我們生活的世界是很複雜的，劉教授所講的內容主要是兩項對比：一個「尚文」，一個「尚武」；一個是西方，一個是東方；一個是「王道」，一個是「霸道」。比如說，一個基督教，但是我覺得古代西亞的基督教，還有羅馬的天主教，還有路德的宗教改革以後的基督教，不是一回事，不是一樣的。所以，我覺得不能一概而論，比如耶穌基督說過：「造和平的人有福。」他這樣說過，他反對戰爭，反對暴力，他要和平。但是，我們信的那些宗教，教義再好一點，我們也容易把它歪曲了，因為人就是這樣賤。尤其是一旦建立了一個組織之後，很容易被自己建立起來的組織所束縛，我覺得最好的例子就是羅馬天主教，所以，您說西方文化不對的時候，拿十字軍來批評西方文化，我覺得可能有一點不公平，有這樣的感覺。另一個是對內的問題，您說的中西文化的中，指的是甚麼？因為中國有五十六個民族，有五大宗教。比如藏族人信的是所謂的喇嘛教，他們的文化在很濃厚的印度文明的影響下；還有回民在阿拉伯文明的影響下。儒家也好，道家也罷，反正那些都是華夏文化。但是，我們總不能說中華民族＝漢族＝「尚和」、「尚文」的族群，如果我們這樣說的話，我們也會犯和孫中山一樣的錯誤，他在「三民主義」中說過，雖然我們國家裏面有很多少數民族，但他們的人口是很少的，所以可以無視他們，基本上我們可以說我們的國家是漢族人的國家。他這樣說過，這是大漢族主義。但是我相信，藏族人也好，蒙古人也好，他們的文化裏面也一定有「尚文」的傳統，就像剛才張琢老師所說的毛澤東也是個尚文的人。所以，我想與其說，「尚文」是漢人的傳統，還不如說這些是人類共同的傳統。不是因為你是炎黃子孫，所以你不能殺人，而是因為你是人，所以你不能殺人。我認為，這種理想的前提是，你也是人，我也是人，不是你是中國人，我是日本人的問題。感慨來說，我覺得劉再復教授剛才的話特別精彩，但是有一點後現代所批評的本質主義，或元初主義的傾向，我有這樣的感覺，如果我誤會您的意思，那我就道歉了！

劉再復教授：剛才夢陽兄、張琢兄、加加美教授、田稻毅先生提出的問題非常值得思考。我的研究也是提出問題，提供大家討論。很多問題還得再思索，我在批評《水滸傳》的時候，肯定宋江在整個農民革命的歷史上，創造了另一種遊戲規則。主張妥協，主張談判，就是要階級調和、階級談判。這東西好不好？是值得討論的，我認為宋江的思路，通過談判、妥協的辦法解決地主與農民的階級矛盾，這種思路很寶貴。在農民革命這個小傳統中竟然出現宋江這種「和」的思想，這種不武鬥到底，不革命到底的思路，是不是可以有所肯定？後來中國很大的問題是把革命徹底化了。總是認為革命還不夠徹底，然後就再革命、不斷革命，如魯迅說的「革命、革革命、革革革命……」太徹底了，連我們這種一個月領五十六塊錢工資的人也成了小資產階級。宋江創造了另外一種規則，就是要「和」。這裏我順便講一下兩個大概念的區別：「俠」與「盜」的區別。俠客與強盜都反叛現狀，所不同的是俠客反叛勝利之後不佔有；盜則一定要佔有，這是最大的區別。宋江反叛了，但是不想當皇帝，說他「只反貪官，不反皇帝」，可是他也不想當皇帝啊。這種不想稱帝的精神在中國很缺少。我們今天要開掘這種精神。

另外一點，剛才加加美教授提到的幾個問題都非常重要，如民粹主義、自由主義與中國尚文傳統的關係。先不講民粹主義，以自由主義而言，前邊我說的「和而不同」，就有自由主義因素。這個「和」，有兩個意思：一個是「尚和」「非攻」，與「尚兵」、「征伐」相對立；另一個是「和」與「統」這兩個大概念的對立，這在中國的文化上非常重要。我們講的「和」應該是「和而不同」，真正的「和」是多樣性的統一，是多元的整合，如加加美教授剛才講的自由主義本來是多元的。多元裏面求和，「和」有多元的基礎；而「同」是一元獨尊，沒有多元基礎。「和而不同」最早出現在《國語》中。鄭桓公問史伯，周幽王為甚麼滅亡，史伯回答說：「去和而取同。」後來，孔子發展了這個思想說：「君子和而不同，小人同而不和。」二者差別很大。所以，真正的自由主義應該是「和而不同」的，是尊重不同觀點的「和」，這才是最寶貴的。我非常欣賞、尊敬蔡元培先生，覺得二十世紀的中國最缺少的是蔡元培先生這種人。他的精神就是「和而不同」的精神，不管你是陳獨秀，還是辜鴻銘，還是魯迅，立場不同不要緊，重要的是一概尊重，「兼容並包」。這是很偉大的思想，是真正自由主義的思想，二十世紀我們不是缺少文化知識，而是缺少這種文化情懷。蔡元培先生在《紅樓夢》研究中是索隱派，他的方法我不贊成，但是他給另一個索隱派作者作序時有四個字，大家不太注意，即「多歧為貴」，很多分歧才是寶貴的。「多歧」，就是「不同」，「不同」而和才可貴，所以說，「和為貴」還不夠，「多歧」而「和」才寶貴。加加美教授重視這個問題，確實很重要。今天，我們講「尚和」，應該講到這個層面，這個哲學層面，「和」、「同」關係的層面。如果「和而不同」哲學成立了。我們在處理如大陸與台灣的兩岸關係，處理中國與日本的關係時，可能就會更寬容一點地討論問題，更冷靜一點地討論問題。

另外，剛才田稻先生所提出的問題，很有意思，實際上就是關於本質化的問題。對於本質化，我做過很多批評，本質化其實就是簡單化。所以我在闡釋的時候盡可能避免這種傾向。但是，有個問題，就是我們的人文科學如何成為可能？這是個很大的問題。如果沒有價值判斷、沒有東方與西方的比較行不行？沒有傳統與現代的劃分行不行？這都是非常大的問題。反對本質主義是有道理的，但反過頭了，變成甚麼都是相對的，無所謂尚文尚武，不承認一個人一個民族確有某些本質特點、某些根本傾向，連整天講「武裝鬥爭」也說是「尚文」，這就離科學很遠了。社會科學、人文科學要成為可能，不能沒有參照系。中國有一句話叫「當局者迷，旁觀者清」，我們當局者自己是看不清自己的，要拉開距離才能看得清，要有一個參照系。不參照西方的大歷史，大征服的歷史，就看不清中國「尚文」的傳統；沒看十字軍的東征作參照系，我們就不了解中國缺少「絕對神」的旗幟。二十年前我在中國就講系統論，講中國文化與西方文化都是個大系統，西方宗教也是個大系統。大系統中包含許多小系統，母系統中包含許多子系統。處於不同的子系統，就帶有不同的系統質。例如中國文化這一母系統、總系統裏面就包含着漢民族子系統、滿民族子系統、蒙古民族子系統。我講中國的歷史文化，主要是指漢民族文化，不是藏文化，也不是蒙文化。蒙古作為遊牧民族，錢穆先生認為遊牧民族是向外征服的，所以形成了成吉思汗的這種征服的狀況，這與漢民族是不同的。此外，滿民族子系統與漢民族子系統也是不同的。還有就是對西方宗教的看法，西方宗教的母系統、大系統裏面會有很多的宗教，如天主教、基督教、東正教都是不一樣的，就是在《聖經》裏面，《舊約》與《新約》也是非常不一樣的。我今天講到的「尚柔」「尚和」是和《舊約》非常不一樣的，《舊約》「尚火」，與我國《道德經》的「尚水」，顯然不同。我常對朋友講，我喜歡孤獨的上帝，不喜歡有組織的上帝，或者說喜歡孤獨的基督，不喜歡有組織的基督。有組織的基督會打着基督的旗號做一些違背基督精神的行為，包括侵略行為。「絕對神」的觀念一定會有排他性，不應當掩蓋它的弱點。正視弱點，不是否定基督教，更不是否定西方文化。這個解釋對不對可以考慮。

張良同學：我是 ICCS 博士二年級的學生，我叫張良。我是研究經濟的，對劉再復老師今天講的是大開眼界，但是有個小小的問題，就是「尚文」「尚武」是不是可以在一個沒有條件的情況下去「尚文」「尚武」？如果我們不講究這個條件的話，去「尚文」或者「尚武」，將變成一個甚麼樣的狀態？比如您在第三條中舉了一個例子，說春秋戰國發生了長年的戰爭，戰爭之後就出現了很多大的思想家，大的思想家之後就把這些諸侯的貴族文化給消滅了，之後出現了科舉。貴族文化的消滅與科舉制度的興起強化了「尚文」的文化。但是，如果沒有春秋戰國的長年戰爭，把諸侯全部消滅掉的話，會不會把這種貴族文化給消滅掉？會不會出現科舉制度？也就是說，這種戰爭，這種「尚武」是不是為「尚文」提供了條件？它們是不是絕對的？我覺得「尚文」、「尚武」是不是要講在甚麼條件下去「尚文」，在甚麼條件下去「尚武」，這是否有必要？

劉再復教授：這個問題是非常重要的。講「尚文」傳統，有價值判斷，還有理想性，理想能不能實現，是個問題。不僅是現在你提問，魯迅先生當年也懷疑，他說中國的「王道」實際上一直沒有實現過。有篇文章談「王道」與「霸道」，認為「王道」與「霸道」是兩兄弟，就是說中國統治者表面上談「王道」，但實際上又與「霸道」結合起來。真正的「王道」社會很難實現，只是一個理想，甚至是個烏托邦。我今天所講的歷史精神，也是一種人文理想。儘管真正的「王道」不容易實現，但是，有一點非常重要，就是「尚文」可以成為一種道德坐標。有這個道德標尺在，就像有個鏡子在，可以照照各個朝代的統治者，可以觀照過去與今天的統治者，一旦統治者使用武力，而且使用非常殘酷的手段傷害人民，那麼他們可能要感到不安，要說我使用武力是不得已的。這是為甚麼呢？因為有一個道德標尺在那裏。所以，我們不能丟掉這個道德標尺。談「尚文」傳統，除了描述歷史事實之外，還可樹立個道德標尺，道德底線。這個問題，應該說，在沒有條件的時候，我們也要這樣做。我講《山海經》，講中國文學的原始精神，就講「知其不可為而為之」的精神，沒有條件也要去爭取。

發言整理：日本愛知大學中國研究科博士後期朱輝宇
（修改稿整理：中國研究科博士後期涂明君）

附：「尚文」傳統的要點（演講提綱）

1、一八九五年中國在甲午海戰失敗後：其知識分子反省國家「積弱」（由強變弱）的原因。梁啟超開始批評中國的尚文傳統，倡導「斯巴達」尚武精神。這之後，關於中國是否有一個「尚文」傳統？如何評價這個傳統？如何實現這一傳統的現代轉化等問題便成為現、當代中國知識分子思考的一個大課題。關於這個問題，我首先認同錢穆先生的理念，確認中國有一個尚文大傳統，確認中國的立國精神和民族心理有一種崇尚文明、追求和平的大路向。在人類世界數千年的歷史上，有兩種完全不同的立國精神並形成不同的政治文化大傳統，這就是「尚武」精神傳統與「尚文」精神傳統。著名歷史學家錢穆先生在《國史大綱》中道破了由歐洲與中國所呈現的這兩種差別巨大的政治文化路向：一是起始於馬其頓（亞歷山大），中經羅馬帝國，後又產生拿破侖的依仗武力向外擴張、向外征服土地的路向；一是起始中國秦漢的以文治國、崇尚文化、重在征服人心的路向。

2、從制度層面上說，中國的文治制度始於秦而成熟於兩漢。此時，中國結束春秋戰國的前封建時代進入統一帝國的後封建時代，在政治上由郡縣制（中央政府派出文官統治各地）代替分封制（分土封侯的貴族統治）。在統一的王權下，文官的地位高於武官，尚武精神逐步失去社會基礎。貴族制度的過早崩潰，使「尚文」獲得政治前提。

中國的「尚文」傳統在唐、宋、明、清等朝代中由科舉制度得到強化。通過科舉選拔官員、選拔人才，使社會崇尚讀書、崇尚文化。中國的宋、明、清雖有武舉，但武舉人並非排兵佈陣的將才，從未被社會所敬重。清朝從康熙到乾隆，都深知漢民族崇尚文化，認讀書人為上，所以他們以文治國，贏得長期的和平（康、乾兩帝就有一百多年的和平）。元朝統治者則迷信馬背上的功夫，不知文化的力量，知識分子的地位極低，統治中國三十年後才恢復科舉，有名無實，結果統治不到一百年就滅亡了。朱元璋知道中國人尚文的文化心理，提出「驅除韃虜，恢復中華」的口號（孫中山後來也沿用此口號），這種口號最能打動具有尚文心理的中國人。

3、從思想層面上說，中國的「尚文」傳統在先秦諸子時期就已成熟。春秋數百年，幾十個小國相互征戰，你吞我併，到了戰國後期剩下七國爭雄。面對長期戰亂，當時的主要思想家老子、孔子、孟子、莊子、墨子、荀子等，均對戰爭進行了總反省。「不爭」（和平）成為諸子思考討論的總主題。老子提倡不爭之德（「聖人之德，為而不爭」），斷言「兵者，不祥之器」、「大兵之後，必有凶年」；孔子講「仁愛」「和為貴」；墨子講「兼愛」「非攻」；孟子、荀子提倡以德懷人的「王道」，反對「以力服人」的「霸道」。說法不同，思想有所差異，但大思路都是尚和（和平）、尚合（文化凝聚、人心凝聚）、尚自然（反對權力意志）、尚仁義（憂慮的中心是民本的災難，不是國家君王的榮耀）。這些大思路便匯合成中國尚文的偉大傳統。

應當特別注意的是，先秦中國這些思想家所做的事是反戰為和的扭轉乾坤的事，他們面對的是幾百年的殘酷的兼併戰爭，但他們卻從不同思路及時地作了一次大反省。從人類歷史上看，他們反省的特點，一是很早，在公元前三百年前後就已完成；二是很成熟，千年後的今天，仍然讓人感到其中許多思想是後來者一直無法到達的高度。例如孟子把「不忍之心」視為人與動物禽獸的根本區別，從潛意識層面開掘生命的善端，發掘「和」的人性本源，就非常深刻。孟子提倡「王道」，雖然歷代帝王常常未能真正做到，甚至帶有烏托邦性質，但是他畢竟提出一種治國的道德坐標。而老子的「勝而不美」、「戰勝，以喪禮處之」的思想更是比產生於羅馬的「凱旋門文化」高出千百倍。勝利不但不慶功，還以哀傷的態度對待流血死亡，這才是徹底的人道理念。老子的思想，可說是兩千多年前人類世界的精神制高點。先秦諸子的成就說明，只有在可以充份自由表達的政治環境中，原創性與預見性的思想才會成為可能。

4、從文化心理的層面上說，中國也有「尚和」的長期的歷史積澱。錢穆先生曾講一典型例子，他說：羅馬有圓劇場，亦為言羅馬建築藝術及羅馬文化者所稱道。然至於劇場中以活人與猛獸相搏鬥，乃至於數百千角鬥士表演節目，相互屠殺，斷肢決胸之慘象，為當時羅馬貴族一賞心樂事；則並不能與其堅固石料所建造之劇場同樣保存流傳，以迄於今。中國戰國時期，王國宮廷亦有劍士比武之遊藝，如莊子《說劍篇》所記載。漢代亦有猛獸之囿，如漢文帝之入虎圈；亦有因犯罪而使人進行格鬥之罰，如竇太后使轅固生入圈刺彘。然此不為中國人所喜，因此並不能繼續進展。而有羅馬劇場之偉大創建，當時在羅馬鬥獸場觀賞歡呼的，除了羅馬的執政官、元老、議員、民眾之外，甚至還有基督徒。這種崇尚武力的心理，在中國人看來乃是變態心理。

5、從宗教層面上說，中國的「尚和」也有其基礎。中國沒有嚴格意義上的宗教，也沒有「絕對神」的觀念。孔子所說「祭神如神在」，是「相對神」理念，神只是形而上假設。外來的宗教主要是佛教，也沒有「絕對神」觀念，即可容納其他宗教共生共存。西方基督教雖有博愛慈悲之心，但有「絕對神」的觀念，因此有組織的激進門徒只能把愛施以服從神的土地和生命，對於不服從、不低頭者，則施以壓力，這便導致十字軍東征的歷史事件。具有博愛教義的宗教卻發生過武力討伐的戰爭，其原因就是神的絕對化。中國的文化是人的文化，而且是只有一個世界（人的世界）的文化；西方的文化是兩個世界的文化（人的世界與神的世界），因此，西方文化中最高的和諧只能在天堂裏實現，而中國則謀求在人間秩序中實現。

6、從地理自然條件的層面上說，中國的農業文化也在很大的程度上決定了和平立國的方向。錢穆先生把世界上的文化分為三大類型：遊牧文化、商業文化與農業文化。遊牧民族本身資源不足，冬天更是缺乏水與草，不能不向外擴張；以商業文化為中心的國家，如希臘，也因為自身資源不足又有航行的方便而向外征服。唯獨以農業為主的國家，自身有大河流灌溉，有廣闊的可耕土地和適當的氣候，可以自滿自足，不必向外擴張土地，因而也崇尚和平。

7、錢穆先生在闡釋中國文化歷史的時候，採取極為溫馨的「同情理解」態度，但也由此在肯定陽面文化——大傳統時，忽視陰面文化——小傳統。其實，在尚文、尚和大傳統之下，中國還有一個通過暴力手段解決政權爭端、解決統治者與被統治者矛盾的小傳統。這就是農民戰爭、農民革命的傳統。以往把這一小傳統描述為歷史的主脈甚至是歷史的全部是錯誤的。暴力革命只是歷史的一些瞬間，但它確實非常慘烈，造反者與統治者雙方的殺虐性都發揮到極致。農民革命固然有其歷史合理性，但在「替天行道」名義下把一切殘暴手段視為天經地義卻帶來極大的負面作用，並形成中華民族巨大的精神創傷。「告別革命」的命題，便是告別以暴力手段解決階級衝突的小傳統，開掘「尚文」大傳統的資源，尋求民族內部和諧的大思路。

8、梁啟超等反省中國「積弱」的原因，認為中國敗在不知「天演論」（進化論）的「物競天擇」、「弱肉強食」的道理，只知「尚文」，不知「尚武」精神，缺少「斯巴達」的強悍尚武精神。梁啟超面對國家的危難，為了激發民氣，其激烈言論可以理解，但他在亡國陰影刺激下的反省，其結論卻是片面的。他沒有看到中國近代衰落的原因關鍵是十五、十六世紀中晚明時期未能及時抓住西方貿易文明、工商文明進入中國的歷史機會。當時的朝廷沒有大眼光，不了解工商、貿易文明將給中國帶來新的理念、新的技術、新的文化，從而「積弱」二三百年。明代的閉關鎖國政策打擊了海上私人貿易活動，堵塞西方文明進入中國內部，這是中國文明發展史上一次大失誤，也是中國近代落後的開端。（黃仁宇在《放寬歷史的視界》中說：「西歐的『現代化』，包括文藝復興，即所謂資本主義形成，宗教改革和科學技術的展開，時間上和明代近三百年的興亡吻合，這更給明代史一種特殊的意義。」）

9、面對中國的歷史傳統，重要的是開掘其資源，對它作出現代闡釋與現代轉化。今天中國的人文思想者，急需做的是打通中國古代傳統文化與中國現代文化的氣脈，以及打通中國文化與西方文化的氣脈。以「打通」的思路代替「打倒」的思路，肯定「五四」創造新文化的功勳，又告別其「推倒」的革命態度。尚和的品格，應把「和而不同」的理念（「和」是多元整合，「同」是一元獨尊，真正的「和」是尊重不同理念的「和」）推向古今，推向中西，尋求古今文化之和，中西文化之和，即尋求有益於共同生存發展的普世價值，不爭以何者為中心，不爭以何者為鏡。在政治層面上，尚文尚和的現代內容則是告別革命方式，以平等對話（談判、妥協）、你活我也活的雙向思維取代獨斷對抗、你死我活的單向思維，以階級調和、民族調和的思路代替階級鬥爭、民族鬥爭的思路。把時代的重心、歷史的平台切實地從戰場轉向談判桌，從而使二十一世紀成為沒有飢餓、沒有革命、沒有內戰的世紀。

二零零五年四—五月香港城市大學校園

第十四題

中國貴族精神的命運

在鳳凰衛視「文化大觀園」上的演講兼與王魯湘的對話

衛視編者語：在西方文明發展中，貴族起了巨大的推動作用，貴族不僅意味着一種地位和頭銜，也意味着社會的行為準則和價值標準，一種我們稱之為貴族精神的東西。那麼中國是否存在着貴族精神，如果有，它在中國的歷史和文化中扮演着甚麼角色，它的興盛帶來了甚麼，它的缺失又會導致怎樣的結果，在當代社會，我們應該如何詮釋它？有關這些問題，二零零八年，「文化大觀園」非常榮幸地邀請到了著名文化學者劉再復先生。

王魯湘：（**以下簡稱「王」**）劉先生，我知道您一九八九年離開北京，離開中國以後，就好像一直在世界各地做一種文化的漫遊。那麼您已經有多長時間沒有再回北京了？

劉再復：（**以下簡稱「劉」**）十九年了，整整十九年。

王：這麼多年沒有回到北京，回到北京以後強烈的感受是甚麼，這種時間差帶來甚麼樣的感覺？

劉：出國十九年了，這次借着你們這個鳳凰的翅膀，能夠回到北京，感到很高興。昨天一天，我看一下北京了，變化真大，完全是另外一個世界，認不得了。包括那個社科院很熟悉的大樓，外表也全變了。這真是百年之裂變。變化很大！

王：作為一個文化學者，您這麼多年一直在歐美進行遊覽，進行一些文化的深層次的思考。有人說過，說實際上一個人出家、遠遊，其實最終的目的是為了回家，是為了感受到家裏頭的某種親切，或者說為了更深刻地認識自己的家園。那麼通過這麼多年在歐美的這樣一種遊歷，反過頭來，再看自己的家園，看自己的家鄉，您有甚麼新的領悟？

劉：過去讀「荷馬史詩」，一部《伊利亞特》，一部《奧德賽》，我把它讀作人生的兩種基本經驗、基本模式。《伊利亞特》是人生的出發，出征。

王：向外。

劉：《奧德賽》則是回歸。

王：回家。

劉：對。儘管我現在還是個過客，但這次畢竟是一次回歸，所以挺高興。看中國，在自己的地方看，有時候看不太清楚，到外國之後再回來看，感到中國現在是非常有活力的。

王：像貴族精神這個問題的思考，可能是在歐美，特別是在歐洲進行遊歷的過程中間，有一隻眼睛反觀自己家園的時候，在對比中間產生的一個靈感，是吧？

劉：是，歐洲的貴族傳統一直沒有中斷，它有個貴族的譜系，形成了貴族的精神，到現在還保留了下來。這方面對我有一些啟發。大國的崛起，不光是一個物質的問題，不光是個經濟的問題，它還有一個人文的問題，精神上的問題。今天我講這個題目，和海外經驗有關係。我出國以後，走了將近三十個國家，有好處，把視野打開了。視野打開以後，再看我們這個國家，會看得更清楚。這麼一個大國，能夠有今天，不容易。

王：那麼現在我們就以熱烈的掌聲歡迎劉再復先生進行演講，他今天演講的主題是《中國貴族精神的命運》。

劉：我今天想談談「中國貴族精神的命運」。大家知道我研究新文學，就是現代文學，另外我也研究文學理論。對「五四」運動這樣一個偉大的啟蒙運動，我一直評價很高。「五四」運動的文化領袖，這些文化的改革者，他們充滿慈悲心，他們對中國下層的勞苦大眾非常關心，做了一件大事情。日本明治維新有一個重要口號，叫作「版籍奉還」，那麼「五四」運動做了件甚麼事呢？做的是「文字奉還」，就是打破文字被少數人壟斷的局面，把它還給多數人。「五四」運動以前的文和言是分開的，現在他們要把文和言統一起來，要用白話文來寫文章，讓多數老百姓看得懂，這是一種「文字奉還」的偉大工程。

「五四」運動具有歷史的合理性。它完成了兩個大的發現，一是發現我國固有的傳統文化資源已經不足以迎接現代社會的挑戰了。傳統文化以孔夫子作為代表，所以要批評孔子，這在當時是一個重要的發現。第二，它發現了在我們中國的大文化傳統裏面，缺少邏輯文化和理性文化，必須引進西方文化來補充。這兩大發現，使得「五四」運動永遠帶有歷史的合理性，永遠不可抹殺。

肯定這兩大發現之後，我們對「五四」運動也要做一些反省，其中一點是「五四」運動由陳獨秀《文學革命論》所提出的「推倒貴族文學，建設國民文學」。建設國民文學當然是好事情，但是推倒貴族文學卻有問題。提出這一口號發生了兩個概念的錯位。一個概念錯位，是他們沒有分清貴族精神和貴族特權的界限，也可以說沒有分清貴族階級與貴族文學的區別。甚麼叫貴族，我們翻開辭典，它一定會告訴你，貴族就是在奴隸社會和封建社會裏面，那些在政治上、經濟上擁有特權的階層。在這個意義上，要推翻貴族特權，有其歷史的合理性。但是貴族精神、貴族文學，卻是另外一回事了。就像一七八九年的法國大革命，把國王送上斷頭台，推翻了貴族政權，有其合理性，但革命之後法國還是把貴族的精神、貴族的文化保留了下來。在法國，最高的勳章，最高的獎章，叫作騎士勳章，騎士是次等貴族，騎士是代表侯爵、公爵替國王打仗的，文化精神與貴族特權是不同的，它屬於另一層面。

另外一個概念的錯位是將貴族精神的對立項搞錯了，貴族精神的對立項是奴才精神，是流氓精神，痞子精神，而不是平民精神，這是很大的概念錯位。平民也有貴族精神。像《紅樓夢》裏面的晴雯，身為下賤，心比天高，所以賈寶玉在《芙蓉女兒誄》裏就讚她「其為質則金玉不足喻其貴」，她的精神很高貴。貴族精神講的是人格的高貴，這一點是不能夠輕易否定的。「五四」運動發生了這兩個概念錯位，對後人影響很大，所以我們今天探討貴族精神首先要從對「五四」運動的反省開始。

第二個問題，我想談一下甚麼是貴族精神。讀一讀西方的思想史、文化史、社會史，就會發現，很多大哲學家、思想家，都對貴族精神作過定義，在這些定義中有很多不同的看法。從亞里士多德到但丁，到尼采、羅素、托克維爾，他們對貴族都不斷進行定義。中國從古之沈約到今之章立凡，也作了建議。我把他們的定義歸納一下，用自尊、自律、自明、自隱四項特點加以表述。

首先是自尊的精神，這是尼采道破的。尼采是個天才，他是十九世紀最後一年去世的，他好像預感到二十世紀貴族將會死亡，貴族精神將會崩潰。因此在世紀末就高舉貴族主義的旗幟。他的《論道德的譜系》寫得非常好，對貴族進行定義，他認為貴族的基本精神就是自尊的精神，就是對自由意志、個人尊嚴的積極肯定。他認為上等人和下等人的道德標準和精神標準不同。他鼓吹，上等人即貴族要向下等人開戰。他是貴族主義者，很偏激，但是他所說的這條自尊的精神，是對的，貴族重自尊。我們知道貴族有一個最基本的行為模式，就是決鬥，普希金、萊蒙托夫，這兩位偉大的貴族詩人，都是決鬥而死，決鬥的行為語言表明：有一種東西是比生命更加重要，這就是個人的尊嚴，就是自尊。這是貴族最根本的精神。

另外一點，是遵守規則的精神。強調自尊，強調自由意志，強調個人尊嚴，這還不夠。貴族知道，我們是生活在社會裏面的，人與人是相關的，既要尊重自己，還要尊重別人，所以我們跟別人的關係要講規則，講遊戲規則，這是貴族非常重要的一種精神。比如決鬥的時候，說五十米內，你拿着手槍，我拿着手槍，鬥到有一個人倒下為止，你不可以違背規則。一旦違背規則，你就是失敗者了。這就是說，除了自尊之外，還有個自律，英國的貴族傳統很發達，所以產生了一種公平遊戲原則，就是「費厄潑賴」，魯迅先生寫《論費厄潑賴應該緩行》，他是比較激進的，當然在當時有他的道理。二十世紀八十年代初，王蒙寫了一篇文章，叫作《論費厄潑賴應該實行》，認為公平原則還是要實行的，要有遊戲的規則。我們剛剛說貴族精神的對立項，不是平民精神，而是流氓精神、痞子精神。流氓、痞子最可惡的就是不講原則、不講規則，就是和尚打傘，無法無天。魯迅先生在定義流氓的時候說，凡是沒有一定理論線索可循的，都可以稱為流氓。就是沒有原則、不講原則、不講遊戲規則，都可以稱為流氓。

第三條自明，即低調。凡是貴族，他的精神一定是低調的，低調是甚麼意思？就是自尊、自律之外，還要自明，自知之明。貴族擁有財富，擁有土地，擁有權力，而且還有比較高的學養與修養，知道世界有多大，歷史有多長，知道自己在社會、歷史上的位置，知道自己的有限性，所以不敢唱高調。其實比較有力量的人都應該是低調的。魯迅先生說，貓是比較有力量的，所以它不叫，而老鼠沒有力量，所以它吱吱叫；大象也是這樣，大象是很有力量的，所以它的耳朵是覆蓋着的，兔子沒有力量，它耳朵總是翹起來的。凡是財大氣粗的人都不是貴族，凡是貴族一定是財大而氣不粗，這種低調是學養與修養形成的一種精神狀態。我們中國有一句話說，皇帝話少。皇帝，按照托克維爾的定義就是第一貴族，他不能講太多的話，也要低調才行。高調的皇帝很危險。

第四是自隱。中國的真隱士便是精神貴族。真隱士往往淡漠名利，不把名利看得太重，這一點中國貴族與西方貴族相似。中國南朝時期的沈約在《高士贊》裏面特別提出來。沈約本身是一個貴族，他對貴族下了幾個定義，比如避世、避言，就是要離俗世、俗人的社會遠一點。再一個是一定要淡漠名利，他把爭名奪利看成是一種恥辱。《紅樓夢》中的賈寶玉，其典型的貴族精神，就是看破功名。

以上四點是我概述貴族精神的核心內容。貴族精神有歷史可查，特別在歐洲，貴族傳統歷史悠久，經過長期的積澱以後，就形成了一種貴族的精神。貴族精神形成以後——它本來是貴族創造的，慢慢變成人類共同的一種財富。大家覺得這種精神不錯，就變成公認的一種優秀的精神遺產與精神境界。騎士精神，作為貴族精神的分支，也慢慢形成了自己的一套精神。現在我們一談騎士精神，就明白，這精神一定是慷慨的，一定是正直的，一定是尊重婦女、扶持弱者的，我們講文學史、思想史，提到騎士精神一定會講到這幾點。

俄國思想家別爾嘉耶夫在反省俄羅斯國民性的時候認為：俄國國民性有個很大的弱點——追求神聖，但不追求正直。為甚麼呢？他說因為俄國缺少歐洲的騎士傳統、騎士精神。其實中國也有這個問題。我們中國也是追求神聖，只是我們不是東正教的背景，而是孔夫子的背景。中國人追求當聖人，但不追求當正直人，這是值得反省的問題。因為要當聖人，又不太容易做到，就不得不戴面具，戴面具就虛偽了，虛偽是對人性腐蝕最厲害的一種東西，所以「五四」運動反對舊道德時就說舊道德變成偽道德了，變成虛偽了。崇尚正直跟崇尚神聖是不同的。

貴族的精神表現在文學上，有幾個非常重要的特點，貴族文學是貴族精神的一種載體，貴族精神的精華都在貴族文學裏充份呈現出來了。中國的貴族文學在《詩經》中累積了一些，之後在中國兩三千年的歷史中，又出現了屈原、李煜（李後主）、曹雪芹等三大貴族文學高峰，也出現了嵇康、謝靈運等一些貴族詩人。中國的貴族文學和西方的貴族文學，共同呈現出六個重要特徵。

第一是品格的高潔。比如普希金和屈原都是典型的貴族，屈原的《橘頌》，典型地表現品格的高潔。普希金有很多詩也表現高潔精神，兩者非常像。屈原的《橘頌》句句象徵高潔，詠頌的是「物」，暗示的是高潔的人格。《離騷》中的自我人格形象也是無比峻潔：「朝飲木蘭之墜露兮，夕餐秋菊之落英。」而普希金的詩宣告的是：「你珍愛的思想完美絕倫，卻無須為崇高的業績索取報償。」（《致詩人》）

第二是精神的雄健。比如中國的嵇康，他是貴族，其精神的剛勁雄健照耀千秋，除了文字語言，他的行為語言表現得非常突出，山濤要介紹他去當官，他氣得要命，就寫了《與山巨源絕交書》（巨源是山濤的字）。還有那個權勢者鍾會，當時是司馬氏王朝的一個炙手可熱的寵臣，權力非常大，他想拉攏嵇康，就帶着幾個人看望嵇康。嵇康看見他進來了，連眼珠都不轉過去。鍾會很生氣，要走的時候，嵇康問了一句話：「何所聞而來，何所見而去？」鍾會就回了一句：「聞所聞而來，見所見而去。」鍾會記恨在心，導致嵇康最後上斷頭台。當時嵇康只要敷衍一下，就可以當大官，但是他就不敷衍，這種行為語言表現出來的就是精神的雄健。最後他上斷頭台之前，彈了《廣陵散》，只說了一句話，說從今之後，這《廣陵散》可能再也沒有人會彈了，視死如歸，這是精神的雄健。二十歲左右就在上議院獲世襲職位的拜倫，是一個很典型的貴族，繼承爵位的貴族，後來他投身希臘民族解放戰爭，也視死如歸。他的詩文跟他的行為語言都不同凡響。他的大浪漫，乃是超平庸的精神大自由與精神大雄健。

第三是心氣的高傲。屠格涅夫是俄國貴族文學中的一個很典型的作家，他寫過《貴族之家》，寫過

《父與子》，都是非常好的貴族文學作品。我們看到《父與子》裏面的主角巴扎諾夫，他有一種非常高傲的氣質，心氣咄咄逼人，他所有的言行，都表現出血液裏有一種不可征服的驕傲。這種高傲不是裝出來的，而是從血統深處流溢出來的。

第四是理想的卓越。這一點只要讀一下俄國的貴族女詩人、十二月黨人薇拉·妃格念爾的自傳《俄羅斯的寒夜》就一清二楚。這是典型的俄國貴族精神的寫照。所謂十二月黨，本身就是貴族黨。貴族本來日子過得很好，但因為有理想就投身改革，為理想而獻身。羅素在《西方哲學史》裏面，特別開闢了一章把拜倫寫進了西方的哲學史，分清貴族造反跟農民造反的區別。他認為貴族的造反，是有理想的，而農民的造反，缺少理想。在中國文學中，我們也可看到，《紅樓夢》中的賈寶玉的叛逆帶着追求心靈自由與情感自由的理想，而《水滸傳》中的李逵則缺少理想。

第五是道德的完善。道德的完善也是一種理想，這不是政治理想，而是道德理想。這方面表現得最典型的是托爾斯泰，他的《戰爭與和平》、《安娜·卡列尼娜》與《復活》，其中的三個男主角，彼爾、列文、聶赫留朵夫，他們所追求的目標就是道德的完善。

第六是藝術形式的精緻。像我國南朝沈約對四聲八病的界定，還有法國古典主義三一律的審美要求，都是追求藝術的精緻。以上都是貴族精神在文學上的表現。

王：我們知道從十九世紀中葉開始，中國的一些先進人物就提出了強國這個夢想。近代中國和西方相比，最主要的就是積弱積貧。我們要強國，中華民族的強國夢做到現在，已經做了一百五十多年了。中華民族在這一百多年中間，歷史進步的一個主要的動力，就是每一個中國人都有的一個強國夢。但是強國的理念，導致的社會的實踐，會有不同的路徑。在西方，它不是由強國夢導致了社會的導向性，它是從民富，即老百姓一個一個地富起來，由民富指引着整個社會向前發展。這個導向的標誌是不一樣的。當然我們現在經過改革開放三十年，認識到了民富的重要性，所以我們現在同時提出了兩個目標，把國強和民富放在了一起。但是有一天，我在和一位搞憲法的學者討論的時候，突然想，光有這兩個目標不夠，應該在這兩個目標的中間，並列地甚至可能是擺在前面的，提一個目標，叫人貴。就是人貴，民富，國強，應該這麼擺。首先把人的尊嚴放在第一位，把生命的尊嚴放在第一位，我們尊重每一個老百姓追求財富、創造財富的合理性，最後自然然地我們的國家就會強大，是吧？

劉：對。

王：所以您提到貴族精神的時候，我覺得中國貴族精神的長期缺失，其中一個很重要的原因就是我們其實沒有對人的尊嚴有足夠的認識。

劉：我覺得這個問題非常重要。魯迅在青年時代，就天才地提出一個命題，叫作「立國先立人」。

王：立國先立人？

劉：立國先立人，這是個非常重要的命題，中國有句古話，說「人存政舉，人亡政息」。關鍵是人。過去一些朝代，它後來支撐不下去，就因為發生一個大問題，即斷後，後繼無人。關鍵是人，人的精神素質，人的精神境界，人的生命質量，這是關鍵。一個國家要強大，它能不能持久強大，關鍵就看人是不是健康（包括身體健康與靈魂健康），人的生命質量是不是達到一定水準。這一點我們如果能夠充份地意識到就好了。我們現在社會發展了，意識到必須講規則。中國的發展是先打球，以後再畫球場規則。先搞現代化運動，然後慢慢再定規則。時代大轉型的文化準備，心理準備，各種準備都不夠，應該承認這一點。現代化必須要有很高的契約意識，很高的守規則的意識，包括人的尊嚴意識，既尊重自己，也尊重他人，要尊重所有的協議，所有的契約，所有的規則。如果不是這樣子，將來的經濟愈來愈發展，問題就愈多，甚至會漏洞百出。

王：有位網友提出一個問題說，西方有一句諺語，造就一個暴發戶，只需要一天，造就一個貴族，至少需要三代；而中國也有一句古話，叫作富不過三代，第一代創業，第二代守業，第三代就敗業。歷代財富擁有者都沒有走出這樣一個怪圈，那麼如此一來，中國豈不是永遠不會有貴族精神嗎？

劉：這是一個比較悲觀的論點。有兩個問題，首先說暴發戶一天就可以完成，這似乎把創業看得太容易，我們應該尊重今天先富起來的這部份人，中國從鄉村時代進入城市時代，是真正進入經濟時代。進入經濟的時代非常艱難，一部份靠勤奮和聰明才智先富起來的人當時代先鋒，我們要非常尊重他們。這一點，中國文化裏面常常有偏見，重農抑商，我們常常有這種偏見。我在海外以後，改變了這種觀點。我在美國看到，真正的精英都在商業社會裏面，而許多基本規則也都是在商業活動中形成的。我曾經講過，中國人將會在未來巨大的商業活動當中學會妥協。

王：對，理性。

劉：理性，談判，講價錢，協商。暴發戶不是那麼容易的，要尊重他們。對這種成功者，我們要給予敬意。但另一方面，成功以後，如果迷失心靈的方向，不知道富了怎麼辦，也是一個很大的問題。富了以後怎麼辦，富而好學，富而好禮，富而好德，這套東西要成為一種自覺，這是富人應有的覺悟，富了以後要造福社會，要從精神上提升。

提問者：我想提這樣的一個問題，提到貴族，人們一般會想到有兩個先決條件，血統與物質，那麼我們應該如何看待貴族本身所具有的物質與他所具有的精神這兩者之間的關係呢？

劉：後天要獲得貴族精神，沒有甚麼特別的路子，只有一種辦法，就是要不斷地提高自己的學養和修養，修煉是必不可少的。從重物質到重心靈，全靠修煉。包括我現在所講的這種感悟，其實也有個閱歷而悟和憑空而悟的區別，需要閱歷，需要修煉，沒有別的捷徑，只能走富而好學這條路。

王：我們現在理解的貴族，以為都是吃喝玩樂的公子哥，其實殊不知出身於貴族之家，小的時候比平民子弟難過得多，難受得多。他要受到比平民子弟嚴格得多的訓練。我舉一個例子，就是康熙訓練他的太子，當時就住在北京大學的暢春園，就是西門外面，暢春園還留下了一個紅的小門。當時康熙一年中大部份時間住在這個地方，太子也就跟着他在這個地方。這個太子太辛苦了，早上三點鐘要起床，你們現在有早上三點鐘起床的嗎？三點鐘起床，然後漢文師傅，就是教漢文的這個老師教他讀《禮記》一百二十遍，一百二十遍後，康熙就早朝下來了。因為康熙的早朝是五點，就是太子比皇帝還早兩個小時起來讀書。早朝下來後，康熙來到太子讀書的地方，檢查他今天早上讀的功課，檢查完了以後，康熙又去辦別的事了。太子繼續在漢文師傅的指導之下，讀《禮記》，讀到大約九點，接下來就是滿文師傅來接手了。滿文師傅把《禮記》再翻譯成滿文，還有蒙文也要通，就是用滿漢蒙三種文字把《禮記》通一遍。到了十一點鐘的時候，可以吃中飯了。吃完中飯以後休息一會兒，到了下午一點鐘左右的時候，幹甚麼呢？做一個貴族子弟必須要會騎馬射箭，小太子騎馬射箭到下午大概四點鐘的時候，康熙又下朝了。康熙回來陪着他的太子一起搭弓、騎馬、射箭，大概六點多鐘吃晚飯。這就是一個小孩子，他要成為一個貴族，每天必須如此。

提問者：有人說歐洲文化是一種貴族文化，它很平和，讓人有一種非常好的感覺，好像歐洲文化才是真正的貴族文化。相比之下，美國文化給人一種暴富文化的感覺，讓人家覺得它特別張揚，而且急功近利。就這兩者而言，從貴族精神的概念上來講，我們如何評價中國文化？您認為中國文化是一種甚麼樣的文化？

劉：美國文化與歐洲文化確實有很大的差別，很多歐洲人確實瞧不起美國文化。美國幾乎是個沒有歷史的國家，才二百多年的歷史，文化積累無法與歐洲相比。地球上人文傳統最雄厚的是兩個地方，一個是歐洲，一個是中國。你說得對，歐洲比較崇尚貴族精神，美國人好像天生就有一種平民精神，是個相當平民化的國家，平民化的移民國家。中國的二十世紀，也相當平民化，「五四」運動在這一點上起了很大的作用，中國革命的勝利，實際上是平民的勝利，帶給平民很大的利益。

中國文化比較複雜，很難用「貴族文化」和「平民文化」這兩個大概念來描述。儘管我寫過《告別革命》這本書，但是我在香港就講，凡是革命過的地方，都比較平等，更沒有貴族與平民那種等級的區分，也幾乎沒有僱傭觀念，這是長處。曹雪芹很了不起，他很早就打破貴族與平民的界限。而中國最早的平等思想是莊子的「齊物論」。兩千年前就佔領了世界平等思想的制高點，很了不起。二十世紀，平民與貴族的界限完全打破了，這是我們的長處，這個長處帶來的缺憾，就是貴族精神失落了，我們丟掉了貴族精神中一些非常好的東西，比如自尊、自律、自明這些非常重要、不可缺少的價值理念。

中國經歷過三個貴族的時代：西周氏族貴族時代，魏晉南北朝門閥貴族時代，清朝部落貴族時代。最典型的貴族時代，實際上是西周的貴族時代。這個時代，經歷了五六百年的時間，很長。當時的貴族有幾個特點，第一是有姓氏。平民沒有姓氏，只有貴族才有，姓氏是一種血緣的標誌，但也是貴族的特權；第二就是土地，分封的土地，諸侯身份而擁有土地；第三個是有軍隊、有兵車。基本上是這三個特點。

貴族分公爵、侯爵、伯爵、子爵、男爵五等。在西周這個貴族時代，很講貴族風度，很講與身份相符的文化，我們過去講文學史沒有注意這一點。其實《詩經》中的許多篇目就是當時貴族交往的道德文本和文化通行證，當時貴族的聚會、宴會，甚至外交的交往場合（諸侯之間的交往），首先需要唸詩。那個時候要求所讀的詩一定要與身份、場合相稱。如果與身份、氛圍、場合不相稱，會產生很大的問題。《左傳》裏記載了一個故事。公元前五百多年，那時候晉平公剛掌握政權，大宴諸侯，他規定，這些諸侯來的時候，一定要做到「詩必類」，就是說他們所誦讀的詩，一定要跟我這一次宴會的氛圍、身份相合。結果那天來了一個齊國的大夫，叫作高厚，他讀的詩，被認為不符合當時的場面，晉平公的大臣荀偃，就拍案而起，大叫「諸侯異志矣」，號召其他諸侯國一起討伐。很嚴重，差一點打仗。可見那個時候把詩讀得好不好，看成很嚴重的事情，看成是一種精神標誌和道德文本。過去的文學教科書裏面沒有注重這一點。如果要了解《詩經》，我給在座的朋友推薦三本書，一定要讀顧頡剛先生的《古史辨》，其中有一卷談《詩經》，還有就是錢鍾書先生的《管錐編》，還有一部就是《左傳》。

周代後期因為戰爭太殘酷，最後由秦打敗了六國的貴族政權，採用中央集權的制度，用郡縣制代替分封制，完成了中國政治體制的一次巨大轉型。到了秦朝，中國的第一個貴族時代就結束了。到了漢景帝、漢武帝時期，進一步削弱諸侯，用中央的文官制度取代諸侯制，貴族制度就進一步瓦解，可以說，第一個貴族時代，是被戰爭瓦解的。

第二個貴族時代是魏晉南北朝，這是貴族制度的一次復辟。特別是到了東晉南北朝，整個社會大講門第，大講出身，大講血統，講得非常厲害，門第、姓氏不同是不可以通婚的。當時有一個歷史背景，就是五胡亂華，很多胡人都跑到江南了，所以一定要看血統，選拔官員也一定要看血統，怕另外一種血統來混雜。魯迅先生有一篇文章，叫《論他媽的》，那個時候如果罵他本人是不疼的，一定要罵他的祖宗，罵他的出身、門第，才會罵疼。這個時代出現了貴族文學的新高潮，謝靈運、沈約、陸機等是這個時代的符號性人物。當時的一些皇帝，像蕭統、蕭衍等帝王貴族也大玩形式、大玩聲律、大玩辭采，我們可以說他們是「大玩貴族」。四聲、平仄都是那個時候玩出來的，這就為唐詩的高度發展創造了形式基礎。那時候真正是為藝術而藝術。

但是那個時代的門第分野被科舉打垮了。隋朝建立科舉制度，到了唐朝的時候，科舉制度充份發展，就不講血統了。唐代只講才華，你寫詩寫得好，就可以當進士，這樣，社會動力就從上層轉向下層，這是很大的一種變化。那時候你的出身好，你的門第高，但如果沒有才氣，也不行。那時候，布衣卿相更是代替了世襲貴族。

第一個貴族時代的後期即戰國時期，像蘇秦這種布衣卿相已經代替世襲貴族了；第二個時代，更多布衣卿相出現了，學問好、詩詞寫得好，就可以當進士當宰相了。宋、明之後，雖然也有貴族，但只是宮廷裏面一小部份，作為貴族的時代，它已經結束了。但到了清代，又出現了一個貴族時代，這個貴族時代就是從滿洲過來的，就是滿族，愛新覺羅貴族，他們在中原取得政權，形成了一個部落貴族的時代。這個部落貴族時代，等級很嚴格，世襲的位子就有九種，二十七等，爵位分得很清楚。漢族裏一些人，立了很大的功勞，也封給爵位，但大部份擁有爵位的都是八旗子弟，滿洲貴族。第三個時代，最後是被革命打掉的，辛亥革命推翻了清朝的貴族政權。

中國的貴族制瓦解得早，復辟後又瓦解，所以沒有形成一個強大的貴族傳統，缺少一個可以查考的貴族譜系，這跟歐洲不同。與此相應，也沒有形成歐洲那種貴族精神的核心價值。

雖然中國貴族傳統較早瓦解，但是在中國社會裏面，「富」和「貴」這兩個大概念還是分得很清楚的。

比如《孔雀東南飛》，我們知道它是一個很重要的悲劇，主角焦仲卿的妻子劉蘭芝，是很好的媳婦，為甚麼她的婆婆不喜歡她，非得把她趕走呢？細讀一下《孔雀東南飛》，就知道這個女子其實家庭很富有，只是她的出身比較差，不是貴族出身，她的婆婆嫌她的出身不夠高，跟兒子的門第不相配，所以就逼着她的兒子把媳婦趕走了，形成了一個很大的悲劇。可見當時富和貴是分開的。從《紅樓夢》裏我們也可以看到，富和貴在當時分得非常清楚。賈寶玉和探春在建立詩社的時候，曾經說每一個人都要起一個名號。賈寶玉說，那你們幫我取一個吧，有的人就跟他開玩笑，要不你就叫作無事忙吧，或者是叫作絳洞花主吧，他都不滿意。薛寶釵很聰明，就給他起了一個筆名，叫作富貴閒人。賈寶玉說，那就由你吧，他其實很高興。他就是富、貴、閒三者兼得，所以薛寶釵說，你已經大富大貴了，再加上閒散，那就了不得了。這個閒散就是精神貴族。辛亥革命把「貴」掃掉了，一九四九年的革命，把「富」掃掉了，「文化大革命」把「閒」掃掉了，所以富貴閒人就消亡了。下邊我談談第四個問題：貴族制度、貴族時代瓦解以後、在二十世紀中國出現的一些重要精神現象。

第一個現象：「象牙之塔」的瓦解和逍遙精神的消失。

我把象牙之塔作為一種象徵性的東西來談，跟閒散、逍遙有關。二十世紀到現在，我們一直把象牙之塔看成是負概念，看成是精神貴族的立足之所。象牙之塔這個概念，最先的產生是在一九二五年、一九二六年之間，那時候魯迅先生翻譯日本的文學理論家廚川白村兩本書，一本《苦悶的象徵》，一本《出了象牙之塔》，後來象牙之塔這個名詞，就開始在我們的現代文學、現代文化裏面流行了。廚川白村，很可惜，四十多歲在關東大地震的時候被埋掉了。廚川白村人很有才華，他當時提出文學是苦悶的象徵這個命題很精彩。另外一本書《出了象牙之塔》的中心的意思是希望作家能夠走出象牙之塔，走到十字街頭去關懷社會，這跟魯迅的整個思想很相通，所以魯迅很喜歡，就把它介紹過來了。當時中國處在一個苦難的時代，受帝國主義壓迫，需要作家去投入社會，走出象牙之塔。在那個語境下，這種呼喚有其歷史的合理性。但是後來走向極端了，把這個象牙之塔描述是很壞的東西。結果作家通通走向十字街頭，走向革命，走向政治。

其實象牙之塔就是一個作家、一個思想家精神價值創造的私人空間，有一個象牙之塔，有一個精神的空間，這跟關懷社會並不矛盾。作家一方面可以關懷社會，一方面可以與社會保持距離，獨立地從事精神價值創造。創造的時候有一個沉浸狀態，一個面壁狀態，作品才可能精緻。有精緻，才有貴族性。創造時可以不失關懷，兩者本來並不矛盾。可是我們把象牙之塔與社會關懷對立起來了，此後，整個的象牙之塔就沒有了。魯迅先生當時還可以躲進小樓成一統。到了「文化大革命」的時候就不可能了，連放任山水的自由都沒有了。周作人有一本書叫《自己的園地》，也是想說有個自己的象牙之塔，但是後來這自由園地瓦解了。這是一個很重要的現象，即象牙之塔的瓦解。賈寶玉閒散的精神沒有寄寓之所，作家失去了逍遙的自由。有一些作家很關心社會，熱烈地擁抱是非，這很好，應該尊敬他們；但另外一方面，如果有一些作家選擇抽離社會，抽離是非，在一個象牙之塔裏面，在逍遙狀態裏面進行很精緻的精神價值創造，也應該是可以的；但是我們不允許象牙之塔的存在。

第二種現象：語言和審美趣味的粗鄙化。

二十世紀出現了語言的粗鄙化。我曾經寫過一篇文章，叫作《論語言暴力》，批評語言暴力現象。特別是六七十年代，充滿着語言的暴力。連我所在社會科學院，那是高級知識分子成堆的地方，應該是高度文明的地方，也聲嘶力竭，整天批倒、批臭，踩上一萬隻腳，叫你永世不得翻身，語言非常粗鄙。

我現在想起來非常慚愧，怎麼當時會這個樣子，但那是風氣，是潮流，我們自己成為風氣中人，成為潮流中人了。所以我到香港的時候，提出要告別語言暴力，特別是要警惕暴力性命名，比如叛徒、公賊、內奸、黑幫之類的命名。命名是語言專制。中國是一個禮儀之邦，不能夠連禮儀之邦的表面功夫都沒有，我們講話要文明，要高雅。

另外在生活的習俗上，也出現了粗鄙化的東西。如果說十九世紀，中國的陋習是抽鴉片，那麼二十世紀到現在的陋習，則是講排場，講吃喝，比錢財，爭名利。這種陋習把我們的時代變成最奢侈的時代。俗氣又影響了文學。我認為文學最重要的是三個要素，第一個是心靈，第二個是想像力，第三個是審美形式。文學的事業是心靈的事業，有一些作品（比如說《封神演義》）情節吸引人，為甚麼不能算好作品？因為它沒有切入心靈，所以《封神演義》就不是一流的作品。文學一定要切入心靈，可是現在文學變成身體文學，而不是心靈文學，甚至是下半身即下體文學，極端鄙俗化了。我是思想很開放的人，完全支持充份描寫情愛。但是如果人為地將每一篇小說都加上些「性佐料」，使得作品顯得很俗氣、很骯髒，那就不能接受了。

過去片面講普及，下里巴人整個壓倒陽春白雪，已出現了傾斜，但下里巴人中還有很多好文學作品，但現在是下里巴人裏注滿痞子精神、流氓精神。我對痞子文學並不全盤否定，但不能接受「我是流氓我怕誰」這種鄙俗口號。流氓、痞子，最不講原則了。我不反對世俗生活的充份發展，我很喜歡香港，我認為香港是地球上世俗生活發展到極致的非常了不起的一個社會。今天中國世俗生活發展了，我也是非常高興，但社會不能全被俗氣潮流所覆蓋。嵇康說了一句非常好的話，叫作「外不殊俗，內不失正」，外邊世俗的生活你不要搞特殊，不要拿架子。俗就是世俗社會的俗，外不殊俗，但內不失正，你內心裏要堅持你的心靈原則。流氓缺少一種東西，就是沒有敬畏，沒有心靈原則。愛因斯坦這點值得我們學習。《時代》雜誌前年評出二十世紀三個最偉大人物，一個是愛因斯坦，一個是甘地，一個是羅斯福。愛因斯坦是最偉大的科學家，也是最偉大的理性主義者，可是他晚年皈依了上帝。對愛因斯坦來說，重要的不是上帝存在不存在，而是人需要不需要有所敬畏。有所敬畏，才能遵循心靈的原則。

最後，還有一種現象，就是富了以後不知道怎麼辦，即富的迷失。

這也是新的精神現象，一個人擁有財富了以後怎麼辦，特別是今天中國發展非常快，一部份人先富起來了。這一部份人很多是我們社會的精英。今天講貴族精神就是富了以後，會不會朝「貴」的方向前行，繼續往前走。我有一個心靈的願望，就是希望這批人富了以後，往高貴、高雅、高尚的精神境界上去提升。孔夫子在《論語．學而》篇裏面講了兩句話非常好，他說要富而好學，富而好禮。現在很多人就是沒有這種精神，或者說我們缺少一種優秀精神的支撐。現在往往是富而好利，富而好賭，富而好淫，富了以後失去了心靈的方向。在這點上，我覺得有一些人是值得我們來作為借鑒的，甚至可以作為效仿的。一個是西方，我們知道西方最有錢的人都是猶太人，「二戰」的時候，他們受的傷害最大，戰後他們進行深刻的反省。把大量的財富都用到社會公益事業上，回饋社會，辦博物館，辦藝術館，辦學校，為這個社會提高審美情趣，提高精神境界做出貢獻。這一點，哈默就是個榜樣。哈默是第一個跟列寧相見的西方大企業家，他到社會主義國家去做生意，列寧接見他。洛杉磯哈默藝術館很豐富很動人，他把全部的資產都買了畫，一九九一年我參觀過這個博物館。到現在一直還有印象，他買了莫奈的畫，特別是梵高的畫，九千萬美元。洛杉磯有沒有哈默這個藝術館，大不相同，它影響到洛杉磯這個城市的精神境界，特別是年輕一代的精神趣味。現在美國首屈一指的富豪比爾．蓋茨和巴菲特，他們兩個的表現值得我們注意。二零零五年六月二十五日，巴菲特宣佈了一件事，震撼了全世界。他的財富已經超過了比爾．蓋茨，他宣佈把自己四百二十億美元財產的百分之八十五回饋社會，其中大概有三百億投入比爾．蓋茨的基金會，他們都做社會的慈善事業，社會的教育事業，藝術事業。這就是他們從富走向貴的自覺。我們過去說，富人要三代換血而成貴族，他們不用三代了，他們從自己這一代開始，就往高貴上面走。我常感激一個人，就是陳嘉庚先生，他是我們福建的一個華僑。在馬來西亞，在新加坡，他成為一個很富有的華僑，後來他用他的財富，辦了廈門大學，辦了集美學校。很多華僑受他的影響，將大量資金注入我家鄉的教育事業。費孝通有一次在人大會堂裏演講說，現在閩南所以會人才輩出，很重要的原因是陳嘉庚先生起了作用，就是他把他的財富應用到教育事業上去了，起了很大作用，這也給我們樹立了一個榜樣。這是從富走向貴的一個非常好的楷模與榜樣。他把我的故鄉，變成中國一個很重要的文化搖籃。我到現在還對他心存感激。

我們的民族，如果能夠往高尚、高貴、高雅這方面去提升，就會推動一個大國的全面崛起。物質生活極大豐富以後，我們還要在精神文化上崛起。

王：您在剛才的演講中間講到中國經歷過三個貴族時代。我們知道所有的貴族，中國的貴族和西方的貴族，其實都是軍功貴族。就是在馬上立戰功後封爵，然後封領地，封土地，成為了可以世襲的貴族。但是在西方，因為對私人財產的一種高度的尊重和法律意識，私有權的意識，貴族的財產是不可以隨便剝奪的。但是在中國，你的祖先可以在馬上取得軍功，然後封得貴族的封號，甚至封得領地。但是可能不到五世，三世就被奪了，所以中國的貴族很難有所謂百年之家。但是一個社會總是要有一種高貴的精神來支撐它的，沒有貴族或者我們的貴族在漫長的幾千年的歷史中間，只有這麼三個像孤島似的歷史空間，顯然很難解釋這個社會的精神是怎麼樣維繫下來的。我覺得代替高等級貴族的是春秋戰國時候的低等級的貴族，即所謂的君子，所謂的士。後來演變成儒家所代表的一種精神，以及到後來農村裏頭的鄉紳，這樣一個傳統就成為了中國社會的一個勉強可以說是代替貴族傳統的傳統。另外，就是那些沒落的，已經在歷史的時空中消失的貴族，他們的精神通過道家學說，在精神的層面、學術的層面，被保留下來，被一部份知識分子所繼承。

劉：到了孔子的時候，他的「有教無類」就打破等級，打破貴族特權。但是那個時候，他開始劃分君子、小人，這個君子、小人之分，這不是傳統的血統之分，不是門第之分了，是道德之分。

王：道德之分。

劉：後來中國形成了以道德為核心的文化傳統。儒家所代表的文化傳統與道家代表的傳統的互補。所以我當時講中國的文化分兩脈，一脈就是重人文，重秩序，重教化的，這基本上是儒家傳統；另外一個是重自然，重自由，重個體生命，基本上是道家傳統：兩者互補，但主要是由儒代表中國文化的道統，這一道統與歐洲貴族的精神系統很不相同。中國的道統由士和鄉村士紳支撐，我們就這麼一路發展過來。

王：對，實際上在中國的鄉村，延續着的上千年的耕讀傳家的傳統，在某種意義上就是比較樸素的貴族傳統。在「耕」中間有「讀」，讀聖賢之言。

劉：所以那時候陳獨秀批的貴族文學，就是所謂「選學妖孽」、「桐城謬種」，其實不是典型的貴族文學，而是鄉村士紳文學。

王：鄉村士紳的文學。

劉：這種文學帶有一點貴族性，所以曾國藩說他們桐城派文學，是氣清志潔，品味很好，可是不能界定為貴族文學，陳獨秀的界定不是很準確。一九四九年的革命把整個鄉村士紳這個階層消滅了。自然也沒有士紳文學。

王：前不久，我看到章詒和女士寫的一本回憶錄性質的書，叫作《往事並不如煙》。讀了那本書以後，倒不是說那裏頭具體的一些是是非非，當然裏頭一些人物的命運，也很感動人；但我最強烈的一個感覺，就是其實在二十世紀五十年代的時候，中國一些人中間還是保留着一點貴族精神的。

劉：你說得很對，後來香港出版了她的《往事並不如煙》，但改了個題目，叫《最後的貴族》。因為這些人還保留一種高雅審美趣味，講精緻，講品味。我到盧浮宮五六次了，就是看不完。有人家說讀不完的莎士比亞，我們還可以說看不完的盧浮宮，兩萬多件藝術品，它最重要特點就是精緻，每一個作品都不一樣，非常精緻。貴族的審美取向，一定是追求精緻，追求高雅的，我們過去的問題是，把追求高雅看成是一種負面的東西。

王：其實最高的高雅，儒家的孔子和道家的老子、莊子，已經都給我們定義了。儒家是將君子比成玉，是玉，不是寶石，不是黃金。

劉：孔夫子甚至「食不厭精」，連吃飯都要精緻，不正不食，連吃飯也要講究點規矩的，所以他也是有貴族氣的。儘管我們的貴族傳統、貴族時代比較早就終結了、中斷了，但是我們仍然出現三個貴族文學的巔峰，三個偉大的個案，一個是屈原，一個是李煜，李後主，一個是曹雪芹。曹雪芹《紅樓夢》裏面那種貴族精神，與平民精神又是相通的，他有最高的貴族精神氣質。他所寫的詩以及全書的基調是貴族化的，但是他對平民卻有大慈悲心，大同情心，這一點比尼采了不起。尼采提倡貴族主義，可是他是向下等人開戰的貴族主義。曹雪芹對下等人，對戲子丫鬟，都很尊重，完全打破了貴賤尊卑的界限，這一條很了不起。中國貴族文學裏面，可以開掘出一種比西方更了不起的貴族精神，這是與平民精神相通的貴族精神。

王：有一位叫一介草民的網友，他有一個問題。他說我覺得中國的有錢人，應該聽一聽劉老師的演講，知道自己該去追求甚麼；但是劉老師，我恐怕此生都是一介草民了，那麼貴族精神對我來說有甚麼意義？

劉：我講貴族精神，不是講經濟地位上的貴賤，而是人格上的貴賤，精神上的貴賤，這才是根本。一個草民，不管社會地位多麼低，就像晴雯，她身為下賤，可是心比天高，人格可以非常高尚、非常高貴。這不是社會地位，不是草民、將軍、皇帝這些地位可以決定的。西方哲學常講自由意志。甚麼叫自由意志呢？自由意志首先是要自我確立。基佐在《歐洲文明論》對貴族下了個定義，他說貴族最重要是要自我確立，在羅馬貴族變成歐洲貴族以後，歐洲貴族最重要的精神就是自我確立。自我確立甚麼呢？就是確認人的重要性來自我自身，不是來自皇帝，不是來自他人，也不是來自環境，一切都取決於我自己。所以我愛說一句話，就是心靈狀態決定一切，即使草民，他的精神狀態也可以決定一切，精神也可以很富有，很高貴，不用悲觀。

提問者：二十年之前，我就聽說你的名字，也看了你當時出的一本書，風靡一時。我是上海人，對生活也比較考究，我覺得上海有一種貴族的傾向。貴族精神，你講了很多溢美之詞，但是我那個時候就有疑問，我覺得貴族是不是還有一些沒落的東西，還有一些不理想的東西，或者對於我們現在來說，應該摒棄的東西。

劉：任何一種精神，包括比較優秀的一些精神，它都會產生變形、變質。你談的這個問題非常好，很值得再研究。貴族精神，包括騎士精神，後來都產生了一些變質。為甚麼會產生堂吉訶德，他就是騎士精神變形了的產物。騎士崇拜女子、扶助弱者，原是真誠的，但是後來慢慢為了表現自己，失去了原來的真誠，變形了。紳士風度也會變形。我喜歡美國人的隨便隨和，不喜歡英國人那種紳士風度，因為太刻意之後像在擺架子，擺姿態。美國人比較隨便，從民族性格來說，美國人比較坦率，比較天真，而不記仇。

另外貴族精神，我們講的是它的一些核心價值，而貴族裏面也有偏見，貴族階層本身往往是分化的。比如《紅樓夢》裏，賈寶玉有貴族精神，他的父親賈政也有貴族精神，但是賈赦就沒有，他是世襲一等將軍，身上恰恰太多流氓氣；而賈蓉，基本上是個人渣，完全沒有貴族精神了。人是可以有缺點的，但不可以讓人惡心，賈蓉就讓人惡心，他離貴族原始精神、核心精神太遠。賈蓉走向貴族精神的對立面了，走向痞子精神和流氓精神。

提問者：西方的貴族精神和中國的貴族精神有甚麼區別？

劉：西方形成了貴族傳統、騎士傳統，它那些基本的要義，就是我剛才所說的自尊、自律、自明、自隱，這幾個東西是非常清楚的。中國沒有形成這麼一個傳統，中國的鄉紳文化，很龐雜，雅俗混合，我們必須把它分辨出來。像孟子所說的，富貴不能淫，貧賤不能移，威武不能屈，這裏面有貴族精神，也有平民精神。富貴不能淫，可以把它放到貴族精神裏面來，那麼貧賤呢，應該說是比較平民化的東西，貧賤不能移，它本來應該是平民必要的一種精神，這種精神也有貴族性。中國的文化傳統裏面，恰恰很多是屬於儒家的、道家的，特別是儒家的道德精神。必須要經過分析，把它抽離出來。中國的貴族精神，現在還很難像西方那樣地概括出幾個核心價值來。

尋回中國貴族精神的軌跡

二十世紀中國有一重大精神現象，就是貴族精神的瓦解，陽春白雪文化的衰落，象牙之塔的滅絕。貴族特權可以打倒，貴族精神和貴族文學則不可打倒。貴族精神就是自尊，就是低調，就是守持遊戲規則與心靈原則，這是香港城市大學中國文化中心名譽教授劉再復一再強調的。

二零零八年二月二十七日在城市大學「城市文化沙龍」上，劉再復作了題為「中國貴族精神的命運」的專題演講。

劉再復認為，中國人「往往只有專制人格而沒有貴族人格，有聖賢人格而沒有騎士人格」。他說：「這一點俄羅斯的別爾嘉耶夫在《俄羅斯的靈魂》一書裏總結得非常好，他反省俄羅斯的國民性，只崇尚神聖，不崇尚正直。我聯想到中國，是追求聖賢而不追求正直，聖人超乎尋常，標準太高，做不到就戴面具，就變成虛偽了，追求正直才能面對真理。未能崇尚正直，有一個重要原因則是缺少騎士貴族的傳統。中國經歷過周代的氏族貴族時代，可是貴族傳統過早中斷。後來魏晉南北朝出現門第貴族時代，又被科舉瓦解了。清代出現部落貴族統治，但整個時代缺少貴族精神。貴族文化本就薄弱，五四運動偏又提出打倒貴族文學的口號，加上跟政治結盟，知識分子不斷激進，使得高雅文化無立足之地。一九四九年以後，不僅是貴族被摧毀，連支撐道統文化的鄉村士紳也被消滅了，只剩下破落戶和暴發戶，所以二十世紀的歷史，基本是破落戶和暴發戶不斷交替起落的歷史。貴族精神的瓦解，使貴族精神的對立面，即痞子精神和流氓精神氾濫，沒有任何敬畏，沒有任何心靈原則，沒有了人的自尊與驕傲。」

多年來，劉再復專注於文化批判的探究，在香港城市大學他曾作過關於貴族精神和貴族文學的講座。今次演講顯現出他的研究更系統也更深刻了。一個多小時的演講後，在答問的時間段，來自各地的八九十位學者和學生同他一起近距離研討。

劉再復研究「五四運動」，認為有兩個基本點使該運動永遠具有合理性：一、文化改革者認識到中國古代的文化資源已經不能夠迎接現代社會的挑戰；二、他們認識到中國文化裏有一個西方理性邏輯文化的闕如。劉再復認為，「五四」文化運動那些歷史先行者都很善良，都考慮底層、下等人，考慮平民。可是「五四運動」發生了兩個大概念的錯位，第一，貴族特權和貴族精神沒有作區別，也就是貴族特權和貴族文學沒有分開，反對貴族特權和反對貴族文學是兩回事。第二，沒有分清貴族精神的對立項，把貴族精神的對立項看成是平民精神，把貴族文學的對立項看成是國民文學，其實貴族精神真正的對立項是奴才精神而不是平民精神。劉說：「我們這些人都出身平民，但我們身上也可以有貴族精神。二十世紀的精神現象不能完全歸罪於『五四』，但『五四』要負很大責任。兩個概念的錯位後來還派生貴族精神和精神貴族的錯位。」

劉再復說，《紅樓夢》中的賈赦、賈蓉和賈璉哪有貴族精神？像賈蓉，完全是痞子流氓。而晴雯是平民，她「身為下賤，心比天高」，非常高貴。所以不能把貴族精神和平民精神對立，奴才精神才是貴族精神的對立項。他說，二十世紀發生幾個與貴族精神失落相關的重要精神現象：一是知識精英的世紀性媚俗，知識分子太重功名，現在可能是歷史上知識分子最重功名的時代，比唐代還厲害，到處是俗氣的潮流；二是平民精神的變質，平民流氓化、鄙俗化；還有一個就是打破了象牙之塔，象牙之塔失去存在的合理性，到現在還不能為象牙之塔正名。沒有象牙之塔，怎麼可能有知識分子獨立思索的精神空間？怎麼可能有長期的積累？怎麼可能有精神的精緻與深邃？文化是一個字一個字，一篇文章一篇文章累積起來的，它需要有一個安靜的環境，一個沉靜的狀態，一個象牙塔的面壁沉思的空間，在裏面安靜下去，沉下去，有這個心靈存放之所才有精神貴族和貴族精神。劉再復感慨説：「當年魯迅還可以躲進小樓成一統，可是後來變成不合法了，象牙之塔變成負面概念整天受批判。」

他認為，中國的貴族傳統太早中斷，沒有形成貴族的傳統。關於甚麼是貴族精神，劉再復認為，有兩個最根本的精神，首先一定是低調的，他們一般學養教養都比較高，不會像暴發戶那樣「財大氣粗」，好講大話。即使像俄國十二月黨人的貴族反叛，也不像農民反叛的調子那麼高，不會動不動講「改天換地」、「替天行道」；其次，貴族精神最核心的意識是自尊。這是尼采特別強調的，在《善惡之彼岸》這本書論證這個問題，貴族精神就是自尊的精神。基佐在《歐洲文明史》裏也特別強調，西方的貴族精神從羅馬貴族到了歐洲貴族，歐洲貴族精神就很突出了，就是「自我確立」。個體的重要性不是來自於他人，不是來自於皇上，而是來自於我個人，這樣靈魂就獨立了，尊嚴就站立起來了，這才是貴族精神。貴族有一基本行為模式——決鬥。決鬥的意思，一是確立遊戲原則，二是確認有一種東西比生命更重要，這就是生命的尊嚴。

劉再復説：「像陳寅恪談到獨立的精神應該説和貴族的精神有相同之處，比如説獨立的精神，這可能是貴族精神最重要的一種精神。陳寅恪把這種獨立精神看得非常重。他寫柳如是，我的解讀跟人家不太相同，他為甚麼寫柳如是？從學理上説，我並不認為它是非常邏輯的學術著作，甚至感到有點煩瑣，但可以感到他要寄託的精神恰恰就是一種獨立的精神。」他認為，在明清交替的民族危難之際，很多帝王將相，權威泰斗，大知識分子（如錢謙益），他們的人格精神都不如一個妓女（柳如是）。陳寅恪特別強調獨立的精神，這種獨立精神當然是貴族精神，貴族精神是一個大系統，但貴族精神並沒有完全涵蓋自由精神，自由是近代社會資產階級確立起來的精神體系。陳寅恪先生概括王國維的「獨立之精神，自由之思想」應成為二十一世紀知識分子的精神火炬。

劉再復說：「現在鋪天蓋地的庸俗潮流席捲社會與知識階層，知識分子追求世俗角色，比如說，我過去當一個研究所的所長，這是一個世俗的角色，角色帶來利益，但不要把這個當作很重要的東西。現在的作家，當一個省的作協主席、副主席，馬上有小車坐，有甚麼局長級的待遇，追求世俗的角色，其代價往往是喪失高雅高貴的精神，丟掉人的驕傲。」

劉再復在香港城市大學關於「中國貴族精神」的講座

（江迅、馬楠整理）

第十五題

論高行健狀態

放逐的靈魂釋放自由的聲音

——《亞洲週刊》石燕紫的報道稿

劉再復是中國文學研究所前所長、知名文學評論家，一九八九年後赴美，近年獲邀回國從事一些學術活動。劉再復一直是諾貝爾文學獎得主高行健作品的研究者、評論者，他研究高的專著《高行健論》剛剛由台灣聯經出版社出版。四月二十七日，劉再復受邀於廣州中山大學中文系發表題為《從卡夫卡到高行健》的演講。他認為禪宗的審美眼睛和卡夫卡的現代意識構成高行健作品的詩意源泉，高行健無論在戲劇創作還是小說創作中，都有一種冷眼靜觀的態度，冷觀世界，也冷觀自己，創造了世界上獨一無二的醒觀美學和冷文學。

擺脫了過去那些名號的劉再復現在是華文世界重要的散文作家，儘管他的最新作品仍不能在大陸出版。不過，在網上仍可以讀到他的《獨語天涯》。那些一則則出自肺腑的短語記錄了他去國十多年的心路歷程，對故國、對命運、對死亡、對自我的思索，因為流亡的歷練而有了震撼人心的真誠和力量。劉再復與高行健是同代人，共同經歷過那個噩夢般的時代，而且同為流亡者，他對高行健創作意圖的理解、對他作品的解讀，有他人不及的投契和深度。

他在一九九九年為高行健的長篇小說《一個人的聖經》寫的跋中，說自己閱讀時「一再長嘆，幾次落淚而難以自禁」。在文章結尾，他寫道：「這部小說是一部逃亡書，是世紀末一個沒有祖國、沒有主義、沒有任何偽裝的世界遊民痛苦而痛快的自白。它告訴人們一些故事，還告訴人們一種哲學：人要抓住生命的瞬間，盡興活在當下，別落進他造與自造的各種陰影、幻象、觀念與噩夢中，逃離這一切，便是自由。」他的感同身受袒露無遺。

歷史厚愛漂流的生命

對於逃亡，劉再復在《論高行健狀態》一文中說：「逃亡，不是逃跑、逃脱與逃避，而是一種堅持與守衛。也就是說，逃亡正是堅持與維護最積極的文學狀態乃至整個生命狀態，也正是堅持與護衛一種未被歪曲的文學精神與文學信念。」劉在《獨語天涯》中這樣總結流亡者的得與失：「國家放逐一批流亡者，本意是為了使他們自生自滅，從此銷聲匿跡，但是卻使這些流亡者贏得走向世界深處的可能。歷史就是這樣厚愛着漂流的生命。」

劉再復説這次到訪廣東，他計劃去兩個地方朝聖，一是韶關的南華寺，那裏有六祖慧能的真身，是佛教禪宗的聖地；一是中山大學，國學大師陳寅恪在此度過他生命的最後歲月。劉再復説：「慧能是我們沒有充份發現的天才，禪宗對中國思想的影響仍沒被充份認識。」他認為西方的基督重在「救世」，而慧能教人如何通過明心見性來獲得大自在，重在「自救」。

高行健的小説和戲劇作品中的禪意相當明顯。他於一九九七年創作的戲劇《八月雪》是關於六祖慧能的故事，該劇二零零二年在台灣首演，最近在法國上演，引起不小的轟動。評論家趙毅衡如此評價高的戲劇創作：「高行健的現代禪劇是中國戲劇史上的創舉，沒有前例可循。中國戲劇界關於寫意劇的諸多討論，沒有擊中要害：雖然起意於古代詩畫，卻錯誤地從戲曲找模式，而完全忘記（或不敢）以禪為基點。只有到世紀末，高行健終於能夠在他的近期劇中，以禪宗思想為基礎建立了一個全新的、中國式的戲劇美學。」

劉再復說高行健從禪宗那裏得到巨大的啟迪，把握住當下生命的本真，到達理性不能到達的地方。他能把世俗所追求的一切都放下，在巴黎過着粗茶淡飯的日子，對貧窮沒有感覺，惟有對藝術十分敏感，把禪宗的立身行為態度與生命狀態融為一體，所以贏得身心大解放。

劉再復引用《紅樓夢》裏的《好了歌》所唱的「世人都曉神仙好，惟有功名忘不了」，「世人都曉神仙好，惟有金銀忘不了」，認為這種「忘不了」的狀態不可能達到那種非政治、非集團、非市場的文學狀態。高行健的所謂「自救」就是高舉逃亡旗幟，拒絕政治投入、市場投入，把自己從各種利害關係的網絡中抽離出來，使自己處於真正的觀省狀態。高行健說：「說佛在你心中，不如說自由在心中，就看你用不用。你如果拿自由去換取別的甚麼，自由這鳥兒就飛了，這就是自由的代價。」

禪的意識浸潤在高行健的作品中，禪宗的「明心見性」就是向內心的挺進，直逼人性深處與思想深處。

劉再復認為，高行健獲獎作品《靈山》描述作者在精神流浪中最後找到的「靈山」，就是自己身上那一脈不滅的幽靈。另一部長篇《一個人的聖經》也是一個個體生命驚心動魄的生命體驗與生命故事。

劉再復說，貫穿在卡夫卡作品中的意識就是現代意識：意識到人被消滅，人變成到處被審判的荒誕的存在。卡夫卡是扭轉世界文學乾坤的巨人，但丁、歌德筆下人文的、浪漫的激情至此轉為對人的存在困境的清醒認知。從卡夫卡出發，高行健進一步從外到內，既看到世界的荒誕，又看到自身的混沌。在高行健冷眼靜觀的筆下，個人就是個人，不是群體的一分子，不是大寫的人、英雄，是一個真實的、脆弱的人，他的作品因此區別於從前大陸作家的那些悲情、控訴、譴責、暴露以及小牢騷的表達。高行健筆下的人物是真實的個體生命，而作為創作者的自己也同樣是一個個體。他在獲獎發言中說：「文學原本同政治無關，只是純然個人的事情，一番觀察，一種對經驗的回顧，一些臆想和種種感受，某種心態的表達，兼以對思考的滿足。」

比起作品中流露的慷慨和真率的激情，講台上的劉再復含蓄、謙和、溫厚，而且言辭謹慎，對文學以外的現實話題，極少正面直接的評判，但他以自己對禪宗的感悟、對卡夫卡的認知以及自己的人生體驗，向人們展示中國文學的心路歷程。他由衷讚美曹雪芹的偉大，認為曹雪芹、王國維、陳寅恪代表了近三百年來中國最優秀的人文傳統，延續着中國人文的香火。但他又非常遺憾中國的貴族文學被奴才文學和痞子文學所淹沒，惋惜以內心的高潔、高傲和精神的純粹、雄健為特徵的貴族精神在中國文學中失落。

從劉再復略顯散亂的即興演講裏，可以感覺他有太多的體悟、感觸、思想要抒發，在他心中蓄積奔湧着的情感面前，口頭的語言表達是無力的，而一個小時的演講時間也太短暫。他在《獨語天涯》有這樣一段話表述自己現在的心境：「我不再欠債。我已從沉重的階級債務和民族債務中解脱，這是生命的大解脱。一陣大輕鬆如海風襲來。輕鬆中我悟到：此後我還會有關懷，然而，我已還原為我自己，我的生命內核，將從此只放射個人真實而自由的聲音。」

原載《亞洲週刊》二零零五年五月十五日

從卡夫卡到高行健

——高行健醒觀美學論述提綱

一九九九年，高行健的長篇小說《一個人的聖經》即將由台灣聯經出版社出版的時候，我作了一篇「跋」。通讀全書清樣後發現這部小說很有詩意。很奇怪，這部長篇小說與《靈山》那種精神上的逍遙不同，觸及的是「文化大革命時代」的現實的根本，那種現實是魔鬼般的狂亂與黑暗，怎麼能寫得這樣美？另一點讓我感到意外的是，和以往描寫「文化大革命」的所謂「傷痕文學」完全不同，它沒有譴責，沒有控訴，沒有憤怒，沒有持不同政見的情結，卻極其深刻地呈現出那個時代的現實與人的困境。我還發現，高行健這部長篇小說，其詩意既不是出於義憤，也不是來自對現實的悲情，而是來自作者冷靜的觀省，這是一種罕見的態度。作者毫不迴避現實，卻又從現實抽離出來，然後高高地對現實冷眼觀照。從那時候起，我獲得這樣的一種認識：高行健作品中的詩意不同於莎士比亞（人文激情），也遠離歌德（浪漫激情），而是出於卡夫卡——卡夫卡的荒誕意識。惟有卡夫卡，才是高行健的出發點。

卡夫卡是個扭轉文學乾坤的巨人。他的創作，告別了以抒情、浪漫、寫實的文學時代，開創了以荒誕為基調的文學時代。他筆下的人，不是悲劇的主角，而是荒誕的存在。用悲劇論無法解釋《變形記》、《審判》、《城堡》中的主人公，只有用存在論才能闡釋這些存在主體。卡夫卡開拓的荒誕意識，發現人在現代社會中被消滅，發現人變成非人、變成「甲蟲」，發現人創造了剝奪自身、奴役自身的概念、主義、工具、牢房，還發現人莫名其妙到處受審判、受追蹤。一個生命個體好好的，甚麼壞事也沒有做，卻無端地到處被拷問，為天地人所不容。而現實世界又恰如那個若有若無的城堡，說有，卻進不去出不來；說沒有，它又時時刻刻糾纏着你。卡夫卡用冷眼觀察他的主人公，在社會上、家庭中都沒有出路的生命體。他很了不起，在納粹及其製造的奧斯威辛集中營出現之前就意識到現代人的這種困境。卡夫卡冷靜地觀看世界，他意識到這個世界的本質是「無」：無價值，無意義，無處安生，無處安神，無處可以安放自己的身體與心靈。

高行健從《車站》、《彼岸》開始，就寫這個世界的荒誕。車站早就取消了，可是乘客們還在車站焦急地等待車子的到來，還在為車子的正點、晚點而爭吵，全然活在幻覺中。這不是「有」的毀滅（悲劇），而是「無」——甚麼也沒有的荒謬。那個可望而不可即的「彼岸」，也如卡夫卡的「城堡」，只是一種幻象，它讓所有的人都殫思竭慮地去追逐，又讓所有的人癱倒在「失語」的此岸。高行健的《一個人的聖經》不同於蕭洛霍夫（Mikhail Sholokhov）的《一個人的遭遇》，也不同於帕斯捷爾納克（Boris Pasternak）的《齊瓦哥醫生》，其不同的關鍵是它沒有這兩者的悲情，它從悲劇的情懷中抽身，用冷眼觀看現實世界。

高行健從卡夫卡的現代意識出發，又不重複卡夫卡，他繼續往前走。而最根本的突破，便是從「外」走向「內」，即從外部世界走進內部自我世界。高行健與卡夫卡一樣，均有一雙冷觀的眼睛，但高行健不僅用這雙眼睛「觀世界」，而且用這雙眼睛「觀自在」（即觀自我），既看到世界的荒誕，又看到自我的混沌。換句話說，是既把荒誕看作現實的屬性，也視為主體的屬性。《一個人的聖經》中的主人公就是一個荒誕而混沌的生命。他在大革命浪潮打擊下喪魂失魄，充滿恐懼，其人性脆弱到極點，卻又要帶上革命面具扮演造反英雄，甚至還要率領另一群人去充當「弄潮兒」。結果變成一隻「披着狼皮的羊」，一個形神分裂的「跳樑小丑」。他本來是一個與革命毫不相干的「局外人」，偏偏扮演一個投身革命的「局內人」，結果除了一片混沌、分裂、破碎、荒唐之外，甚麼也不是。在《一個人的聖經》中，沒有泛泛的激情，卻有作家當下的準確的感受。高行健後期的戲劇作品，如《生死界》、《對話與反詰》、《夜遊神》、《週末四重奏》、《叩問死亡》，都是「觀自在」的精美作品。一個人的內心狀態，尤其是一個人的混沌內心狀態，是肉眼看不見的，也是最難以捕捉的，但高行健卻把這種不可視的東西變為可視的東西，把看不見的內心狀態呈現於舞台，創造了世界戲劇史上未曾有過的狀態戲。這正是他「觀自在」的一種結果，一種了不起的成就。

高行健的「觀自在」，得益於禪的啟迪。禪宗的「明心見性」，其要點是開掘「自性」（《六祖壇經》：「萬法從自性生。」）。高行健在禪的啟發下觀省生命本身。這種觀省不是思辨，不是分析，不是訴諸邏輯，而是通過對生命個體脆弱性的揭示來肯定個體生命的價值，也就是說，他是通過對個體生命之脆弱與混沌的清醒意識來肯定個體生命的價值，肯定人性弱點的合理性，從而給予生命最大的寬容。二十世紀瀰漫救世主情懷，百年中的一代代救世主、審判者、正義的化身、人民的代言人，他們聲言要救治世界，卻從不正視自身的弱點，也從不反省那個無限膨脹的自我。高行健一再批評尼采，正是批評自我的膨脹。尼采一面宣佈上帝的終結，一面則在實際上宣佈自我的創世紀，把自我膨脹為重建世界的超人。十九世紀下半葉和二十世紀初，在德語寫作群裏出現兩個精神奇才：一個是尼采，一個是卡夫卡，這就形成了對人的認識的兩極，一種把人誇大為新的上帝，一種則發現人的極端脆弱。高行健與卡夫卡相通，他確認人性的脆弱。他筆下的人，既經不起壓力，也經不起誘惑；既經不起潮流與風氣的挾持，也經不起孤獨的空寂。呈現這種脆弱，便抓住了人性的真實。高行健的醒觀美學，正是對這種真實十分貼切的把握，因此，醒觀美學不同於思辨哲學，而是現代生命哲學。

高行健從現實中抽離出來進行觀省的態度，也得益於禪宗。擺脱宗教形態的禪，為把握當下的生命本真提供了可能，高行健緊緊抓住這種可能。在他眼中，禪不僅是一種立身行為的態度，更是一種審美。禪只觀察，不做判斷，特別是不做政治是非與道德善惡判斷。表現在作品中，便是只做描述，只做呈現，不做價值結論。作家僅僅是見證者、觀察者，不充當審判官、裁判者的角色。禪宗的「不二法門」（《六祖壇經》：「善惡雖殊，本性無二。」），對於高行健來説，就是不做是非、善惡、真假、高低、內外等世俗判斷和理性判斷，只做美醜判斷。我曾説，沒有禪宗，就沒有《紅樓夢》，而《紅樓夢》正是一個無是無非、無善無惡、無真無假、無因無果的藝術大自在。現在我還可以説，沒有禪宗，就沒有高行健，他也是一個沒有敵我分別、善惡分別、內外分別的藝術大自在。高行健寫了一本書名叫《另一種美學》，所謂另一種美學，就是對人生、對藝術採取一種觀省態度。這是高行健首創的獨特的審美經驗和獨特美學。

所謂「無善無惡」，不是説沒有惡，而是説作家對惡有一種超越、一種清明的意識。在高行健的作品中，他充份看到、估計到人性惡，知道這惡便是地獄，又知道無法改變人性惡。人與人之間的差別只是對惡覺悟與否、超越與否。所謂超越，便是意識到人性之惡無所不在，人自身具有惡的無限可能性，並且總是處於雙重的荒誕之中（現實社會的荒誕與作為主體的人的荒誕）。有了這意識，就有了對自身的把握，也就是「覺悟」。「無善無惡」，乃跳出善惡的判斷而以此意識進行自我觀照。高行健的寫作，便呼喚這種意識。説他人是自我的地獄，這種意識是本能的，無須太多呼喚；説自我也是地獄，説地獄就在身內則不容易正視，這意識必須去喚起。高行健的「逃亡」，不僅是從外部的惡中逃亡，也強調從內部的惡中逃亡。他的劇作《逃亡》告訴人們一個哲學道理，人最難逃脫的是自我的地獄。但有了這種意識和醒觀眼睛，人或許可以避免葬身於自我地獄的黑暗中而獲得「自救」。高行健的悲天憫人，突出地表現為對人的內荒誕的悲憫與提醒。

「觀自在」是對內生命的把握。而這種把握的關鍵就在於從主體內部抽出一隻中性的反觀自身的眼睛。關於這一點，我曾在以前的文章中提過，必須特別注意高行健發現的主體三重性。高行健發現全世界的語言都是「你」、「我」、「他」三個人稱，於是，他確認主體擁有三個坐標，而不是通常認為的二重性兩個坐標。弗洛伊德也曾把主體分解為本我、自我、超我，也是三坐標，但這是靜態的精神分析，難以把握。而高行健認為語言的三個人稱「你」、「我」、「他」卻是人的意識的起點，有了這三個坐標，意識才得以實現。這是一個重要的發現。這三個坐標進而確認了主體的三重性以及主體內在的互動，也即人稱轉移，這種主體間性（或稱為主體際性），即主體內部的三坐標可以進行對話。而這種對話其實是「假對話」，也就是說，是主體在自我內部世界中變換位置的獨白。高行健又從三重內在主體中抽出一個「他」，這個「他」，是從「他」的角度再觀省，對「你」、「我」再進行審視，從而以一雙冷眼做審美判斷者，不只是觀看外部世界，也觀看內部世界。

以往的主體性理論，雖也注意到主體間性，但一般只注意到外部主體間性（外部主體關係），包括哈貝瑪斯（Jürgen Habermas）的交往理論，也是外部主體間性理論。而高行健卻把主體間性投向生命內部，在靈魂、情感處展示一種極為複雜的主體關係構架和極為複雜的語言構架，創造出小說與戲劇的新文體。《靈山》便是內部主體間性的最集中的藝術呈現。這種以人稱代替人物之格局，從理論上表述，便是以內部主體間性代替外部主體間性。

以上所說的只是高行健審美經驗的一小部份。嚴格地說，東方文學界對高行健的研究還沒有開始，我所寫的有關高行健的文章，也只是閱讀心得。我相信，再過一段時間，一定會有許多中國與其他國家的讀者和學者進入高行健的「靈山」，並會發現那是一片非常精彩、值得不斷開掘的世界。

原載《明報月刊》二零零五年九月號

第十六題

「返回古典」與「回歸生命」

回應《光明日報》

——《亞洲週刊》江迅專訪錄

北京《光明日報》週前對劉再復、李澤厚合著的《告別革命》提出猛烈批判，不點名指責劉再復、李澤厚二人十年前在《告別革命》一書中提出的觀點是「歷史虛無主義思潮」，否定近現代以來的一切革命，反對社會主義制度，主張中國走資本主義道路，實行「全盤西化」，指責他們是「以『重新評價』為名，歪曲近現代中國革命的歷史、黨的歷史和中華人民共和國的歷史」。

北京《光明日報》特邀北京大學教授沙健孫、梁柱，中國人民大學教授李文海和北京師範大學教授龔書鐸四位資深學者，就所謂「歷史虛無主義」問題座談。三月十五日《光明日報》發表長文《警惕歷史虛無主義思潮》座談紀要。此文引發思想界和學術界巨大反響，官方人民網（www.people.com.cn）、中國網（china.com.cn）、四川社會科學在線（www.sss.net.cn）及網易部落（bulo.163.com）等數十家網站轉載，網民在眾多論壇上紛紛跟帖，展開反批評。

正在香港城市大學講學的劉再復，在闡釋「告別革命」理念的時候，說：「《告別革命》書中早已說明，我們並不否定以往革命的歷史合理性，只是不贊成把暴力革命視為歷史必由之路，視為唯一聖物。」

劉再復說：「我們對中國近代史提出一種新的認識，認為近代史不僅僅是三大革命（太平天國、義和團、辛亥革命）的歷史，還應當包括洋務運動、戊戌變法等改良運動的歷史。」他說，中國近代史是一條線索的歷史，還是兩條線索的歷史？近代史應當要講爭取民族獨立、民族革命的歷史，反對帝國主義和專制王朝統治的歷史，但能不講一百多年中國接受現代文明、不斷走向現代化的歷史嗎？評價歷史人物，應當超越黨派和意識形態，看其對中華民族的進步做了哪些實事，講的是「實」，不是「虛」，這恰恰不是虛無主義，而是求實精神。

《光明日報》這四位學者認為，當代中國「歷史虛無主義思潮」，「是一種違反歷史事實和歷史唯物主義的反社會主義思潮」。沙健孫認為，歷史虛無主義思潮的表現是：提出否定革命、「告別革命」的主張，認為革命只起破壞性作用，沒有建設性意義；把「五四」以來中國選擇社會主義發展方向視為離開所謂的「以英美為師」的「近代文明的主流」而誤入了歧路，宣稱經濟文化落後的中國沒有資格搞社會主義；用攻其一點、不及其餘的方法，否定中國共產黨的本質和主流，把它說成是一系列錯誤的延續。

李文海、龔書鐸認為，歷史虛無主義思潮的集中體現，就是所謂的「告別革命」論，竭力渲染革命的「弊病」，公開判定「二十世紀的革命方式的結果只是實現了專制復辟」，其影響之壞，危害之大，不可不防。梁柱認為，應看到歷史虛無主義思潮的根源，發生在二十世紀八九十年代的蘇東劇變及其後國際上出現的西強東弱的總體態勢，使社會主義「失敗論」、馬克思主義「過時論」、共產主義「渺茫論」的市場擴大。革命隊伍裏有人因低潮出現而驚慌失措，喪失信心，另找出路。歷史虛無主義思潮的出現，正是要求「重寫歷史」，鼓吹「告別革命」，説到底是為「另找出路」。

當劉再復教授在香港城市大學演講中國古典文化和古典文學時，北京卻開始掀起新一波反新自由主義浪潮，批判「告別革命」。其實，「告別革命」源自劉再復與李澤厚十年前出版的長篇對話錄《告別革命》，他們對「革命是聖物」的理念做了反思，對「暴力革命是歷史必由之路」做了「告別」。他們認為，影響過去一百年中國命運最重要的事件就是革命，但展望新世紀，不能再把革命當作聖物，他們主張以「改良、建設」代替「破壞」，決心「告別革命」。

革命只是部份歷史

這本書已出版韓文版，二零零四年香港中文版已發行第五版，關注的人愈來愈多。劉、李在「告別革命」之後，又提出「返回古典」命題另一文化思路。劉在香港演講古典文化，正是探索現代文人如何從中國精神傳統中吸取思想資源。

曾任中國社會科學院文學研究所所長、現任香港城市大學榮譽教授的劉再復，每年都會從美國到香港講學。今年三月一日起，為期四個月，在城市大學中國文化中心作六次演講，已開講的是：中國的貴族文學，中國的放逐文學，中國的輓歌文學。之後的演講是：「雙典批判」（對《三國演義》和《水滸傳》的批判，不是文學批評，而是文化批判，是價值觀問題）。就最近受到不點名批判一事，劉再復接受《亞洲週刊》訪問。

談到《告別革命》一書，劉再復說：「以往人類的歷史是否就是階級鬥爭的歷史、暴力革命的歷史？歷史的主要脈絡是生產力的發展（包括生產工具的變革）還是暴力革命？我們認為，暴力革命在歷史長河中，只是一些瞬間，一些短暫時期，主要的脈絡應是生產力的發展。當社會出現階級利益衝突，包括世界秩序衝突時（現在仍有這種衝突，如貧富懸殊不均的衝突），那麼，面對矛盾衝突，應採取甚麼解決辦法？是把階級鬥爭的極端形式暴力革命作為「第一優先」的選擇，還是把階級協調、改良改革作為第一選擇。我們認為暴力革命是不得已的選擇，能通過協商、調和、妥協的辦法解決，總是比火與劍的大規模的流血辦法好。」

劉再復認為，中國共產黨從革命黨轉變成執政黨，中國是要「繼續革命」，把民族生活重心放在階級鬥爭上，還是要「告別革命」，把民族生活重心放到經濟建設之上，即鄧小平所說的「以經濟建設為中心」？毫無疑問，應當選擇後者。中國共產黨已經從革命黨轉變為執政黨，原來只代表無產階級一個階級的利益，現在要代表全體人民的利益，這是大變革、大告別，正是告別革命的思路，以下是訪談要點：

問：十年來，你們對大陸批判「告別革命」很少做回應，為甚麼？

劉：十年來很多人批評「告別革命」，都沒有看《告別革命》這本書，只是看了書皮，看了「告別革命」四個字，心情就緊張起來了。對「告別革命」理念有不同看法是正常的，但是，和《光明日報》上的四位歷史論者很難討論，很難進入學理性問題。他們首先設置一個政治審判所，使用的完全是本質化即簡單化的「文革語言」，沒有冷靜的學術心態，只有亢奮的革命心態，更沒有進入問題的建設性態度。這就很難討論問題。

問：你對《光明日報》上的四位學者熟悉嗎？

劉：對這四位學者，我都很陌生，昨天才有朋友告訴我，早在鄧小平生前，沙健孫就批判鄧小平了，這一信息使我更明白他們的心態。二十世紀的中國，特別是發生了災難深重的「文化大革命」，這是革命理念極左化的結果。這一沉重的教訓是必須汲取的。

頭腦留在六十年代

劉：《光明日報》文章四學者中，有位叫李文海的，《亞洲週刊》報道過，他批判電視連續劇《走向共和》，我恰恰對這部電視劇很看好，《走向共和》對歷史人物的評價，超越了黨派，超越了意識形態。《光明日報》上的四位學者，身在二十一世紀初期，頭腦卻仍停留在二十世紀中葉。這種思想的惰性告訴我們：唱革命高調和反對資本主義復辟的極左思潮正在回潮，而一旦回潮，二十年的改革，將喪失全部精神根據，最後只能被加上「復辟資本主義」的罪名而受歷史審判，回到毛澤東的無產階級專政下的繼續革命路上去，這是應當警惕的。

問：你如何對《三國演義》和《水滸傳》做價值觀上的文化批判？

劉：《三國演義》是中國權術大全，而《水滸傳》是暴力崇拜，對婦女的蔑視。我批評它的一個命題，就是「凡是造反的都是合理的」，一造反，就打着「替天行道」的旗幟，甚麼手段都可以，武松為反抗，血洗鴛鴦樓，殺十六個人，連小丫鬟都不放過。從文學上看，兩部小說都是經典著作，一百零八將塑造得確實好。但文化批評和文學批評不一樣，重價值觀。再説宋江，不能簡單説是「投降主義」。宋江在中國農民革命中，運用另一種政治遊戲規則，即要談判，要妥協，他自己並不想做皇帝。對宋江需要重新認識。所以我説，《三國演義》和《水滸傳》是中國的「地獄之門」。

問：怎麼理解「雙典」是中國「地獄之門」？

劉：中國人如何走向精神地獄，就是透過這兩本書的，它們比其他甚麼學術著作影響都大，千千萬萬中國人就是通過這兩本書，塑造自己的文化性格的，不斷形成中國的集體無意識，《三國演義》的權術已發展成厚黑學。我們生活中到處都是「水滸」中人、「三國」中人，時時講權術，唱「該出手時就出手」。小衙內雖出身官僚家庭，但他還是幼兒，是無罪的，李逵用斧頭將他劈成兩半，這該出手嗎？這種理想不能不批評。一百零八將內，是四海皆兄弟，那一百零八將之外，是隨便可以砍殺的嗎？用兄弟倫理、親情倫理代替責任倫理，如果以此建設現代化，問題可大了。

問：四月十八日在香港舉辦兩岸台商論壇，請你做演講嘉賓，你準備講甚麼話題？

劉：兩岸論壇請我和李歐梵去講講。這些年我回到古典文學。這次兩岸論壇，我只能去講講自己內心的話，談自然文化。我是反對台獨的，台灣要「去中國化」，果真如此，台灣還剩下甚麼？我在城市大學講閱讀「老三經」（《山海經》、《道德經》、《六祖壇經》），講老莊，講禪宗，這是講自然，不是講意志，世上許多問題還是讓它們自然解決比較好，不要太人為，太意志，包括兩岸問題。此次我就講這樣的自然文化，自然解決，中華民族現在發展得很好，是鴉片戰爭以來發展最好的時期，還應該讓它繼續自然發展。

順其自然學會妥協

劉：兩岸的經濟交流和文化交流已經非常頻繁了，那麼多台商去大陸，是少見的現象，文化上很多方面已經統一了。無非是台灣有一些作家和文化人，覺得大陸還有專制，如果大陸專制再少一點，自由多一點，以後就沒有太多隔閡了。我相信，中國人一定會在巨大商業活動中學會妥協，學會談判。

原載《亞洲週刊》二零零五年四月四日

返回古典

——在「中國古典詩歌研究與吟賞國際研討會」的演講（摘要）

議對兄要我來講幾句話，原來是非常嚴肅的一個學術研討會，我沒做甚麼準備。不過我很高興，可以見到我的老師蔡厚示教授，還見到我的幾位老朋友。議對兄是我的好朋友，也是我們文學研究所的首席博士，讓我來我不能不來。實際上沒有很好的準備。

前幾天應中山大學哲學系邀請，到廣州。這是我去國十一年後第一次踏上自己的國土。我跟他們談了「瞬間與永恆」這麼一個意思。英國大思想家比撒．柏林說：「活着多麼好。」儘管人生有難以釋肩的重負，但有許多美好的瞬間，就足以支撐繁重的人生。永恆就在瞬間中。

我要講的題目是：《返回古典》。這題目與研討會論題，可能有點相近。

十一年前，旅居美國，正好與李澤厚同在科羅拉多州。他在科羅拉多學院，我在科羅拉多大學。李澤厚在哲學上的成就很高，一九八八年被法國哲學院推舉為院士。這是二十世紀下半葉唯一獲此殊榮的中國人。只可惜，哲學界知道此事的不多。我與李澤厚，二人對談，談出一本《告別革命》來。題目當然刺激。其實我們並不是否定過去的一切革命，過去的革命都有一定的歷史合理性，而是不贊成把革命看作唯一神聖，看作歷史必由之路。革命與改良相比，我們以為改良好一些。我們通過這本書對於中國近代史提供一種新的認識。書出後，有些爭議。現正進一步探討「返回古典」這一問題。因為忙，還來不及整理。

這是對於二十世紀所進行的反省。二十世紀是個否定性的世紀。返回古典，是對於二十世紀這一否定的世紀所進行的反省，是否定之否定。

二十世紀對人的否定，體現於兩個層面：形而下層面與形而上層面。第一，形而下層面，指的是人的物化與異化。經濟、科技的高度發展，人慢慢異化成機器的奴隸、廣告的奴隸、商品的奴隸，成為電腦的附件。工業革命已走到極致，走到電腦網絡。電腦把西方的程序文化推向極致。人只能聽程序的命令，不能聽內心的命令。返回古典，就是從機器和程序的統治下走出來。第二，形而上層面，主要是針對語言革命。二十世紀是語言學的世紀。語言革命，把語言看作是最後家園，看成精神本體。正如拉康所說，「不是我說語言，而是語言說我」。人的主體喪失。語言革命帶入文學領域、學術領域，發生了語言遮蔽和語言暴力問題。首先是語言遮蔽，玩語言，玩技巧，玩概念，玩到走火入魔。技巧淹沒真性情，概念淹沒真問題。覆蓋層太厚，人失去生命本體。語言的遮蔽，也可稱為「語障」。所謂「語障」，實際上是人在概念的包圍中迷失，變成概念的生物。返回古典，就要從「語障」中走出來，走到生命本身，走到日常生活的真實中來。胡塞爾的現象學，講的正是這一點。另一個問題，語言的暴力也很嚴重。倘若把語言遮蔽稱作「語障」，那麼，語言暴力可以稱作「語狂」。前些時接受《亞洲週刊》記者訪問，說及香港的語言暴力問題。現在看，在中國大陸、台灣及香港，三地都非常嚴重。「五四」運動開始，提倡白話文，有一定的歷史合理性。中國文化資源的代表之一儒家，已適應不了時代的要求；中國的理性邏輯文化嚴重闕如，需要西方文化的補充。但白話文運動，也產生語言暴力，把農民起義的暴力形式帶進白話文。陳獨秀提出推倒貴族文學，推倒山林文學，推倒古典文學，就是一種暴力形式。不過陳獨秀畢竟還是一位文化領袖，不是文化草莽，還能克制。後來創造社有了很大發展。他們與魯迅有分歧，攻擊魯迅，就給扣上「二重反革命」、「法西斯蒂」、「封建餘孽」等帽子。一九四九年以後，語言暴力與政治權力相結合。到了「文化大革命」，發展到登峰造極。我曾跟記者開玩笑說：鉛字有毒，語言帶菌，要小心。因此，這也就有個返回古典問題。中國的先賢，如先秦諸子，雖然理解不同，有許多爭論，但語言有風度，有文采。除了孟子有點暴力傾向之外，其他的都是溫柔敦厚，沒有「語狂」分子。而在藝術領域，則大玩技巧。畢加索之後不斷顛覆，不斷革命，革得走火入魔，以思辨替代審美，以哲學理念替代藝術，以三度空間（立體）替代二度空間。現在，最時髦的就是紐約的行為藝術，赤身裸體在冰上表演，是我們中國人搞起來的，報紙上吹得厲害。紐約像是大海，世界的信息中心。美國看紐約，世界看美國，影響非常大。藝術也有個返回古典的問題。回到藝術的原點，回到人的生命本體，回到人的內心顫動。二十一世紀剛開始，想提出這樣一個最基本的問題。二十一世紀應是重新關心人的尊嚴、人的價值的一個新世紀。總之，所謂返回古典，就是從機器的統治、語言的統治、顛覆性哲學觀念的統治下解放出來，從而返回「人的原點」。

今天談的是文學。文學的返回古典對於我就是返回《紅樓夢》、返回《山海經》。在中山大學哲學系講演，題目是：《我的文學聖經——紅樓夢》。《紅樓夢》是一部人書，回到《紅樓夢》，就是回到人的原點。

對於中國文化的回歸，各人有不同的「點」。我與李澤厚，對於西方古典文化的回歸，有共同點。兩人都認同康德所說人是目的王國的成員，而不是工具王國的成員，應聽從內心的絕對命令。但對中國文化的回歸，回歸到甚麼點上去，就不一樣。李澤厚主張回歸孔子，側重從儒家那裏開掘資源，他認為孔子極大地提高了人的地位。而我的主張是：回歸到最有生命、最能表現生命的點上去。這就是《山海經》與《紅樓夢》。《山海經》是中華文化的本真或本然，真正體現中華民族最原始、最本真的精神。在中山大學我曾開玩笑地說：「人愈有知識，頭腦愈複雜，愈怕事，愈世故。」世故，是以利害關係講話，天真則是按真性情講話。天真、天籟，十分可貴。中華民族最本真的精神，是「知其不可而為之」的精神。精衛填海，不可填，偏要填；夸父追日，不可追，偏要追。這就是中華民族最原始的精神。返回古典，就是要回歸到這種天真質樸的精神。《紅樓夢》一開篇就連上《山海經》。《紅樓夢》對現實非常關注，接觸到現實的根本，又超越現實，從現實跳出來。有現實的維度，又有超驗世界的維度。是真正關注人的文學，真正進入審美狀態的文學，真正偉大的文學作品。

今天開的是古典詩詞研討會，我們就談《紅樓夢》中的《芙蓉女兒誄》，這是祭奠晴雯的一篇誄文。我以為：這一最美的詩篇，可以與《離騷》相比。你想，賈寶玉是一位貴族子弟，歌頌的卻是一位奴婢，社會地位最低、最讓人瞧不起的丫鬟。歌頌其「身為下賤，心比天高」，把世俗社會最瞧不起的人物，當天使歌頌。這是非常高的境界。康德說：「美就是超勢利。」《芙蓉女兒誄》真正是超勢利的大境界，我們就是要回歸到這裏。探索古代詩詞，像這麼美好的詩篇，就應給予很高的評價，進行很好的闡釋。我以為，《紅樓夢》與《聖經》同構。它可以點亮我們的一切。兩部聖經，都是從寓言開始。《聖經》以亞當夏娃的情愛寓言開始，《紅樓夢》以神瑛侍者與絳珠仙草（賈寶玉、林黛玉的前身）的情愛寓言開始。《紅樓夢》裏有一位基督，一位未完成的基督，就是賈寶玉。賈寶玉愛一切人，寬恕一切人，本身有承擔人間罪惡苦難的精神。被父親打得半死，人家去看他，他倒關心別人。玉釧不小心把藥湯潑到他手上，寶玉首先不是想到自己，而是問玉釧有無燙到手。處處為別人着想。賈環及薛蟠這兩個粗俗人誰都討厭，但賈寶玉也能容納。今天的文學應回歸到最基本的人性立場，最基本的大慈悲、大悲憫，不是玩語言、玩技巧、玩形式，玩得走火入魔那一套，不是後現代那一套。

（施婷整理）

回歸生命

——在「返回古典與走向世界」國際學術研討會上的演講（摘要）

議對兄一定要我講一講，只好從命。我不善於拒絕朋友。過去在故國被視為異端，是因為對於政治權力的指令，我常不順從；但是天真、天籟的命令和朋友的命令，卻不能不從，所以只好講一講。

我出國已有十二年，走了二十多個國家。走了以後，找到許多參照物，更看清故國文化的一些弱點，但也更看清它的優點。可以說，我是愈走愈認識故國文化的精華，感情愈來愈深，甚至發生一個「回歸」的問題。議對兄說可以講一講故事，講一講思索。我按照這個題目要求，講講放逐與回歸的心靈故事。這個故事也許跟這個會議的主題有一點關係。

我們偉大的先賢，偉大的詩人，包括屈原，他們可能沒有體會到漂流包含自我回歸。屈原想的是國家，不是個體。因此他沒想到通過漂流的形式，可以返回到個體生命尊嚴、個體生命自由、個體生命活力這些點上。換句話說，他沒想到，漂流恰恰為「回歸」創造了前提與可能。我一直講，文化形態，最精彩應表現為生命形態。文化、文學是通過人、通過生命表現的，沒有生命的解放，沒有心靈的解放，哪有文學的解放呢？而正是流亡帶給個體生命的解放。我覺得這是自己對流亡意義的一個比較重要的界定。有了這種觀念以後，第二步就要尋找回歸的道路。怎麼回歸？我又找到了自我回歸的內在道路，這就是我在很多散文裏面寫到的：回歸童心，回歸生命的本真。更具體地說，它包括兩個向度。第一個是回歸剛到人世的瞬間，就是從母腹中誕生的那一瞬間，重新用純真的孩子的眼睛來看這個世界。第二個向度是回到我們中華文化包括整個世界文化最本真、最本源的那種生命文化的原點。自從一九九三年，我不斷講《山海經》就是講這個意思。《山海經》不是歷史，是神話故事，然而它恰恰是最本真、最本然的歷史，恰恰是最本真、最本然的中國文化精神。回歸古典，首先就是回到這個點。

回歸童心，回歸生命，兩者是一個意思，在今天中國的語境下，很重要的一個內容，是要放逐概念。談起這個題目，就要想起我們的老鄉李卓吾。他提出「童心説」，是被逼出來的。當時宋明理學的教條太沉重。儒家學説發展到宋明，已變成嚴酷的行為規範、道德法庭，人性被扼殺，生命被壓抑，這個時候，李卓吾講童心，就是要放逐理學概念，重新向生命靠近，向活潑的人性靠近。他的意義就在這裏。朱熹在我們家鄉做過官，但我始終不喜歡朱熹，我喜歡王陽明。我們現在的歷史語境，很像李卓吾時代的語境，概念太多，主義太多，幾代人都在概念的包圍中迷失，靈魂失去應有的活力。以我個人的體驗來説，我在很長的時間就不是靠生命本身去過活，不是靠心靈去過日子，而是靠概念去討生活。對世界的閱讀，不是用生命去閱讀，而是用概念去閱讀。我跟很多作家朋友聊天，我説用頭腦寫作，還是用心靈寫作，或是用全生命寫作，這是不一樣的，頭腦如果不能和生命聯繫起來，那就只能產生教條。從概念中解放出來，貌似平常，實際上是很大的問題。胡塞爾的現象學，講的就是在審美的時候，首先應把概念懸擱，然後回到事物的本身，回到生活的本身。他建立了一套學説，對我們很有幫助。高行健所説的「沒有主義」，也是放下主義而向生命真實靠近的意思。

回歸古典是一個過程，是尋找那些有利於重建個體生命活力的過程。在此過程中，我們將重新發現中華文化跟世界文化裏，哪些是可以吸取的生命資源，哪些是具有靈魂活力的資源。「回歸古典」與「回歸生命」的意思相通。西方文藝復興運動也是一種回歸古典（古希臘），其主旨也是衝破宗教統治而回歸到生命自由與生命尊嚴。當今世界文化的發展線路是不是一定要「從現代走向後現代」？這是大可懷疑的。後現代主義是針對現代主義而產生的。現代理性講了一兩個世紀，結果到了二十世紀卻產生最沒有理性的兩次世界大戰，這就使一些思想者站出來解構現代理性傳統，顛覆西方啟蒙理性以來的形而上體系。但是後現代主義的一個致命弱點是只有解構，沒有建構；只有破壞，沒有建設；只有顛覆，沒有創作實績。實際上是一種造反性的革命思潮。另外，「後現代」的概念太大，大到難以定義，也大到沒有意義，但有一點可以把握的是後現代主義並沒有肯定人的生命本體，反對啟蒙理性最終只能推動人的商品化、市場化、「異化」。所謂「異化」，就是人被自身的創造物所控制。現代人正在被自己所創造的機器、商品所控制，從而使生命發生貶值甚至失落。在這種歷史語境下我們就不一定要跟着從「現代→後現代」的線路走，而要提出另一種大思路，這就是從「現代→古典」的線路，也就是回歸尊重人的生命價值的思路。老子的「復歸於嬰兒」與「復歸於樸」的意思相通，無論是返回童心和返回古典都是返回生命自由與生命尊嚴。

在這一思路下，我們要從人類已有的文化中尋找肯定生命價值的資源。無論是世界文化還是中國文化，其精神指向，都可以宏觀地分為兩大脈絡。一種是「個體生命優先」指向，一種是「群體秩序優先」指向。兩者的衝突形成文化發展的二律背反。兩者都有其理由。在中國，儒家倫理強調的是「群體秩序優先」，老莊強調的是「個體生命優先」。《紅樓夢》中林黛玉與薛寶釵的衝突正是這兩種文化的衝突。曹雪芹支持的是林黛玉的生命自由訴求，但並不認為薛寶釵是沒有道理的。所以我把林、薛之爭視為曹雪芹靈魂的悖論。中國的文化、文學也可以大體上劃分為強調「秩序優先」的歷史文化與強調「生命優先」的生命文化。周作人講中國文學有「載道派」和「言志派」的兩大流向，也是這個意思。前一條線從《尚書》開始，後有先秦儒、法，宋明理學，一直到曾國藩這最後的一個大家。後一條線則是從《山海經》到《紅樓夢》，中間的魏晉風度與明末性情及各代許多詩詞，都有生命自由的呼喚。我講的「回歸古典」，強調的是回歸到生命文化的「典」，回到《山海經》，回到《紅樓夢》。但不僅是這兩個「典」，還有許多「典」，要我們去尋找，去開掘。在尋找生命文化的過程當中，我常用中醫的思路，就是講究血脈，把中國文化的血脈與西方文化的血脈打通。然後找文化穴位，即抓住要點、要害。比如說歷史文化，關鍵是哪些穴位，抓住它，在生命文化裏面，哪些重大的穴位。所以我就把《山海經》當成是非常重要的穴位，《紅樓夢》是最重要的穴位。那麼在這之間還有很多，比如說我常常開玩笑說過去讀老三篇。出國以後，整個生命轉變以後，我又讀老三經。老三經是《山海經》、《道德經》、《六祖壇經》。讀了以後真的是受益無窮，昨天我跟鍾少華先生說及鍾敬文老先生過去對我很愛護，我對他非常崇敬。但像鍾先生還有其他一些老先生，對《山海經》主要是考證，我則多做些文化闡釋。所以我在培凱兄他們那個中國文化中心第一課就講中國文化的原始精神，就講《山海經》，講《山海經》的精神，講知其不可為而為之的精神，講英雄觀念、存在觀念、時間觀念。《道德經》也講了一課。今天我還要特別講一下《六祖壇經》。那天我跟議對兄說，要不我就談談這個禪性吧。禪性是我最近使用的一個概念。禪宗其實不是一種典型的宗教，但可以說是一種半哲學、半宗教的文化。大家怎麼定義可以研究，但是在我看來，禪是一種精神狀態，一種審美的態度，一種看待宇宙、看待社會、看待人生的態度。我在一九八六年就寫過一篇文章《散文與悟道》，說寫每一篇散文都要有所悟。有悟就有發現，就有文眼。嚴羽《滄浪詩話》把禪引入文論，對作家起了很大作用。比劉勰的《文心雕龍》有意思，儘管《文心雕龍》形成了體系。現在我不迷信體系，我過去很喜歡構造體系，劉勰《文心雕龍》裏真正精彩的並不多，但《滄浪詩話》非常精彩。談頓悟，談妙悟，非常精彩地抓住了創作與生命的連接點，抓住了禪性這個審美中介，很了不起。我過去講文學的主體性，把它定義為文學的超越性。就是說作家不能用現實主體的資格去參加文學藝術活動，而應該用藝術主體去參加文學藝術活動。可是我當時沒有解決一個問題，就是怎麼從現實主體變成超越主體。它要有一個中介，一個精神之橋。那麼，今天可以說，禪性，就是非常好的精神中介。它可以幫助你超越，幫助你放下，幫助你提升，幫助你跟現實拉開距離，幫助你贏得一雙慧眼。

有意思的是禪宗六祖慧能不是搞文學的，是個宗教領袖，可是他整個的人生態度，整個人生的行為模式，卻是非常文學的。他的生命狀態，他的思維狀態都很文學，非常文學。很奇怪，很多從事文學的作家學者，其行為、思想、精神狀態很不文學，也就是說，很功利，很功名，很世故，與慧能正相反。高行健的《八月雪》寫的就是慧能的故事。我讀了《八月雪》以後，徹夜不眠。有些朋友説這是一齣宗教戲，其實它只是一個宗教題材，跟宗教沒有太大關係。他寫這慧能作為一個宗教領袖，卻不迷信菩薩，認為菩薩就在你心中，天堂地獄就在你心中，一切都取決於你自己，所以他沒有偶像崇拜，也拒絕宮廷皇帝給他樹碑造廟，甚麼桂冠，甚麼大師封號，他統統不要。連傳宗接代的衣鉢也不要，看得很透。他這種狀態，恰恰是很文學。其實作為作家，只有像慧能這樣才能獲得心靈的大自由，這就是禪性。除了讀「老三經」之外，我還喜歡讀《金剛經》。《金剛經》發現人的身體是人本身的終極地獄。所謂我相、人相、眾生相、壽者相等，都可能成為地獄。《六祖壇經》則告訴我們，語言是另一種終極地獄。這一發現非常厲害。二十世紀是語言學的世紀。語言學充份發展了，從索緒爾到維德根斯坦到拉康，他們強調語言學強調到了極端，説語言是人的精神本體，語言不僅僅是工具，是精神本體。不僅上帝死了，而且主體也死了，人也死了。把語言凌駕於人之上，人在語言中消失了。回歸古典，把文藝復興的口號借用過來，是要重新肯定人的價值，就是説我們要擺脱語言的統治，概念的統治。只承認人是最後的實在，不承認語言是最後的實在。禪宗對語言非常警惕，所以它不立文字。禪宗這點給我們很大的啟示，它放逐概念，直指心性，抓住生命本身。高行健把禪引入文學，引入戲劇，恰恰是給西方戲劇界送了一股清風，完全走出自己的路。很多西方的作家和學者，搞一輩子都搞不通甚麼是禪宗，禪是甚麼意思，我們中國作家掌握這個東西非常厲害。高行健正是返回禪性返回古典返回生命的勝利者。

「回歸古典」原來是六七年前我和李澤厚先生在《告別革命》這本書裏面提到的，在最後的一部份提到了。我們本來計劃在《告別革命》後，接着寫作一本對話錄，就是《回歸古典》。那是我們看到了二十世紀的一個大現象，這就是從西方藝術界發端的後現代主義的思潮，愈來愈厲害，愈來愈離譜。從畢加索以後，藝術不斷革命，不斷顛覆，造成藝術本身的一些基本規範、基本準則都快要消失掉了，所以必須有一個回歸。在談論的過程中，我們發現，幾乎是同時，或者稍微晚一點，高行健寫了另外一本書，叫《另一種美學》，最近剛出版的，放入《文學的理由》，明報出版社出的，我作了個序。真的不約而同，他就在批評西方的這種不斷顛覆、不斷革命的時代病，呼籲要回歸到繪畫的原點，回歸到二度空間，回歸到繪畫的文學性。我們還看到在現實的層面上，人慢慢喪失自己原來的地位，變成機器的奴隸，變成電腦的附件，也必須有一個回歸。而從形而上的層面，語言學的發展否定了主體，也有主體的回歸問題。所以我們在書中説，二十世紀是個語言學的世紀，二十一世紀應該是教育學的世紀。這是個比喻，所謂教育學的世紀就是重新塑造人性的世紀，學校不僅應培養生存技能，還要提高生命質量。

應把教育的總目標確定為塑造人，塑造美好人性，回歸到孔夫子的「學為人」的古典命題。所以回歸古典是很廣義的，不僅在中國，應該説整個世界都應考慮這個問題。所以今天我們談論回歸古典，研究從故國文化裏面尋找有利於提升人的尊嚴、人的質量的資源，是非常有意義的。這個學術會議的題目非常好，我就來講幾句，就講到這裏，謝謝大家。

二零零一年十二月十五日，澳門

（何曉敏整理）

第十七題

大陸儒者否定五四、尊儒崇孔，是沉滓泛起的逆潮

——答《鳳凰文化》張弘、徐鵬遠問

鳳凰文化：今年是新文化運動一百週年。您曾經說過，二十世紀最好的年代是五四運動和八十年代。但是，大陸儒家如秋風等人對五四新文化運動全盤否定，一些學者對於八十年代有很多的批評。您做出這種判斷的理由是甚麼？其次，您如何看待人們對於五四新文化運動的否定，以及對於八十年代的批評？

劉再復：（以下簡稱「劉」）我想對你的第一句話作個註解。我們通常說的「五四」運動，可分為「文化五四」與「政治五四」。從一九一五年九月陳獨秀創辦《青年》雜誌（第二卷改為《新青年》）為開端的運動可稱為「文化五四」，也就是五四新文化運動。從這個意義上說，你認定今年是五四新文化運動一百週年，沒有錯。但「五四」還有一個「政治五四」，那是一九一九年五月四日以「火燒趙家樓」為標誌、以「外抗強權、內除國賊」為口號的學生愛國運動。從這個意義上說，應當是二零一九年才是五四運動一百週年。

我的確說過，二十世紀最好的年代是五四運動時代和八十年代。因為二十年代和八十年代都是思想最活潑、最開放、最解放的時期。這兩個年代，都是啟蒙的歲月。原來中國人睡着了，全都在打着愚昧的呼嚕，牛馬與奴隸的呼嚕，突然平地一聲雷，一種巨大的聲音把中國人喚醒了，於是，中國爆發出靈魂的活力，社會的活力。從此中國從愚昧走向清醒，從專制走向民主，從貧弱走向富強，從古典走向現代，這不是最好的年代嗎？「文化五四」的功勳，是發現人尤其是「發現個人」。這個功勞太大了，大到難以描述。如果不是五四的啟蒙，如果不是「個人」意識的覺醒，我們一定會像清朝宮廷裏的大臣口口聲聲自稱「奴才」，一定會像二十四孝圖裏的孝子賢孫接受活葬活埋，一定會無條件地像狗一樣夾着尾巴做人，一定會在「牛棚」裏心安理得，一定會在蘇格拉底概念的那個「豬的城邦」裏呼呼大睡，也一定會為自己充當工具、機器、棍棒、螺絲釘而覺得理所當然。不知自己是個人，不知自己是自己，不知自己並非「物的存在」而是「人的存在」，結果只能任人擺佈，任人吆喝，任人蹂躪，任人宰割。幸而有五四，幸而有人與個體的啟蒙，幸而有「個人的發現」，我們才走出了豬狗牛馬似的蒙昧。想想這一切，我們怎能否定五四？怎能否定那場偉大的啟蒙運動？否定五四，不就是等於否定人自身嗎？不就是否定中國人的偉大覺醒嗎？

八十年代，又是啟蒙歲月。其啟蒙的主題乃是「文化五四」主題的繼續，即重新肯定個人，重新肯定自我，重新呼喚人的尊嚴與價值。八十年代是反省反思的年代。反思甚麼？反思文革把「人間」變成「牛棚」，把「個人」要求變成罪惡。想想八十年代出現的小說：張潔《愛是不能忘記的》、劉心武《愛情的位置》、張弦《愛情被遺忘的角落》等。愛情本是個人的基本權利，本是生活的基本內容，但在文化大革命中被遺忘了，被剝奪了，被罪惡化了。這些小說就是對個人權利、個人自由、個人幸福的呼喚。我們完全可以把八十年代的思想呼喚視為「五四新文化復興運動」。

你問我如何看待對於五四新文化的否定，那麼我可以很坦率地說，這是「沉滓泛起」。魯迅先生在《二心集》中有《沉滓的泛起》一文，他鞭撻的是國民黨右翼和社會的種種保守勢力。「在這『國難聲中』，恰如用棍子攪了一下停滯多年的池塘，各種沉滓各種新的沉滓，就都翻着筋斗漂上來，在水面上翻一個身，來趁勢顯示自己的存在了」。現在的「五四」否定論者也是「趁勢」，其所趁的「勢」，是多年來康熙、雍正、乾隆這些專制帝王又一個一個通過書籍、銀幕、文章重登金碧輝煌的寶座，下邊「奴才」們高呼「萬歲萬歲萬萬歲」。帝王還鄉團甚囂塵上，國粹還鄉團更是無孔不入，有的提倡「三字經」、「弟子規」，有的大寫「文言文」，大行跪拜禮，有的乾脆主張學校「尊孔讀經」，回到袁世凱時代。

在這種勢頭下，否定五四的沉滓，「泛起來就格外省力」（魯迅語），泛起後自然就可以為專制主義提供理由。

鳳凰文化：五四新文化運動與八十年代，在思想史的邏輯上有着怎樣的內在聯繫？

劉：五四新文化運動重心是反對舊文學、舊道德，提倡新文學——也就是白話文文學、提倡新道德——就是個性解放；八十年代的重心是反省舊觀念、舊思維方式，但其啟蒙主題，其啟蒙邏輯，其啟蒙基調，卻是完全一致的。兩個年代都以「發現個人」，「肯定自我」、個性解放為主題和基本邏輯。

「文化五四」最大的人文發現，是「發現個人」。作為二十世紀的第一個啟蒙運動，它的啟蒙內容就是告訴中國人：你不是奴隸，你不是牛馬，你是人；在此前提下，它又告訴中國人：你不僅是君王的臣子，父親的兒子，丈夫的妻子，你還是你自己。你有獨立的價值，獨立的人格，獨立的個性，獨立的生命。在五四新文化運動之前，中國人並不知道「自己是自己」這一最簡單但又是最深刻的道理。我是誰？你是誰？這個最簡單的問題並不明瞭。晚清甲午海戰之後，中國產生了康有為、梁啟超、嚴復等第一代啟蒙家，但那時的啟蒙主題是「群」（族群，即民族國家），而不是「己」（個人）。那時的啟蒙主題是告訴中國人：世界是弱肉強食的生存競爭場，中國雖是大國但不是強國，再不覺醒，就要滅亡了。那個年代雖然也有喚醒「個人自由」的意識，比如康有為在《大同書》中就有「破家界，為天民」這種個性解放的論述，主張廢除宗法家庭制度；梁啟超也說這是《大同書》的關鍵點；嚴復甚至說過「國貴自主，身貴自由」的話，但這不是時代主題，不是啟蒙的基調。直到五四新文化運動，發現「個人」、喚醒個人權利意識與自由意識才成為歷史主題、時代基調。

八十年代也是這樣的思想邏輯，在這之前，中國人民經歷了階級鬥爭和文化大革命的年月，在此年月中，我們接受的是「親不親，階級分」、「個人主義是萬惡之源」等思想。文化大革命從思想意識上說便是「鬥私批修」運動。自私是不好的，但講「個人」是講「個體獨立」、個體自立、自強、自明、自渡等，而不是講「利己主義」。那時把「個人」與「私」完全搞混了。我們這一代人，學習雷鋒，只接受兩個基本意象：一個是「螺絲釘」，一個是「老黃牛」；把自己規定為機器的零件和馴服的工具，完全沒有自己，也不敢想到「個人」。這是當代愚昧，現代愚昧。

現在，大陸的儒者們否定五四和批評八十年代，其邏輯結果就是否定個人，包括否定個人的權利、個人的自由、個人的獨立精神和個人的世俗生活。孔子本身是偉大的教育家，簡單地「批孔」是不對的。孔子也說過「匹夫不可奪志」的話，孟子也講「富貴不能淫，貧賤不能移，威武不能屈」這種個人獨立的思想。但是「五四」的反孔很了不起，其反孔乃是針對正統與道統。儒家學說有許多精彩處，我們現在「做人」還需要借助於它。但儒家思想體系未能給物質性個人留下位置，即沒有給個人生活、個性自由（如婚姻自由等）與「個體權利」留下空間（只講某些個體精神人格）。五四新文化運動的先驅者們能夠看穿統治中國二千多年的思想權威的根本缺陷，從而揭開反對孔家店的旗幟，為中國人民的身心解放打開了第一個缺口，其功勳絕不在大禹之下。孔子之後，雖然有莊子出現，但莊子的思想重在內心的精神自由，並沒有正面揭開「個人價值」和「個體權利」的旗幟。這一點，是到了五四新文化運動才完成的。

五四後的數十年裏，由於社會問題太多太重，個人價值又被消滅，「個人主義」成了「萬惡之源」。一切都歸罪於個人意識的覺醒，這是思想上的大倒退。直到八十年代才糾正其倒退，讓個人意識贏得一次復活與復興。歷史將證明，目前在大陸興起的崇儒尊孔思潮和過度頌揚傳統及否定五四與八十年代等思潮，乃是逆潮，甚至可以説，這是文化層面上的大倒退現象。

轉載自鳳凰文化原創欄目《年代訪》第七十二期
二零一五年十一月十一日

第十八題

第二人生的心靈報告

漫遊者和蘇格拉底寓言

——劉再復教授專訪之一

林幸謙[1]

樂土樂土，爰得我所

……

樂國樂國，爰得我直

——《詩經・碩鼠》

劉再復，曾任中國社會科學院文學研究所所長，現任美國科羅拉多大學客座研究員，台灣東海大學講座教授，香港城市大學名譽教授。現今已在兩岸三地出版學術專著和散文集數十種。

自一九八九年後，劉再復教授在美國和世界各地過着旅居生活。這些年來，劉教授跑遍了歐美新舊大陸，數次客座香港，旅行台灣，也回到過中國大陸演講。在海外漂流的歲月中，他先後到過法國、瑞典、荷蘭、丹麥、挪威、俄國、拉脱維亞、加拿大、英國、德國、奧地利、西班牙、意大利、日本、梵蒂岡、聖馬力諾、摩納哥、越南、馬來西亞、新加坡、菲律賓等二十多個國家，僅法國就去了六次。近幾年，劉教授大部份時間在科羅拉多大學。寂靜的科羅拉多高原的郊野，在他的眼中常流動着潔淨如水的月光；渾厚的落基山，坐落在他的窗前，一派肅穆雄深；人生新的道路在這裏重新向他敞開。

1 香港浸會大學中文系副教授，香港詩人。

東方吉卜賽式的漫遊者

這些年來，劉再復以天涯為家，以海角為鄉，過着一種新式吉卜賽人的生活。這些年來，當代中國知識分子獨有的離散生活讓他成為東方吉卜賽思想者的代表。他著述了大量的漂流話語。僅《漂流手記》系列就有九卷：除了第一卷《漂流手記》之外，還有《遠遊歲月》、《西尋故鄉》、《獨語天涯》、《漫步高原》、《共悟人間》、《閱讀美國》、《滄桑百感》、《面壁沉思錄》等。這自然不只是劉再復個人的感悟文字，其中也反映了當代中國知識分子的離散經驗和普世情懷，他感悟到「到處都有漂泊的母親，到處都有靈魂的家園」。

今天，劉教授已經適應了海外的生活，安排好了自己今後的生活，進入精神漂流之中。

> 我相信自己已進入很深的精神層面，可以說，這些年來我在讀書寫作上是完全進入一種沉浸的狀態。在此狀態中，我穿透了很多書本，還打通了中西文化的一些血脈。

隨着海外人生經歷的增長，生活環境的熟悉，劉教授很慶幸如今已找到屬於自己的節奏和生活方式。到目前為止，他告訴筆者，他並沒有疲憊之感。

在現實層面的漂流形式以外，劉再復說，他的內心還認定了一個假設，一個到地球上走一回的「過客」的假設：

在精神層次上，我永遠是一個漫遊者。這一點我沒有遺憾，反而感到非常高興。我認為，一個作家，一個詩人，本質上就是精神上的流浪漢，沒有國界的永遠流浪漢。

劉再復說，目前他不需要一個所謂的安定的地方。他希望他的生命是一個自由點，不是固定點。他提起愛因斯坦臨終前曾囑咐親人在其墓碑上寫下這一句話：「愛因斯坦到地球上走了一回。」他認為作為過客，這種到人間到地球走一遭的觀念，是一個非常重要的觀念。又說，「夢裏不知身是客」，這詩句要改一個字變成「夢裏已知身是客」，這一點非常重要。《紅樓夢》中的林黛玉給賈寶玉的禪偈補了八個字「無立足境，是方乾淨」，是很高的境界。無立足境，是過客和漂流者的境界，惟有在此境界中，人才會放下佔有的慾念而獲得身心的大自由、大自在。

在此過客心態之下，劉再復日後是否會回中國呢？你還想要回中國嗎？他回應道：「我想我還是會回中國一下。因為我對祖國還有一種戀情。對土地，山水，特別是人，我都還有一種戀情。我很想看很多朋友，只是我回去之後不會久住，只是過客。在中國我還有一些朋友。在海外，即使心情很好，有時候想起那些朋友，也會愴然涕下。」

人生最快樂的時期

劉再復的人生碰上了中國歷史上特有的異變時代。

最初在海外的時候，他感到不習慣，感到生活在海水的淹沒之中，充滿窒息感、孤獨感。然而漫長的孤獨把他推向一種無底的深淵——劉再復式的哲學深淵。孤獨，曾使他難過，也使他深刻。孤獨的時候也正是他內心生活最豐富的時候。而現在，苦難已經過去，他贏得充份表述思想的自由，贏得生命的最高尊嚴，贏得對宇宙人生的某種徹悟。因此這些年來的日子，是劉再復人生中另一段最快樂的時期。

事實上，這些年的海外生涯，劉再復經歷過了各種生命的困境，人生途中佈滿了洪水、黃沙、風暴、泥濘。筆者進一步追問，他人生裏最快樂的時期還有哪些時候？他回顧道，是八十年代的一段歲月，在「文化大革命」剛剛結束的那段時期。他回憶說：

> 那段時間是我人生的快樂時候。我真的高興了很久，從來沒高興得那麼久。當時打倒了「四人幫」，中國出現了思想解放的一個時代。抓緊這個瞬間，我的思想做了一次爆炸，做了一次痛快的表述，因此它構成了我人生中難忘的快樂時期，這時期我感到自己身心一致。

這段時期，劉再復看到「四人幫」倒了，「文革」真的結束了。劉再復看到整個中國發生大變動。在這個新的時期新的時代，劉再復感到這是天降的大好時光，他把全部生命投入寫作，《魯迅美學思想論稿》、《魯迅傳》、《性格組合論》、《論文學的主體性》、《論中國文學》、《論文學研究思維空間的拓展》，一本接一本，一篇接一篇，一發而不可收。思想的鋒芒激盪了中國的大江南北，在學術界中，「劉再復」幾乎成了家喻戶曉的名字。

他感嘆，「文革」耽擱了太多的時間，消耗了太多生命，因此當時他只想追回生命，追回時間。他害怕好時光不會太長久，應當捕住歷史機會，捕住黃金歲月。

當時，我進入一種寫作的瘋狂狀態。常常把家門反鎖，拒絕他人關懷，近乎走火入魔。

如今回想起來，劉教授說他當年抓緊歷史時間，爆發出一次生命潛能是很重要的。這個歷史機會不可能第二次出現了。雖然那時候也遭到批判，然而他至今仍然覺得這時期是他生命當中很有意義的一段時期，他沒有辜負歷史所賜的寶貴瞬間。

「文革」經驗的省思

對於「文革」的省思，劉再復指出，「文革」是災難，但「文革」的經驗對於他個人卻是一個寶藏，可以讓他不斷挖掘和吸取精神教訓。「文革」的經驗，對中國甚至全人類的作家，都是資源。顯然，劉再復相當贊同二零零三年諾貝爾文學獎得主、匈牙利猶太裔小說家伊姆雷·凱爾泰斯的觀點，即把反猶太人大屠殺界定為一種文化，認為納粹大屠殺這種大規模的慘劇也能夠創造價值，在無法估量的痛苦中引出無法估量的認知和無法估量的道德儲備。

劉教授說，猶太人作家凱爾泰斯的意思是：國家不屬於私家姓氏，國家的苦難是世界性的大痛苦，可供我們環顧、回味，甚至提供進行道德重整的契機。從這種意義上講，不能說「文革」完全非文化，只是，這種文化是集體無意識的創傷文化；深刻的、積極的、無意識的偽型文化。

因此，劉再復並不贊同季羨林所說的：十年浩劫中「文化大革命」既沒有革命也沒有文化。文化不只是有正面意義的價值，文化也有很寬闊的其他意義，知識分子可以接受文化，更可以反抗文化；但不能說「文革」中沒有文化。劉再復強調：

> 「文革」也是文化。我們要反抗「文革」的這種偽型文化，可惜在「文革」中我們沒太多力量來反抗。「文革」結束後，我們開始反省，反省也是某種形式的反抗。

因此，如果說「文化大革命」既沒有革命也沒有文化，是說不過去的。這不僅僅只是革命，而且是大革命，即不僅是涉及政權層面的政治革命，而且是涉及社會各個層面的大革命。

劉再復指出，革命並非都是正價值。「文化大革命」是深具破壞性質的暴烈行動。劉再復說，季羨林說「文革」沒有革命也沒有文化，可能只是把革命視為好的東西。他解釋：

> 「文化大革命」這一種文化，恰恰是偽型的道德文化，是烏托邦文化。為了進入未知的天堂，我們道德上要特別的純淨，不允許有一點點的私心，有一絲毫閃念都不行。絕對的純粹，結果導致絕對的專制。

從蘇格拉底的寓言到基督的神性

劉再復進一步說，只有在沉浸的狀態中向內心深處挺進時，才可能和偉大的靈魂相逢，這是最高的一種擁有詩意的幸福。劉教授說道，能夠面對古希臘，面對蘇格拉底，面對柏拉圖，面對荷馬，面對但丁，或者面對莎士比亞，並且與這些偉大靈魂對話，是人生命的大幸運。

這是劉再復的內心宇宙。他以當年被殺害的蘇格拉底為例，認為蘇格拉底的死亡是一個寓言，一個永恆的提示，即提示天才與大眾的衝突是永恆的，思想者不能期待大眾理解，他命定是孤獨的。他說：

> 蘇格拉底不是被暴君處死的，而是被大眾處死的。大眾往往是扼殺天才的共謀，思想者不能總是迎合大眾，也不能幻想得到大眾的支持和認同，而應當保持自己的獨立狀態。多數人不理解不要緊，要緊的是自己真正沉浸下去，深入下去，抵達前人的思想尚未抵達的地方。只有在深深的海底，在內宇宙的深處，才能與蘇格拉底和一切偉大的靈魂相逢。

在少數與多數之間，蘇格拉底屬於少數，屬於個別，這是一個寓言。它預示，少數思想先鋒總是為當代多數人所不容，而人的孤獨感一向是劉教授所關心的一個哲學問題。在筆者的追問下，劉再復說，他的孤獨感可能因為他從小就愛讀文學書的關係。他自幼對文學就有一種深刻的熱愛，甚至可以說，有一種信仰，相信文學能拯救自身的心靈。因此，他也把文學經典視為天堂般的避難所，人人可以建構自身的夢境世界，遠離「浮躁的喧囂與騷動」。

劉再復認為，孤獨對於思想者來說，是一種常態，一種精神創造的必要狀態。不做潮流中人、風氣中人，也不做時尚中人，擺脱現實關係的糾纏，擺脱大眾的牽制，才能獨立。因此流亡對他來說並不是政治反叛，而是自救。這把他從社會的浮囂中拯救出來，抽離出來，從而贏得一種冷觀世界的可能和沉浸於精神深海的可能。到海外之後，他特別喜歡禪宗，也正是禪宗幫助他從政治浮囂中抽離出來，從而獨立面對世界，面對時又對功利世界有一個新的省觀態度。

「我是自己的他者」

向內心深化涉及人的主體問題。因此，筆者想起劉再復教授著名的「文學主體性」命題，並提起他曾經說過「我是自己的他者」這樣的思想。這似乎有矛盾？

劉再復回答說，「我是自己的他者」講的不是主體性，而是主體間性，也可以稱作主體際性。所謂主體間性是主體與主體的關係。哈貝馬斯講的交往理論也是講主體間性，但那是外部主體間性，不是內部主體間性。所謂內部主體間性是人的靈魂內部的主體關係。弗洛伊德把主體內部這個「我」，分為本我、自我、超我，這三者都是主體，之間就有一種關係。高行健發現世界上各種語言的人稱都是你、我、他，這就是主體內部的三重性、三坐標。

劉再復指出，高行健創造的冷文學，其主要關鍵是把第三人稱的「他」變成一種冷觀世界的中性的眼睛，並可以和你、我對話，這就形成內部主體間的無比豐富的語言關係。說「我是自己的他者」，與此相似，強調的是須有一雙可以反觀自己、面對自己的中性眼睛，可以幫助自我進行淨化的眼睛。

二十年前，當劉教授提出主體性命題的時候，具有歷史的針對性和歷史的具體性，並非空頭理論。惟有了解其時代語境，才能理解提出這一命題的意義。那時的作家主體受到各種各樣的限制，所以必須爭取主體性的解放，必須張揚自我。可是到了海外以後，冷靜下來，劉教授更注意主體性的另一面，即還需要有一個抑制自我的問題。他說：

自我內部是一個大世界、大宇宙，應當不斷開掘。高行健創作的成功便是開掘生命開掘自性的成功。不能像尼采那樣無限膨脹自我，以至把自己膨脹為新的救主。自我內部真我與假我的衝突，是一種永恆的衝突，應打破我執，即打破假我、限定假我。

劉教授解釋說，我們要張揚自由、爭取自由，但也要警惕對自由的濫用。所謂的「冷文學」不是指冷漠的文學，而是冷觀的文學，是作家得以用冷靜的態度對待自身，並用這視角來觀照世界，透視世界的荒誕，也看到自己內心的混沌。

劉教授告訴筆者，他自己的內心也慢慢產生一個觀照自己的另外一個「自我」，使他的內心能夠相對冷靜，不再充滿詩人的激情。這形成劉再復自己的一種「格調」，或者說他自己的筆調，所以他近十年來寫作的基調也就更加冷靜。他說他已度過人生和寫作的浪漫時期。

談到這裏，劉教授補充說，本來，一個批評家跟一個作家應該保持一定的距離，不能抱得太緊。然而他和高行健為何卻成為好朋友呢？他告訴筆者，這是因為他們在上述觀點上的見解是共通的。雖然，高行健在這一點比他更早意識到主體性內部關係的問題，但是在理論上，卻是劉教授的思考才將此論述更加系統化地展示。劉教授很早以前原本就研究主體性課題，而如今他的思考進入內部主體間性的境界。

最後，劉再復也期待，當今世界文壇的精神領域方面，中國當代學者都可以總結高行健獨特的審美經驗，為主體哲學提供新的視角。他預言，關於內部主體間性的研究，可能會給人類精神價值體系增添新的瑰寶。

生命向宇宙敞開
——劉再復教授專訪之二

林幸謙

故鄉就在心中與筆下

一九九五年，劉再復夫婦曾一度希望返回故園看看，滿足他們對鄉土的眷戀。這些年來，劉再復不斷重新定義故鄉，更深地踏上另一種故鄉形態的追尋之路，在精神世界中發現他的另一個故鄉，他的漂泊原鄉。經過這些年後，此時此刻他所説的故鄉是「方塊字」，是母親的語言，是《紅樓夢》和中國的古代人文經典，而不是地圖上那一塊「版圖」，自然更不是某種權力機構。

劉再復曾在《漂泊的故鄉》序文中感嘆：昨天，故鄉就已開始漂泊；今天，故鄉再次同他一起漂泊。這許多年來，他在海外幾度經歷了精神上的轉變，用他自身的話來加以強調的話：那是一次脱胎似的轉變。

劉教授在訪談中告訴筆者，這種轉變是他對精神家園的一種特殊感受歷程，如今已變得更加單向化了：

> 我想説，我對精神家園的定義愈來愈簡化了，但與真正的故鄉卻愈來愈貼近了。不必設想

故鄉在甚麼地方，只要感覺到搖籃般的實在，感覺到心靈歸宿就好，我愈來愈貼近這個心中的故鄉。這些年來這種感覺十分真實。

對於家園故鄉，劉再復曾作了各種界定，他把故鄉的概念定義得非常寬廣，而現在，劉再復很高興地對故鄉作了如此簡化。他說：

此時此刻，我的筆下就是我的故鄉，我心中原初的那一片浮土就是故鄉。鋪開稿紙，鋪開書本，我手寫我心，我所耕耘的這片土地就是我的故鄉。我的快樂不在於我的作品的發表，或是外部的評價，或是轟動效應。我的快樂，我的滿足，就在表述的此時此刻。故鄉就在我的心中和我的筆下，回到生命本源和生命本土我就滿足了，此時此刻我就滿足了，生命中的本真本然注入筆下，就是回歸故鄉，能回歸我就滿足了。

劉再復借漂流美國的德國著名作家托馬斯·曼的話說：「我到哪裏，德國就在哪裏」，哪裏就是家鄉。劉教授指出，這是說，文化就在我們的身上，我們到哪裏，文化就跟到哪裏：

文化是跟着人走的。文化在活人身上。文化的載體主要不是圖書館，而是人，是活人。不管走到哪裏，我們都不需要尋找縹緲的故鄉。心中的那一片淨土，就是故鄉的原野，故鄉的處女地。原野與處女地跟我來到美國，跟我在全世界漂流。

漂流與回歸

經過這些年的漂流生涯，我們不難從劉再復的漂流手記系列作品中，看出他的心境經歷了幾次不同的變化。然而，劉教授說，這十餘年來的漂流生涯中有一點始終沒有改變：體認到漂流生活永遠不會有終點，不會有結論。

他告訴筆者：

> 漂流永遠沒有句號。生命中所謂的漂流，原是一個不斷尋找、不斷發現的過程，永遠都不會有一個句號，而且，沒有才好。

因此，劉再復認為，漂泊生活讓他的人生有了另一次新的起航。他曾借波蘭流亡詩人的話來強調此一觀點：漂流是生命之程真正的起點。漂泊生涯讓劉再復再三地感悟到漂泊是「沒有終點，沒有結論」的事實。

筆者追問，沒有終點和結論，是不是沒有方向呢？劉再復的答案是：不，漂流是有方向的。他表示，漂流的內涵既包括「出走」，也包括「回歸」。希臘兩部偉大史詩《伊利亞特》和《奧德賽》就概括了人生經驗的兩大模式，前者是「出征」，後者是「回歸」。他說：

我的漂流也有這兩大內涵。但荷馬的史詩講的是外部回歸，我講的是內部回歸。老子所講的：「復歸於樸」，「復歸於嬰兒」，就是我的回歸。這是回到內心的質樸與本真，回到人之初那雙赤子的眼睛。這就是我的方向。

十餘年以後，經過「遠遊歲月」「西尋故鄉」「漫步高原」「面壁沉思」等歷程，故土祖國積澱在劉教授的內心原野——他的這些情感，一般讀者都不難在他所出版的九本漂流手記中找到蛛絲馬跡。近年來，劉再復已在自己身上找到祖國與故鄉的詩核詩心。在海外經過一段痛苦憂傷的磨難之後，他走出了地理意義的故鄉而進入以心靈為內在空間的新領域，更貼近生命。劉教授有時候不禁想到，這樣愈走愈貼近心靈最深層的歷程，「也許正是貼近神意的深淵」。

他說，以前他也曾用過靈魂的鄉愁去形容他的懷鄉情感，甚至是用一種良知的鄉愁加以詮釋。這完全是「唯心論」。他指出：

在精神領域上我無法接受徹底的唯物論。在中國的文化裏面，我喜歡講自性心性的慧能，喜歡講心學的王陽明。禪宗的自性心性本體論和頓悟方法論，包括不二法門的方法論，都給了我極大的啟發。現在我努力開掘自己的生命，敞開自己的生命。

強調生命狀態心靈狀態決定一切，強調天堂地獄就在自己的心中，強調故鄉就在自己的心性本體中，就是受慧能影響。

告別單向性的思維

所謂單向思維就是那種直線的、獨斷的、你死我活的鬥爭哲學，這種思維方式形成一種專制的人格，因此，劉教授認為，雙向的思維應該加以發揚。這是平等對話的方式，是妥協與協商的方式，是「你活我也活」的思維方式，也是「告別革命」的一種思維方式。

此外，劉再復也發現他和一些在海外的朋友有着某種距離，特別是理念上的距離。然而在人格上，劉教授對他們是尊重的。他說：

> 許多人面對的還是國家興亡、社會合理性等表層的正與反、是與非問題，而我已放下這類問題而面對人性和面對人類的生存狀態。在思維方式上，以前我也是單向性思維，現在完全轉向雙向性思維了。我完全擺脫了非黑即白的思維框架，因此強調必須有第三空間，價值中立的話語空間。

劉再復補充說，作家應當擺脫那種持不同政見的思維框架，這種框架容易落入非黑即白的陷阱之中，張揚兩極對立的思想。這種東西如果走不出來，就有很大的局限性，就不可能冷靜地觀照世界，也不能冷靜地觀照自身。

在劉再復看來，他這一代海外的中國知識分子和其他同輩漂流者如李澤厚等人的精神指向有所不同。他指出，也許每個人都會有他自己精神上的某種追求，然而每個人所追求的內涵都不一樣。人跟人之間存在太多差別，特別是心靈比較精緻的人，差別自然更大。這種差別對於作家和思想者是好事。一律化才是問題。

當下心境：得大自在

二十世紀末，精神家園因而成為很多知識分子關心的課題，很多人都在尋找精神家園。例如他的好朋友李澤厚，他尋找的精神家園就比較理性，富於哲學深度。而劉再復的精神家園則是非常寬闊的一種概念，非常自由的理念。廣義地說，凡是能讓他心靈存放的地方，就是劉再復的精神家園；凡是他的心靈可以存放之所，允許他的自由心靈存放的地方，都是精神家園的所在，是可以讓劉再復自由的心靈馳騁之所。

近年劉再復體會到，精神家園最重要的指標就是心靈的大自由、大自在。他表示，這種大自在儘管很難達到，我們也要向它貼近。劉再復告訴筆者，精神漂泊中最重要的指數就是獲得「大自在」精神，是可以充份生活和充份地自由表述的一種精神空間。

他指出，自由的價值高於其他的價值。劉再復因此感嘆道，如果被功名、金錢所束縛，這種大自由大自在也就消失了。他解釋說：

《金剛經》發現身體是一個終極地獄。身體產生慾望，慾望產生各種相，我們就被這種東西所束縛了，所以我們要把假我變成真我，要破各種相，要破我相、人相、來生相、壽者相。而《六祖壇經》則發現了另一個終極地獄，那就是教條式的語言、概念。禪宗的「不立文字」，是要我們從概念教條的遮蔽中走出來。

劉教授認為，如此才會有自由放逐的概念，以及放逐的意識形態，如果沒有這內涵，被放逐人就會進入某種精神牢房或其他形式的牢房。

劉教授說，寫作正是修煉和解脫的過程，也是生命向宇宙敞開的過程。他說：

寫作，就是自我生命的修煉，也是本真自我的尋找過程，重構精神家園的過程。我不在乎別人的評論。最重要的是，我在我的精神家園裏面，發出內心的、自由的、真實的聲音。外在的評論對我來說並不重要。最重要的是找到精神家園，是回歸家園的大快樂感。

說到回歸，在喜悅之餘，劉再復不禁談起了陶淵明，他說，在海外時，他讀懂了陶淵明。他覺得陶淵明非常了不起，在禪宗還沒有進入中國的時候，他就天然地具有禪性，具有對日常生活的審美性，因此被宋代詩評家葛立方稱為「第一達摩」。而陶淵明遠離世俗的官場，回到田園農舍生活，在精神上卻有回歸的大快樂；所謂「羈鳥戀舊林，池魚思故淵」。回到故淵，就是回到故鄉。劉再復說，王維和孟浩然就缺少這種回歸的喜悅，而不禁有感而發道：「我自己也有這種回歸精神家園的喜悅，我覺得我是回到了精神家園，如同池魚回歸故淵。過去，我是一隻羈鳥。羈鳥，就是被困在籠子裏面的鳥，依戀舊林。而如今，我回到了我的林子裏，在我的精神家園，擁有無盡的喜悅。」

原載香港《作家》第四十五期，二零零六年三月

劉再復著作出版書表（整理：葉鴻基）

序	類別	書名	出版社	出版年份	備注
1	文學理論與批評	《性格組合論》	上海文藝出版社（上海）	一九八六	
2	文學理論與批評	《性格組合論》	新地出版社（台灣）	一九八八	
3	文學理論與批評	《性格組合論》	安徽文藝出版社（安徽）	一九九九	
4	文學理論與批評	《性格組合論》	中國人民大學出版社（北京）	二零零九	
5	文學理論與批評	《文學的反思》	人民文學出版社（北京）	一九八六	
6	文學理論與批評	《文學的反思》	福建教育出版社（福建）	二零一零	
7	文學理論與批評	《放逐諸神》	天地圖書有限公司（香港）	一九九四	
8	文學理論與批評	《放逐諸神》	風雲時代出版公司（台灣）	一九九五	
9	文學理論與批評	《罪與文學》	牛津大學出版社（香港）	二零零二	與林崗合著
10	文學理論與批評	《罪與文學》	中信出版社（北京）	二零一一	與林崗合著
11	中國古代文化與古代文學	《傳統與中國人》	三聯書店（北京）	一九八八	與林崗合著
12	中國古代文化與古代文學	《傳統與中國人》	三聯書店（香港）	一九八九	與林崗合著
13	中國古代文化與古代文學	《傳統與中國人》	人間出版社（台灣）	一九八八	與林崗合著
14	中國古代文化與古代文學	《傳統與中國人》	安徽文藝出版社（安徽）	一九九九	與林崗合著
15	中國古代文化與古代文學	《傳統與中國人》	牛津大學出版社（香港）	二零零二	與林崗合著
16	中國古代文化與古代文學	《傳統與中國人》	中信出版社（北京）	二零一零	與林崗合著
17	中國古代文化與古代文學	《論中國文化對人的設計》	湖南人民出版社（湖南）	一九八八	與林崗合著
18	中國古代文化與古代文學	《雙典批判》	三聯書店（北京）	二零一零	

序號	類別	叢書	書名	出版社	年份	備註
19	中國古代文化與古代文學		《賈寶玉論》	三聯書店（北京）	二零一四	
20			《〈西遊記〉悟語 300 則》	中國藝文出版社（澳門）	二零一九	
21			《西遊記悟語》	湖南文藝出版社（湖南）	二零二零	
22			《紅樓夢悟讀系列》（六種）	三聯書店（上海）	二零二零	
23			《白先勇、劉再復紅樓夢對話錄》	中華書局（香港）	二零二零	與白先勇合著
24		紅樓四書	《紅樓夢悟》	三聯書店（香港）	二零零六	
25				三聯書店（北京）	二零零六	
26				三聯書店（香港）	二零零八	增訂版
27				三聯書店（北京）	二零零九	
28			《共悟紅樓》	三聯書店（香港）	二零零八	與劉劍梅合著
29				三聯書店（北京）	二零零九	
30			《紅樓人三十種解讀》	三聯書店（北京）	二零零九	
31				三聯書店（香港）	二零零九	
32			《紅樓哲學筆記》	三聯書店（北京）	二零零九	
33				三聯書店（香港）	二零零九	
34	中國現當代文學		《魯迅與自然科學》	科學出版社（北京）	一九七六	與金秋鵬、汪子春合著
35				爾雅出版社（台灣）	一九八零	
36			《魯迅美學思想論稿》	中國社會科學出版社（北京）	一九八一	
37				中國社會科學出版社（北京）	一九八一	
38			《魯迅傳》	人民日報出版社（北京）	二零一零	與林非合著
39				福建教育出版社（福建）	二零一零	

編號	類別	子類	書名	出版社	年份	備註
40	中國現當代文學		《論中國文學》	中國作家出版社（北京）	一九九八	
41			《論高行健狀態》	明報出版社（香港）	二零零零	
42			《書園思緒》	天地圖書有限公司（香港）	二零零二	楊春時 編
43			《高行健論》	聯經出版事業公司（台灣）	二零零四	
44			《現代文學諸子論》	牛津大學出版社（香港）	二零零四	
45			《李澤厚美學概論》	三聯書店（北京）	二零零九	
46	思想與思想史		《橫眉集》	天津人民出版社（天津）	一九七八	與楊志杰合著
47			《告別革命》	天地圖書有限公司（香港）（共印八版）	一九九五—二零一五	與李澤厚合著
48				麥田出版社（台灣）	一九九九	
49			《思想者十八題》	明報出版社（香港）	二零零七	
50				中信出版社（北京）	二零一零	劉劍梅 編
51			《共鑒「五四」》	三聯書店（香港）	二零零九	
52				福建教育出版社（福建）	二零一零	
53			《教育論語》	福建教育出版社（福建）	二零一二	
54	散文與散文詩	散文	《人論二十五種》	牛津大學出版社（香港）	一九九二	
55				中信出版社（北京）	二零一零	
56			《漂流手記》	天地圖書有限公司（香港）	一九九三	漂流手記（1）
57				風雲時代出版公司（台灣）	一九九五	
58			《遠遊歲月》	天地圖書有限公司（香港）	一九九四	漂流手記（2）
59			《西尋故鄉》	天地圖書有限公司（香港）	一九九七	漂流手記（3）

序號	類別		書名	出版社	出版年份	備註
60	散文與散文詩	散文	《獨語天涯》	天地圖書有限公司（香港）	一九九九	漂流手記（4）
61				上海文藝出版社（上海）	二零零一	
62			《漫步高原》	天地圖書有限公司（香港）	二零零零	漂流手記（5）
63			《共悟人間》	天地圖書有限公司（香港）	二零零零	漂流手記（6）與劉劍梅合著
64				上海文藝出版社（上海）	二零零一	
65				九歌出版社（台灣）	二零零四	
66			《閱讀美國》	明報出版社（香港）	二零零二	漂流手記（7）
67				福建教育出版社（福建）	二零零九	
68			《滄桑百感》	天地圖書有限公司（香港）	二零零四	漂流手記（8）
69			《面壁沉思錄》	天地圖書有限公司（香港）	二零零四	漂流手記（9）
70			《大觀心得》	天地圖書有限公司（香港）	二零一零	漂流手記（10）
71			《隨心集》	三聯書店（北京）	二零一二	
72			《我的心靈史》	三聯書店（香港）	二零一九	
73			《我的思想史》	三聯書店（香港）	二零二零	
74			《我的錯誤史》	三聯書店（香港）	二零二零	
75		散文詩	《雨絲集》	上海文藝出版社（上海）	一九七九	
76			《深海的追尋》	湖南人民出版社（湖南）	一九八三	
77				新地出版社（台灣）	一九八八	
78				廣東旅遊出版社（廣東）	二零一三	

79	散文與散文詩 散文詩	《告別》	福建人民出版社(福建)	一九八三	
80		《太陽·土地·人》	百花文藝出版社(天津)	一九八四	
81			新地出版社(台灣)	一九八八	
82			廣東旅遊出版社(廣東)	二零一三	
83		《潔白的燈心草》	天地圖書有限公司(香港)	一九八五	
84		《人間·慈母·愛》	人民文學出版社(北京)	一九八八	
85			廣東旅遊出版社(廣東)	二零一三	
86		《尋找的悲歌》	天地圖書有限公司(香港)	一九八八	
87			廣東旅遊出版社(廣東)	二零一三	
88		《讀滄海》	安徽文藝出版社(安徽)	一九九九	
89			福建教育出版社(福建)	二零零九	
90	散文選本	《劉再復散文詩合集》	華夏出版社(北京)	一九八八	
91		《生命精神與文學道路》	風雲時代出版公司(台灣)	一九八九	陳曉林 編
92		《尋找與呼喚》	風雲時代出版公司(台灣)	一九八九	陳曉林 編
93		《劉再復精選集》	九歌出版社(台灣)	二零零二	
94		《我對命運這樣説》	三聯書店(香港)	二零零三	舒非 編
95		《漂泊傳》(海外散文選)	青年書局(新加坡)、明報月刊出版社(香港)聯合出版	二零零九	
96		《遠遊歲月——劉再復海外散文選》	花城出版社(廣東)	二零零九	
97		《師友紀事》(散文精編1)	三聯書店(北京)	二零一零	白燁、葉鴻基 編

98	散文選本	《人性諸相》（散文精編2）	三聯書店（北京）	二零一零	白燁、葉鴻基編
99		《讀海文存》	遼寧人民出版社（遼寧）	二零一二	
100		《歲月幾縷絲》	海天出版社（深圳）	二零一二	
101		《世界遊思》（散文精編3）	三聯書店（北京）	二零一二	白燁、葉鴻基編
102		《檻外評説》（散文精編4）	三聯書店（北京）	二零一二	白燁、葉鴻基編
103		《漂泊心緒》（散文精編5）	三聯書店（北京）	二零一二	白燁、葉鴻基編
104		《八方序跋》（散文精編6）	三聯書店（北京）	二零一三	白燁、葉鴻基編
105		《兩地書寫》（散文精編7）	三聯書店（北京）	二零一三	白燁、葉鴻基編
106		《天涯悟語》（散文精編8）	三聯書店（北京）	二零一三	白燁、葉鴻基編
107		《莫言了不起》	中和出版有限公司（香港）	二零一三	
108			東方出版社（北京）	二零一三	
109		《散文詩華》（散文精編9）	三聯書店（北京）	二零一三	白燁、葉鴻基編
110		《審美筆記》（散文精編10）	三聯書店（北京）	二零一三	白燁、葉鴻基編
111		《又讀滄海》	廣東旅遊出版社（廣東）	二零一三	
112		《天岸書寫》	廈門大學出版社（福建）	二零一四	
113		《四海行吟》	中華書局（香港）	二零一四	
114			中國人民大學出版社（北京）	二零一五	
115		《童心百説》	灕江出版社（廣西）	二零一四	
116		《吾師吾友》	三聯書店（香港）	二零一五	

117	學術選本	《劉再復論文集》	天地圖書有限公司（香港）	一九八六	
118		《劉再復集》	黑龍江教育出版社（黑龍江）	一九八八	
119		《劉再復——二〇〇〇年文庫》	明報出版社（香港）	一九九九	
120		《劉再復文論精選》上、下	新地出版社（台灣）	二零一零	
121		《人文十三步》	中信出版社（北京）	二零一零	林崗 編
122		《走向人生深處》	中信出版社（北京）	二零一零	吳小攀 訪談
123		《魯迅論》	中信出版社（北京）	二零一零	劉劍梅 編
124		《文學十八題》	中信出版社（北京）	二零一一	沈志佳 編
125		《感悟中國，感悟我的人間》	人民日報出版社（北京）	二零一一	對話集
126		《回歸古典，回歸我的六經》	人民日報出版社（北京）	二零一一	講演集
127		《高行健引論》	大山文化（香港）	二零一一	
128		《什麼是文學》	三聯書店（香港）	二零一五	
129		《文學常識二十二講》	東方出版社（北京）	二零一六	
130		《我的寫作史》	三聯書店（香港）	二零一七	
131		《什麼是人生》	三聯書店（香港）	二零一七	
132		《怎樣讀文學》	三聯書店（香港）	二零一八	
133		《讀書十日談》	商務印書館（北京）	二零一八	
134		《文學慧悟十八點》	商務印書館（北京）	二零一八	
135		《劉再復片段寫作選集》（四種）	香港城市大學出版社（香港）	二零二零	

136	劉再復文集	文學理論部	①《性格組合論》	天地圖書有限公司（香港）	二零二一	
137			②《罪與文學》	天地圖書有限公司（香港）	二零二一	與林崗合著
138			③《文學四十講》	天地圖書有限公司（香港）	二零二一	
139			④《文學主體論》	天地圖書有限公司（香港）	二零二一	
140		人文思想部	⑤《告別革命》	天地圖書有限公司（香港）	二零二一	與李澤厚合著
141			⑥《傳統與中國人》	天地圖書有限公司（香港）	二零二一	與林崗合著
142			⑦《教育論語》	天地圖書有限公司（香港）	二零二一	與劉劍梅合著
143			⑧《思想者十八題》	天地圖書有限公司（香港）	二零二一	
144			⑨《人論二十五種》	天地圖書有限公司（香港）	二零二一	
145		古典文學批評部	⑩《紅樓夢悟》	天地圖書有限公司（香港）	二零二一	與劉劍梅合著

（不包括外文版）

劉再復簡介

一九四一年農曆九月初七生於福建省南安縣劉林鄉。一九六三年畢業於廈門大學中文系，被分配到中國科學院《新建設》編輯部。一九七八年轉入中國文學研究所，先後擔任該所的助理研究員、研究員、所長。一九八九年移居美國，先後在美國芝加哥大學、科羅拉多大學，瑞典斯德哥爾摩大學，加拿大卑詩大學，香港城市大學、科技大學，台灣中央大學、東海大學等高等院校裏擔任客座教授、訪問學者和講座教授。現任香港科技大學人文學部客座教授。著作甚豐，已出版的中文論著和散文集有《讀滄海》、《性格組合論》等六十多部，一百三十多種（包括不同版本）。中文譯為英文出版的有《雙典批判》、《紅樓夢悟》。韓文出版的有《師友紀事》、《人性諸相》、《告別革命》、《傳統與中國人》、《面壁沉思錄》、《雙典批判》等七種。還有許多文章被譯為日、法、德、瑞典、意大利等國文字。由於劉再復的廣泛影響，冰心稱讚他是「我們八閩的一個才子」；錢鍾書稱讚他的文章「有目共賞」；金庸則宣稱與劉「志同道合」。

「劉再復文集」

① 《性格組合論》 劉再復
② 《罪與文學》 劉再復、林 崗
③ 《文學四十講》 劉再復
④ 《文學主體論》 劉再復
⑤ 《告別革命》 李澤厚、劉再復
⑥ 《傳統與中國人》 劉再復、林 崗
⑦ 《教育論語》 劉再復、劉劍梅
⑧ 《思想者十八題》 劉再復
⑨ 《人論二十五種》 劉再復
⑩ 《紅樓夢悟》 劉再復、劉劍梅

書　　名　思想者十八題（「劉再復文集」⑧）

作　　者　劉再復

責任編輯　陳幹持

封面題字　屠新時

美術編輯　郭志民

出　　版　天地圖書有限公司
香港黃竹坑道46號
新興工業大廈11樓（總寫字樓）
電話：2528 3671　傳真：2865 2609
香港灣仔莊士敦道30號地庫（門市部）
電話：2865 0708　傳真：2861 1541

印　　刷　亨泰印刷有限公司
柴灣利眾街德景工業大廈10字樓
電話：2896 3687　傳真：2558 1902

發　　行　香港聯合書刊物流有限公司
香港新界荃灣德士古道220-248號荃灣工業中心16樓
電話：2150 2100　傳真：2407 3062

出版日期　2021年9月／初版

ISBN：978-988-8549-23-8